Anton Schammas
Arabesken

Anton Schammas

Arabesken

Roman

Aus dem Hebräischen
von Magali Zibaso

Piper
München Zürich

Die Originalausgabe erschien 1986 unter dem Titel »Arabeskoth« (ערבסקות) bei Michaelmark Books Ltd./Am Oved Publishers Ltd. in Tel Aviv.

Die Übersetzung aus dem Hebräischen wurde unterstützt durch die Gesellschaft zur Förderung der Literatur aus Afrika, Asien und Lateinamerika e.V. in Zusammenarbeit mit dem Institut für Auslandsbeziehungen.

ISBN 3-492-03145-5

Satz: Uhl + Massopust, Aalen
Druck und Bindung: May + Co., Darmstadt
Printed in Germany

Ein erster Roman ist in der Regel eine getarnte Autobiographie. Diese Autobiographie ist ein getarnter Roman.

Clive James
Unzuverlässige Erinnerungen

Die Erzählung – die ersten fünf Kapitel

Ihr habt mir gesagt: Wenn ein Kind in ein fremdes Land kommt, erlernt es die Sprache innerhalb weniger Wochen und vergißt seine eigene Sprache. Und ich bin ein Kind in eurem Lande . . .

George Bernard Shaw *Pygmalion*

Erstes Kapitel

Großmutter Aljah hatte noch nie etwas vom Kommunismus gehört – trotz der Sichel, die man am Donnerstag, dem 1. April 1954, auf ihren Leib gelegt hatte. Abu Jamil, der Dorftischler, mühte sich schon seit den frühen Morgenstunden, die in der Erinnerung noch immer wie die Kälte des zu Ende gehenden Winters brennen, einen Sarg aus den Brettern eines zerlegten alten Schrankes zu zimmern. Der Tischler, dessen Fröhlichkeit sonst immer von seiner Langsamkeit ablenkte, war jetzt in sich versunken. Vom leisen Klagen des Hobels begleitet, rollten die Späne vom Brett herunter ins Halbdunkel von Onkel Jussefs Haus, wo sie sich zu Füßen der Großmutter wie verlassene Katzen aneinander rieben; Großmutter lag mit gekreuzten Händen auf einer Matratze, die auf den kalten Betonfliesen ausgebreitet war. Ihr Leib – sie hatte gestern das Zeitliche gesegnet – war aufgedunsen, mein Vater nahm die Sichel und legte sie ihr auf den Bauch. Abu Jamil murmelte, wie winzig der Körper der Verstorbenen sei, wozu so viele Bretter, und überhaupt sei es schade um den Schrank. Aus einem der übriggebliebenen Bretter fertigte er einen niedrigen Schemel an, auf dem dann meine Mutter an den Waschtagen und beim Teigkneten saß, und wenn wir an den Samstagabenden beim *Chamam*, dem wöchentlichen Bad, im Waschtrog hockten, dessen Wasser auf einem Primusofen erhitzt wurde. Als Großmutter starb, war ich vier Jahre alt. Keineswegs zu meinem Leidwesen verscheuchte man mich von ihrem aufgebahrten Leichnam, denn nun sollte ich zuschauen, wie der Sarg gezimmert wurde. Der Anblick meines Vaters mit der Sichel in der Hand lenkte aber meine vom Hobel des Tischlers faszinierten Blicke ab. Der Tischler zwinkerte mir zu und sagte: »Die Alte hält euch zum Narren, ist doch heute der erste April!«

Der Falter, der vierundzwanzig Jahre nach jenem Aprilmorgen über einem sterbenden Körper kreiste, stieß gegen die Wand und verschwand dann, wie er gekommen war, durch die spaltbreit geöffnete Tür. Ein winziger weißer Falter von der Art, wie sie in den Haifaer Sommernächten von den Lichtern der Stadt angezogen werden. Unter anderen Umständen hätte Mutter ihn »bassura« genannt, was bedeutet »ein Falter, der eine Botschaft überbringt«, eine gute oder schlechte. Mutter bemerkte ihn nicht, denn ihre verschleierten Augen waren auf den in kurzen Abständen sich öffnenden Mund des Sterbenden gerichtet, der mit den stoßartigen, immer kürzer werdenden Atemzügen unter dem Flug des Falters die Jahre, die in den ausgestreckten Körper gepreßt waren, entließ. Auf den einige Dutzend Meter entfernten Bahngleisen rollte ein Güterzug vorbei, und der eintönige Rhythmus der Räder auf den Schienen erzeugte die Vorstellung einer unwirklichen Richtigkeit. Unter den vom Stampfen der Lokomotive erzitternden Fliesen setzten die Wurzeln der Eukalyptusbäume ihr langsames Zerstörungswerk an den Abwasserrohren fort. Als jetzt der Priester mit der Hand nach dem Falter schlug, entgleiste seine Stimme durch die Heftigkeit dieser Bewegung. Doch an solche Überraschungen gewöhnt, sprach der Geistliche vorübergehend lauter, um das Getöse des Zuges zu übertönen. Die Szenerie erschien für einen Augenblick wie ein Morgendämmerungstraum, doch der Falter, der sich mit so zauberhafter Anmut in der ihm ungewohnten Situation bewegt hatte, verletzte nun das Gleichgewicht, und das ganze Bild fiel auseinander. Als der Lärm der Räder allmählich nachließ, wurde die Seele, die in dem schwachen Körper nicht mehr verweilen wollte, durch die kräftige Stimme ermutigt: »Öffne uns das Tor der Barmherzigkeit, heilige Mutter!« Da die Ohren der heiligen Mutter bekanntlich gerade die leisen Gebete vorziehen, wiederholte der Priester den vorher laut hervorgebrachten Vers noch einmal gedämpfter und bat abermals und zum letzten Male, die heilige Mutter möge dem Sterbenden das Tor der Barmherzigkeit öffnen. Durch die immer noch offene Tür entschwand der Falter. Der Kopf, jahrelang an rauhe Strohkissen gewöhnt, sank jetzt auf ein Baumwollkissen.

Es war Großmutter Aljah gewesen, die die Strohfüllung für Kissen eingeführt hatte – in jenen Jahren des Ersten Weltkrieges, als ihr Mann Jubran, nach dem mein ältester Bruder benannt wurde, in einem fernen Erdteil weilte. Mein Vater hielt an ihren Gewohnheiten fest. Aber mehr noch als an die Großmutter selbst sollte das Kissen an eine versunkene Welt erinnern, eine Welt, die wie Spreu ist, die der Wind auf die Dorftenne wirbelt – jenes Dorfes, das er zu Anfang der sechziger Jahre verlassen hatte, um in die Stadt zu gehen. Großmutters Bettstatt befand sich unterhalb des Westfensters. Auf dem breiten Sims pflegte meine Mutter sich mit dem tröpfelnden Wasser aus dem Teekessel zu waschen, und Vater nahm dort alle vier Wochen am Sonntagnachmittag die Luxlampe auseinander. Er schloß dann das Fenster und stellte den auf die Seite gekippten Schemel auf das Sims, dicht an die Fensterscheibe; zwischen den Verstrebungen, die den Schemel stabilisierten, pflegte er den »Kopf« der Luxlampe mit dem magischen Glühstrumpf, in dem das Petroleum zu Licht wurde, abzulegen. Dieser Glühstrumpf versetzte Vater in ständigen Schrecken: er könnte ja eines Tages ohne ersichtlichen Grund reißen. Das Unternehmen fand seinen Abschluß in der Prüfung des Petroleumstrahls, der sich durch jenes winzige Loch der Düse Bahn brach, das mit einer dünnen Nadel gereinigt wurde. Der Strahl warf einen lustigen Bogen in die Luft und brachte die Sonnenkreise zum Tanzen. Sie drangen durch die Blätter des Aprikosenbaumes, der Brunnen und Fensterscheiben überschattete, sie malten Kreise auf die Betonfliesen, auf denen jetzt Großmutter mit der Sichel auf ihrem Leib lag, ein bunter Teppich von Lichtfarben, der verschwand, wenn Vater sich über die Lampe beugte, um die Nadel zu prüfen, die gewöhnlich in dem winzigen Loch klemmte und zerbrach.

Großmutter lag dort, wo die Sonnenkreise eben noch getanzt hatten; vergebens suchte ich nach ihnen, denn es war noch früh und der Himmel verdunkelt. Ich dachte an die für die Ernte gebrauchte Sichel und an die dunklen Frauen, die um die Leiche knieten, auch an das leise Klagen des Hobels, unter dem jene letzte glatte Bleibe für meine Großmutter entstand, während Großmutters rauhes Leben durch die tiefgefurchten Runzeln ihres Gesichts aus ihrem Körper rieselte. Wie verzaubert stand ich neben Abu Jamils Arbeitstisch, auf dem zu Herbstende die getrockneten Tabakblätter gepreßt, in erstaunlich gerader Reihe auf einer Schnur aufgefädelt und dann in einer zu diesem Zweck angefertigten Holzkiste zusammengedrückt wurden. Wenn man es mir erlaubte, reichte ich Onkel Jussef die in zwei Hälften geschnittenen Schnüre, und er ordnete sie meisterhaft in die Kiste. Jedesmal, wenn die Schnüre den Rand der Kiste erreichten und der Tabak überzuquellen drohte wie kochende Milch, legten mein Onkel und sein Sohn ein Brett über die getrockneten Blätter und stampften sie mit rhythmischen Fußtritten, um neuen Schnüren Platz zu machen. Immer wird mir der Geruch des ersten Regens jenen Duft des mit den Füßen gestampften Tabaks im Hause des Onkels in Erinnerung rufen. Dieser Duft drang auch in den kleinen Innenhof, Herz unseres und seines Hauses, und verbreitete sich dort. Es war der Hof, in dem sich die Klageweiber versammelt hatten, um den Tod der Großmutter, die mit ihren gekreuzten Händen ruhig dalag, zu betrauern. Es waren dieselben Hände, die einst zur Erntezeit die Sichel schwenkten und die mich an der Hand hielten, als wir die Tante besuchten, die einst Abu Jamil, den Tischler, abgewiesen hatte. Ich liebte die Berührung von Großmutters Hand so sehr, daß ich mich auch dann nicht beklagte, wenn unter ihrem langanhaltenden Druck meine zu ihr emporgehobene Hand einschlief. Erst vor der Dorfkirche, auf halbem Weg zur Tante, ließ Großmutter meine Hand los, um sich zu bekreuzigen. Ich nutzte die Gelegenheit, schlug einen Halbkreis um sie und reichte ihr meine andere Hand.

Aber jetzt war es die Tante, die die Hand des Sterbenden hielt, um meine Mutter daran zu hindern, die von

ihr so geliebte Hand zu ergreifen. Die Art, wie sie das tat, gab meiner Mutter zu verstehen, daß selbst vierzig Ehejahre die Blutsverwandtschaft nicht aufzuwiegen vermögen.
Großmutter wurde im Jahre 1874 geboren, als das ottomanische Gesetz zum Tabakanbau in Kraft trat. Vater kannte ihren Geburtstag nicht genau, und Aufzeichnungen in seinem in verblichenes Leder gebundenen Notizbuch zeigten, daß er das Datum anhand wichtiger Ereignisse in Großvater Jubrans Lebensgeschichte berechnet hatte. Nach mündlicher Überlieferung war jedoch Großmutter, wie gesagt, in dem Jahr der Bekanntmachung des ottomanischen Gesetzes zum Tabakanbau geboren. Und wäre mir nicht zufällig der Band der libanesischen Zeitschrift »Al-Jinan« aus dem Jahre 1874 in die Hände gefallen, so könnte ich nicht sagen, daß mein Vater mit seiner Berechnung recht hatte.
Unser Haus lag einen Steinwurf weit von der Kirche entfernt, und wegen dieser Nähe und der Frömmigkeit meiner Eltern entwickelten sich zwischen der Familie und den Geistlichen besondere Beziehungen. Sie kosteten meinen Bruder und mich jeden Morgen den Frühschlaf, weil wir dem Priester bei der Frühmesse dienten. Ende der fünfziger Jahre kam ein sonderbarer Priester in unser Dorf, der erste Mensch offensichtlich, der an heißen Sommertagen einen Schirm aufspannte. Dieser weiße Sonnenschirm schützte den empfindlichen Priester zwar vor der brennenden Sonne, brachte ihm jedoch manch spöttisches, heimliches Lächeln ein und sicherte ihm den Ehrenplatz zwischen jenen Sonderlingen, die sich dem Gedächtnis der Dorfbewohner unauslöschlich eingeprägt hatten. Außer dem Sonnenschirm brachte der Priester eine Sammlung alter Bücher und Zeitschriften mit,

die das Begehren meines ältesten Bruders weckten, der für alte Bücher entflammt war. Stück für Stück fanden die Bücher ihren Weg in unseren Bücherschrank. Er war eingebaut in eine dicke Wand, und seine olivenholzfarbene Tür wurde mit einem gelblichen Schlüssel verschlossen, der auf einem Teller mit Süßigkeiten im Kleiderschrank zu liegen pflegte. Dieser in seine Einzelteile zerlegte Schrank wurde im Jahre 1940 auf einem Lastwagen von Beirut in das nahe der libanesischen Grenze gelegene Dorf Rmeisch gebracht und dort auf zwei Kamele geladen. Seine mit empfindlichem braunem Holzfurnier beschichteten Türen, Einlegeböden und Schubladen hatten die lange Reise heil überstanden. Ein massiver Spiegel war in die Mitteltür eingelassen, die abgesperrt wurde, wenn der dahinter verborgene Teller mit Süßigkeiten gefüllt war. So entstand ein über Jahre bewahrter Brauch: nämlich an den Bücherschrankschlüssel zu gelangen, indem man die Gäste den Teller mit den Süßigkeiten leeren ließ. Dennoch war es in der Familie ein offenes Geheimnis, daß mein ältester Bruder, der systematisch die Bibliothek des Priesters plünderte, auch einen Weg durch den Spiegel fand, indem er ihn nämlich an der linken unteren Ecke anhob. Im Laufe der Zeit beherrschte auch ich diese wunderbare Technik, die mir ermöglichte, nicht nur ins Königreich der Süßigkeiten vorzudringen, sondern mir auch das verzauberte Holzschwert mit der rot gefärbten Klinge anzueignen; dieses Schwert hielt mein Bruder auch dann noch in seinem Besitz und vor dem eigentlichen Eigentümer zurück, als das Maskenspiel, das in der Grundschule unter starkem Druck auf seine Helden aufgeführt worden war, längst vorbei war; ein ganzes Vierteljahr lang hatten die Schüler sich auf die Aufführung vorbereitet, immer in der Furcht vor dem Mathematiklehrer und dem Direktor, jenem Direktor, der vor dem Sonnenschirmeigentümer als Priester amtierte. Die jungen Schauspieler, die am Abend vor der Premiere in der Schule schliefen, um die spärlichen Theaterrequisiten zu bewachen, fanden einen Weg, sich an dem tyrannischen Regisseur und seinem Gehilfen zu rächen. Sie warfen die Schultintenfässer auf die bunten Karten der Kontinente und die weißen Wände. Sie machten den Priester glauben, daß das Wasser im Brunnen unter dem Boden eines der Klassenräume unrein sei; dieses Wasser jedoch speiste den Tank auf dem Dach des Schulhauses, dessen zweites Stockwerk der Pfarrer bewohnte. Bei der Aufführung hielt mein Bruder das Schwert, und wenngleich kein Wort aus seinem Mund kam, war er doch der einzige Schüler, der ein gedrucktes Exemplar des Schauspiels besaß; im Laufe der Zeit wanderten noch viele andere Bücher aus der Bibliothek des Priesters in unseren Wandschrank. Später gingen diese Bücher durch viele Hände, um die Spuren zu verwischen. In meiner Hand jedoch blieb ein Band des »Al-Jinan« aus dem Jahre 1874, dem Geburtsjahr meiner Großmutter. In dem Band fand ich den vollen Wortlaut des Gesetzes zum Tabakanbau.

Ihr ganzes Leben lang jammerte Großmutter Aljah darüber, daß ein blindes Schicksal sie in die Hände der schrulligen Familie Schammas hatte fallen lassen. Zweimal hatte mein vierzehn Jahre älterer Großvater sie verlassen, um in die Ferne zu ziehen. Das erste Mal, Ende des vorigen Jahrhunderts, reiste er für ein Jahr nach Brasilien und ließ sie mit meinem wenige Monate alten Onkel Jussef in den Armen zurück. Am Vorabend des Ersten Weltkrieges verschwand er erneut, diesmal für zehn Jahre nach Argentinien. Er hinterließ drei hungrige Töchter und drei hungrige

Söhne. Bei seiner Rückkehr brachte er eine große Holzkiste und eine Schere mit. Beim Öffnen der Kiste fanden seine Söhne rostzerfressene Kleidungsstücke. Aus unerfindlichen Gründen hatte Großvater zwischen den Kleidern eine Schere versteckt, die auf der dreimonatigen Seereise über die Kleider gewandert war und dort »verrückte Muster«, wie meine Großmutter zu sagen pflegte, gebildet hatte. Sieben Jahre später verabschiedete Großmutter sich von ihrem Sohn Jires und sah ihn nie mehr wieder, doch jedesmal, wenn sie an die beiden Milchkannen dachte, die er ihr gekauft hatte, lachte sie und hielt aus Scham das Kopftuch vor ihr Gesicht. Die Kriegsjahre hatten sie ein Auge gekostet. Eine Krankheit hatte es zerstört. Zum Ausgleich beherrschte sie nun die Kunst des im Hause Verweilens und die Kunst, Gegenstände zu erhalten. Nie warf sie etwas weg. Was sie umgab, begleitete sie in den verschiedenen Stadien seiner Metamorphose. Ihr abgenutztes Kleid wurde zur *kara*, dem runden Kissen, auf dem man den flachen Teig unter die glühende Ofenkuppel schob, und wenn das Kissen abgenutzt war, wurde es zur *turacha*, der Sitzmatte der Armen, und wenn auch die abgenutzt war, wurden daraus Lappen zum Polieren der Schuhe in der Schusterwerkstatt meines Vaters.

Die Briefe meines Onkels Jires, den ich nie gekannt habe, kamen in überraschender Häufigkeit aus Argentinien, und alle, bis auf den letzten, der noch immer in Vaters »christlichem Gebetbuch« ruht, endeten mit dem Satz: »Jedem, der behauptet, er habe keinen Gruß von mir erhalten, sende ich tausendundeinen Gruß.« In dem nach dem Tode meiner Großmutter wieder einsetzenden Briefwechsel ließ er zum erstenmal Ansätze von Heimweh erkennen. Aber mein ältester Bruder, Jubran, damals Lehrling in Vaters Schusterwerkstatt, versuchte, diese Ansätze auszunutzen, mit der Bitte um eine Sendung argentinischen Leders – als Beweis für die Echtheit dieser Sehnsucht sozusagen. Das Schweigen, in das Onkel Jires sich nach diesem Brief hüllte, dauerte bis Mitte der sechziger Jahre, als meine Schwester den Briefwechsel wieder in Gang setzte. Doch auch diese Briefe wurden wieder seltener und glichen Signalen von einem sinkenden Schiff. Einige Monate nach seinem letzten Brief erfuhren wir durch ein Schreiben von einem seiner Freunde im Dorf, der im Jahre 1928 sein Reisegefährte gewesen war, daß er arm und einsam in einem Altersheim gestorben sei und eine Menge Schulden hinterlassen habe und hartnäckigen Gerüchten nach auch eine einheimische Frau – neben seiner ersten Frau Almasa, die niemals argentinischen Boden betreten, jedoch mit eigenen Augen das Schiff gesehen hatte, das vom Hafen Beirut aus mit meinem Onkel in See gestochen war.

Onkel Jires war der einzige von Großvater Jubrans Söhnen und Töchtern – sechs an der Zahl –, der dieselben »Grillen im Kopf« hatte, wie meine Großmutter es nannte, die vielleicht auch Grund für die große Wanderung waren, die jener erste Familienvater zu Beginn des vergangenen Jahrhunderts unternommen hatte. Aus einem entlegenen Dorf im südwestlichen Syrien namens Chabab war er in ein entlegenes Dorf in Galiläa gekommen, in dem ich geboren werden sollte. Mehr als Wanderlust schien es Furcht zu sein, die unseren ersten Familienvater veranlaßt hatte, sein Land zu verlassen. Eine rivalisierende Familie des Dorfes trachtete nach seinem Leben. Bereits als Knabe ging er deshalb auf Wanderschaft, in Begleitung seines Vaters, der nach seiner Heirat Priester geworden war, weil er mit einer angenehmen Stimme gesegnet war. Diese Stimme sollte ihm in einem der religiös gemischten Dörfer in Untergaliläa das Leben kosten. Die Leute dieses Dorfes waren von seiner wohlklingenden Stimme so angetan, daß sie ihn, anfangs durch Überredung, dann mit Gewalt, zu überzeugen suchten, seine Talente nicht in der baufälligen Dorfkirche zu verschwenden, er könne seine begnadete Stimme vor einer größeren Gemeinde ertönen lassen. Mit den himmlischen Winden könne er sie von den Höhen des heimischen Minaretts in alle vier Ecken des Dorfes senden. Um es kurz zu machen: der Priester wurde auf das Minarett gebracht, um zu dessen Füßen seinen Tod zu finden. Man kann von ihm wohl sagen, daß er sein Leben um der höheren Ehre willen geopfert hat, aber zu wessen Ehre das nun geschah, ist nie ganz klar geworden. Onkel Jussef, dem Überbringer dieser Nachricht, war in den Moscheeangelegenheiten nie ganz zu trauen, denn zu Beginn des Jahrhunderts waren er und die anderen Bewohner Fassutas selbst den Verfolgungen und Mißhandlungen der Moslems aus dem nahen Deir el Kasi ausgesetzt, das später den hebräischen Namen Elkosch erhielt. *Bala tul-Sire* – um die Geschichte nicht hinzuziehen, wie mein Onkel zu sagen pflegte –, wurde der Sohn noch rechtzeitig aus dem Dorfe in Untergaliläa hinausgeschmuggelt und ließ sich bei seinem Vetter in Fassuta nieder, dem Dorf meiner Kindheit, das sowohl auf den Ruinen der Kreuzritterfestung Fassove als auf denen von Mifschata erbaut war, dem jüdischen Dorf, in dem sich nach der Zerstörung des Zweiten Tempels eine Gruppe von abtrünnigen Priestern, genannt *charim*, niedergelassen haben soll. Es hieß, sie hätten die Gebote des Zehnten und des Ruhejahres nicht eingehalten und seien zu vier Strafen verurteilt worden: Pest, Schwert, Hunger und Gefangenschaft, wie der hebräische Dichter Elieser Hakalir aus dem siebten Jahrhundert geschrieben hatte:

Die mit Juwelen geschmückte Braut
ist aus ihrem Land vertrieben,
um der Sünde willen wider die Brache
und den Zehnten,
Vierfach gestraft ihrer Sünde wegen,
wurde sie ihrer Pracht entkleidet:
die Charim *von Mifschata.*

Der Sohn ruhte nicht, bis er in den von den Kreuzrittern »Bellevue« benannten Ort kam, von dem geschrieben steht: *Bellum videre quod Sarracenie vocatur Fassove.* Die Dorfbewohner nannten den Ort Fassuta, ein Wort, das sowohl jüdische als auch Kreuzrittertradition verriet. Er heiratete und gründete eine Familie. Großmutter Aljah heiratete den Sohn dieses Wanderers, und es gelang ihr nicht, die Wanderlust in der Seele dieses ihr zugefallenen Abkömmlings zu dämpfen. Ihr Sohn Jires war, wie gesagt, der einzige, der jene »Grillen« geerbt hatte, die ihren Mann zweimal in die Ferne getrieben hatten. Wer einen Zigeuner heiratet, sagt das Sprichwort, wird ihm am Ende die Trommel halten. Aber Großmutter gelang es nie, ihrem Mann häusliche Ruhe einzuflößen, selbst dann nicht, als sie Onkel Jires stillte. Das Stillen gab Anlaß zu langen Debatten, nachdem er beschlossen hatte, in das ferne Argentinien zu gehen. Als alle Stricke rissen, hoffte sie auf sein Mitleid, während sie ihm vorhielt, wie sehr sie beim Stillen gelitten und daß sie ihm ihre Milch offenbar umsonst gegeben habe. Da rechnete mein Onkel nach und fand heraus, daß die

Menge Milch, die er gesaugt hatte, zwei Eimer ausmachte. Ungefähr zehn Tage vor seiner Abreise stand er früh auf, band Onkel Jussefs Esel los und verließ mit ihm das Dorf. Nach einer Stunde kehrte der Esel allein, zwei Eimer Milch schleppend, zurück. Großmutter bedeckte ihr Gesicht mit dem Kopftuch und sagte nichts. Vierzig Jahre später wird seine kleine Schwester, die, die den Tischler nicht heiraten wollte, sagen: »Mein lieber Bruder, als du im Sterben lagst, war da niemand an deiner Seite, dir ein Glas Wasser zu reichen?«

Die Frau meines Onkels, Almasa, erschrak, als sie das Wasser sah. Das war im November 1928.

Almasa, die von vornherein nicht von der Auswanderung begeistert war, stand jetzt im Hafen von Beirut am Pier und blickte dem auslaufenden Schiff nach – in ihren Armen Anton, den ältesten Sohn meines Onkels. Er war neun Monate alt. Auch als mein Onkel ein halbes Jahr später eine Schiffskarte schickte, fuhr sie nicht, sondern blieb in Beirut bei entfernten Verwandten und verdiente ihren Lebensunterhalt als Haushaltshilfe in wohlhabenden Häusern. Nach einem Jahr erreichte eine Nachricht das Dorf, wonach jener Anton erkrankt und gestorben war. Sein Tod zerstörte die letzte Bindung zwischen Almasa und ihrem Mann und zwischen ihr und ihrer im Dorf verbliebenen Familie. Aber an den Abschied am Pier sollte sie sich noch bei der Rückkehr in ihr Heimatdorf Ende der sechziger Jahr erinnern, als man ihr sagte, mein Onkel habe sie in seinem letzten Brief um Verzeihung gebeten, »Licht meiner Augen« genannt und ihr Heimkehr und Wiedersehen versprochen. Beim Spaziergang durch die Dorfstraßen hält sie in ihren Armen das Federkissen, auf dem Anton geschlafen hat. Sie klettert auf den Feigenbaum im Hof des Hauses, in dem sie ein Zimmer gemietet hat. Sie erinnert sich an den Stoffstreifen, den mein Onkel vor seiner Abfahrt an den Feigenbaum neben unserem Haus gebunden hatte, wissend, daß sie zurückbleibt und daß, wenn er zurückkehren würde und das Band losgebunden fände, dies ein Zeichen sei, daß seine Frau ihn betrogen hatte. Sie reißt ihre Kleider in Streifen, wickelt sie um ihre Arme und hat eine einzige Bitte: nach ihrem Tode möge man Antons Kissen in ihren Sarg legen. Ich, der ich jetzt diese Zeilen niederschreibe, bin nach diesem Kind benannt worden.

Zum ersten Mal hörte ich davon durch Onkel Jussef. Ich war noch ein Kind und stand auf dem Felsen mitten in der *Duwara*, dem Garten hinter seinem Haus, und schaute zu, wie er die Rebstöcke beschnitt. Der Sage nach verdeckt dieser Felsen einen der Eingänge zu der riesigen Höhle, über der sich das Dorfzentrum befindet. Der Erzählung meines Onkels nach war diese Höhle nur ein einziges Mal geöffnet worden; in den sechziger Jahren des vergangenen Jahrhunderts, um den Bewohnern Zuflucht zu gewähren, als Gerüchte über Religionskriege im Libanon Fassuta erreichten. Angesichts der zur Kreuzritterzeit in den unterirdischen Hallen versteckten Goldschätze verloren manche Dörfler ihren Verstand. Aber niemand glaubte ihnen ihre Vermutung, denn nachdem die Höhle wieder verschlossen worden war, konnten sie ja keine Beweise erbringen. Mehr als einmal sah meine Cousine den Felsen im vollen Mondlicht leuchten und bemerkte sogar A-Rassad, den Hahn, den die *Djinnis* mit der Bewachung des Höhleneingangs betraut hatten. Die Feder jedoch, die A-Rassad einmal in siebzig Jahren hinterläßt, hat noch niemand gesehen: Denn wer ist weise genug, den geheimnisvollen Kalender der Djinnis zu kennen,

nach dessen Berechnungen es gerade immer siebzig Jahre sein sollen?
Außer »Grillen im Kopf« hatte Onkel Jires nichts aufzuweisen, um seinem neuen Leben entgegenzutreten. Abgesehen von Unmutsäußerungen darüber, daß seine Frau Almasa ihm nicht folgen wollte, füllten die üblichen Floskeln eines Emigranten seine ersten Briefe. »Mir geht es gut, mir fehlt nichts außer dem Strahlen eurer Gesichter« – das war gewöhnlich sein Eröffnungssatz. Und der Schlußsatz enthielt immer die tausendundeinen Grüße an jeden, der behauptete, von ihm nicht gegrüßt worden zu sein. Bis zum heutigen Tage erinnern sich die Dorfältesten an den schönen jungen Mann, der anscheinend als erster die Idee eines Kulturklubs gehabt hatte. Es ärgert Onkel Jires, daß die Dorfjugend kein Interesse hatte, Tradition und Folklore zu bewahren. Nach einer Hochzeit im Dorf Ikrit (das 1948 evakuiert werden und ein Ort der Sehnsucht bleiben sollte), geriet er in Zorn über die Dorfjugend, die Schande über Fassuta brachte, weil sie sich nicht in den Kreis der *Debka-A-Schamalije* einreihen konnte, jene nördlich-stürmische Debka, und mit einem Armesünderblick in unser Dorf zurückkehrte. Noch in derselben Nacht kündigte er an, eine Gruppe zur Erlernung der Debka zu gründen und zu leiten. Er war auch einziger Musikant und Solist der Gruppe, der wunderbar die *Midschwes* spielte, die zweirohrige Hirtenoboe, eine arabische Version des Dudelsacks. Was für den Dudelsack der Lederschlauch, ist für die Midschwes der Mund des Spielers. Mein Onkel wäre natürlich sehr traurig zu hören, daß es heute im Dorf nur noch einen Spieler dieses wundervollen Instruments gibt und daß auch ihn die elektrischen Instrumente von den Hochzeiten verdrängen. Auch mein Vater spielte in seiner Jugend

die Midschwes. Zum Kummer meiner Großmutter übte er viele Stunden, aber ihr Kummer kam nicht etwa vom sehnsüchtig-seufzenden Ton der Midschwes; um sie richtig zu spielen, muß man zunächst einen trockenen Strohhalm in ein Glas Wasser stekken und hineinblasen. Je länger man Wasserblasen erzeugen kann, desto größer sind die Aussichten, ein tüchtiger Midschwes-Spieler zu werden. Großmutter gefiel das nicht, sie betrachtete es als reine Zeitvergeudung, Luft in ein Wasserglas zu blasen. Mein Onkel ließ seinen Sohn zurück, aber die Midschwes nahm er nach Argentinien mit, und wenn ihm jemand auf seinem Totenbett ein Glas Wasser gereicht hätte, wären dann nicht auch die Blasen der Erinnerung in seinem Hirn aufgestiegen?

Die Schere meines Vaters, der früher Barbier war, lag jetzt neben anderen Geräten in einer mit Perlmutter eingelegten Holzkiste aus Damaskus. Ende der dreißiger Jahre war sie in Beirut als Brautgeschenk für meine Mutter gekauft worden. Das Taschenmesser meines Vaters mit dem schwarzen Horngriff befand sich nicht, wie ich glaubte, im selben Kasten. Später fand ich es in seiner Arbeitstasche. Dieses Taschenmesser, von dem mir nie in den Sinn kam, daß ich eines Tages nach Lust und Laune damit würde spielen können, diente einst Onkel Jussef, »den wilden Tieren das Maul zuzubinden«. Wenn einem Dorfbewohner Kuh oder Pferd abhanden gekommen waren, kam er nach einem Tag erfolgloser Suche abends zu meinem Onkel und bat ihn, um schlafen zu können, den wilden Tieren während der Nacht die Mäuler zuzubinden. Mein Onkel lieh sich das Taschenmesser meines Vaters, zog die Klinge, murmelte undeutlich eine Zauberformel, klappte die Klinge zurück und warnte den Mann, das Taschenmesser zu öffnen, bevor er das verlorene Vieh gefunden habe. Im Laufe der Zeit war ich dahintergekommen, daß das Gemurmel meines Onkels nichts anderes als das rückwärts gesprochene christliche Kredo war, das er über der blanken Klinge aufsagte, und jetzt murmelte es der Priester zur Absolution; in seinen Händen aber hielt er das Gebetbuch, und seine Worte strömten vom Anfang zum Ende und nicht umgekehrt. Auch mein Onkel Jussef sah den Falter nicht. Einen Tag zuvor war er ins Dorf zurückgekehrt. Und in dem mit Perlmutter eingelegten Kasten aus Damaskus lag nicht das Taschenmesser, sondern eine ergraute Haarsträhne Großmutter Aljahs, eingewickelt in ein Blatt aus einer alten religiösen Zeitschrift, auf dem sich das Ende eines die Inquisition lobpreisenden Artikels und der Anfang eines anderen über eine kanaanitische Frau befanden, die an Jesus glaubte, nachdem er Dämonen aus dem Körper ihrer Tochter vertrieben hatte. Das zusammengefaltete Blatt lag im Inneren der ausgeblichenen Lederhülle, die das Notizbuch meines Vater enthielt, neben zwei kleinen blauen Samtkästchen, die alles waren, was vom Hochzeitsschmuck meiner Mutter übriggeblieben war, den man vor dreißig Jahren aus der Damaszener Kiste gestohlen hatte. Ende der dreißiger Jahre war meine Mutter nach Fassuta gekommen, um Französisch zu unterrichten, und hatte sich in den Mann verliebt, der jetzt vor ihr lag und sie in das Gefängnis ihrer Sehnsucht verbannte. Für ihn hatte sie ihre Familie in Beirut und die Erinnerungen an ihre Kindheit in den Fischergassen von Tyros aufgegeben. Auf einem Blatt des Notizbuches, zwischen den Eintragungen der Arbeitstage von Tante Nadscheibes Sohn in Vaters Schusterei, die er eröffnet hatte, nachdem das Barbiergeschäft nicht

rentabel gewesen war, und zwischen der Liste der Schulden der Dorfbewohner, hatte mein Vater mit seiner *Kobija*, dem untilgbaren Tintenstift, notiert: »Meine Mutter starb am Mittwoch, dem 31. März 1954, abends um zehn vor sechs.« Jetzt ging mein Bruder an den Schrank, öffnete den mit Perlmutter eingelegten Kasten aus Damaskus und nahm das Notizbuch heraus. Auf den unter den Zeilen meines Vaters freigebliebenen Platz schrieb er mit Kugelschreiber: »Und mein Vater starb am Montag, dem 19. Juni 1978, abends um zwanzig vor zehn. Er wurde siebzig Jahre alt.«
Es gibt noch viele leere Blätter in dem Notizbuch.

Zweites Kapitel

»Ich sehe drei Schimmel neben der Eiche beim Kloster, sie bewachen den Schatz, und dort muß man graben. Aber jetzt sehe ich nur Öl«, sagte das Mädchen und sah gesenkten Blicks auf seinen Bruder, der den *Mandal* dirigierte und sie eindringlich bat, noch einmal den auf dem Wasser in der Untertasse vor ihr schwimmenden Olivenölfleck anzusehen. Auf das Öl starrend, hatte sie plötzlich die schmerzliche Empfindung, daß der Mandal verschwunden war und sie nie mehr jene Welten sehen würde, die sich ihr offenbart und wieder verschlossen hatten, im Rhythmus des sich öffnenden und wieder zusammenfaltenden Seidenfächers in Mutters Hand bei der Sonntagsmesse in der Kirche des heiligen Thomas in Tyros gegenüber ihrem Haus. Mutter war verwitwet, als sie selbst noch ein Embryo von vier Monaten war, und nach dem Tode ihres Mannes übergab sie die Leitung des Geschäftes dem ältesten, damals zwölfjährigen Sohn Elias, der jetzt den Mandal dirigierte; er brachte das Geschäft schnell an den Rand des Bankrotts, weshalb sie Näharbeiten übernahm, um für ihre vier Kinder zu sorgen. Der eine wollte unbedingt Priester werden und wurde nach Jerusalem ins Priesterseminar A-Salachije geschickt. Ihre zweite Tochter, Rose, wurde ebenfalls Näherin, blieb unverheiratet und starb in ihren besten Jahren an einer bösartigen Krankheit. Sie hatte eine Narbe am Knie, die regelmäßig zu einer bestimmten Jahreszeit zu schmerzen begann und sie an ein Ereignis aus ihrer Kindheit erinnerte: Als sie einmal ihre Schwester, die gerade dabei war, den Mandal zu betrachten, überreden wollte, ihr von den in ihrer Faust zusammengepreßten Nüssen abzugeben, schrie Elaine und protestierte, und da sie klein und wehrlos war, geriet ihre seit dem frühen Morgen über die Näharbeit gebeugte Mutter in Zorn und warf die Schere nach Rose, so daß sie in ihr Knie drang. Jahr für Jahr, wenn das Knie an derselben Stelle schmerzte, erinnerte sie sich an ihre kleine Schwester, die in der Untertasse soviel Geheimnisvolles sehen konnte, bis sich der Ölfleck vor ihr verschloß und seine Transparenz verlor. Vor jenem Tag hatte sie schon andere Dinge gesehen, mit ihrem Bruder Elias, doch nicht gewagt, sie sich selbst einzugestehen, geschweige denn, sie über die Lippen zu bringen. Sie verbarg sie in ihrem Innern und hütete sie, wie sie später den Teller mit den Süßigkeiten hinter der verschlossenen Spiegeltür hüten sollte. Und bis sie siebzehn war, vermied sie sogar, daran zu denken. Und als sie wieder daran denken konnte, begriff sie den Sinn nicht und sah die Bilder in dem auf der Untertasse sich windenden Ölfleck auftauchen und versinken. Sie sah ein sterbendes und zugleich weiterlebendes Kind, das ihr eigenes und auch das einer anderen, verwandten Frau war. Die wollte wissen, wie es ihm ginge, und das Kind veränderte sich und wuchs in ihr, ein totes Kind wuchs in ihr; ein Leichnam, der in ihr mäandert. Leidenschaftliche Empfindungen wollen ihn entwurzeln, bis sie endlich versöhnt nachgeben, und dann, zwei Jahrzehnte später, sieht sie ...

»Atme tief, Elaine, und schau auf den Fleck, sieh genau hin und konzentrier dich auf den Fleck«, sagt jetzt ihr Bruder. Sie tut, wie ihr geheißen, und versucht erneut, die versiegelte Welt hinter dem winzigen Ölflecken zu durchdringen, aber sie sieht nichts als die Untertasse auf der gestickten Tischdecke, nichts außer dem Fleck auf der Oberfläche des Wassers, nichts außer ihrem hartnäckigen Bruder. Einige Monate zuvor hatte er eine Abordnung aus dem Kloster Charissa, das Jounie im Norden überragt, in ihr Haus in Tyros eingeladen, um die Wunder der Neunjährigen zu bestaunen, die aus dem Mandal sieht. Zwar sah die Abordnung die Wunder und veröffentlichte sie nachher in der Klosterzeitschrift, die Mutter mir jetzt stolz reicht: ein skeptischer, ausführlicher Bericht über ein Mädchen, das in allen Einzelheiten ganze Bücherreihen der Klosterbibliothek zu beschreiben wußte. Aber auch damals verriet sie ihnen noch nichts. Sie erzählte ihnen nicht, daß sie einen olivfarbenen, in eine dicke Wand eingebauten Bücherschrank sieht oder daß sie ein totes Kind Bücher aus dem Schrank nehmen und auf dem Sofa ausbreiten sieht, es wählt die Zeitschrift aus, in der dieser Bericht auf Veranlassung ihres Bruders erscheinen wird; dieses Bruders, der jetzt zornig und enttäuscht die Untertasse zur Tür hinauswirft, von wo sie über das Geländer auf die oberste der sieben zur Kirchentür führenden Stufen fällt und auf den weißen Kreidefliesen zerbricht. Dort, wo das Wasser in die Steinritzen sickert, wird der Ölfleck neun Jahre später noch immer nicht von dem Stein verschwunden sein und auf einem Bild im Familienalbum erscheinen, das ich in meiner Kindheit so gern betrachtet habe. Drei schöne junge Mädchen, Tyros 1938, schauen in die Kamera. Im Hintergrund schützt ein baufälliges Geländer den Aufgang neben den sieben Stufen zur Kirchentür, die nicht auf dem Bild erscheint. Das junge Mädchen links, Marcelle Farah, Tochter des Hafendirektors, wird einen Franzosen heiraten, der es verlassen und in seine Heimat zurückkehren wird. Die Kleine rechts, Laurice Risek, auf die Schulter der Mittleren gestützt, um den Größenunterschied auszugleichen, wird heiraten, Witwe werden und kinderlos bleiben. Die Mittlere, schwarz gekleidet, zu deren Füßen der unerklärliche Fleck erscheint, wird einmal meine Mutter werden. Aber jetzt im Bild denkt sie, wie sie mir viele Jahre später erzählen wird, an eine weiße Taube und ein weißes Kleid. Sie denkt an ein weißes Taubenpaar, dessen Hälse rote Bänder zieren und das in einem mit weißem Batist ausgeschlagenen Strohkorb ruht, den sie als Dreijährige in ihren winzigen Händen hielt. Sie sagte Patriarch Maximus dem Vierten ein Gedicht auf, das ihr Bruder Elias geschrieben und ihr beigebracht hatte und das ihre guten Eigenschaften pries. Am Ende des Vortrages neigte sich der Patriarch und küßte sie auf beide Wangen, und sie wird sich immer an die stechende Berührung des Bartes und den charakteristischen Duft hochrangiger Geistlichkeit erinnern. Dann nahm der Bärtige das Taubenpaar, um es auf der Sonntagstafel zu opfern und die Lücke im Korb mit Süßigkeiten zu füllen; die Mutter empfängt die Heimkehrenden und wedelt mit Weihrauch um das Mädchen herum und über seinem Kopf, aus Furcht vor dem bösen Blick, der Jahre zuvor ihren Sohn Joseph, den zu Christi Himmelfahrt Geborenen und auf den Tag ein Jahr später Gestorbenen, heimgesucht hatte. Deshalb wird Schukralla, der zum Priester erhobene Sohn, den Namen Joseph wählen, im Andenken an den Bruder, der als Einjähriger in so guter Gesellschaft gen Himmel gefahren ist. Und Mlle Sa'da betritt das Zimmer, eine Art Nonne in weltlicher Kleidung, die die Wohlfahrtsarbeit des Patriarchen leitete und bei der Familie wohnte. Sie fällt über Mutter her, die noch immer an die magischen Kräfte des Weihrauches glaubt, obwohl sie eine fromme Christin ist. Mlle Sa'da ahnt bei dieser Gelegenheit nichts von ihrer eigenen Kraft, das Schicksal des kleinen, weißgekleideten Mädchens zu bestimmen.

Dreizehn Jahre nach diesen Vorfällen, am Freitag, dem 31. Oktober 1936, saß ein Mann im Barbierladen meines Vaters im Dorf Fassuta und gab sich dem Vergnügen des Rasiertwerdens hin. Mit geschlossenen Augen versank er in jene die Sinne besonders schärfende Müdigkeit, wie man sie nach durchwachten Nächten hat. Als mein Vater gerade allen Seifenschaum auf dem Gesicht des Mannes verteilt hatte, öffnete dieser die verschleierten Augen und blickte durchs Westfenster. Sein geübter Blick fixierte einen Punkt am Horizont. Dort, am westlichen Dorfeingang, waren drei Schimmel an der Pforte des Ziegenstalls angepflockt. Fest umschlossen die Hände des Mannes das englische Gewehr zwischen seinen Beinen. Niemand sonst könnte aus dieser Entfernung sofort die Pferde wahrnehmen, schon gar nicht Vater, der trotz der ihn frösteln lassenden Anwesenheit des Gewehrs kaltblütig auf sein Handwerk konzentriert blieb – das Rasiermesser auf dem gespannten Ledergurt zu schärfen. Als das Messer seitlich an der Schläfe des Mannes vorbeiglitt, schrak dieser aus seinem Schlummer auf, und der dünne Schnitt über dem Ohr färbte sich rot. Doch während des Ätzens mit Alaunstein, mit dem mein Vater das Blut stillte, spannte sich die Hand des Mannes wieder um das Gewehr, und sein Blick wanderte zu den drei angepflockten Schimmeln. Nichts als das Streichen des Rasiermessers war jetzt in dem kleinen Barbiergeschäft zu hören, und der Mann dachte an die mit *Mjaddara* gefüllten Fladenbrote, die der Neffe meines Vaters, Tante Maries Sohn, den mein Vater deswegen zu Großmutter Aljah geschickt hatte, bringen sollte. Die Silhouette einer Gestalt huschte am Westfenster vorbei und glitt über die Hand meines Vaters, während die Klinge über das Kinn seines Klienten fuhr, und als er aufblickte, konnte er gerade noch den Saum des Kleides von Elaine Bitar sehen, der neuen Lehrerin, die seit zwei Monaten in unserem Dorf unterrichtete. Auf dem Wege zur Mädchenschule, den beiden Räumen südlich der Kirche, wo ich selbst zwanzig Jahre später lernen sollte, denkt sie an den Barbier, ihren zukünftigen Mann, den sie zum ersten Male Anfang des Jahres in Beirut gesehen hat.

Mlle Sa'da kam im Sommer 1933 nach einigen schweren Meinungsverschiedenheiten mit dem Patriarchen und nachdem die Familie Bitar von Tyros nach Beirut gezogen war, nach Fassuta. Sie wurde zur Arbeit in die Diözese Galiläa geschickt, der damals Erzbischof Chadschar vorstand, und sie arbeitete dort noch, als nach seinem Tod Anfang der vierziger Jahre Erzbischof Chakim eingesetzt wurde, jener schöne Mann, der eine Generation lang als umstrittene Figur galt und nach seiner Ernennung zum Patriarchen Maxi-

mus der Fünfte in den letzten Jahren noch in den Libanon zog.
Während der Amtszeit von Chakim stand Mlle Sa'da dem Mädchenwaisenhaus in Nazareth vor, der Stadt, in der der heiligen Jungfrau verkündigt worden war, daß sie den Sohn Gottes gebären würde. Dieses Amt hatte sie inne, bis Ende der fünfziger Jahre die Polizei eine Untersuchung über Tod und Begräbnis eines Säuglings einleitete, den ein Mädchen des Waisenhauses unter geheimnisvollen Umständen geboren hatte. Die Untersuchung wurde eingestellt, als die Spuren zu gewissen Kreisen führten, denen mit Schweigen am besten gedient war.
Mit der Einstellung der Untersuchung wurde auch der Betrieb des Waisenhauses eingestellt, die Mädchen entlassen und Mlle Sa'da in den Libanon geschickt. Anfang der sechziger Jahre, als meine Familie nach Haifa zog, wurde ihr Name von einer Frau der Nachbarschaft erwähnt, die aus dem Waisenhaus in Nazareth geflüchtet war. Sie hatte die schweren Disziplinarstrafen dort nicht mehr ertragen können. Was sie zur Flucht bewogen hatte, war ein Bad mit kochendem Wasser, bereitet von Mlle Sa'da persönlich, jener Dame, die meinen Vater zu Beginn des Jahres 1936 zur Familie Bitar nach Beirut geschickt hatte, um dieser ein zehnjähriges Mädchen aus dem Dorf zu übergeben, das beide Eltern verloren hatte und das keiner der Verwandten aufnehmen wollte. Das Mädchen Leila Khouri, dessen blonde Schönheit ihre Verwandten einschüchterte und Zweifel in ihren Herzen aufkommen ließ, wohnte neun Monate bei der Familie Bitar, und jetzt, da sie sich vom Fenster des Barbiergeschäfts entfernte, erinnerte sich Elaine Bitar an den Tag, als mein Vater mit dem Mädchen erschienen war und es ihrem Schutz überlassen hatte. Nach etwa

einer Woche war das Haus voller Läuse, und Rose, die Schwester mit der Scherennarbe am Knie, schnitt das üppige blonde Haar des Mädchens ab, wusch seinen Kopf mit Petroleum und verbrannte all seine Kleider. Neun Monate später wurde das Mädchen auf Mlle Sa'das Geheiß als Dienstmädchen in das Haus einer anderen Beiruter Familie geschickt. Der Familie im Dorf erzählte man, es lerne in einem respektablen Mädchenpensionat im Land der Zedern. Im Jahre 1948 wollte seine im Dorf verbliebene Schwester es zu sich nehmen. Man suchte es fieberhaft. Kaum war es im Dorf, kam auch schon die israelische Armee, brachte es in die Gegend von Jenin und von dort zusammen mit Dutzenden seinesgleichen über die jordanische Grenze. Seitdem war sie spurlos verschwunden, und etwa zehn Jahre hörte man nichts von ihr, bis Pilger, die über Weihnachten via Mandelbaum-Tor nach Jordanien einreisen durften, von Gerüchten erzählten, daß Leila zum Islam übergetreten sei, ihren Namen geändert und einen Flüchtling in einem Dorf in der Nähe von Ramallah geheiratet habe.

Jetzt jedenfalls taucht sie auf dem Wege zu ihrer kleinen Schule in Elaines Erinnerung auf, und sie begegnet dem erschrockenen *Natuur*, dem Hilfspolizisten des Dorfes, der, sie hastig grüßend, nur einen Gedanken hat: ob es dem *Muchtar* gelungen sei, den englischen Offizier und seine Soldaten aufzuhalten und zum Mittagessen zu überreden, und wenn ja, ob auch er eingeladen sei, in der Küche zu essen. In solche Gedanken vertieft, eilt er zum Laden meines Vaters, der mit seinem Rasiermesser bereits das Kinn erreicht hat. Er tritt ein und wendet sich an den Mann, der sich auf seinem Sessel ganz der Rasur hingibt. »Herr Al Asbah«, sagt er, »der Muchtar läßt Ihnen ausrichten, daß die englischen Soldaten im Dorf angekommen sind und nach Ihnen suchen.« Der Mann springt auf, wischt den Seifenrest vom Gesicht und schießt wie ein Pfeil aus dem Laden. Zehn Tage früher hatte Abdallah Al Asbah an einem von den aufständischen arabischen Truppen veranstalteten Fest teilgenommen, das zu Ehren Fawzi Al Kawakji gegeben wurde. Dieser hatte beschlossen, nach Monaten der Enttäuschung das Land zu verlassen. Al Asbah, geboren in Jaunah und Führer einer kleinen Gruppe von Aufständischen, sollte ein Jahr später beim Dorf Arrabe in Untergaliläa auf einen englischen Hinterhalt stoßen. Die Untersuchung der Leichen ergab, daß die meisten Rebellen vom Hunger aufgetrieben waren. Jetzt aber denkt er, während er den Seifenschaum vom Gesicht wischt, an den Überfall der Engländer auf sein Dorf, wie sie die Ölkrüge zerbrachen, die Decken in das verschüttete, in die Erde sickernde Öl tauchten, die Hühner schlachteten und das Ganze eine Strafaktion nannten. Er wartet nicht weiter auf den Jungen und seine mit Mjaddara gefüllten Fladenbrote, der jetzt seinen aus der Schule kommenden kleinen Bruder trifft. Die Söhne Tante Maries sprechen gerade mit der neuen Französischlehrerin, und auf ihr Fragen hin erzählt der Junge, er sei ausgesandt, um für Al Asbah und zwei seiner Leute aus Großmutter Aljahs Haus Essen zu bringen. Und als der Junge sich anschickt weiterzugehen, hören alle drei Schüsse aus der Richtung des Ziegenstalls im Westteil des Dorfes und sehen die drei Schimmel fallen. Elaines Herz durchdringt rasiermesserscharf das Bild der drei weißen Pferde, wie sie den Schatz hüten, über den ihr flehentlich bittender Bruder mehr von ihr erfahren wollte – an jenem Tag, als der Mandal versiegte. Im Barbierladen hält mein Vater noch immer

das Rasiermesser in der Hand und starrt verwirrt dorthin, wohin Al Asbah gestarrt hatte, als er so ganz dem Rasieren hingegeben war, und von wo aus, hätte er länger dort gesessen, er die drei Schimmel fallen gesehen hätte. Al Asbah aber sah von seinem Versteck im Ziegenstall auf die Pferde, und als die Engländer in den Ziegenstall eindrangen, fanden sie nur Blutflecken auf dem schwarzen Mist. Erst Mitte März 1938 gelang es laut ins Dorf dringenden Gerüchten den Engländern, Abdallah Al Asbah nahe der libanesischen Grenze zu töten. Als der Neffe meines Vaters sieht, was vor sich geht, zieht er die drei Fladenbrote aus dem Leinensack, teilt sie mit der Lehrerin und seinem kleinen Bruder, und kauend stehen sie und hören die drei weiteren Schüsse, die dem Leben der verletzten Pferde ein Ende setzen. Damals wußte Elaine noch nicht, daß der kleine Achtjährige einmal ihre Tochter heiraten, und sein älterer Bruder ahnte nicht, daß man vierunddreißig Jahre später sein Bein amputieren würde.
Diese Schüsse jedoch sollten noch in ihrer Erinnerung widerhallen, als sie Anfang Februar 1940 nahe der libanesischen Grenze als Braut auf einem Schimmel über ein Stück Land mit dem Namen »A-Daraje«, »die Treppe«, ritt und die Salven hörte, die die Dorfbewohner zu ihren Ehren abfeuerten. Großmutter war sehr besorgt wegen der tagelangen Regenfälle und fürchtete, sie könnten für ihren Sohn und seine Braut ein böses Omen bedeuten. Deshalb zog eine Abordnung des Dorfes aus, um sie zu begrüßen, wie sie da zu Fuß vom Grenzdorf Rmeisch kamen, zwei Kamele im Schlepptau, die den Spiegelschrank und den *Jhaz* trugen, das heißt alles, was die Braut für die Ehe braucht; und in der Schule zog Mlle Sa'da die Vorhänge zu, damit die Mädchen in der Klasse nicht

Braut und Bräutigam sahen, denn Elaine hatte ihr nicht gehorcht und Hanna* Schammas geheiratet, der sie in ihrem Elternhaus zum erstenmal gesehen hatte, damals, als er auf Geheiß Mlle Sa'das das blonde Mädchen Leila Khouri dorthin gebracht hatte.

Das war Anfang des Jahres 1936, und im September desselben Jahres kam Elaine nach Fassuta, um an der Mädchenschule, die Mlle Sa'da leitete, Französisch zu unterrichten. Und im ersten Schuljahr schlief sie in einem Raum, der als »Zimmer der zweiten Klasse« bekannt war, in dem auch ich später lernen sollte und von dessen Fenster aus man das Haus der Familie Schammas im Süden des Dorfes sehen konnte. Tante Jalileh war die Tante, die den Tischler nicht geheiratet hatte. Sie freundete sich mit der neuen Lehrerin an und schlief bei ihr in der Klasse. Mein Vater pflegte auf seinem Weg zum Barbierladen, der später Schusterei wurde, am Klassenfenster vorbeizugehen und sehnsüchtige, jedoch, wie es seiner Natur entsprach, zurückhaltende Blicke auf die neue Lehrerin zu werfen, und auch sie senkte ihren Blick nicht ganz. All das ereignete sich zur Zeit des großen arabischen Aufstandes.

In den Sommerferien des Jahres 1937 kehrte Elaine nach Beirut zurück, ebenso ihr inzwischen zum Priester geweihter Bruder, es waren die letzten Ferien, ehe er für immer in der schwarzen Soutane verschwinden sollte. Die ganze Familie machte Ausflüge in die uralten Zedernwälder der libanesischen Berge. Es war das letzte Mal, daß Elaine die Zedern sah, und das letzte Mal, daß der zukünftige Priester die Luft der Freiheit atmete. Als Elaine im Herbst 1937 nach Fas-

* männlicher arabischer Vorname

suta zurückkehrte, begann ihr ältester Bruder Elias sich ernsthaft zu fragen, was ein junges Mädchen aus Beirut in einem entlegenen galiläischen Dorf zu suchen habe, und was andererseits die Bewohner des entlegenen Dorfes in Galiläa zu den bunten Bändern ihres Hutes und zu den Samtröcken sagen würden, die sich im kühlen Wind Galiläas kräuselten. Und nicht im Traum dachte er daran, daß der Mann mit dem zurückgekämmten Haar und den exakt gestutzten Koteletten, dem braunen Anzug und dem übertrieben höflichen Auftreten, der ihnen zwei Jahre zuvor ein blondes Mädchen anvertraut hatte, daß dieser Mann der Grund ihrer Rückkehr gewesen war, nicht die Liebe zum Lehramt. In ihrem zweiten Jahr wohnte Elaine im Hause von Abu Habib, dem Schwager Tante Maries, der zugleich der Bruder ihres Mannes war und sich als Treuhänder des Kirchen-*Wakfs* betätigte. Das war auch das Jahr, in dem mein Vater beschloß, den Kopf zugunsten der Füße zu verlassen und aus dem Barbierladen eine Schusterei zu machen. Jedoch blieb er seiner alten Liebe treu und empfing samstags und sonntags seine Kunden im westlichen Zimmer im Hause Tante Maries, das Abu Habibs Haus und den wachsamen Augen der jungen Dame aus Beirut gegenüberlag. All dies ereignete sich, wie gesagt, zur Zeit des großen arabischen Aufstands.

Elias nahm Ejini an dem Tage zur Frau, als König Faruk von Ägypten Königin Faride heiratete, Anfang 1938. Später wurden beide – ein königliches, geheimnisvolles Wunder – am selben Tag Väter. Und jetzt, Anfang September 1938, der arabische Aufstand ist gerade auf seinem Höhepunkt, widersetzte er sich Elaines dritter Reise nach Fassuta, jedoch ohne sie wirklich zu hindern, und sie fuhr nach Tyros, um sich für den Übergang bei Rosch Ha-Nikra einen Paß zu besorgen, da sie nun an der Grenze, anders als früher, kontrolliert wurde; und dort wird sich wegen der Zusammenstöße zwischen Aufständischen und englischem Militär bei Al-Bassa, westlich des Dorfes, ihre Weiterreise verzögern. Mehr noch als die Gefahren der Reise fürchtet Elias die Gefahren der Liebe. Denn im August desselben Jahres, so bezeugt durch den letzten Stempel in seinem britischen Paß, ging mein Vater nach Beirut, um dort um die Hand meiner Mutter anzuhalten und »den Gerüchten ein Ende zu machen«, wie die Leute so sagen. Aber Elias hatte ihn freundlich abgewiesen und ihm eine Antwort versprochen, sobald sich die Gemüter beruhigen würden und die Lage übersichtlicher wäre. Elaine fährt von Tyros zurück nach Beirut, die Reise nach Fassuta ist ihr zu gefährlich. Dort bleibt sie und kehrt nicht ins Dorf zurück, weder um zu unterrichten noch um Hanna Schammas wiederzusehen, bis mein Vater Anfang Juli 1939 in Begleitung seines Onkels Michail und zwei seiner libanesischen Freunde in das Haus der Familie Bitar kommt. Die »Delegation« hielt um Elaines Hand an. Und nachdem man ihre Bitte nicht sofort erhörte, suchte mein Vater, hartnäckig, wie er war, Tag für Tag das Haus in einer Art privatem Überzeugungsfeldzug auf, der sich etwa zehn Tage hinzog – bis sich das harte Herz von Elias, der seine kleine Schwester nicht freigeben wollte, erweichte. Jetzt aber gab er seine Zustimmung, daß sie ihr Haus verlasse und die Familie, die sie liebte, daß sie ihre Stadt verlasse und ihr Schicksal mit dem dieses verstockten Barbier-Schusters aus dem entlegenen Dorf in den galiläischen Bergen verbinde, von dem keiner je gehört hatte. Das ging aber nicht so schnell, da meine Mutter eine Woche später Rückenschmerzen bekam und vom Arzt zu den heißen Quellen des Dorfes Mayfouq geschickt wurde. Am Dienstag, dem 15. August des Jahres 1939, dem Fest Unserer Heiligen Königin, wurde die Verlobung gefeiert, an dem Tag, an dem Shahrur Al Wadi, der volkstümliche, weithin berühmte libanesische Barde, im Café bei der Heilquelle von Mayfouq eine Veranstaltung gab. An diesem Tag erhielt die Braut das mit Perlmutter eingelegte Holzkästchen aus Damaskus als Verlobungsgeschenk, dasselbe Kästchen, aus dem ihr Schmuck verschwinden würde, dessen Platz dann die Barbiergeräte meines Vaters einnehmen sollten, der am Fest der Taufe Jesu, am 6. Januar 1940, nach Beirut kam, er und seine Schwester Jalileh, um den Jhaz zu kaufen. Das junge katholische Paar heiratete in der Kirche des heiligen Estefan in Al Watrun, der maronitischen Kirche, denn der Priester der katholischen Kirche weigerte sich, einen jungen Palästinenser zu trauen. Die Trauung fand am Dienstag, dem 30. Januar 1940, statt. Drei Tage später, am Tag des Einzuges Unseres Herrn im Tempel, besuchten sie die Kirche zum erstenmal als verheiratetes Paar und kehrten am gleichen Tage nach Beirut zurück. Damals begannen die Regenfälle, die die Al-Kasmiyeh-Brücke zerstörten. Im Morgengrauen des folgenden Montags, des ersten der vierzig Fasttage, kam Großmutter Aljah durchnäßt bis auf die Knochen zu Tante Marie, die krank zu Bett lag. »Was liegst du im Bett?« sagte Großmutter. »Wir haben seit dem Fest der Taufe des Herrn nichts von Hanna gehört, und seitdem kam kein Stück Brot an meine Lippen.« Am Fest der Taufe des Herrn pflegte Großmutter nach christlichem Brauch über Nacht einen in Leinen gewickelten Teigballen an einen Baum zu hängen, damit er säuere und das ganze Jahr bis zum nächsten Fasttag als Sauerteig diene.

Inzwischen aber regnete es Tropfen groß wie Kaffeetassen, wie Tante Marie zu sagen pflegte, und das Dorf war wie ein Boot im Meer. Sie erhob sich von ihrem Krankenbett und ging mit Großmutter nach Rmeisch, um zu erkunden, was mit Braut und Bräutigam geschehen war. Sie gingen am Zaun vorbei durch das Al-Mansura-Tor. Der Zaun war zu Beginn des arabischen Aufstands errichtet und kurz vor der Staatsgründung Israels beschädigt worden, in Gestalt des »guten Zauns« erstand er erneut viele Jahre später. Um zehn Uhr kamen sie im Dorf Rmeisch im Hause Sa'id Al-Matuks an, eines Verwandten von Tante Maries Mann. Beide erschraken, als sie sahen, wie sein Sohn Fuad trotz des heiligen Fastens ein saftiges Frühstück verspeiste, weil er wegen seiner verletzt im Eingang liegenden Kuh in Zorn geraten war. Diesen Fuad bat Tante Marie, sie auf der Suche nach dem Bräutigam zu begleiten, und ließ Großmutter Aljah in Rmeisch zurück. Während sich der Himmel aufhellte, kamen sie zum Dorf Ein Ebel, wo sich das einzige Telefon der Gegend befand, und riefen Dr. Me'eizel in Bint Jbeil an, der ihnen sagte, daß er nichts Neues aus Tyros erfahren habe; und so beschlossen sie, auf der gepflasterten Straße nach Bint Jbeil weiterzugehen. Fuad wollte nicht den staubigen kurzen Weg nehmen, obwohl die gepflasterte Straße dreimal so lang war; aber er hoffte, dort Braut und Bräutigam zu begegnen. An der Wegkreuzung von Bint Jbeil kam ihnen der Autobus aus Tyros entgegen, und der Fahrer, den Fuad kannte, sagte ihnen, daß Braut und Bräutigam am folgenden Tage kämen: »Empfangt sie in Rmeisch!« Sie wandten sich um und kehrten nach Rmeisch zurück, wo sie zum Vespergebet ankamen. Meine Tante ging sofort zur Kirche, um ihr Gelübde einzuhalten, zu Ehren der heiligen Jungfrau ein Dut-

zend Kerzen anzuzünden, sobald sie wisse, daß Braut und Bräutigam wohlauf seien. Am frühen Morgen des folgenden Tages begab sie sich allein zum Al-Mansura-Tor, noch bevor es offen war, und als es geöffnet wurde, beeilte sie sich, den Dorfbewohnern mitzuteilen, daß sie die im Laufe des Tages ankommenden Brautleute empfangen sollten. Als Braut und Bräutigam zu dem unter dem Namen A-Daraje bekannten Platz kamen, wurde die Braut auf einen Schimmel gehoben. Salven ertönten und hallten wider in der nach einer Regenwoche klaren Luft. Das waren die Schüsse, die die Braut an jene erinnerten, die dem Leben der drei Schimmel im Oktober 1936 ein Ende gemacht hatten. Sie sollte sich an diese Schüsse noch einmal erinnern, und zwar einige Tage vor Weihnachten 1946, als sie schon Mutter von vier Kindern ist.
Elias Michail, der Onkel von Almasa, welche im Alter auf den Feigenbaum zu steigen pflegte, blieb der Familientradition treu und verlor seinen Verstand in den besten Lebensjahren; er rannte nackt durch das Dorf oder schleppte seine Matratze auf die Hauptstraße, wo er sie steinigte und verfluchte für all die Stunden Schlaf, die er auf ihr vergeudet hatte. Aber die Tat, aufgrund deren man sich seiner im Dorf immer wieder erinnerte, war verknüpft mit seinem Sohn Nahle, der in der britischen Polizeistation in Tarbiha diente. Ende Oktober 1946 sammelte der Vater alle Blechbehälter, die vorgesehen waren, um nach der Ernte mit dem Olivenöl aus der Presse gefüllt zu werden, schnitt sie auf, bog sie gerade und erklärte den verwunderten Zuschauern, daß er aus ihnen ein gepanzertes Fahrzeug für seinen Sohn bauen wolle, damit er gesund und heil zur Polizeistation Tarbiha käme. Noch wußte er nicht, daß man seinen geliebten Sohn Nahle einige Tage vor dem Weihnachtsfest des Jahres 1946 unter

mysteriösen Umständen ermordet in seinem Bett auffinden würde. Zur Zeit des Begräbnisses am darauffolgenden Tage wird jemand in unser Haus eindringen und irgendwie die Spiegeltür des Schrankes öffnen, den Deckel des mit Perlmutter eingelegten Holzkastens aus Damaskus aufbrechen und sich aus dem mit blauem Samt ausgeschlagenen Döschen Mutters Schmuck aneignen, den sie von ihrer Mutter zur Hochzeit bekommen hatte, und mein Vater wird darauf bestehen, den Rat des Wahrsagers von Tarschiha einzuholen, herauszufinden, wer der Dieb sei. In der mit Öl gefüllten Untertasse auf seinem Tisch sah meine erstaunte Mutter eine ihr bekannte Frau, wollte aber nicht sagen, wer sie war: Zehn Jahre später wird sie die Perlenohrringe, die ihre Mutter ihr einst angelegt hatte, die Ohren einer Freundin jener Frau schmücken sehen. Die Freundin kam aus der Stadt, in der die heilige Jungfrau die Verkündigung hörte. Aber meine Mutter wird schweigen und wird auch vier Jahre nach dem Diebstahl schweigen, als mein Vater darauf besteht, mich nach dem Kinde zu nennen, das im Jahre 1929 in Beirut gestorben ist. Und sie wird sich an die Untertasse mit Öl erinnern und an das tote Kind, das aus ihrem Leib kommt. Und ich komme aus ihr als Steißgeburt, das Oberste zuunterst, und wären nicht die geübten Hände der Dorfhebamme gewesen, ich hätte das Licht der Welt als Waise erblickt.

Am 31. Oktober 1980 fuhr ich mit meinem Bruder in dessen Auto von Haifa ins Dorf, um die Oliven zur Ölpresse nach Hurfej zu bringen, das ich zwanzig Jahre vorher zum letzten Male in Begleitung meiner Tante Warde besucht hatte, der Schwester der beiden, die mit meiner Mutter zusammen die drei Schimmel hatten umfallen sehen. Es war das Jahr des Zerfalls der alten Ölpresse von Fassuta, die Abu Schaaker gehörte und im Schein der Öllampe von seinem Schimmel gedreht wurde. Die Leute von Fassuta aber hatten schon begonnen, die elektrische Ölpresse vom nahen Dorf Hurfej vorzuziehen. Und dort saß den ganzen Tag ein alter *Hadsch* und hielt einen Eimer, damit man ihm auch etwas vom Öl abgäbe, wobei er an Augenbrauen und Wimpern zupfte, auf den mit Olivenabfall bedeckten Boden spuckte und stets denselben Fluch gegen den großen arabischen Aufstand ausstieß. Das Auto, das uns nachmittags abholen sollte, erschien erst in den späten Abendstunden, weil eine der Enkelinnen Elias Michails sich den Fuß gebrochen hatte und mit dem einzigen Auto des Dorfes schnell in das Malben-Krankenhaus am Stadtrand von Nahariya befördert werden mußte, das ich jetzt mit meinem Bruder betrat, um mich nach dem Befinden des Sohnes unserer Tante Marie zu erkundigen, dessen Bein wegen schwerer Diabetes amputiert werden mußte. Als wir das Krankenhaus verließen, näherte sich uns ein Mann in mittleren Jahren und fragte, ob wir zufällig in den Norden führen und ihn und seinen alten Vater nach Tarschiha mitnehmen könnten. Mein Bruder, der für gewöhnlich ungern Tramper mitnahm, stimmte zu meiner Überraschung zu. Der Alte saß in sich versunken auf dem Rücksitz und sprach den ganzen Weg über kein Wort. Der Sohn brach die Mauer des Schweigens und erzählte, daß er mit seinem alten Vater über die Allenby-Brücke gekommen sei, um seinen Bruder in Silwad bei Ramallah zu besuchen, doch dort erfahren habe, daß einer der Verwandten aus Tarschiha im Krankenhaus in Nahariya läge. Und da sie schon da waren, hätten sie beschlossen, weiter nach Norden zu reisen, wo sich die übrige Verwandtschaft befand, die im Jahre achtundvierzig von Jauneh nach Tarschiha gekommen war. Als wir kurz vor Tarschiha waren und der Alte hörte, wir seien auf dem Wege nach Fassuta, erwachte er aus seinem Dämmerschlaf und fragte: »Wessen Söhne seid ihr? Möge Allah euch behüten.« »Wir sind die Söhne von Hanna Schammas«, antwortete mein Bruder und hielt mitten auf dem Dorfplatz. Der Sohn beugte sich an meiner Seite ins Fenster und wollte meinem Bruder danken, der alte Mann jedoch schob die Schulter seines Sohnes beiseite, steckte den Kopf durchs Fenster, schaute mich an und sagte: »Bestell deinem Vater Grüße von Abdallah Al Asbah, er schuldet mir noch eine halbe Rasur.« Mein Bruder, der, weil der Sohn so überschwenglich gedankt hatte, nichts von den Worten des Alten mitbekommen hatte, fuhr an, ich streckte den Kopf aus dem Fenster und rief, daß mein Vater vor zweieinhalb Jahren gestorben sei und den Gerüchten nach auch er längst tot sein müßte. Der Alte stutzte erschrocken und setzte dann kopfschüttelnd seinen Weg fort.

Ungefähr einen Monat danach erschien in einer der Tageszeitungen ein Bericht über die von der Armee über das Dorf Silwad nördlich von Ramallah verhängte Ausgangssperre. Laut Berichterstattung erfolgte sie nach dem dritten Mord mit politischem Hintergrund, der sich dort zugetragen hatte. Von allen Zeugenaussagen hob sich die einer Frau, Suraja Sa'id, die die Mutter eines dreißigjährigen taubstummen Zwillingspaares war, ab. Sie erzählte dem Journalisten, zehn Soldaten seien in ihr Haus gekommen und hätten allen befohlen, die Hände zu heben. Als sie ihnen zu erklären versuchte, daß die Zwillinge taub seien und den Befehl nicht hören könnten, herrschten sie sie an, die Hände zu heben und still an der

Wand zu stehen. Die Soldaten schütteten den Inhalt von zwei Behältern mit Olivenöl auf den Fußboden. »Ich sagte ihnen, es sei schade drum, doch sie antworteten: ›Schweig! Hände hoch.‹« Und sie erzählte dem Reporter, dessen Neugier sie mit ihrem blonden Haar erregt hatte, sie sei eine zum Islam übergetretene Christin und habe den Sohn eines Helden des großen arabischen Aufstandes geheiratet, sein Name sei Abdallah Al Asbah.
Die Zwillinge standen wie ein stummes Taubenpaar auf der Seite und blickten auf das in den Staub sikkernde Olivenöl.

Drittes Kapitel

Viele Wochen vergingen, bis ich den Mut fand, das Schweigen zu brechen, zu dem ich mich nach jenem Bericht über die blonde Frau gezwungen hatte, und mich zu Suraja Sa'id aufzumachen. Eines Tages fand ich mich, fast wie im Traum, am Rande des Dorfes Bejtin, auf dem Wege nach Silwad im Bezirk Ramallah. Hier stand ich, von Zweifeln zernagt, lebendes Beispiel für einen, der bereits reuevoll zögert, den Staub lange zurückliegender Erinnerungen aufzuwirbeln, Erinnerungen, die ich in die Tiefen des Vergessens verdrängt hatte und von denen ich befürchten mußte, daß sie mit einem Schlag all die Bitternis jener Jahre wieder gegenwärtig machen würden. Aber größer noch als die Furcht, Suraja Sa'id mit meinen Fragen zu belästigen, war die Sorge darum, mein unschuldiges Nichtwissen zu erhalten, denn wenn das Kapitel über Leila Khouri im Leben meiner Familie abgeschlossen war, weshalb dann herkommen und den fremden Boden längst vergessener Vergangenheit betreten? Aber diese Angst war nichts anderes als der Dorn einer dumpfen und unklaren Empfindung, der in mein Bewußtsein gedrungen war. In meinem Herzen war ich immer sicher gewesen, daß, sollten sich eines Tages unsere Wege zufällig kreuzen, das Bild dieser Leila Khouri, wie es mir aus dem Familienalbum in Erinnerung war, bis zur Unkenntlichkeit verwischt werden würde. Und irgend etwas von dieser gepeinigten Seele der Zehnjährigen, die gezwungen wurde, aus der Heimat ins Land der Zedern zu gehen, und, als sie zu den Gefilden der Kindheit zurückkehren wollte, durch die Kaprizen des Schicksals, das solche Wiederholungen liebt, in andere Gegenden verschlagen wurde, der schicksalsvollen Hand preisgegeben, die im Jahre achtundvierzig den Lebensweg Leila Khouris in ewige Verbannung und Heimat zugleich lenkte – irgend etwas von dieser gepeinigten Seele war all diese Jahre in mein Bewußtsein gesikkert und hatte Zweifel hervorgebracht, an die zu rühren verboten war. Und hier bin ich, diesen Abgrund zu deuten, meine neugierigen Hände hineinzulegen.

Und in mir war noch eine andere Ungewißheit. Wer bürgte mir dafür, daß diese Suraja Sa'id, die Blondine aus dem Dorf Silwad, Mutter der taubstummen Zwillinge, noch dieselbe Leila Khouri war, die mein Vater Anfang 1936 in das Haus der Familie Bitar in Beirut gebracht hatte und die neun Monate später auf Geheiß von Mlle Sa'da als minderjährige Haushaltshilfe in einem reichen Beiruter Viertel arbeiten mußte, von dort verschwand, und als man sie 1948 fand, gleich wieder verschwand? Nach meinen Berechnungen müßte sie, wenn es sich um die gleiche Person handelte, ungefähr fünfundfünfzig Jahre alt sein. Und was wäre, wenn diese Frau, die mir und meinem

Journalistenfreund, der mich aus Interesse begleitete, die Tür öffnen und sich als Suraja Sa'id vorstellen würde, eine Art palästinensischer Anna Karenina also, und wenn nur das einander so gleichende Unglück aller Flüchtlinge in meiner Phantasie eine Parallele zwischen beiden Frauen geschaffen hätte und diese Frau, der israelische Soldaten den Inhalt zweier Olivenölbehälter in den Staub gegossen hatten, zu alt oder zu jung wäre, um Leila Khouri zu sein?
Was war es eigentlich, was ich suchte? Etwas in dem Bericht, etwas Suraja Sa'id in den Mund Gelegtes, erinnerte mich an den Tonfall der Leute von Fassuta, der Leila-Suraja wie ein Geburtsmal anhaftete. Aber dieser Eindruck beruhte einzig auf den wenigen vagen Worten, die ins Hebräische übersetzt waren, und meiner Eingebung, die sich auf nichts Genaues stützen konnte, doch in hartnäckiger Wiederkehr mir sagte, daß nur Suraja Sa'id dieses Rätsel aus der lange zurückliegenden Vergangenheit meiner Familie lösen könnte.
Und noch etwas anderes plagte mich, eine Ungewißheit, die zuerst an jenem Tage Ende Oktober 1980 bei der flüchtigen Begegnung mit Abdallah Al Asbah, allem Anschein nach dem Schwiegervater Suraja Sa'ids, aufbrach. Es ist die Ungewißheit, die den Toten einen Vorteil vor den Lebenden verleiht – den Toten, die auferstehen, um dich zu quälen, wenn du, gleichgültig gegen die Schwankungen der Gegenwart, den Gespenstern der Vergangenheit ausgeliefert bist. Ich hatte geglaubt, daß Al Asbah es mir ermöglichen würde, seine Geschichte mit dem vorigen Kapitel zu beenden, womit seine Rolle ebenfalls ihr Ende gefunden hätte, und nun bin ich auf dem Wege nach Silwad und halte das Ende eines Fadens, den er gesponnen und in das unordentliche Gewebe meines Lebens hin-

eingewebt hatte, und wie ein Weber ziehe ich an dem Faden und sinne nach über Möglichkeiten, die mir vielleicht zufallen durch diese neue Wirklichkeit, und ehe ich in Ruhe bedenken kann, was ich tue, kämme ich den Fadenstrang, wickle ihn neu, um ihn anders einzufärben und ihn aufs neue mit dem Gewebe der Erzählung zu verbinden. Wer bürgt mir aber dafür, daß so der Faden nicht auf eine gefährliche Weise sich verwirrt, da ihm solche Zügellosigkeit gewährt wird? Und diese Geschichte, die allem Anschein nach zu Ende geht, gehorcht einem kapriziösen Faden, der sie in unerwartete Gegenden locken wird, in ein Abenteuer, dessen Ausgang nicht vorauszusehen ist. All diese Gedanken kommen mir am Rande von Bejtin, auf dem Wege nach Silwad, in den Sinn, in der Nähe einer Militärabsperrung, beim Kreischen der Steinsägen, bei den rhythmischen Hammerschlägen der Steinmetzen. Schläge, die den still-geheimnisvollen Rhythmus beherrschen. Von beiden Seiten des Weges kommen die Schläge und bilden eine Art Netz sägender und hämmernder Töne zusammen mit dem Geräusch der langen Reihe sich langsam der Sperre nähernder Autos; sie durchdringen das Netz und gehen über in den Rhythmus der marschierenden Soldaten. Mein Freund, der Journalist, erörtert Gedanken über die Ewigkeit des hiesigen Steins im Gegensatz zum Regime. Er nimmt den Strom der Geräusche über unseren Köpfen wahr und stimmt, mit dem Finger den Rhythmus der Steinmetzen auf das Lenkrad klopfend, in den Chor ein.

Vierzig Jahre lang hämmerten Abu Massuds Finger den Stein im Steinbruch der roten Felsen in dem An-Nakara genannten Flecken Land. Die dumpfen Warnlaute *»Warda! Warda!«* drangen zuweilen bis zu unserem Haus am Südrand des Dorfes, und ich legte mich dann platt auf den Boden, das Ohr an die kalten Betonfliesen gepreßt, und wartete mit angehaltenem Atem auf den Donner der Explosion, die von Abu Massud und seinen Söhnen tagelang vorbereitet worden war. Wenn die Explosion erschallte, erzitterten die Fenster und manchmal auch das Glas der Luxlampe, die am Abschlußstein des Deckenbogens von einer Eisenstange herabhing. Nicht selten fielen durch die Explosion die von Onkel Jussefs Frau an die Küchenwand gelehnten Töpfe um. Gleichzeitig brach Onkel Jussefs Frau in ein Geheul aus, das schnell in Verwünschungen gegen Abu Massud überging. Wenn er mit diesen Explosionen fortführe, sei der Tag nicht mehr fern, an dem unser Haus über uns zusammenbräche, und wirklich traten jedesmal neue Risse in den Wänden auf, wenn er, noch ehe die Explosion selbst die Grundfesten des Hauses erschütterte, seine Warnrufe »Warda! Warda!« ausstieß und seine Stimme trotz der Dämpfung durch die Erdschichten deutlich herüberschallte. Aber die saftigsten Flüche entluden sich über Abu Massud, als er zu günstiger Stunde meinem Onkel die verrückte Idee nahelegte, ein für allemal den Nimbus zu zerstören, der den mysteriösen Felsen im Zentrum der Duwara umgab. Jenen Felsen, auf dem ich stand, als ich zum ersten Male von den Umständen meiner Namengebung hörte. Alle Jahre einmal, in einer Vollmondnacht, so sagte meine Cousine, stehe der Felsen in strahlendem Glanz. Und nun behauptet dieser Abu Massud mit hinterhältigem Ernst, daß er ebendiesen Felsen sprengen könnte, und zwar so, daß die Splitter nicht mehr als einige Meter weit fliegen würden. Und wenn A-Rassad den verborgenen Eingang zur Höhle unter dem Felsen bewachte, so wäre dies der Zeitpunkt, ihn aus seinem Versteck zu locken und zu beweisen, daß Abu Massud etwas von der Seele des Steins verstünde. Und nur Allah allein, gepriesen sei Sein Name, könne bestimmen, wer sich im Machtkampf behaupten würde, der wachsame Hahn, Geschöpf dunkler Mächte, oder der große Abu Massud persönlich, welcher kürzlich die Dorfkirche, deren Altar aus dem roten Felsen von An-Nakara gehauen worden war, auf den Namen des Propheten Elias gestiftet hatte, dem Retter der Unterdrückten und Verteidiger der Schwachen. Vier Säulen umgeben wie die vier Evangelisten in Hüfthöhe einen rechteckigen Block, der gekrönt wird von einem Kreuz aus dem schwarzen Stein des Dorfes Peki'in. Alle fünf Steine sind der Stolz Abu Massuds, einschließlich der auf Hochglanz geschliffenen Steintafel, die den Altartisch bildet, ein großer Steinsattel, der die anderen Steine daran hindert, gen Himmel zu fahren, wenn die betenden Stimmen erschallen und Weihrauchwolken sie umschweben. In jenen Tagen wurde der rote Stein Abu Massuds immer weniger, und Abu Massud wanderte in das nahegelegene, an schwarzem Stein reiche Dorf Peki'in, wo er Gelegenheit hatte, sich einen Namen zu machen und das zu schaffen, was er den »Grundstein« seines Lebens unter den Steinen nannte – den schwarzen Grabstein auf dem Grabe des Verkünders des jüdischen Staates, Benjamin Se'ev Herzl, dessen Vision sich erfüllen sollte, aber es sollte *dafka*, ein Araber, sein, der die riesige schwarze Grabplatte lieferte, die sein Grab zur ewigen Erinnerung bedeckt. Die vom Technikum gesandten Experten, die Abu Massud beraten sollten, wo man am besten den geeigneten Stein fände, waren schnell in eine hitzige Debatte mit dem hartnäckigen Felsenmenschen verwickelt. Zehn Meter tief an dieser Stelle sei der gesuchte Stein verborgen, sagten sie ihm, worauf er ihnen in felsenfester Überzeugung entgegenbrüllte, daß der Grundstein des Zionismus woanders und nur drei Meter tief läge. Sie drohten, ihm den Auftrag zu entziehen, und gingen, wie sie gekommen waren. Der Mittelsmann, der einige Tage später zu Abu Massud in den Steinbruch geschickt wurde, fand zu seinem Erstaunen, daß der Alte in seiner Hartnäckigkeit recht gehabt und bereits mit der Bearbeitung des Steins begonnen hatte. Zwei schwarze Steine gab es nach Meinung des verstorbenen Abu Massuds in der Welt, den schwarzen Stein der Kaaba in Mekka, den der allmächtige Allah gehauen hatte, und den schwarzen Stein auf dem Grab Herzls, den der sterbliche Abu Massud bearbeitet hatte, und einer wie der andere sind Ziele der Pilger, wenn auch Allah über kein Dokument vom Technikum verfügte, um das zu beweisen.

»Ausweise, bitte!« sagte der ins Autofenster gebeugte Soldat zu meinem Journalistenfreund.

»Und er?« fragte mein Freund und zeigte auf mich.

»Sieht wie einer von uns aus«, sagte der Soldat. »Was sucht ihr hier?«

»Ich bin hinter einer Story her, und mein Freund sucht eine Verwandte.«

»In welcher Siedlung?« wollte der Soldat wissen.

»In Ofra natürlich!« antwortete mein Freund mit unschuldigem Lächeln, und sein Schnurrbart spannte sich zwischen beiden Grübchen.

Auf dem Hauptplatz von Silwad lehnte ein Junge über einer Balkonbrüstung. Während sich unser Auto näherte, fragte er hilfsbereit: »Wen sucht ihr?«

»Das Haus der Familie von Sitt Suraja Sai'id«, antwortete mein Freund.

»Oh! Sitt Suraja Sa'id!« sagte der Junge spöttisch. »In welcher Angelegenheit?«

Mein Freund war verwundert über die Dreistigkeit des Jungen und gab keine Antwort. Der Junge sagte: »Vielleicht führt ihr Böses im Schilde?«
»Nein«, antwortete mein Freund. »Gott behüte! Wir kommen in guter Absicht. Ich habe ihr einen Verwandten mitgebracht!«
Der Junge verschwand vom Balkon, und ehe wir seine Absicht merkten, sprang er aus dem Hauseingang und wortlos ins Auto, als hätte das gegenseitige Frage-und-Antwort-Spiel nur dem Zweck gedient, den Genuß, mit den beiden Umherirrenden im Auto zu sitzen und ihnen den Weg zu zeigen, zu verzögern, und nur Allah allein in seiner großen Güte wußte, was die beiden im Sinne haben mochten.
»Habt ihr schon gehört, was die Soldaten vor einigen Monaten bei Suraja Sa'id gemacht haben?« fragte der Junge und wartete die Antwort nicht ab: »Nicht nur bei ihr. Zehn Soldaten haben nach Mitternacht alle Männer aus den Häusern geholt und auf dem Schulhof versammelt, und dort haben sie sie bis zum Morgen sitzen lassen. Dann sind sie in die Häuser eingedrungen und haben Geld gestohlen, Reis und Zucker auf den Boden geschüttet und über alles Petroleum gegossen. Viele Menschen wurden auch geschlagen.«
Langsam bahnte sich der Wagen einen Weg durch die schmalen Gassen, deren Mauern sich über ihnen zu schließen schienen. An der Biegung vor dem Hause Suraja Sa'ids stieg der Junge aus und gab meinem Freund Anweisungen, wie er den Mauervorsprüngen ausweichen solle, um die Karosserie nicht zu beschädigen. Als wir die Ecken wohlbehalten passiert hatten, flüsterte es in meinem Innern, daß nun die letzte Möglichkeit zu zögern verspielt war und es auf Gedeih und Verderb ab hier keine Rückkehr mehr gab.

»Wenn wir ihn bei Suraja Sa'id abgesetzt haben«, sagte mein Freund und zeigte auf mich, »führst du mich in die betroffenen Häuser, um zu hören, was dort vorgefallen ist.«
»Das wird stundenlang dauern«, sagte der Junge im Bewußtsein seiner Wichtigkeit, »aber heute habe ich sowieso nichts zu tun. Hier ist das Haus der Sitt Suraja Sa'id!«
Vor uns stand eine Frau in den Fünfzigern, schwarz gekleidet und mit wirrem, aschfarbenem Haar, das im leichten Aprilwind flatterte, und leicht flatternd stieg auch der Rauch aus dem improvisierten Backofen vor ihrem Hause auf. Die Frau brach mit den Händen dünne Reisigzweige und warf sie in den Ofen.
Bulus der Rotschopf, der Sohn meiner Tante Najibeh und der größte Junge unserer Bande, versprach, uns nach der Sonntagsmesse etwas zu zeigen, was wir in unseren kühnsten Träumen noch nicht gesehen hätten. Zu diesem Zweck mußten wir über An-Nakara zu Abu Massuds Steinbruch laufen, und da wir wußten, daß der Steinbruch heute, an Abu Massuds Ruhetag, verlassen dalag, vermuteten wir drei anderen, daß Bulus, dieser Spaßvogel, eine riesige Explosion im Steinbruch anzetteln würde. Die Woche davor hatte er in dem großen Brombeerdickicht auf Onkel Nimrs Feld, der ein Bruder von Großmutter Aljah war, einen Revolver und eine verrostete Schachtel mit Patronen gefunden, und da er das Geheimnis nicht kannte, wie man einen Revolver mit Patronen lud, wollte er die Patronen erforschen. Als am folgenden Tage seine Mutter, meine Tante Najibeh, mit dem Brotbacken fertig war, versteckte Bulus in dem gewölbten Ofen zwischen glühenden Kohlen eine Patrone aus der verrosteten Schachtel. Entgeistert über den großen Knall rannte meine Tante mit schlotternden Knien hinaus,

um zu sehen, was geschehen war, und fand Bulus kreidebleich und wie zur Salzsäule erstarrt vor dem Steinofen stehen, dessen Kuppel aufklaffte wie mit einer Axt gespalten. Aus Furcht vor Strafe verbrachte Bulus zwei Tage in unserem Haus, denn seine Mutter war weniger aufgebracht darüber, was ihm hätte zustoßen können, als über das irreparable Loch in ihrem Ofen, der zwei Tage vorher in Akko gekauft worden war. Ich, der Jüngste in der Bande, war mehr als einmal gewarnt worden, bei Bulus' verrückten Streichen mitzumachen, war aber am meisten erpicht darauf, zu erfahren, was er als nächstes vorhatte. Er demütigte mich, indem er erklärte, es wäre besser für mich, nicht an diesem Abenteuer teilzunehmen, sondern in der Feigenplantage von Al Jahlief auf dem Wege nach An-Nakara auf sie zu warten. Aber als er die aufsteigenden Tränen in meinen Augen sah, fuhr er mir liebevoll durchs Haar und meinte, er habe nur Spaß gemacht, obwohl er nicht sicher sei, daß ich verstünde, worum es ging. Wir leisteten einen Eid, Bulus zu bezahlen. Wenn wir gesehen hätten, was er uns in An-Nakara zeigen würde, müßten wir ihm eine *Ariesche* in unserer Feigenplantage zubereiten. Ariesche ist ein Feigengericht aus reifen, geviertelten Feigen, die auf einer mit Reisigzweigen zur Weißglut erhitzten Steinplatte gebraten werden. Die Samenkörner werden schwarz, und die Haut der Feigen färbt sich goldbraun. Erst wenn Bulus sich satt gegessen hätte, würden wir auch kosten dürfen.
So machten wir uns zu Abu Massuds Steinbruch auf. Als wir näherkamen, befahl Bulus, daß wir uns hinter einem der Felsen verstecken und seine Anordnungen abwarten sollten. Öde lag der Steinbruch da mit seinen roten, in der Sonnenhitze glänzenden Steinen, hier und dort sah man die Löcher im Felsen, die mit

Schießpulver gefüllt werden sollten, und hinter dem Felsen die Hütte des Wächters, der die schwere Ausrüstung, Stahlkabel und Sprengstoff, zu bewachen hatte. Und da öffnet sich auch schon die Tür der Hütte, der Wächter blinzelt in die Sonne, dreht sich um und schließt die Tür hinter sich. »Der Gottesdienst ist längst vorüber«, ahmt Bulus die Stimme des Wächters nach, »also weshalb so spät?« Nach einigen Minuten herrscht er uns mit einem langgezogenen »Schsch« an, zu schweigen, als hätten wir nicht schon eine ganze Stunde lang geschwiegen, und sagt nachdrücklich: »Da kommt sie!« Es war die Frau des Wächters, in der Hand ein Reisigkörbchen, das offensichtlich das Mittagessen für ihren Mann enthielt. Die Bande, die Bulus' Anordnungen bis jetzt befolgt hatte, war enttäuscht, gehorchte aber augenblicklich wieder seinen Befehlen. Und so folgten wir ihm auf Zehenspitzen zur Hütte und hefteten unseren Blick mit wachsender Angst auf die Löcher in der glühenden Blechwand. Während sich unsere Augen an das Halbdunkel der Hütte gewöhnten, hörten wir die Frau ihren Mann lachend fragen, ob er nicht vorher etwas essen möchte. Aber ihm stand der Sinn nicht nach den Dingen im Reisigkörbchen, und ohne überflüssige Worte schob er seine Frau auf das Bett in der Ecke zu, und ehe wir seine Absicht ahnen konnten, wurden seine Hosen herunter-, ihre Röcke hochgezogen, der entblößte Hintern des Wächters schien in den Fleischmassen zu versinken, und er fing an, sich in sich steigerndem Rhythmus auf und ab zu bewegen, und zwei Hände umfaßten die glänzenden Hinterbakken und lenkten die Bewegungen und den Rhythmus der Stöße; unser Atem stockte, die Stille wurde von einem einzigen Laut durchbrochen, der mit jedem Stoß wiederkehrte, dem, den die Zunge im feuchten

Mund macht, und als der Rhythmus schneller wurde, und das Knarren des Bettes lauter, und als sich dem Mund der Frau der erste Schrei entriß, schrie Bulus aus voller Kehle: »Warda! Warda!« Wir sahen den Wächter zwischen den gespreizten Beinen seiner Frau aufspringen, verstört um sich blickend, mit den Händen in die Leistengegend greifen – und zwischen den nun das Glied umschließenden Fingern spritzt in rhythmischen Stößen zähe, glänzende Flüssigkeit. Wir, die ganze Bande, stieben erschrocken auseinander, springen über Felsbrocken und Steine in Richtung Al Jahlief, während die drohende Stimme des Wächters uns verfolgt. Im Schatten eines Feigenbaums läßt Bulus sich schweratmend nieder, ein selbstzufriedenes Lächeln auf dem Gesicht. Und wir gehen schweigend daran, die Ariesche zu bereiten.
Wir bilden mit drei Schieferplatten eine Art offenes Rechteck und füllen den inneren Hohlraum mit trokkenem Reisig, darauf legen wir erneut weiche, von allen Staubspuren gereinigte Schieferplatten, sammeln reife Feigen, zünden die Zweige an und warten, bis der Schiefertisch glüht. Dann breiten wir die Feigen auf den Schieferplatten aus. Aus den sich spaltenden Lippen der platzenden Feigen fallen Samenkörner ins Feuer. Und in das Geräusch des aufeinandergepreßten Fleisches in der Hütte des Wächters mischt sich das leise Zischen, wenn Süße und Reife auf den glühenden Schiefer tropfen.
Auf einer fünften Schieferplatte häufen sich die gebräunten Feigen, deren Saft langsam und stetig auf die Erde rinnt. Bulus lobt unsere Arbeit. Als er die Hand gerade nach der ersten Feige ausstreckt, weiten sich seine Augen vor Entsetzen. Er ruft uns zu, in alle Richtungen davonzulaufen, der Wächter komme. Verschreckt verstecke ich mich zwischen den Zweigen

des Feigenbaums, die eine Art Baldachin über dem Altar der Ariesche bilden. Der Wächter entdeckt uns, aber er verzichtet darauf, die Flüchtigen zu verfolgen. Er geht dem Geruch der Ariesche nach, dem aufsteigenden Rauch entgegen. Bei den Schiefertafeln mit den goldenen Saft verströmenden Feigen bleibt er stehen und hält Ausschau nach den Störern seines Vergnügens: »Ich habe euch erkannt«, sagt er. »Ihr werdet von mir hören.« Und mit der Spitze seines Schuhs kippt er die Schieferplatten um, auf denen sich die gerösteten Feigen häufen, stößt sie in das brennende Reisigfeuer und zieht, ehe er sich wieder auf den Weg macht, sein Glied hervor, und in süßer Rache läßt er langsam, ohne jede Beeilung, Wasser auf den Ruinen des Ariesche-Ofens. Mit einem Kräuseln der Verwunderung steigt der Rauch auf und flattert im Winde davon.

Und vor mir steht Suraja Sa'id und bricht Reisig, und der Wind flattert, und der Rauch steigt aus dem Ofen.

Ich pflegte Onkel Jussefs Frau auf ihrem Gang in die Mühle zu begleiten. Und während sie über die vielen Frauen murrte, die vor ihr in der Reihe standen, freute ich mich darüber, diese Zeit im Maschinenraum zu verbringen, unter den wachsamen Augen der Frau meines Onkels, damit ich mich ja nicht zu sehr dem riesigen Rad näherte, das der Motor mittels eines bedrohlichen schwarzen Gurtes antrieb. Nachdem ich einige Minuten auf die mächtigen Maschinen gestarrt hatte, überließ ich mich gänzlich den monotonen rhythmischen Stößen des Motors, die den Fußboden erzittern ließen. Und wie ich so dastand, wurde mir klar, daß jeder einzelne Stoß eine Wolke schwarzen Rauches aus dem Kamin entweichen ließ.
Bulus, dessen Haus neben der Mühle stand, hatte sein

Vergnügen daran, schwarze Ameisen auf das glühende Blech zu legen, das die mit vier Schrauben auf dem Betonfundament fest in die Erde eingelassene Halterung für den Schornstein bildete. Wenn er genug davon hatte, urinierte er auf das Fundament, und es machte ihm Spaß, der schnellen Verdunstung zuzusehen. Einmal ließ auch ich mich zu diesem Vergnügen verleiten. Zwischen zwei wachsamen Blicken der Frau meines Onkels entwich ich aus dem Maschinenraum und umkreiste das Gebäude; in sicherem Abstand von der dem verrosteten Rohr entströmenden Hitze heftete ich meinen Blick fasziniert auf den Rauch, der im Rhythmus des Motorengeräuschs aufstieg. Außerhalb der dicken Wände klangen die Stöße friedlich-gedämpft, ließen aber weiterhin die Erde unter meinen Füßen erzittern. Zögernd pinkle ich auf das Blech. Verblüfft über die schnelle Verdunstung will ich mit den Fingern die Hitze des Rohrs prüfen.
Die Frau meines Onkels trug mich zum Haus meiner Tante Najibeh, wo ich nun sitze, beschämt und weinend, die Hände in kaltes Salzwasser getaucht, um den Schmerz der Brandwunden zu lindern.

Zwei Stunden später, als die Hupe des Autos ertönte, verließ ich Suraja Sa'id, die auf ihrem Bett saß, hinter sich einen Lichtflecken, der vom Westfenster einfiel. In der dunklen Küchenecke gegenüber saßen die Zwillinge, taubstumme Zeugen einer Erzählung, die den Raum füllte. Auf ihren Gesichtern lag ein Ausdruck von Pein, der mir das Gefühl gab, es wäre wahrscheinlich besser gewesen, die Geschichte wie eine Larve auf ewig im Kokon des Schweigens zu lassen. Aber nun, da der Kokon zerrissen war und der Schmetterling der Geschichte das Netz des Ver-

gessens wie mit verzaubertem Flügelschlag abgeworfen hatte, war der Rückweg für mich und ihn versperrt.
Onkel Jussef pflegte zu sagen: Es ist besser, eine Geschichte bleibt unerzählt, denn einmal erzählt, ist sie wie ein großes Tor, das halb offen gelassen wurde.

Viertes Kapitel

Die *Semandra,* der olivenholzfarbene Schrank mit Matratzen und Decken, verbarg an der Westwand unseres Hauses die Tür, die durch die dicke Wand zum Bogengang geführt hatte. Erst war dies die Tür zur Zisterne gewesen, doch inzwischen war sie nur noch die Seitenwand der Brunnennische. Ein grauer Metalldeckel mit einem Haken in der Mitte bedeckte die Brunnenöffnung und schützte das kühle Wasser vor dem Schabernack der Kinder, vor Katzen und vor fallenden Blättern, die an Sommertagen, wenn das Licht durch das dichte Laub fiel, als zitternde Flecken über die Wand des Bogengangs tanzten. Mit dem ersten Regen hörte man nachts das Brausen der Wasserströme, die sich vom schlammigen Dach unseres Hauses ihren Weg durch die Regenrinne bahnten. Diese führte in den Zisternenschacht. Nach dem Abendessen breitete meine Mutter die Matten auf dem Fußboden aus, holte die Matratzen aus dem Schrank und ordnete sie für die nächtliche Ruhe nebeneinander. Wenn man das Ohr auf das Kissen legte, konnte man das Rauschen des Wassers und sein Echo beim Fall von der Höhe der Regenrinne in die Tiefe des Schachts hören. Das Rauschen wurde schwächer und schwächer, und das Echo nahm ab

mit dem Anstieg des Wassers im Brunnen, bis nichts mehr zu hören war außer den aus der Kehle des Brunnens aufsteigenden Seufzern, wenn das Wasser über den Brunnenrand zu steigen drohte. Das war noch vor der Zeit, als man die Regenrinne vom Stollen entfernte, so daß sich das Wasser auf den Schlangenpfad nach Al Jahlief und in die Feigenplantage ergoß.
Zu diesem Zeitpunkt wurde Onkel Jussefs Katze rollig und suchte sich einen verborgenen Platz über dem Türsturz hinter der Semandra. Immer wenn die Katze rollig wurde, bekam ihr Fell einen wunderbar geheimnisvollen Türkisschimmer, der alle Kater der Nachbarschaft zu einem Wehgeheul vor der verschlossenen Tür hinter dem Schrank versammelte. Vater bemühte sich stundenlang, die Katze zum Verlassen des Türsturzes zu bewegen, damit sie ihre Liebhaber in weniger akrobatischer Umgebung empfange. Er fürchtete, daß es einem ihrer Verehrer, getrieben vom Drang nach jenem Unsichtbaren und die Nüstern erfüllt vom Geruch der Feigen, der durch die Türritzen drang, gelingen könnte, den Deckel vom Brunnen zu heben und zu ertrinken. Besonders wütend jedoch war mein Onkel auf jene Serenadensänger unter den Freiern, die ihm mit ihren heulenden Klagelauten den Schlaf raubten. Mehr als einmal gelang es ihm, einen von ihnen zu erwischen, ihn am Schwanz zu packen, um seinen Kopf zu wirbeln und ihn dann wie ein Wurfgeschoß in den Kaktus im Nachbarhof zu schleudern. Und obgleich der Kater jenseits des Kaktus unversehrt aufsprang, genügte doch das Schauspiel, um seine Kumpanen zu überzeugen, daß es besser sei, bis zum nächsten Tag unserem Haus fernzubleiben.
Gegen Ende des Sommers, wenn das Rauschen des Wassers in meinem Kissen, wo es sich seit dem letz-

ten Winter versteckt hatte, gänzlich verschwunden war und der in den Brunnen hinuntergelassene Eimer vorzeitig auf schlammiges Wasser stieß, kamen Beschuldigungen auf, die Regenrinne sei zu früh entfernt worden. Zu der Zeit begann man von der Notwendigkeit zu sprechen, den Boden des Brunnens von Schlamm und Blätterresten zu säubern, die auf den abschüssigen Grund gesunken waren, und ihn für die Regenzeit vorzubereiten, wenngleich niemand wußte, wann der erste Regen fallen würde.

Ich war etwa neun Jahre alt, als wir beim Abendessen um den Tisch saßen und mir gesagt wurde, daß ich an der Reihe sei, diese Arbeit zu übernehmen, die niemand gern tat, denn es ist kein großes Vergnügen, sich in dem tiefen Brunnenschacht aufzuhalten, wenn sein Boden mit schlüpfrigem dunklem Schlamm bedeckt ist. Aber in kindlichem Leichtsinn und Eifer begann ich sofort am nächsten Morgen mit der Arbeit. Da sich der Brunnen an der Westwand befand, mußten wir warten, bis die Sonne sich neigte, um mit ihrem schwachen Spätsommerlicht den Brunnenrand und die oberen Steinreihen des Schachts zu beleuchten. In der Nacht zuvor hatte ich in Erwartung des bevorstehenden Abenteuers, in den Schacht hinabzusteigen, unruhig geschlafen. Im Traum war ich abwechselnd in die Dunkelheit hinab- und zum Licht emporgestiegen, getaucht und wieder hochgestiegen, getaucht und gestiegen, schwebend zwischen Angst und der Freude des Entdeckens, die beide auf dem Grund des Brunnens lauerten.

Das Seil wurde um meine Hüften gebunden, und mein ältester Bruder fuhr mir liebevoll durchs Haar, ehe man mich in die Tiefe entließ. Ich werfe meine Schuhe ab, stehe breitbeinig über dem Brunnenrand und gebe mir Mühe, vor Nawal, der Nachbarstochter, die mich heimlich beobachtet und ihr Erstaunen zu verbergen sucht, wie ein Held zu erscheinen. Zögernd taste ich zuerst mit einem Fuß die feuchten Steine der obersten Reihe ab. Die Kühle des Steins und seine grüne Schlüpfrigkeit lösen ein Schaudern in meinem Körper aus, wie ich es bisher noch nie erlebt hatte. Ich halte mich an meinem Bruder fest und lasse meinen Unterkörper hinabgleiten, ohne den Schauder zu verbergen, den mir die Berührung der bloßen Beine in kurzen Hosen mit dem glitschigen Stein verursacht. Als mein Bruder das um meine Hüften geschlungene Seil fest anzieht und seinen Fuß, des Gleichgewichts wegen, fest an die Steine am Schachtrand preßt, lasse ich mich hinabgleiten, halte mich mit geschlossenen Augen am Seil fest und löse schnell die Zehen von den Steinen. Und mein Bruder, mit letzten ermunternden Worten, Warnungen und dem Versprechen, er werde mich nicht an die Karawane der Ischmaeliten verkaufen, lockert das Seil mehr und mehr, mit kräftigen und ruhigen Bewegungen, die mir das Gefühl von Sicherheit vermitteln. Ich versuche, das Reiben des Seils am Brunnenrand zu überhören, und schließe die Augen, um die Schachtwände nicht zu sehen, die sich um mich zu drehen scheinen, wenn das Seil, abwechselnd angezogen und gelockert, mich herumwirbelt. Mit vollen Lungen atme ich die feuchte Kühle, den kalten Geruch der Steine und den modrigen Dunst, der vom Grund des Schachts aufsteigend dem Raum um mich herum eine Bodenlosigkeit verleiht, und warte, daß meine Fußsohlen, vom Grund angezogen, unten aufsetzen. Während das Reiben schwächer wird, nähere ich mich seinem unter mir aufsteigenden Echo, das mich wie eine dunkle Tröstung umhüllt, und ich öffne die Augen und blicke zu dem einfallenden Licht empor, das schwächer wird, mit dem ich

aber durch das Seil noch verbunden bin. Ich blicke hinunter auf den näherrückenden Grund und versuche, nicht an die bevorstehende Berührung der Fußsohlen mit der Moder- und Schlammschicht zu denken. Da sehen meine bereits an das Dämmerlicht gewöhnten Augen mein umgekehrtes Spiegelbild im schwarzen Wasser. Ein Ruck des Seils läßt meine Beine in dem Spiegel versinken, der in Tausende in der Dunkelheit glitzernde Splitter zerspringt und sich wieder zusammensetzt und das einfallende Licht reflektiert. Meine Füße versinken bis zu den Knien in dem Gemisch aus Moder, Stroh und trüber Flüssigkeit. Das ganze Jahr über war es unter dem klaren Wasser gewesen, das man aus dem Brunnen geschöpft hatte. In dem schwachen Licht des Vierecks über mir sehe ich den Umriß vom Kopf meines Bruders und höre ihn fragen, ob ich heil angekommen sei und das Seil lösen könne. Ich löse das um meine Hüften geschlungene Seil, aber ehe ich ihm antworte, beeile ich mich, mit den Füßen Halt auf einer Stelle zu finden, die mir einigermaßen sicher und trocken erscheint. Dann entfernt sich das Seil, und ich werde der Verzauberung gewahr, die mich umhüllt. Ich erlebe das Glück der Einsamkeit, das allmählich die Angst durchdringt. Und plötzlich höre ich den gellenden Schrei Nawals, die mir Angst einjagen will. Ihr Schrei zerbirst in tausendfaches Echo, während aus meiner Kehle ein unterdrücktes Wimmern dringt, das ich mit meiner von eintrocknendem Lehm bedeckten Hand zu ersticken versuche.
Als das Seil zum zweitenmal durch das Lichtquadrat heruntergelassen wurde und mir den Eimer mit der Schaufel brachte, hatten sich meine Augen gänzlich an das Dunkel und mein Körper an die abschreckende Berührung mit dem Lehm gewöhnt. Ich füllte den

Eimer mit der trüben Flüssigkeit, und mit jedem Eimer wurde der nun nicht mehr bedrohliche Grund freigelegt. Und siehe da, das Abenteuer wurde Routine, die Mulde wurde tiefer, und ich begann, mit der Schaufel den unteren Schachtrand zu reinigen, begriff aber, daß von meinem Standort aus nicht die ganze Einfassung zu erreichen war und meine Füße sich nicht länger auf dem mit dem Fortgang der Arbeit mehr und mehr freigelegten Betonboden halten konnten, und ich teile das alles meinem Bruder mit und bitte ihn, mich jetzt hochkommen zu lassen. Aber er ruft mir durch das Lichtquadrat zu, daß er mir Nawal zu Hilfe schicken würde. Ich bin zutiefst gekränkt, nicht nur wegen meines Unvermögens, den Auftrag allein zu erfüllen, und nicht nur, weil ich fürchte, daß Nawal bei jeder Gelegenheit jedem, der es hören wollte, verkünden würde, sie sei es gewesen, die unseren Brunnen gereinigt hätte. Diese Nawal, ein Jahr älter als ich, hängte sich an die Jungen und spielte nie mit Mädchen. Ihre Jungenhaftigkeit ging so weit, daß sie im Stehen Wasser ließ. Aber nicht nur das war es, was mich verletzte, sondern das Gefühl, daß die faszinierende Welt, in der ich mich jetzt allein befand, zu der kein anderer Zutritt hatte, daß diese Welt plötzlich aufgelöst sein und mir unter den Füßen weggezogen würde und daß ich sie gegen meinen Willen von jetzt an mit jemand anderem teilen müßte.
Suraja Sa'id, ehemals Leila Khouri aus Silwad, handelt zweiundzwanzig Jahre später wie mein Bruder damals. Sie steht neben dem Ofen und bricht Zweige, und ihr zuckender Mundwinkel verrät mir, daß sie niemand anders als jene Leila Khouri der Vergangenheit ist. Ihr Mund zitterte, ohne daß ich etwas sagte, bei meinem Anblick, und so erinnerte mich diese Frau, die mir da gegenüberstand, an die Züge eines

Gesichts aus ferner Vergangenheit. Im Rennen des Familien-Stafettenlaufs waren mir mit wunderbarer Genauigkeit die Gesichtszüge meines Onkels Elias, des Bruders meiner Mutter, übertragen worden; an dieses Gesicht hatte sich im Jahre 1936 für die Dauer von neun Monaten die zehnjährige Leila Khouri gewöhnt, und sie hatte es als eine Art Totenmaske des letzten Vaterbildes, das ihr in den Jahren des Exils begegnet war, bewahrt. Und jetzt erblickt sie das lebende Abbild, das schweigend vor ihr steht, und noch weiß sie nicht, in welcher Beziehung diese Züge zu jenem Gesicht stehen, das aus den Tiefen ihrer Erinnerung auftaucht. Die schwarze Ziege, die, hin und her wandernd, sich an den Beinen der in ein besticktes Beduinengewand gehüllten Frau reibt, und die knöcherne Hand, die eine graue Haarsträhne aus der zerfurchten Stirn streift, sind die letzten Pinselstriche am Bild des Augenblicks. Ich stellte mich ihr vor und erwähnte die Familie meiner Mutter. Sie führte mich den staubigen Pfad entlang zu ihrem Haus. Und als ich sagte, ich könnte gehen und wiederkommen, sobald sie mit dem Backen fertig sei, antwortete sie, der Teig sei noch nicht aufgegangen und die Zweige habe sie nur angezündet, weil sie nichts Besseres zu tun hatte. Über dem Eingang war ein Bogen mit Weinlaub, und trotz der spürbaren Armut genügte ein flüchtiger Blick, um festzustellen, wie sauber es überall war. Die Eingangstür zum geräumigen Wohnzimmer, dessen einzige Möbel mit geblümtem Stoff bedeckte Betten waren, war offen. An der linken Wand stand ein alter verblichener Kleiderschrank gegenüber einer geschlossenen Tür, die offensichtlich in ein anderes Zimmer führte. Später entdeckte ich die Küchentür, und erst als meine Augen sich an das Halbdunkel gewöhnt hatten und ich auf dem einzigen Stuhl des

Zimmers Platz genommen hatte, nahm ich die Zwillinge wahr, die in der Küche an dem braunen, abblätternden Holztisch saßen und ein Linsengericht aßen, das in unserer Gegend unter dem Namen »Mjaddara« bekannt ist. Auf der anderen Seite des Tisches lagen Schichten ungebackenen Fladenbrots, und Leintücher trennten Schicht von Schicht. Suraja Sa'id setzte sich auf die Kante des Bettes neben dem Westfenster. Wieder entschuldigte ich mich wegen meines Kommens und weil ich sie aufhielt, und wieder beruhigte sie mich mit der versöhnlichen Stimme, die arabische Frauen haben, wenn sie in ihren Häusern mit fremden Männern sprechen.
»Was möchten Sie von mir hören?«
Und trotz all der Jahre bricht der Dialekt Fassutas durch – ein verborgenes Geburtsmal.
Ich erzählte ihr, wie ich auf ihre Spuren gestoßen war. Von den Erzählungen meiner Mutter sprach ich, von dem Zeitungsbericht und von der Begegnung mit Abdallah Al Asbah auf dem Dorfplatz in Tarschiha. »Möge sich Allah seiner erbarmen«, sagte sie. »Was den Engländern nicht gelungen war, haben die Juden geschafft. Er ist bei einem Bombenangriff umgekommen.« Und ich fühlte, daß ein Faden in dem zwischen uns bestehenden Kreuz- und Quergewebe gerissen und gegen einen anderen Faden ausgewechselt worden war. Ich versuchte sie zu trösten: »Wie kommt es, daß Ihr Familienname Sa'id ist, wo doch Ihr Schwiegervater aus der Familie Al Asbah stammte?« fragte ich töricht.
»Al Asbah war nur ein Deckname, der Familienname ist natürlich Sa'id. Und wenn wir schon über Namen sprechen: Sie haben mir zwar gesagt, wessen Sohn Sie sind, aber Ihren Namen haben Sie nicht genannt.«

Ich nannte ihr meinen Namen.
Gegen den Hintergrund des Fensters sah ich den Djinni aus ihrem verschlossenen Gesicht hervorbrechen und im Raum schweben. Ich war wie jemand, der, getrennt von den Stimmen und Bildern und Gerüchen um ihn herum, in seiner eigenen Blase schwamm, die erst platzte, als zu hören war, wie in der Küche ein Löffel gegen einen Teller schlug.
»Was ist geschehen, Sitt Suraja?«
»Ich wußte nicht, daß es noch jemanden dieses Namens gibt.«
»Ja, ich wurde nach einem anderen Anton Schammas benannt, dem Sohn des Onkels Jires und seiner Frau Almasa. Er starb im Jahre 1929. Aber woher wissen Sie davon? Wenn meine Berechnungen stimmen, waren Sie damals drei Jahre alt?«
»Ich bin nicht ganz sicher, ob Sie die Geschichte hören wollen. Wenn ein Verrückter einen Stein in einen Brunnen wirft, können nur tausend Weise ihn wieder herausholen, wie das Sprichwort sagt. Sie scheinen mir nicht verrückt zu sein.«
Und wieder war ich von einer Blase umhüllt. Einer Erzählung, die sich dem Ende zuneigte, entwand sich plötzlich ein kapriziöser Faden und lenkte sie in unerwartete Gefilde.

Noch ehe ich mich mit der Beleidigung abfinden konnte und mit der Ohnmacht meines Widerspruchs gegen dieses Urteil, das über mich gefällt wurde, während ich dort in der Tiefe des Brunnens hing, brachte Nawals sich herabwindender Körper das ruhige Lichtviereck zum Zittern, und mit jeder weiteren Lokkerung des Seils verkümmerte mein schattiges Königreich. Aber Nawals verschrecktes und durchdringendes Lachen und der Anblick ihrer bloßen Beine, die unter den kurzen Hosen hervorschimmerten, und ihres Haares, das sich beim Abstieg mit jeder Windung des Seils auffächerte – all dies dämpfte die Kränkung ein wenig. Sogar eine gewisse Beruhigung und Sicherheit machten sich in mir breit, denn letzten Endes war ich es, der die Befehle in meinem Königreich gab. Es war genau in dem Augenblick, als Nawals bloße Sohlen den schlüpfrigen Grund berührten, als ich zum erstenmal die beiden kleinen Spitzen wahrnahm, die in ihrer Bluse vibrierten, und just in dem Moment verlor sie, das Seil noch immer um die Hüften, das Gleichgewicht und hielt sich an meinem Arm fest. Eine Haarsträhne strich über mein Gesicht, und ein neuer Geruch, anders als alle Gerüche, die mich bislang eingehüllt hatten, breitete sich im Brunnenschacht aus und tilgte jegliche Opposition gegen ihr Eindringen in meine Welt. Als sie in der Dunkelheit des Schachts etwas zu sehen vermochte, nahm sie mir die Schaufel aus der Hand, legte sich in die Schräge und versuchte, sich so weit wie möglich von mir zu entfernen. Nach einigen ihrer vergeblichen Bemühungen, die Balance zu halten, stützte ich ihr mit zögernden Händen den Rücken, und sie, ermutigt durch meine Hilfe, arbeitete sich langsam an der Brunnenwand vor und beugte jetzt die Knie, um sich zu halten. Und je mehr sie sich beugte, desto tiefer wanderten meine Hände die Biegungen ihres Rükkens hinunter. Sie nahm jetzt eine bequeme Haltung ein, um die Schaufel festhalten zu können, bequem auch für mich, der die Berührung seiner Hände auf ihre Taille konzentrierte, und bei jedem Schaufelkratzen sinken meine Hände tiefer, um ihr Halt zu geben. Schließlich halten meine Handflächen ihre beiden Hinterbacken, und sie wendet ihren Kopf und lächelt mir zu, und ich fühle, daß die Bewegungen der Hand,

die die Schaufel führt, sich in den Muskeln ihres Körpers fortsetzen, und die Erregung der Körperteile überträgt sich auf meine Handflächen, erstreckt sich auf meinen Körper und klopft gegen die Stelle, wo meine Beine sich spreizen, um auf dem Felsboden Halt zu finden. Langsam lösen sich der Schacht um mich herum und meine beiden zitternden Handflächen auf. Immer schwächer wird der kratzende Laut der Schaufel, und nur der Körper, der sie hält, bewegt sich stetig weiter, und seine Bewegungen dringen in meine Füße, versetzen meinen Körper in Raserei und explodieren wie ein Vulkan in meinen Händen, die jetzt um die Gesäßrundungen erstarrt sind, deren krampfartiges Erzittern in den sich zu einem Bogen spannenden Rücken übergeht.
Und alles verflüchtigt sich in der widerhallenden Stimme meines Bruders, der fragt, weshalb wir so lange brauchen. Als der Boden freigelegt ist, läßt mein Bruder das Seil wieder herunter, und mit einer Konzentration, die mir erlaubt, ihrem Blick auszuweichen, binde ich Nawal das Seil um die Hüften. In dem Augenblick neigt sich ihr Gesicht hastig dem meinen zu, und ihre bebenden Lippen berühren flüchtig meinen Mundwinkel, und ehe ich etwas begreifen kann, wird sie von den ruckartigen Bewegungen des Seils emporgezogen, und ihr Fuß hinterläßt an meinem Oberschenkel eine grau-schlammige Linie.
Etwa drei Jahre später zogen wir aus dem Dorf nach Haifa, und all die Jahre hindurch hat Nawal mit mir kein einziges Wort gewechselt.

»Aber es sieht so aus«, sagt Suraja Sa'id jetzt, »daß ich diejenige bin, die verrückt ist.« Das Geheimnis aber, das sie hütete wie das Messer, das Onkel Jussef benutzte, um den wilden Tieren das Maul zu binden, hatte sich im Lauf der Jahre gelockert, jener Jahre, die sie gelehrt hatten, daß die Wege des Menschen gewunden sind und daß nur Allah in seiner großen Gnade ihre Handlungen bestrafen oder belohnen wird. Sie war sich längst nicht mehr sicher, daß der Mann, an dem sie sich im Jahre 1948 hatte rächen wollen, die richtige Adresse für ihren Groll war, denn jeder im Dorf konnte es getan haben. Sie versucht, die Ereignisse jener beiden Tage des Jahres 1948 an sich vorüberziehen zu lassen, an denen sie sich im Hause der Familie Abyad in der Al-Ma'rad-Straße in Beirut befunden und erfahren hatte, daß ihre Schwester aus Fassuta gekommen war, um sie zurückzuholen ins Dorf. Es war jene Nacht gewesen, in der die Eltern des zwanzigjährigen Michail Abyad ihrem Sohn ankündigten, daß er am folgenden Tag nach Amerika reisen müsse, und in der sie fühlte, wie der letzte Faden riß, der sie an ihr Exil band. Im Gespräch mit Adele, der Waschfrau im Hause Abyad, wurde ihr durch die Klatschereien, die sich in den Dienstbotenzimmern der Al-Ma'rad-Straße verbreitet hatten, das schreckliche Geheimnis bekannt, das sein Haupt nach zwanzig Jahren sorgfältiger Geheimhaltung wie eine Viper erhob und die Familie Abyad zu treffen drohte; denn das war der Grund jener Eile, den einzigen Sohn über den Ozean zu schicken. Am folgenden Tag, als sie mit ihrer Schwester ins Dorf zurückkehrte, bat sie darum, mit jemandem von der Familie Schammas oder der Familie von Almasa zu sprechen, um ihnen etwas zu eröffnen. Statt dessen kamen zwei Soldaten der jüdischen Armee, um die Geflüchtete auszuweisen, die gedacht hatte, sie könne die Behörden hintergehen und beweisen, daß sie Bürgerin des jungen Staates sei. Und ehe sie ihrer Schwester erzählen konnte, was sie mit sich führte, befand sie sich auf einem mit

Menschen aus den umliegenden Dörfern beladenen Lastwagen, denen es wie ihr nicht gelungen war, ihrem Schicksal als Wanderer zu entgehen. Unter ihnen war ein junger Mann, über den die Frauen aus der Umgebung tuschelten, er sei der Sohn des Abdallah Al Asbah aus der Zeit des großen arabischen Aufstands. Er erzählte ihnen von den Kollaborateuren der nördlichen Dörfer, die die Soldaten in die Häuser geführt hatten, in denen sich die jetzt in dem Lastwagen zusammengekommenen Leute versteckt gehalten hatten, und hieß sie, die Namen im Gedächtnis zu behalten, bis der Tag der Rache gekommen sei. Er erwähnte – und sie glaubte ihren Ohren nicht zu trauen – den Namen Farid Michail, kein anderer als der Schwager Almasas, der verlassenen Frau von Onkel Jires. Zwei Jahre vergehen im Flüchtlingslager in der Nähe Ramallahs, bis es dem Sohn Abdallah Al Asbahs schließlich gelingt, sie zum Übertritt zum Islam zu überreden und dazu, ihn zu heiraten. Sie bringt taubstumme Zwillinge zur Welt, und während der langen Jahre der Leiden verblaßt das Geheimnis in ihrem Herzen und gerät in Vergessenheit. Erst in den letzten Jahren, nachdem ihr Mann wegen seiner Zugehörigkeit zu einer feindlichen Organisation ins Gefängnis gekommen war, dachte sie wieder an Michail Abyad, den sie als verwaistes Dienstmädchen still und ergeben geliebt hatte, ohne daß er es gewußt oder bemerkt hatte. Und aus Nachrichten, die aus Beirut eintrafen, erfuhr sie, daß Michail, der jetzt unter dem englischen Namen Dr. Michael Abyad bekannt war, von Zeit zu Zeit aus den Vereinigten Staaten kam, um im palästinensischen Forschungszentrum in Beirut zu arbeiten.

»Das ist die Geschichte einer reichen, kinderlosen Familie, die mir Adele, die Waschfrau, vor mehr als

dreißig Jahren erzählt hatte: Eines Tages, als der Kummer überhandnahm und Freunde das Leid der Abyads nicht mehr länger mit ansehen konnten, schlug ein befreundeter Arzt vor, gegen ein gewisses Schweigegeld für alle mit der Angelegenheit Befaßten in aller Stille eins jener Kinder zu adoptieren, die im Sankt-Joseph-Krankenhaus waren, in dem er arbeitete. Die Wahl fiel auf das Kind eines Dienstmädchens, das den Ärzten erklärt hatte, es müsse den Säugling für eine Woche zurücklassen, um für die Ausgaben, die durch ihren Krankenhausaufenthalt entstanden waren, zu arbeiten. Als sie nach einer Woche zurückkehrte, teilte man ihr mit, sie komme zu spät, ihr Sohn sei an Typhus erkrankt, gestorben und vor drei Tagen beerdigt worden. Sie bat um das Kissen, auf dem er die letzten Tage geschlafen hatte, nahm es und sang Wiegenlieder in den Straßen Beiruts. Zwanzig Jahre später erschien einer der Angestellten des Krankenhauses bei der Familie Abyad und forderte zwanzig Pfund in Gold für sein weiteres Schweigen, andernfalls werde er ihrem Sohn enthüllen, daß er der Sohn einer palästinensischen Dienstmagd sei, und der Mutter, daß ihr Sohn Anton Jires Schammas lebe und gesund sei.
Was ich in langen Jahren des Flüchtlingsdaseins erfahren habe, lehrte mich, daß es für diesen Michail Abyad vielleicht besser gewesen wäre, wenn er diesen Namen behalten hätte, denn was habe ich selbst für meine Namensänderung bekommen? Einen eingesperrten Mann und ein unglückliches Paar zu Hause.«

Als wir Silwad verließen, nachdem mein Freund mir erzählt hatte, was er über die Vorfälle des vergangenen Winters gehört hatte, fragte er mich, ob auch ich das

in Erfahrung hatte bringen können, um dessentwillen ich hergekommen war. Ich antwortete, daß ich mehr erfahren hätte, als ich wollte. Auf seinen erstaunten Blick hin fragte ich: »Was würdest du sagen, wenn du eines Tages entdeckst, daß der Mann, dessen lebender Doppelgänger du bist, nach dessen Namen du benannt wurdest, in dessen Schatten du gelebt und dessen Andenken du wachgehalten hast, daß dieser Mann niemand anderer als der Held einer Beiruter Dienstmädchengeschichte, einer arabischen Seifenoper ist?«
Eine solche Rache hatte Suraja Sa'id niemals gewollt.
In meiner Seele klafft der Brunnen meiner Jugend, und ich bin wieder neun Jahre alt, tief unten in meinem dämmrigen und verzauberten Königreich, das nach dem Anschluß des Dorfes an das Wassernetz eine Abwassergrube wurde, und genieße den Modergeruch und die verzauberten Bilder und sehe über mir im hellen Viereck der Schachtöffnung die Silhouette Leila Khouris, und sie läßt den anderen Anton Schammas zu mir herab und wirft den Strick hinterher.

Das war Anfang April 1981. Am Donnerstag, den 16. April, fuhr ich meine Mutter in Haifa besuchen, und die Frau meines Bruders Jubran erzählte mir, daß sie den ganzen Morgen hindurch vergeblich versucht hätten, mir den Tod Almasas, der Frau von Onkel Jires, mitzuteilen. Als meine Mutter in den Abendstunden vom Dorf zurückkam, berichtete sie, daß Almasas Zustand sich in der letzten Woche verschlechtert und sie angefangen hatte, alle Stoffstücke zu zerreißen, die sie zu fassen kriegte. Ihren Körper reinigte sie mit Petroleum und umwickelte ihn mit den Streifen, ehe sie nackt auf die Straße hinaus rannte und bei der Rückkehr ihre Schwägerin, die Frau Farid Michails – jenes Mannes, der möglicherweise Leila Khouri denunziert hatte –, beschwor, daß man ihr ins Grab einzig und allein jenes Kissen mitgeben solle, auf das ihr Sohn Anton während seiner letzten Tage in Beirut vor fünfzig Jahren seinen kleinen Kopf gelegt habe. »Wir haben heute das Unterste zuoberst gekehrt«, sagte meine Mutter, »aber das Kissen haben wir nicht gefunden.«

Fünftes Kapitel

Aber ich habe das Dorf Silwad niemals betreten, und die ganze Fahrt zu Suraja Sa'id ist nur eine Erfindung.

Mein Freund, der Journalist, und ich kamen zwar wirklich in das Dorf Bejtin und befanden uns unter jener Klangglocke sägender und hämmernder Töne, und tatsächlich wollte ich zu Suraja Sa'id, trotz aller inneren Kämpfe, aber der Soldat, der mit einem Sprechfunkgerät in der Hand an der Absperrung stand, hatte von wem auch immer den Befehl erhalten, keine Journalisten in das Gebiet zu lassen. Und da das Gesicht meines Freundes überall in den besetzten Gebieten bekannt war, wurden wir mit freundlicher Entschiedenheit nach Jerusalem zurückgeschickt.

Am Donnerstag, dem 16. April 1981, ließ mich mein Freund, der Journalist, durch einen Bekannten bitten, um zwei Uhr mittags in das Restaurant »Zrif« in Jerusalem zu kommen. Er selbst war in Silwad gewesen und wollte mir etwas für mich Wichtiges über Suraja Sa'id mitteilen. Einige Augenblicke, nachdem ich den Hörer aufgelegt hatte, teilte mir die Frau meines ältesten Bruders aus Haifa den Tod Almasas mit. Die Beerdigung fand um vier Uhr nachmittags im Dorf statt.

Das letzte Mal hatte ich Almasa Anfang des Jahres 1981 gesehen, einige Monate vor ihrem Tod. Sie ging auf der Hauptstraße des Dorfes in Begleitung ihrer Nichte, der Tochter Onkel Jussefs, die damals in Vollmondnächten im Glanz des Felsens mitten auf der Duwara gestanden und behauptet hatte, den königlichen Hahn A-Rasad, der jedoch niemals auch nur eine einzige Feder zum Zeichen hinterlassen hatte, um den Felsen herum stolzieren gesehen zu haben. Almasa trug ein dünnes graues Kleid, das ihren knochigen Körper nicht vor der Kälte des galiläischen Winters schützte. Ihr Haar dagegen schien sie sorgfältig gekämmt zu haben, eine Gewohnheit aus der Zeit, als sie in den Häusern vornehmer Familien in Beirut gearbeitet hatte, jetzt jedoch sah es aus, als sei ihr schütteres Haar ein letzter Beweis ihrer Vernunft.
»Wer ist das?« fragte sie ihre Nichte, als sie sah, wie diese mich liebevoll begrüßte.
»Hast du Anton schon vergessen?«
Und Almasa, durchsichtig und zerbrechlich, erstarrte auf der Stelle, ein Eiszapfen der Qualen.
»Aber Anton ist vor langer Zeit gestorben!« flüsterte sie, und vor ihrem inneren Auge erstanden die Landschaften des Libanon.
»Beachte sie nicht, sie ist völlig verrückt. Letzte Woche bin ich mit ihr zum Bezirksarzt im Wohlfahrtsamt gegangen, in der Hoffnung, daß es ihm gelänge, sie zu überreden, ins Heim zu gehen. Sie war überzeugt, wir seien im Libanon, und wunderte sich über das gebrochene Arabisch des Arztes und interessierte sich für

seine Familie, aber dann merkte sie rasch, daß die Bilder in ihrem Kopf durcheinandergerieten, und gab auf. Von einem Heim wollte sie nichts wissen. Ich versuche die ganze Zeit, sie vor den Schwierigkeiten, die durch ihren Zustand entstehen, zu bewahren. Nachts schläft sie nicht. Ich weiß nicht, ob sie überhaupt schläft, keine Tablette hilft ihr. Wenn sie einschlafen würde, kämen sie sie während des Schlafes holen, sagt sie.«

»Wer käme?«

»Dieselben, die ihr vor fünfzig Jahren Anton weggenommen haben, die Arme.«

»Aber Anton starb infolge einer Krankheit.«

»Jetzt sagt sie, sie habe seine Leiche nicht gesehen. Die Ärzte in irgendeinem Krankenhaus in Beirut hatten ihr gesagt, er sei gestorben und hätte sofort begraben werden müssen. Aber den Leichnam hat sie nicht gesehen. Sie gaben ihr das Kissen, auf dem er geschlafen hatte.«

Und wie der Träumende fühlt, daß das Erwachen an seinem Schlaf zu nagen beginnt und daß die Spitze seines Traumes bereits der Kühle und Nüchternheit ausgesetzt ist, und wie er sich bemüht, den Traum zu verlängern und mit Schlaf zuzudecken, so erwachte Almasa für einen Augenblick beim Klang des Wortes »Kissen« und beeilte sich, den Riß zu schließen, und flüsterte: »Aber Anton starb vor langer Zeit.«

Etwa fünfundfünfzig Jahre früher, im Jahre 1926, lag Großmutter Aljah zu Bett, die Haut mit Wunden bedeckt, die Augenlider schwer wie zwei Eisenbarren. Zehn Tage dämmerte sie auf der dünnen Messerklinge zwischen Schlaf und Wachen, und die Messerklinge verletzte ihre Haut. Auch als sie ganz und gar mit Kompressen, Wundpflastern und mit aus Heilkräutern bereiteten Ingredienzen bedeckt und eingerieben war, trat keine Besserung ein, und ihr Schmerz wurde nicht gelindert. Als sie merkte, daß die Heilkräuter versagt hatten, bat sie ihre Tochter, meine Tante Najibeh, eine Stelle an ihrem Fußknöchel mit einem weißglühenden Nagel zu berühren, aber auch das Versengen ihrer wunden Haut brachte keine Heilung, und sie blieb gefangen im Dämmerzustand ihres Leidens.

Es war genau in jenem Jahr, als die Liebe zwischen Jires und Almasa erblühte, nachdem sie ihren Cousin Elias meines Onkels wegen verlassen hatte, der zu einem späteren Zeitpunkt im Kreislauf der sich schließenden und öffnenden Liebe meine Tante Najibeh zur Frau nahm. »Von morgens bis mittags liebte ich Elias«, sagte Almasa allen, die sich über die Wandlung ihres Herzens wunderten, »und von Mittag an war ich in Jires A-Schammas verliebt.« Bis zum Morgengrauen und überhaupt. Um die Wahrheit zu sagen, hatte Wadijah, Almasas Schwester, die im Jahre 1920 Onkel Jussef heiratete, all das eingefädelt, damit ihre Schwester ihre Nachbarin und Schwägerin würde. Doch Großmutter Aljah, die sah, was entstand, widersetzte sich dieser Einmischung mit aller Entschiedenheit, und es ergab sich, daß sie gerade damit zur unabsichtlichen Vermittlerin dieser Liebe wurde.

Vier Jahre vorher war die Familie aus dem alten Haus, das an der Nordmauer der Kirche und mitten im Dorf gelegen war, in jenes neue gezogen, in dem Großmutter Aljah mit der mysteriösen Krankheit darniederlag, deren weder Arzneien noch glühende Nägel Herr werden konnten. Das neue Haus war von dem Geld gebaut worden, das Großvater Jubran Ende des Ersten Weltkriegs von seiner zweiten und letzten Reise nach Argentinien – oder »Archentin«, wie er das Land seiner Wanderungen nannte – mitgebracht hatte. Das neue Haus war das letzte am Südhang des Dorfes und ebenfalls nicht weiter als einen Steinwurf von der neuen Kirche entfernt. Der Pfad, der an ihm vorbeiführte, wand sich zwischen den rotlehmigen Feldern ins Tal hinunter bis mitten in jene Gegend, die »Khallet Asamel« hieß, und kreuzte dort den Weg der zum felsigen Al-Anur anstieg und schließlich am Horizont, dem Ende meiner kindlichen Welt, verschwand; auf dieses Ende der Welt pflegte ich durch das Südfenster zu blicken, das *bab as-sir* hieß, was soviel wie »Tür zum Geheimnis« bedeutet – so nennt man in der arabischen Architektur den Notausgang, eine Art unvergittertes Fenster mit niedrigem Sims, durch das man bei Gefahr aus dem Haus nach draußen flüchten konnte.

Auf dem breiten Sims dieses Fensters sitzend, sinne ich den Bewegungen nach, die die Ruhe der vom Fenster enthüllten Landschaft stören. Eine Ziegenherde zieht über die Weide wie ein langsam rollender schwarzer Fleck, der sich weiter und weiter entfernt und breiter und kleiner wird, bis er hinter einer Staubwolke am Horizont verschwindet. Ein Mann durchquert das Tal auf seinem Esel. Eine Frau trägt auf dem Kopf ein großes Bündel Gras, wie es als Viehfutter zwischen den vielen Tabakstauden wächst. Ein Fellache pflügt sein Feld mit einem zweisterzigen Pflug, der von einem Pferd gezogen wird. Er pflügt von einem Ende des Feldes zum anderen. Furche um Furche nähert er sich mir. Trotz der Entfernung deute ich die Bewegungen des Bauern, seines Pfluges und seines Pferdes als eine Art selbstauferlegte Hausaufgabe, die ich für Onkel Jussef mache, der, wenn er dazu Lust hatte, mich mit auf das Feld nahm, mich in die Geheimnisse der Landarbeit einführte und mir sogar die

Namen der Teile nannte, aus denen der wunderbare Pflug zusammengesetzt war. Und auch jetzt, an meinem Tisch in Jerusalem, da ich dies niederschreibe, fühle ich mit einer Hand die Kühle des Fenstersimses, und mit der anderen zähle ich Einzelteile des Pfluges auf, eine Art Gebet zur Erinnerung an Onkel Jussef und ein Akt der späten Versöhnung mit der Erinnerung an sein rotes Pferd.

Mein Onkel hatte ein rotes Pferd, aber es war nicht etwa von roter Farbe, sondern man nannte es so. Es war ein schwacher, alter Gaul von hellem Braun. Am Frühjahrsende 1957, als die Tabakpflanzen gesetzt wurden, begleitete ich meinen Onkel und sein Pferd zu den »Kirchenland« genannten Parzellen am linken Ende des Weges, der das Tal durchzieht, um ihm beim Einsetzen der Stauden zu helfen. Auf dem Wege zum Feld war das Pferd mit Kästen voller Pflanzen und mit Wasserbehältern beladen, und mein guter Onkel versprach mir, daß er am Ende des Tages, wenn es Allah in seiner großen Gnade gefalle, mich auf das Pferd setzen und als einsamen Reiter nach Hause schicken werde. Der Tag war heiß und lang, und der erwartete Ritt auf dem Pferd war wie eine Laube über meinem Kopf. Die Pflanzen stehen endlich reihenweise aufrecht in den Furchen, und die schwere Arbeit ist getan. In diesem Augenblick holt das schwache, alte Pferd, das den ganzen Tag über still unter einem Baum gestanden hatte, tief Luft, zerreißt mit einem Ruck die Zügel und galoppiert ins Dorf zurück.

Rechts von der Bab as-sir war eine andere Geheimtür, die jenes in die dicke Wand eingebauten Bücherschrankes, dessen Schlüssel meine Mutter auf den hinter dem Spiegel des Kleiderschrankes verborgenen Teller mit Süßigkeiten zu legen pflegte. Erst nachdem die Gäste die Näschereien meiner Mutter vertilgt hat-

ten und man die Spiegeltür nicht mehr abzuschließen brauchte oder sie sich auf andere Weise öffnen ließ, kam man an diesen Schlüssel heran. Wie dem auch sei, als ich vom »Kirchenland« heimkehrte, der längsten Reise meiner Kindheit, öffnete ich den Bücherschrank und holte die Hefte der ägyptischen Zeitschrift »Al-Hilal« heraus. Dann stahl ich den roten Füllhalter aus dem Ranzen meines Bruders, ließ mich auf dem Sims des Südfensters nieder, blätterte in der Zeitschrift und suchte Bilder von Pferden. Jedes Pferd, das ich abgebildet fand, wurde mit dicken roten Linien durchkreuzt, während ich das rote Pferd beschimpfte und verfluchte. Mein Vater, der unerwartet aus seiner Schusterei zurückkehrte, schrie mich an und zog mich für meinen schrecklichen Vandalismus an den Ohren. Nur der jüngste Sohn Onkel Jussefs, der an diesem Tage aus Nazareth, wo er als Arabischlehrer arbeitete, auf Urlaub gekommen war, sah mich mit meinen roten Ohren voller Mitleid an und versprach mir, wenn er das nächste Mal aus Nazareth, der Stadt der Wunder, käme, ein Fahrrad aus Zuckerwerk mitzubringen, auf dem ich fahren und an dem ich knabbern könnte. Er kehrte aber erst fünfundzwanzig Jahre später ins Dorf zurück – ohne das Zuckerfahrrad. Das rote Pferd lebte nach diesem Vorfall nicht mehr lange, und sein wundersamer Galopp war gewissermaßen sein Schwanengesang gewesen. An seinem Todestag sammelte ich alle Hefte, die der Rache des Rotstifts anheimgefallen waren, legte sie aufs Fensterbrett und betete inbrünstig um die Auferstehung des Pferdes.
In jenen Jahren umkreiste Onkel Jires wie ein Mondsüchtiger unaufhörlich Großmutters Bett, betete stumm für ihre Genesung, rang die Hände und wandte sich dann seiner Brautwerbung zu. Tante Na-

jibeh, Erbin von Großmutters Geheimnissen der Volksheilkunde, argwöhnte nach dem Versagen der Heilkräuter und des Einbrennens, daß die mysteriöse Krankheit von einem schriftlichen Fluch herrühren mochte, den irgend jemand, der Großmutter haßte, mit Hilfe dunkler Mächte verfaßt, in ein Amulett getan und in der Nähe des Bettes verborgen hatte: »Aber wer könnte dieser Gerechten Böses tun, die die Hand nicht einmal gegen eine Ameise erhoben hat und der eine Katze das Essen aus der Hand stehlen könnte«, sagte Tante Marie, die zu Besuch bei Mutter war. Diese Erklärung wurde daher zurückgewiesen, und Tante Najibeh des übertriebenen Schwarzsehens beschuldigt. Aber sie gab nicht auf. Und Wunder über Wunder: Bei einer gründlichen Hausdurchsuchung fand sie in einer Manteltasche einen sorgfältig in Dreiecke gefalteten Zettel, und als sie ihn entfaltete, entdeckte Tante Najibeh, was sie befürchtet hatte: eine Geheimschrift undefinierbarer, verschlungener Zeichen, die sich herzförmig zusammenfügten. Der Mantel gehörte Onkel Jires, und er bekannte, als fiele ihm damit ein Stein vom Herzen, daß er sich an den vielgepriesenen Scheich Al Binawi im Dorfe Tarbiha gewandt hatte, damit er ihm das gewünschte Amulett herstelle – im verzweifelten Bemühen, seine Mutter zur Wertschätzung Almasas zu bewegen. Er habe jedoch nicht geahnt, daß die Wirkung des Amuletts so stark sein könne und sei mit ganzem Herzen bereit, alles zu tun, was man von ihm verlange, damit seine Mutter wieder völlig genese.
In jenen Tagen lebte in unserem Dorf ein Wunderpriester mit Namen Pater Siman. Und obgleich eine fromme Seele und ein tiefgläubiger Mann, entzog er sich nicht der Wunderwelt des Okkulten und war Experte im Entziffern von Amuletten und in der Aus-

schaltung ihrer Wirkung. Deshalb ging Tante Najibeh, die Geheimschrift in der Hand, zu ihm.

29. September 1968

An die geehrte Frau Josephine Schammas, mögen die Augen leuchten beim Klang des süßen Namens!
Viele Grüße und Segenswünsche schicke ich hiermit an die ganze Familie und alle Lieben und jeden, der bei Euch nach mir fragt. Das wäre alles. Was mich betrifft, geht es mir, Gott sei Dank, gut und mir fehlt nichts, außer daß ich mich nach Euch sehne. Meine liebe Nichte, ich möchte Dir hierdurch mitteilen, daß ich Deinen lieben Brief mit den Nachrichten über Euer aller Befinden und Eure Gesundheit erhalten habe. Das wünsche ich Euch immer, und das ist alles. Liebe Nichte, ich möchte Dir mitteilen, daß ich, sobald ich das Geschäft verkaufen werde, an nichts als die Heimreise denken werde, und sollte es in meiner letzten Stunde sein. Denn wann immer ich von Euch einen Brief erhalte, steigen Tränen in mir auf. Das ist mein Leben, das ist mein Glück, das ist mein Schicksal. Ach, alles ist in den Händen Allahs. Aber ich habe meine Lebensgefährtin, Sitt Almasa, das Licht meiner Augen, verlassen. Weh über mich, wehe! Grüße sie von mir, und das ist alles. Ich wünsche, daß Allah, gepriesen sei Sein Name, sie mich wenigstens in meiner letzten Stunde wiedersehen läßt. Küsse von mir Deinen Vater und Deine Mutter. Und jedem, der behauptet, daß er keine Grüße von mir erhalten habe, dem schicke ich tausendundeinen Gruß, und das ist alles. Bis hierher. Lebe wohl.
Es wünscht Dir ein langes Leben Dein Onkel Jires Jubran A-Schammas.
Vergiß nicht, mir sofort zu antworten.

Pater Simans Seele war an jenem Tag bewölkt wegen der Untat seiner Katze. Seit Jahren war er emsig mit der Abfassung einer Geschichte der katholischen Kirche im Heiligen Lande beschäftigt. Zu diesem Zweck hatte er sich im fernen Beirut ein besonderes Heft gekauft, mit einem Ledereinband, schwarz wie die Seelen der Sünder, und auf die erste Seite hatte er mit einer Schreibfeder in den verschnörkelten Lettern seiner schönsten Schrift den Titel des Buches geschrieben, das er verfassen wollte: »Der Hahnenschrei in der katholischen Kirche«. Auch ein Lesezeichen hatte er zwischen den Seiten befestigt, ein Purpurband, das er in einem Augenblick der Schwäche aus dem alten Missale der Kirche gerissen hatte. Mehr als einmal fand Pater Siman keinen Schlaf und erduldete Seelenqualen wegen dieser Tat, dann erhob er sich unter dem anklagenden Heulen seiner Katze von seinem Nachtlager, lief zur Kirchentür hinab und strich mit den Fingern über das Purpurband, das er nun doch zurück ins Missale legen wollte. Aber zugleich stiegen in ihm immer wieder Zweifel bezüglich der Rückgabe des abgerissenen Bandes auf, der entscheidende war die Erhabenheit des Ziels, um dessentwillen das Band entliehen worden war, ging es doch um nichts Geringeres als das einzigartige Werk, das die katholische Kirche unter den arabischsprechenden Völkern verherrlichen sollte. Und wenn das Buch erst einmal vollendet und für den Druck bereit wäre, würde er das Band an seinen Platz zurücklegen. Und es konnte geschehen, daß der frühe Hahnenschrei Pater Siman in seinen nächtlichen Wachen störte, und er erinnerte sich, was Unser Herr einst Petrus gesagt hatte: »Ehe der Hahn krähen wird, wirst du mich dreimal verleugnen!« Und Pater Siman sprach zu sich selbst mit den Worten Petrus': »Und wenn ich mit dir sterben müßte, so will ich dich nicht verleugnen, und ich werde das Band an seinen Platz zurücklegen.« Doch dann geriet die Sache wieder in Vergessenheit. Und obgleich der Text des Buches längst seine endgültige Form angenommen hatte, niedergeschrieben in seiner arabischen Schönschrift, und alle Korrekturen längst vorgenommen waren, blieb das Band zwischen den Seiten des Heftes, schaute hervor und hing herab, und sein Fransenende berührte das Regal. Unter diesem Regal stand ein großer Krug, in den die Gemeindemitglieder am Ende der Olivensaison soviel klares Öl gossen, wie ihre Großzügigkeit es ihnen gestattete. Und gerade an diesem Tag beschloß unser Pater Siman, etwas von dem Öl für die Mahlzeit zu benutzen, die er in seiner ärmlichen Küche zubereitete. Als er den Deckel des Kruges zurücklegen wollte, sah er, daß er seit längerem nicht gewaschen worden war. Er nahm ihn und ging in die Küche zurück, wo sich die Katze bereits am Topf zu schaffen machte. Pater Siman schalt sie mit lauter Stimme und warf sie aus der Küche hinaus, und die Katze, der vor Gier der Speichel im Maul zusammenlief, huschte in den anderen Raum – und was sah sie dort? Vom Regal über dem unbedeckten Ölkrug hing ein fettglänzender Mauseschwanz. Sofort setzte sie zum Sprung an, landete auf Pater Simans Heft und versuchte, mit ihren Krallen die Seiten aufzureißen, um die dort verborgene Maus zu fangen. Indem sie schlägt, zieht, kratzt, beißt und vorwärtsspringt, wirft sie das Heft direkt in den Krug. Pater Siman, der, den abgewaschenen Deckel in der Hand, gerade ins Zimmer tritt, wirft gewohnheitsmäßig, wie um sich seiner zu vergewissern, einen Blick auf das Heft und siehe – an dessen angestammtem Platz hockt nun die zwiefach frustrierte Katze. Voller Groll blickt er in den Krug

und sieht auf dem Grund etwas Dunkles. Sofort krempelt er die Ärmel hoch, fischt den »Hahnenschrei in der katholischen Kirche« heraus und muß erkennen, daß die kalligraphischen Buchstaben, die die Seiten des Heftes zierten, sich verflüssigt hatten. Pater Siman legte das tropfende Heft auf das Regal und zog das Purpurband heraus, um es sofort zur Kirche zurückzubringen.
Als Tante Najibeh an seine Tür klopfte, stand er im Eingang, das Lesezeichen in den öltriefenden Händen. Er bat sie, am folgenden Tage wiederzukommen, aber Tante Najibeh sagte, ihre Mutter läge im Sterben und müsse gerettet werden. Pater Siman nahm das Amulett und blickte es flüchtig an. »Das ist ganz einfach«, sagte er, »das heißt, der leibliche Teil. Das Rad ihrer Seele wird man schwer zurückdrehen können.«
Tante Najibeh nahm das Papier und kehrte zu Großmutter Aljah zurück. Bei Eintritt der Dunkelheit legte sie das Papier entsprechend der Anweisung Pater Simans in ein Glas Wasser und stellte das Glas auf den Felsen in der Duwara, wo es die ganze Nacht über dem Sternenlicht ausgesetzt war. In der Morgendämmerung hielt sie das Glas an den Mund meiner Großmutter und sagte ihr, sie solle trinken. »Es schmeckt nach Tinte«, sagte meine Großmutter, »das kann ich verstehen, aber woher kommt der Ölgeschmack?«
Das Amulett begruben sie neben dem verzauberten Felsen. Und Wunder über Wunder – Großmutter Aljah begann Almasa innig zu lieben, als wäre ihr Haß nichts anderes gewesen als Buchstaben, die man auf ein Tellerchen mit Öl geschrieben hatte.
Und Ende des Jahres nahm Onkel Jires Almasa, das Licht seiner Augen, zur Frau.

12. März 1970

Meine liebe Nichte Josephine Najar, mögest Du lange leben!

Viele Grüße an die ganze Familie und die Verwandtschaft. Was mich betrifft, die Gesundheit, Allah sei gedankt, ist gut, und mir fehlt nichts außer Euch. Zweitens teile ich Dir mit, daß ich von Euch schon drei Briefe erhalten habe, auf die ich bis jetzt nicht geantwortet habe, denn die Sorgen fressen an mir, weil ich das Geschäft schon zwanzigmal zum Verkauf angeboten habe, aber... Und das macht mir Sorgen, denn Argentinien ist heutzutage nichts wert, und der neue Herrscher beginnt, die Währung zu entwerten, und das ist alles. Und weil Ostern vor der Tür steht, bitte ich Dich, an meiner Stelle der ganzen Familie und den Verwandten meine besten Wünsche zu übermitteln, und ganz besonders der Sitt Almasa, dem Licht meiner Augen. Ich strenge mich sehr an, mich vor Argentinien zu retten, denn Allahs Zorn ist über mich gekommen, weil ich die verlassen habe, die mein war. Ich sage Bruder, und keiner ist da, ich sage Cousine, und keine ist da. Das steht mir an meiner Stirn geschrieben, aber mein Vertrauen in Allah ist groß, daß ich nach Hause zurückkehre und Jussef, Chana, Maria und Jalileh und alle, die mein eigen Fleisch und Blut sind, wiedersehe. O weh, wie konnte das je geschehen? Weh über mich, und das ist alles. Und wer sagt, daß er keine Grüße von mir erhalten habe – dem sende ich tausendundeinen Gruß. Achte nicht auf die Häufigkeit meiner Briefe, Sitt Josephine.

Der Dir ein langes Leben wünscht, Dein Onkel Jires A-Schammas.

Am Abend des Sonntags, des 22. Januar 1928, wurde durch seine Frau Almasa dem Onkel Jires ein Sohn, Anton, geboren. Mit seiner Geburt begann ein neues Kapitel im Verhältnis der beiden Schwestern – Wadijah, der Frau Onkel Jussefs, und ihrer Schwester-Schwägerin Almasa.
Eifersucht läßt die Knochen verfaulen, sagte der Weiseste unter den Menschen und hatte ganz gewiß auch recht bezüglich der beiden Schwestern. Aber auf Bitten Tante Maries breite ich hier nicht die Motive dieser zerstörerischen Eifersucht aus, sondern sage nur dies: Der Tag von Antons Geburt war der Tag, an dem Onkel Jires zum ersten Male Gedanken an die Reise nach Argentinien kamen. Umsonst bemühte sich Großvater Jubran, grauhaarig und selber reisemüde und -erfahren, zum Herzen seines Sohnes zu sprechen, aber vergeblich erzählte er ihm von seinem Mißgeschick in der Fremde. Er führte ihm vor Augen, wie sein Onkel Elias, der Bruder Großvater Jubrans, vor dreißig Jahren auf dem Wege nach Buenos Aires auf dem Schiff gestorben war, das die drei Brüder Jakub, Jubran und Elias an Bord hatte, außerdem noch ihren Onkel Nimr, den Bruder ihrer Mutter. Das Meer, sagte Onkel Jires, hat an einem Opfer aus jeder Familie genug.
Der Muchtar des Dorfes erklärte sich bereit, bei den Behörden für ihn zu bürgen, und als sein Entschluß feststand, versuchten sie ihn zu überreden, seine Frau mit sich zu nehmen und sie nicht zu verlassen. Aber Almasa stimmte ihrem Mann zu. Besser, so meinten beide, daß zuerst Onkel Jires sich niederlasse, Fuß fasse und später den *Naulun*, die Schiffsfahrkarte, für seine Frau nachschicke. Mit Onkel Jires fuhren damals noch andere Männer aus dem Dorf. Sie alle mußten mehrere Wochen in Beirut auf das

Schiff warten. Inzwischen änderte sich Onkel Jires' Meinung, und mit noch einem anderen Mann der Gruppe kehrte er ins Dorf zurück, aber der Muchtar zürnte wegen ihrer Unschlüssigkeit und schickte sie wieder zum Schiff. Das war im November 1928.

Am Donnerstag, dem 16. April 1981, traf ich meinen Freund, den Journalisten. Ich fuhr nicht zum Begräbnis Tante Almasas.

»Was würdest du sagen, wenn man dir erzählte, daß du einen Cousin mit Namen Anton Schammas hast?« fragte er, noch bevor ich mich hinsetzen konnte.

»Ich hatte wirklich so einen Cousin, aber der starb vor fünfzig Jahren in Beirut. Willst du mir etwa sagen, daß Suraja Sa'id diejenige ist, für die ich sie halte?«

»Sie erzählt, daß ihr Schwiegervater, ein gewisser Al Asbah, über eine Begegnung mit dir berichtete, als er in das Lager Sabra in Beirut zurückkehrte, und eine der Alten, die den Familiennamen hörte, erinnerte sich an ein Gerücht, das Ende der zwanziger Jahre, als sie dort Waschfrau war, in Beirut kursierte – über den Adoptivsohn der Familie Abyad und seine palästinensische Mutter, die aus der Familie Schammas stammte. Der Sohn Michail wurde damals in die Vereinigten Staaten geschmuggelt, kehrte jedoch Ende der siebziger Jahre heim und trat dem palästinensischen Forschungszentrum in Beirut bei. Das ist alles, was sie weiß. Aber sag, war Al Asbah nicht einer vom arabischen Aufstand?«

»Ich bin nicht mehr sicher, ob es so einen Mann je gegeben hat.«

»Aber die Frau deines Onkels wird sich sehr freuen, oder? Nach so vielen Jahren!«

Ich war fast versucht, ihm zu sagen: »Ich bezweifle, daß ein Sarg Platz für solche Freude hat.«

Nachdem ich das Guckloch des großen Tores geöffnet

hatte und bis zum anderen Ende sehen konnte, wollte ich das Tor selbst öffnen, und es kam mir nicht in den Sinn, daß ich mich wie die Helden aus »Tausendundeiner Nacht« vor zahllosen Türen finden und jede Tür hinter sich eine Reihe neuer Türen bergen könnte. Durch das Märchentor gelangte ich zu den Tunneln und Höhlen der Vergangenheit, und in meiner Vorstellung fielen die Trennwände zwischen Existierendem und Phantasiertem. Und das, was ich mir als Gewebe vorgestellt hatte, kreuz und quer zwischen Wirklichkeit und Märchen gesponnen, ist längst kein Gespinst mehr, denn das Netz der Erinnerungen, das ausgeworfen worden war, hat den Fischer selbst bereits eingefangen.

Keiner der wenigen Verwandten Leila Khouris, denen ich von ihr erzählt hatte, wollte die Verbindung mit ihr wiederaufnehmen. Auch sie war nicht erpicht darauf. Die Familienmitglieder zweifelten daran, daß der andere Anton noch lebte. Wie ist es möglich, sagten sie, daß das Gerücht, das in Beirut verbreitet war, Almasa nicht zu Ohren gekommen sein sollte? Und wenn dies doch der Fall gewesen sein sollte – warum hat sie es bis zu ihrem letzten Tage mit keinem Wort erwähnt? Es ist wahr, daß sich ihre Sinne am Ende ihres Lebens trübten und daß sie alle möglichen Geschichten über das Schicksal ihres Sohnes zu erdichten begann. Aber das wäre noch der bekanntermaßen ererbten Eigenschaft der Familie Elias Michail zuzuschreiben, in der von Generation zu Generation einige Alte im Dämmer ihrer letzten Tage den Verstand verloren. Und selbst wenn das Gerücht wahr wäre, warum hatte dieser Michael Abyad, den doch dieses Gerücht am meisten betraf, warum hatte er nicht versucht, die Wahrheit zu finden und uns zu erreichen, wie wir versucht hatten, ihn zu erreichen? Nein, das alles war nichts als die Rache Leila Khouris, um es den Michails heimzuzahlen, daß sie sie im Jahre achtundvierzig denunziert hatten. Und überdies – weshalb sollte jemand auf die Entdeckung aus sein, daß er die ganzen fünfzig Jahre seines Lebens ein anderer gewesen ist?

Zwei Monate später erreichte mich durch einen Bekannten in Europa eine Nachricht: Ein Jugendfreund meines ältesten Bruders vom palästinensischen Forschungsinstitut in Beirut wußte, daß es wirklich einen Mann namens Dr. Michael Abyad gab, dessen Verbindung mit dem Institut jedoch seit Jahren abgebrochen war.

Im »Time Magazine« vom 27. September 1982 erschien ein illustrierter Artikel über das Massaker in den Flüchtlingslagern Sabra und Schatilla in Westbeirut, und unter anderem die Zeugenaussage eines Mannes, der von seinem Vater erzählte. Fünfzig Jahre hindurch hatte er sich vor den Kugeln der Engländer und den Bomben der Israelis retten können, bis er schließlich vom Zeichen des Kreuzes gefällt wurde, das ihm die Phalangisten mit Messern in die Brust schnitten. Es war auch die Aussage eines Angestellten des palästinensischen Forschungsinstituts wiedergegeben, der am Morgen des Massakers auf seinem Fahrrad durch die Straßen des Lagers Sabra fuhr. Auf der rechten Seite des Blattes, auf dem die beiden Aussagen nebeneinander abgedruckt waren, gab es auch drei Fotos von dem Massaker. Auf dem unteren Bild war ein Pferd zu sehen, das offenbar beim Trinken zusammengebrochen war, sein Kopf lehnte noch auf dem Rand des Fasses, als sei er gefangen. Darüber das Bild von zwei auf der Erde liegenden Kindern. Oben auf der Seite das Bild eines Mannes auf einem Fahrrad, der nach links auf zwei Leichen neben dem

Gehsteig starrt. Unter dem Bild steht: »Dr. Michael Abyad, amerikanischer Forscher und Autor, blickt auf die Gefallenen des Massakers im Lager Sabra.«
Manchmal hat es einen beißenden Geschmack, das rote Bonbon Erinnerung.

Der Erzähler: Père Lachaise

Ein Schaufenster, dekoriert mit den Kleidern schöner Frauen in den Farben Himmelblau und Weiß. Und alles in drei Sprachen: Hebräisch, Arabisch und Tod.

Jehuda Amichai

Dritte Person

Noch Wochen, nachdem sie fort war, überraschte ihn ihr rotes Haar, ein plötzliches Feuer, das an den unerwartetsten Stellen aufflackerte. Morgens würde er immer noch einzelne Haare in der Bürste finden, die zu benutzen sie niemals zugegeben hatte, oder er würde sie in den elektrischen Kabeln verfangen finden, die sich über den Teppich zogen. Stunden würde er mit der Jagd nach ihren Haaren verbringen, auf dem Teppich und darunter, in den Falten der Wolldecken im Schrank, zwischen den Sofakissen und den Knäueln, die jeden Morgen aufs neue unter dem Bett wuchsen, zwischen den Seiten der Bücher, die sie gelesen oder nicht gelesen hatte, wenn sie auf dem Rücken im Bett, das unter den Bücherregalen stand, gelegen hatte. Ihr Haar verfolgte ihn, weigerte sich, ihn zu verlassen, ihn allein zu lassen. Es umgarnte ihn, strangulierte ihn, verstrickte ihn in die Strähnen ihrer Geschichte . . .

Und seiner Geschichte.

Und jetzt, im späten Morgenlicht von Paris, weit weg von alldem, ragt der Wetterhahn einer Kirchturmspitze ins Fensterviereck. Die Uhr mit den römischen

Ziffern unter dem Hahn schlägt Viertel vor neun, und eine rote Sonne steigt hinter den grauen Gebäuden auf. Er sitzt im Hotel Vaneau, Zimmer 62, an dem kleinen Holztisch, sitzt und schreibt über ihr rotes Haar. Zu seiner Linken ein Kleiderschrank mit schlichten Gravierungen an der Spiegeltür. Hinter ihm ein zerwühltes Doppelbett, und zwischen den Laken verstreut – schwarzes Frauenhaar.

Nadia

Ein dumpfer Schlag und ein gellender Schrei. Sie stand über das Geländer des Fensters im fünften Stock gebeugt und starrte auf die Handbewegungen des Verkäufers im Fruits-de-mer-Geschäft. Aus dieser Höhe sah man nur, wie – in Anpreisung der *huitres* vermutlich – die Lippen sich bewegten, die Hände gestikulierten. Ein Kunde steckte gleichgültig seinen Finger ins Eis, strich damit über den Rand der Kiste mit den noch verschlossenen Krebsen, schüttelte ungläubig den Kopf, kaute an seiner Pfeife und wischte die Fingerspitzen an einem hellblauen Tuch ab, das er aus seiner Tasche zog. Dann mischte er sich unter den wimmelnden Käuferstrom auf dem Markt, dessen Lärm bis zu dem Fenster hinauf drang, an dem die Frau gestanden hatte, als sie den Schlag und den anschließenden Schrei gehört hatte. Ohne den Kopf zu wenden, wußte sie jetzt, daß der Orangensaft, den sie in der kleinen Küche bereitet und vor den Jungen auf den niedrigen Tisch gestellt hatte, dabei war, in den Teppich zu sickern, der wenigstens das Glas vor dem Zerbrechen bewahrt hatte. Sie wandte auch nicht den Kopf, als der Schrei zum Weinen wurde, und als wie üblich die Faustschläge von jenseits der Wand zu hören waren, mechanisch, als kämen sie gar nicht von den beiden libanesischen Studenten, die dort vermutlich für irgendein Examen lernten. Sogar der Satz, der sich ihr zwischen die Zähne drängte, schien ihr eher von einem der Käufer auf dem Markt gesprochen, er fiel auseinander, seine Worte kehrten in ihren Urzustand zurück, wurden zum bedeutungslosen Geflüster und gingen im allgemeinen Lärm unter. Die weinende Stimme hatte ihre eigene Intensität und ihren eigenen Rhythmus gewonnen, als wäre sie von der Kehle des Kindes abgesondert, sie kam und flatterte um den Kopf der Frau, die, während das Klopfen hinter der Wand schwächer wurde, dem Mann mit dem blauen Tuch nachsah. Dabei fing ihr Blick bereits einen anderen Mann ein, der sich mit schnellen Schritten und mit Hilfe seiner Einkaufstasche einen Weg bahnte. Er hob seine Augen, und es schien ihr, als blickte er einen Augenblick zu ihrem Fenster, doch da stieß er einen entgegenkommenden alten Mann an, und die Tasche wäre ihm fast entglitten. Sie beugte sich über das Geländer, das Gesicht in die Handflächen gestüzt, die Ellenbogen nahmen die Kühle des Geländers auf, ihr schwarzes Haar wehte in dem von den Gerüchen des Markts gesättigten Wind, und instinktiv war sie bemüht, mit der Hand die Bluse über die entblößte Brust zu ziehen, doch als sie sich bewußt wurde, daß sie nicht mehr über dem Fensterbrett im fernen Abu-Dabi lehnte, stieg ein stilles Lächeln in ihr auf und nistete sich in ihren Mundwinkeln ein: »Du brauchst dich nicht zu beeilen«, flüsterte sie in die Richtung des Mannes, »dein Kind steckt nicht mehr in meinem Leib.«

Selbst als sie das Geräusch der Schlüssel an der Tür hörte, drehte sie sich nicht um. Drei Schlüssel wurden nacheinander ins Schloß gesteckt und wieder herausgezogen, beim vierten Versuch wandte sie sich vom Fenster und ging, um die Tür zu öffnen. Jetzt gesellte sich das Klingeln der Türglocke zu den anderen Geräuschen.

»Hast du mich nicht auf der Straße gesehen?« fragte er und legte die Einkaufstasche auf den Küchentisch. Aber sie war wieder am Fenster und hörte ihn nicht, und er steckte seinen Kopf aus der Küchentür und rief sie mit einer Stimme, die versuchte, durch das Weinen des Kindes zum Fenster vorzudringen: »Nadia, hast du mich nicht auf der Straße gesehen?«

»Vielleicht beruhigst du Elias zuerst, ich verstehe nicht, was du sagst.«

Und er ging zu dem Kind und nahm es in seine Arme. Eine heiße Träne fiel auf seinen Arm und brannte auf seiner Haut: »Papa ist wieder zurück«, sagte er in das Ohr des Kindes, »Papa ist hier.« Der Satz hallte in ihr wider, und ihr Blick suchte aufs neue den Mann mit dem hellblauen Tuch.

Amira

Am Sayed, Verwalter ihres Hauses in Alexandria, kam ihr entgegen mit leuchtendem Gesicht, und seine Augen, eben noch zwei dunkle Höhlen, strahlten. Sie fragte nicht einmal, wie es war, die Gnade des Sehens wiedererlangt zu haben, als wäre alles ganz selbstverständlich. Und Nana kam die Treppe herab und wischte die Hände an der Schürze ab, doch eine leichte kühle Feuchtigkeit haftete noch an ihrer Wange, als sie ihr Gesicht zum Kuß hob: »O Amira, Amira«, sagte sie auf hebräisch. »Wenn es erlaubt wäre, würde ich vor Freude singen, aber die vierzig Trauertage sind noch nicht vorüber.« Amira dachte, daß es dreißig Trauertage seien, fragte aber nicht, was es mit den vierzig Tagen auf sich hatte. Und dann waren alle auf dem jüdischen Friedhof in Alexandria am Grabstein ihres Vaters, doch der Vater steht neben ihr, in seinen Händen einen Photoapparat, und er bittet sie, sich zum Photographieren vor den Grabstein zu stellen. Er drückt auf den Auslöser, aber man hört das Klicken nicht. Er drückt wieder, und die Kamera verwandelt sich in seiner Hand in eine grüne Eidechse, die er Am Sayed reicht, der sie an seine Augen führt, und die Eidechse verschwindet in der rechten dunklen Augenhöhle.

Jehoschua Bar-On

Der Empfangschef sagt mir, daß mein Jude nicht angerufen habe und daß keine Nachricht für mich vorliege. Am Fuße der Wendeltreppe blicke ich durch den spiralförmigen Rauch meiner Pfeife und denke darüber nach, was er sagen würde, wenn er wüßte, daß ich ihn – den stolzen arabisch-palästinensischen Israeli – »meinen Juden« nenne. Ich denke immer noch darüber nach, während ich mich zum Ausgang des Hotels Des Ecoles wende und auf die Rue Delambre hinaustrete. An meinen Fingern haftet noch der Geruch der *fruits de mer*, der mich auf die Straße gelockt hat. Laß die Finger statt deiner gehen, Josch Bar-On. Ihr Gang ist nicht weniger pathetisch. Von der gegenüberliegenden Straßenseite, wo Tausende farbigglitzernde Marmorrechtecke die Fassade der *école maternelle* bedecken, branden mir Wellen von

Kindergeschrei entgegen, auf denen ich zum Dôme schwimme, begleitet vom Gurgeln des *eau non potable*, das die Straßenränder wäscht. Das Dôme ist fast leer – von Besuchern, jedoch nicht vom Geruch der Gauloises von letzter Nacht. Ich verabscheue Zigarettenrauch, vor allem abgestandenen. Die Nase, an das Aroma der Pfeife gewöhnt, ist empfindlich. Nach einigem Zögern wähle ich doch einen Platz innen im Restaurant. Das Sitzen auf der offenen Terrasse ließ in mir manchmal das lästige Gefühl aufkommen, Beute der schwarzen Raubvögel des Montparnasse zu sein, die ihre Opfer wie ein Rudel Jagdhunde, die die Gerüche des Heimatlandes gerochen haben, aufspüren. Dieser Gedanke veranlaßt mich zu der Frage, was ich an diesem Ort zu dieser frühen Stunde denn tue, der ich doch ebenfalls jenem säuerlichen Geruch gefolgt bin, der meinem Finger anhaftet wie dem Eis. Noch stehe ich im Eingang und blicke auf den Kellner, der das alte Grammophon poliert. Der Boden hinter ihm öffnet sich, und kreischend und quietschend taucht der Küchenaufzug auf. Ein Schwarm von Kellnern stürzt sich darauf und lädt Stapel glänzender Teller ab, auf denen sich die Farben der von der Morgensonne überfluteten Fensterfront der Rue Delambre spiegeln. »Mein Jude« würde es sicher eine Variation über das Thema der Kreuzabnahme nennen. Mir gegenüber eine gläserne Uhr, deren Ziffern aus schwarzen und roten Punkten bestehen. Unter der Uhr Topfpflanzen, von denen man nicht weiß, ob sie echt oder künstlich sind. Und in Augenhöhe Bilder von berühmten Leuten, die früher hier Stammgäste waren.
Ich wähle einen der Tische an der Fensterfront, die durch Gardinen vor den Blicken der Neugierigen des Montparnasse geschützt sind. In der Tiefe des Raumes ein Liebespaar an einem Tisch wie dem meinen,

in seine Liebe versunken. »So wollen wir nicht schlecht über unsere Generation sprechen«, wie jener weise Franzose gesagt hat, der jetzt aus seinem Holzrahmen herabblickt, und ich bezweifle, daß der Kellner, der mich wie immer warten läßt, jemals von ihm gehört hat. Als er sich schließlich meinem Tisch nähert, nimmt er die Bestellung mit verschlossenem Gesicht und bebenden Nasenflügeln auf. Auch er wittert meinen israelischen Akzent, obwohl meine Aussprache, wenn ich meinen französischen Freunden Glauben schenken darf, zufriedenstellend, wenn nicht hervorragend ist. Er geht, seine Verachtung nur mühsam verbergend, davon. Auch mir selbst klang die Bestellung merkwürdig, weder der Stunde noch der Jahreszeit angemessen. Und was wäre der Stunde angemessen? Hier würden sie mir doch keine Schale Kaffee mit Kardamom servieren, hier, an diesem gesegneten Morgen. Ein Schälchen Kaffee mit Kardamom! Das muß ich in mein Notizbuch eintragen. Besser als eine »Tasse schwarzen Kaffee«. Kleinigkeiten, so scheint es, sehr wichtig jedoch zur Charakterisierung einer Person. Aber reicht denn Emphase aus, wie dieser israelische Schriftsteller einmal behauptete, reicht sie aus, so denke ich jetzt, diesem Charakter, den ich schaffe, einen Ehrenplatz (O die Ehre, die Ehre!) in den Forschungen über »die Figur des Arabers in der modernen hebräischen Literatur« zu sichern? Dieses Mal wird unter meiner Hand ein abgerundeter Charakter entstehen, ein rundlicher Araber, menschlich und warm. Ein Schälchen Kaffee mit Kardamom, mit allem, was das bedeutet. Kardamom, und nicht bitter, nicht ohne Aroma, nicht mit negativen Nebenbedeutungen besetzt. Aber mein Jude trinkt einfach Tee mit Milch, als wollte er sich von mir distanzieren und seine Spuren verwischen.

Er weiß nicht, daß es schwer ist, wahrscheinlich unmöglich, Gerüche zu tilgen. Sie stecken nicht nur in Kleidern, sondern auch in der Haut. Und ich bin nicht ohne Geruchssinn. Du ließest die Finger statt deiner wandern, Josch Bar-On, und siehe, wo du, geleitet durch sie, auf den Spuren des Geruchs angekommen bist. Wahrhaftig, die Assoziationen der Erinnerungen sind wunderbar.
Und hier ein Dutzend Austern, exakt aufgereiht auf einer Platte, im Eisbett, das Ding an sich. Meine erloschene Pfeife in der Tasche, fange ich an, mich der Delikatesse zu widmen.

Dritte Person

Gestern morgen, nach einer Nacht des Packens, hat er Jerusalem verlassen. Was packt man Ende August für einen Tag Paris und einige Monate im Mittleren Westen der Vereinigten Staaten? Was packt man Ende August von den Kleidungsstücken ein, die sorgfältig durchsucht wurden, um ihre Haare zu entfernen? Um zwölf Uhr fünfundfünfzig Ortszeit landete das Flugzeug in Paris. Und erst um vier am Nachmittag hatte er die Kraft, sich seinen libanesischen Verwandten zu stellen, mit denen er sich treffen sollte. Zwei Stunden später stand er unter der Dusche seines Zimmers im Hotel Vaneau, zitterte und verfluchte die Franzosen, die von der Verwandtschaft ermüdete Reisende nicht einmal mit warmem Wasser versorgten. In einer Art nasser Rache trocknete er sich nicht ab und schlüpfte tropfend zwischen die Laken. Das war, was Schlomith zu tun pflegte, wenn sie, aus dem Badezimmer kommend, ihn an der Schwelle des Schlafes auf-

scheuchte. Um zehn Uhr öffnete er seine trüben Augen, und das Zwielicht des August, das draußen noch immer herrschte, täuschte seine Sinne. Er überließ sich wieder dem Schlaf, schwach daran denkend, daß seine Verwandten schließlich auf einen Anruf warteten, ebenso wie Jehoschua Bar-On. Sollten sie warten, die Verwandten. Und auch der Schriftsteller. Um zwei Uhr in der Nacht, beim Schein der Nachttischlampe, bemerkt er das erste Haar auf dem Kissen. Mit einem Ruck ist er völlig wach, durchwühlt Bett, Bettzeug, Decken und Kissen. Haare zwischen den Laken. Haare an seinem Körper klebend. Eine Art französischer Rache. Er rennt zur Dusche. Vor dem einzigen Wasserhahn macht er, angesichts der Qual, wie vor Stunden nur auf eisiges Wasser zu stoßen, eine Entdeckung: Aus demselben Hahn strömt, wenn er ihn nach rechts dreht, auch warmes Wasser.
Wunder des menschlichen Gehirns, würde sein Vater sagen.

Amira

»Was führt dich so früh hierher?«
»Ich hab' überhaupt nicht geschlafen.«
»Was ist passiert?«
»Schade, daß ich neulich die Kamera nicht habe reparieren lassen. Der Film ist überbelichtet.«
»Schade. Dabei habe ich gerade gestern so gut ausgesehen.«
»Wie oft muß ich dir noch sagen, daß der Grabstein Vorrang hat, wenn ich dich dort photographiere. Auf solchen Bildern bist du Nummer zwei. Nicht wie in meinem Leben.«

»Beeilte er sich mit der Geschwindigkeit des Photographen hinzuzufügen.«
»Es ist mir ernst. Es geht darum, die Toten lebendig zu machen.«
»Beeilte er sich mit der Professionalität des Totengräbers hinzuzufügen.«
»Amira, bitte!«
»Gehen wir aus, oder frühstücken wir hier?«
»Die kaputte Linse macht mir Hunger.«
»Ich muß alle deine Geistesblitze aufschreiben. Das ist gut für meine Dialoge.«
»Das fällt dir erst jetzt ein, nach all den Jahren!«
»Man muß die Toten lebendig machen, nicht wahr?«
»Die Amerikaner werden dich eines Besseren belehren.«
»Alles in allem sprechen wir ja nur von den Amerikanern des Mittelwestens. Die werden kaum Zeit haben, mit mir zu reden. Die sind damit beschäftigt, zuzusehen, wie der Mais wächst.«
»Vielleicht kannst du mir dort eine Photoausstellung arrangieren?«
»Eigentlich keine schlechte Idee. Sie haben kein tiefes historisches Verständnis für den Tod. Ihre Grabsteine sind verhältnismäßig neu. Tod in Verbindung mit Tradition, das würde ihnen gefallen.«
»Wann warst du das letztemal bei deinem Vater?«
»Weißt du, heute nacht habe ich von Alexandria geträumt.«

Aber wovon träumen die Araber, fragt der Maler, der sich, wie erwartet, an meinen Tisch setzt. Wovon träumen die Zwillinge Aziz und Khalil, nachdem sie in Ḥannah Gonens Alptraum aufgetreten sind? fügt er hinzu, indem er das Thema weiterspinnt, und steckt seinen Finger ins Eis der Austernplatte. Habe ich eine neue Eigenschaft des Diasporajudentums entwikkelt? frage ich mich und bedaure schon, daß ich in einem unverzeihlichen Augenblick der Schwäche ihm von dem Roman erzählt habe, an dem ich arbeite, ihm, dem *Yored*, Sohn von Yordim, der immer noch darauf besteht, Israeli genannt zu werden. Als hätte ich Jahre des Schweigens zu rechtfertigen. Als schuldete ich ihm etwas. Er kam, um zu telefonieren, wie er sagte, und sah mich. Und schon bedaure ich die Kaprizen des Schicksals, das mich zu so früher Stunde ins Dôme geführt und mich nackt und bloß den spöttischen Blicken des Kellners und dem überheblichen, süßlich-geheimnistuerisch-lauten Ton dieses Schwätzers ausgesetzt hat, der mich, noch ehe er sich niederließ und nach meinem Wohlbefinden erkundigte, auf französisch natürlich, darauf hinwies, daß kein diese Bezeichnung verdienender Connaisseur jemals *huitres* in jenen vier Monaten des Jahres anrühren würde, in denen kein »r« vorkomme. Besonders nicht zu so früher Morgenstunde. Ohne die berüchtigte israelische Gefräßigkeit. Und was tut er? Mit der Bemerkung, daß er schließlich selber Israeli sei, ruft er den Kellner und bestellt einen leeren Teller, um mit mir zu teilen. Dennoch habe ich mir eine neue Demütigung erspart. Dank sei Allah, dem gnädigen und barmherzigen, wie mein Jude sagen würde, daß ich meine ausgebrannte Pfeife in die Jackentasche ge-

steckt hatte. Denn bei meinem letzten Besuch dieses verdammten Lokals hatte sich dieser Plagegeist nicht ohne ein bißchen Sympathie mit spitzer Zunge an mich gewandt: »Warum bestehen Sie hartnäckig darauf, Pfeife zu rauchen?« neckte er mich. »Warum wollen Sie unbedingt dem Image der Palmachgeneration entsprechen, wie es sich auf Bildern in den Anthologien und in den anläßlich der Feiertage veröffentlichten Festschriften darstellt: Pfeife in der Hand, Finger und Daumen stützen Kinn und Wange, Blick verschleiert in die Zukunft gerichtet. Sie sind wahrhaftig zu jung für die Palmachgeneration und zu alt für die erste Staatsgeneration. Also hübsch bescheiden bleiben.«
Und das mir.

Nadia

Das Kind, vom Weinen erschöpft, ist eingeschlafen. Aber es wird zweifellos aufwachen, sobald das Telefon klingelt. Das andere Kind, wenn man es noch so nennen darf, hat den Raum des Leibes verlassen, ein Astronaut, der sich von der Nabelschnur löst, die ihn mit dem mütterlichen Raumschiff verbindet, und versinkt für immer in zauberischer Schwerelosigkeit. Wie waren seine Gesichtszüge, wie die Form seines Gesäßes, seiner Hände? Seine winzigen Hände, sagte ihr der Arzt, hätten sie beinahe getötet. Beinahe. Kamal riß sie, wie gewöhnlich, aus ihren Gedanken: »Er hat nicht angerufen, dein Verwandter.«
»Ich bin nicht besorgt. Ich weiß, daß er angekommen ist.«
»Dein Vater behauptete, daß du, wie auch seine

Schwester, mit dem zweiten Gesicht gesegnet wärest. Warum hast du dann nicht gewußt, daß das Flugzeug um ein Uhr mittags landet statt um ein Uhr nachts?«

»Meine Sinne führen mich irre in letzter Zeit. Und auch meine Eierstöcke.«

»Tut mir leid, daß ich dich daran erinnere.«

»Aber da ist nichts mehr vorhanden«, sagte sie mit der Stimme einer ausgehöhlten Babuschka.

Dritte Person

Und jetzt, um zwei Uhr nachts, steht er in einer fremden Stadt vor dem kleinen Spiegel über dem Waschbecken und seift sein Gesicht ein. »Wer benutzt heute noch eine Bürste«, sagte der Sicherheitsbeamte am Flughafen in Lod in einem Ton voller Neugier, Verdacht und Herablassung. »Mein Vater benutzt eine«, antwortete er, dritte Person, Singular, Präsens, seine einzige Vergeltung für die Leibesvisitation. Als die tastenden Finger zufällig die aufgerichteten Haare im Nacken hinter dem rechten Ohrläppchen berührten, fühlte er zum ersten Male, wie Demütigung sich in ihm ausbreitete und in die Poren seiner Stirn und seines Gesichtes sickerte. In seiner Kindheit im Dorf waren es genau diese Haare gewesen, die, wenn der Haarschnitt fast beendet war, dem Rasiermesser in der Hand seines Vaters preisgegeben waren, dem Rasiermesser, das die Linien gerade zog, den Kreisbogen über dem Ohr rundete und den Flaum wegnahm.

Das war für gewöhnlich am Sonntag vor der Messe. Die Kirchenglocke läutete zum zweitenmal und kündigte an, daß der Priester seine Wohnung verlassen hatte und auf dem Weg zur Umkleidenische hinter dem Altar war. Die Bürste, die in den vierziger Jahren in Beirut gekauft worden war, verteilte die stacheligen Haarstoppeln über seinen Hals und sein Gesicht, und das Rasiermesser machte letzte Korrekturen an der Nackenbeuge und am rechten Ohrläppchen. Als die Familie nach Haifa übersiedelte und er zwölf Jahre alt war, hörte sein Vater unter anderem auf, sein Haar zu schneiden, und das Rasiermesser berührte die aufgerichteten Haare in seinem Nacken nicht mehr. Sechzehn Jahre später wurden die Rollen vertauscht. Jetzt war er es, der das Haar des kranken Vaters schnitt, seinen Bart rasierte. Intime, bis dahin verborgene Stellen am Körper seines Vaters waren jetzt seiner Hand erreichbar. Seines Vaters, der ihn, als er noch ein Kind war, niemals umarmt hatte. Zuerst drehte er die Ohrläppchen von der Schere weg, die er aus dem Perlmutterkasten aus Damaskus nahm. Dann hielt er mit einer leichten Bewegung die Nase zwischen Zeigefinger und Daumen, um die Oberlippe besser rasieren zu können. Und je weiter der Krebs fortschritt, die Leber zerfraß und den Körper schwächte, um so mehr bot er seinen von Enttäuschungen gesättigten und der Qualen müden Körper dar. Sie saßen dann zu zweit und schwiegen, der Vater und sein jüngster Sohn. Und die Mutter, nichts ahnend von der Schwere der Krankheit, hüllte das Haus in Erbarmen, hüllte es in die Liebe, die einst wie eine Zeder geblüht hatte und nun welkte wie Moos. Früher schon hatte zwischen ihnen – zwischen Vater und Sohn – die gemeinsame Nähe langer Nächte beim Schein der Öllampe bestanden, damals als sie beide im Dorf geblieben waren, bis sich die Familie in Haifa eine Existenz aufgebaut hatte. Und jetzt liegt vor ihnen die lange Nacht des langsamen Sterbens, das Erlöschen einer Öllampe, die sich verschämt vor dem elektrischen Licht duckt.

Amira

»Merkst du, daß du mich immer wieder zu den Toten zurückbringst?«

»Ich bringe dich nirgends hin, stelle dich höchstens zwischen mich und den Grabstein.«

»Als eine Art Gegengift?«

»Ich brauche kein Gegengift gegen den Tod. Ich weiß mich zu verteidigen. Aber weshalb können wir über das Thema nicht sprechen, ohne unser Leben einzubeziehen? Warum es nicht als Photographie sehen?«

»Vielleicht wird anders die Photographie interessanter.«

»Im Ernst, vielleicht gebe ich das Projekt auf. Aber es ist interessant, daß wir mehr darüber gesprochen als daran gearbeitet haben. Zu Debatten finden wir zehnmal mehr Zeit als für unsere Arbeit.«

»Deine Arbeit. Vergiß das nicht.«

»Aber die Idee, das vergißt du, war von dir!«

»Es war eine Möglichkeit, mit meinem Vater in Verbindung zu bleiben. Jetzt ist das anders geworden.«

»Meine Idee hat sich nicht geändert.«

»Vielleicht doch. Vergiß nicht, daß die anfängliche Idee eine andere war, dies hier sollte nur eine Probe sein. Statt deine Berühmtheiten zum Père Lachaise zu schleppen und mit ihnen zwischen den Grabsteinen herumzulaufen, konntest du dich meiner als Versuchsmodell bedienen.«

»Aber inzwischen ist dein Gesicht das Interessante.

Die Sache mit den Berühmtheiten habe ich längst aufgegeben.«

»In der Praxis vielleicht, aber nicht in der Theorie. Du siehst mich immer noch als irgendeine andere Person, und das macht mich verrückt. Zu Vater gelange ich nur im Traum. Wenn ich mit dir bin, ist er weit weg von mir, irgendwo weit hinten. Vielleicht kann er mich berühren, aber ich ihn mit Sicherheit nicht. Denn ich bin damit beschäftigt, dich zu betrachten. Ich bin überhaupt die meiste Zeit damit beschäftigt, dich zu betrachten, ohne irgendeinen Zusammenhang mit Vater, mit Alexandria, mit dem alten Haus.«

»Du beschuldigst mich, als sei ich verantwortlich für deine Träume.«

»Aber darum geht es doch! Du bist wirklich für meine Träume verantwortlich, verstehst du das nicht? Und das ist es, was dir angst macht, die Verantwortung für meine Träume. Davor rennst du davon, seit ich dich kenne. Falls ich dich überhaupt kenne.«

»Du kennst mich. Du bist nicht meine Frau.«

»Aber du willst mich nicht kennenlernen. Um die Wahrheit zu sagen: Du willst nichts kennenlernen. Alles, was nicht nach deinem Belichtungsmesser eingestellt ist, kommt nicht vor deine Linse. Du bist dahinter geschützt, ich bin bloßgestellt. Und daß ich bloßgestellt bin, das ist es, was du mit deinen Bildern zeigen willst. Ein dicht verschlossenes Grab gegenüber einer bloßgestellten, ungeschützten Frau ... Warum schweigst du? Hast du nichts mehr zu sagen?«

»Etwas kann ich zu meiner Verteidigung sagen – ich liebe dich ... Einen Augenblick, laß mich reden. Für dich mag es nicht viel sein, aber für mich ist es die einzige Rechtfertigung für das Böse, das ich dir antue, wenn du so willst.«

»Ich liebe Père Lachaise.«
»Und was ist mit mir?«
»Du bist mein Alibi, Père Lachaise ist deins.«

Nadia

Es gab gar keinen Grund für ihre Niedergeschlagenheit. So schien es wenigstens. Selbst in dem abgelegenen Abu-Dabi, wohin sie nach Beendigung des Informatikstudiums in Paris fuhren, gab es einen Arzt, der ihr nach seiner Diagnose versicherte, daß die Sache problemlos durch einen Pariser Arzt behandelt werden könne. Ihre Ohnmachten wurden seltener, und der Schmerz, der sich in ihr ausgebreitet hatte, ging zurück. Trotzdem wuchs in ihr die Gewißheit, daß in ihrem linken Eierstock ein Fötus stecke und dort bliebe, bis die Hand des Chirurgen ihn entfernen würde. Und wie würde es dann weitergehen? Bis dahin kam sie mit ihren Gedanken. Danach war nur die Stille zwischen den Schluchzern. Jenen Schluchzern, die in der Krankengeschichte nicht verzeichnet werden und daher dem behandelnden Arzt in Abu-Dabi entgangen waren. Woher sonst käme das häufige Weinen des kleinen Elias, wenn nicht der Fötus, dessen Schicksal in ihrem Leib besiegelt war, in unbekannter Geheimsprache eine Botschaft unterbringen wollte, deren Spuren sich noch bei seinem in der Welt umherstolpernden Bruder fanden.
»Eine romantische Erklärung. Ich bin bereit, sie zu akzeptieren. Aber nur als zwingenden Grund für eine sofortige Operation«, sagte Kamal.
Es war die Art Erklärung, die er akzeptiert hätte, wenn sie zuerst ihm und nicht ihr in den Sinn gekommen

wäre. Das war eine seiner Eigenschaften, ein besonderer Egoismus, den sie liebte und der ihm so peinlich war. Wie der Gedanke, daß sie zuweilen übereinstimmten, ihn mit Besorgnis erfüllte, sie aber mit Faszination und Ruhe. Doch sagte sie ihm das nie, damit er nicht in Panik geriet, damit ihren Händen die Zügel ihrer Liebe nicht entglitten. In ihrer Hand lagen die Zügel, seit jenem Tag, als sie ihm, einem anonymen Passanten, am Tor der amerikanischen Universität in Beirut, ein Flugblatt der »Nationalen Sozialistischen Syrischen Partei« überreicht hatte. Lächelnd hatte er einen Blick auf das photokopierte Blatt geworfen und anschließend zu ihr aufgeblickt und sie mit seinem Lächeln überflutet, und sofort wußte sie, daß dies der ihr bestimmte Mann und daß er Mitglied der Partei war. Am nächsten Morgen bereits waren sie alte Freunde und saßen in einer Ecke der Cafeteria beisammen, in der es lärmte wie in einem Bienenstock. Als er die Geschichte seines Vaters zu Ende erzählt hatte, der wegen seiner Zugehörigkeit zur verbotenen SSNP einige Jahre im Gefängnis verbracht hatte, bat sie ihn: »Komm heute abend und halte bei Vater um meine Hand an.« Er kam und hielt um ihre Hand an, und Elias Bitar willigte ein. Anschließend fuhren sie nach Paris, um ihre Studien fortzusetzen. Hier wurden ihnen die Augen für die faschistische Ausrichtung der Partei geöffnet, was insbesondere für ihn galt, denn sie war vollauf mit ihrem ersten Kind beschäftigt, das jetzt mit seinem Vater am Tisch sitzt, beide malend.

Sie kommt zum Fenster. An den Nervensträngen entlang wandert der Schmerz und leitet die Körperwärme zur Operationsnarbe. Ein plötzlicher Kälteschauder läßt sie erzittern. Sie schließt das Fenster und denkt, daß es keinen Grund zur Niedergeschlagenheit gibt. So scheint es wenigstens.

Jetzt erinnert er sich an den Traum, den er kurz vor dem Aufwachen hatte, als er das Haar auf dem Kissen sah. Er schläft in seinem Bett in der Wohnung am Schabbatplatz in Jerusalem und möchte aus einem Alptraum erwachen. Er tritt an das nach Mea Sche'-arim gelegene Fenster und will auf hebräisch um Hilfe rufen, denn wer würde in Mea Sche'arim auf arabisch um Hilfe rufen? Aber das Wort »Hilfe«, das ihm einfällt, ist das falsche. Während er das Fenster öffnet, hofft er, sich an das richtige Wort zu erinnern. Auf dem gegenüberliegenden Balkon ist die Tür zum Zimmer geöffnet, und eine Frau mit züchtig bedecktem Kopf steht vor dem Spiegel. Als sie ihn im Spiegel sieht, hebt sie ihr Kleid hoch, entledigt sich ihres Slips und wackelt mit ihrem weißen und wunderbaren Hintern ohne jede Sinnlichkeit vor ihm hin und her wie die Frauen aus dem Dorf, wenn sie ihre Verachtung ausdrücken wollen und sich dazu des vollkommensten Mittels bedienen, das ihnen die Natur gegeben hat. Auf einem anderen Balkon beendet eine Nachbarin ihre Transaktion mit zwei Männern in Kaftanen und mit *Kaffieyas* auf dem Kopf. Sie nimmt Geldscheine entgegen und gibt ihnen zwei Pakete. Als sie sich entfernen, fällt ihm plötzlich das richtige hebräische Wort ein, und er ruft »Hazilu!«, worauf sie auf der Stelle erstarren, ihre Pakete fallen lassen und die Hände heben, als warteten sie auf den Schuß.

Mein Jude wird ein gebildeter Araber sein. Kein Intellektueller. Er galoppiert nicht auf einem Pferd wie in den Geschichten jenes *Chawadscha* und ist kein Gefangener wie in der Erzählung des Neffen aus der Zeit der Staatsgründung. Er ist auch nicht A. B. Jehoschuas heranwachsender Liebhaber. Er spricht und schreibt perfekt Hebräisch, aber nur innerhalb der Grenzen des Erlaubten. Denn es muß für ihn Bereiche geben, die außerhalb des Erlaubten liegen, so daß niemand mich beschuldigen kann, ein umgekehrtes Stereotyp zu schaffen, den tugendhaften Araber. Der *Kaddisch* könnte ihm noch erlaubt sein, nicht jedoch das *Kol Nidre* – und so weiter und so fort, ein wahrhaftes Minenfeld. Ich erinnere mich nicht, wo ich über den Araber als literarische Lösung gelesen habe. Aber das wird kommen, soviel ist gewiß. Bald schon. Dann wird irgendein lauernder Kritiker, eine Art Maulwurf, in meinen Weg gepflanzt, mich in einem gelehrten und gut begründeten Artikel beschuldigen, daß mein Araber eine literarische Lösung für meine persönlichen Probleme, nicht jedoch für die Probleme der Erzählung sei. Und damit sind wir schon bei der Sache. Das ist A. B. Jehoschuas wachsendes »Schweigen des Dichters« (wird zwangsläufig irgend jemand schreiben), »das Schweigen, das leider gebrochen wurde.« Und dann werden die ehrgeizigen jungen Journalistinnen kommen, die Anfängerinnen bei Boulevardblättern, erpicht darauf, noch mit dem allervergessensten Autor Kontakt aufzunehmen. Und sie werden vielleicht auf Betreiben meines Sohnes nach dem einen oder anderen persönlichen Detail fragen und mich um Stellungnahme bitten. »Wie stehen Sie dazu?« – das ist die meistgefürchtete Frage. Sie bedeutet nämlich, daß bereits ein Urteil gefällt worden ist und daß ich nur noch irgend etwas Belangloses dazu zu murmeln habe. Und ich werde mich mehr und mehr verstricken, wie der Dichter sagt. Und nach mir die Sintflut des Gerüchts: »Und die im Schlamm verborgenen Schlangen sollen hervorkriechen.« Oder wie der stotternde Kaiser gesagt hat: »Durchbrechen werden sie und den Kopf erheben.« Eine Metapher für die neue Einsamkeit. Die Frau ist weggelaufen. Der Sohn hatte Probleme mit der Polizei. Nicht notwendigerweise in dieser Reihenfolge. Dann die Erzählung, die er über die Erziehung veröffentlichte, die ich ihm zuteil werden oder nicht zuteil werden ließ. Dazu die Gedichte, die sich nach seiner Festnahme in seiner Schublade fanden. Ja, vielleicht soll ich darüber schreiben, über all die Schubladen, von deren Existenz ich nichts ahnte. Aber da wäre keine ästhetische Distanz. Nicht einmal persönliches Interesse. Diesmal muß es ein Araber sein, als eine Art Lösung für eine Art Schweigen. Ein Araber, der in der Sprache der Gnade spricht, wie Dante das Hebräische einmal genannt hat. Hebräisch als Sprache der Gnade im Gegensatz zur Sprache jener Verwirrung, die sich nach dem Einsturz des Turmes zu Babel in der Welt verbreitet hat. Auf meiner Parzelle wird mein Araber seinen Turm der Verwirrung bauen. In der Sprache der Gnade. Das ist meines Erachtens seine einzig mögliche Erlösung. Innerhalb der Grenzen des Erlaubten natürlich. Er wird sich in eine Jüdin verlieben. Rothaarig. Verheiratet. Mit einem Offizier der Armee möglicherweise. Die rothaarige Frau eines Offiziers – »Ein Ufer jenseits der Sehnsucht«, ein David zuviel. Eine Liebe, die von Anfang an den Kern der Selbstzerstörung in sich birgt. Eine Liebe, die sich nie verwirklichen wird. Das ist die Ausgangslage. Bei

Entdeckung der verbotenen Frucht wird der verletzte Ehemann toben, und wie Salomon wird er seine Frau vor die Wahl stellen: entweder die Liebe oder das Kind. Ein Gericht wird stattfinden, und am Ende wird beschlossen, daß alle in ihre Grenzen zurückkehren: das Kind zu seiner Mutter, die tote Liebe zur kurzen Seite des Dreiecks, das Leben in die normale Bahn.

Ich überlege mir ein Motto für die ganze Sache. Ich habe einmal einen Film gesehen, der mit dem Satz begann: »Nur die Einsamkeit des Panthers im Wald ist größer als die des Samurai.« Später stellte sich heraus, daß das nicht, wie am Anfang des Filmes behauptet, ein altes japanisches Sprichwort war, sondern eine Erfindung des Regisseurs, dem es damit gelungen war, selbst die Japaner irrezuführen. Ich werde über die Einsamkeit des palästinensisch-arabischen Israeli schreiben, die größer ist als jede andere. Mit der Kunstfertigkeit des uralten Samurai, dessen man sich wegen seiner exakten Schwertstöße erinnert, werde auch ich die Schwertstöße meiner Prosa austeilen – in erstklassigster hebräischer Sprache. Gerade kommt mir der mögliche Anfang des ersten Kapitels in den Sinn: »Bei seiner Ankunft in Jerusalem aus einem Dorf in Galiläa wird ihm klar, daß die Einsamkeit des Arabers, ähnlich wie ein Sarg, nur Raum für einen einzigen Menschen hat.« Ich zweifle, daß meine Leser weiser als die Japaner sind.

Amira

»Weißt du, ich bin eine halbe Araberin. Die schöpferische Seite meines Geistes kommt aus Alexandria. Ich liebe dich auf die jüdische Art, aber ich schreibe dar-

über im arabischen Stil. Wenn ich meinem Vater arabisch schrieb, pflegte er mir französisch zu antworten. Als wäre das selbstverständlich. Aber man konnte den Duft der Küste Alexandrias hinter den Worten riechen. Den Geruch der Küche meiner Mutter. Nicht alles, was er schrieb, verstand ich. Aber der vertrocknete Fluß seines Hebräisch war irgendwie in mein Arabisch geströmt. Weißt du, daß die hebräischen Buchstaben auf seinem Grabstein gestohlen worden sind? Ein arabischer Steinmetz mußte kommen und schlug sie in den harten Stein. Ich war überrascht, die hebräischen Buchstaben auf dem Grabstein zu sehen. Sein Leben hatte er arabisch verbracht, und weshalb war nur der Tod hebräisch? Vielleicht, so denke ich mir, ist das der Grund, warum Hebräisch für mich die Sprache des Todes ist.«
»Das, wie du weißt, kann die Kamera nicht einfangen.«

Dritte Person

Der Nachtportier hatte sich in seinem Sessel zusammengerollt. Zu seinen Füßen streckte sich eine trächtige Katze aus, deren Augen im Halbdunkel leuchteten. Der Portier murrte mißmutig, wie gerade aus einem französischen Traum geweckt, öffnete aber auf seine Bitte hin das verschlossene Tor. Es war drei Uhr morgens, und Paris bot sich seinen Augen von der Rue de Sèvres bis zu dem Springbrunnen an der Mauer des Krankenhauses »Laënnec« mit seinem sprudelnden Geräusch: Ein Ägypter mit fetten Hüften hielt in den Händen, halb gekippt, zwei Krüge, aus deren verstopften Öffnungen das Wasser in dünnen Rinnsalen floß. An der Rückwand des Hotels Vaneau eine verblaßte Reklame für *Dubonnet*: ein sitzender Mann, der, auf ewig dort fixiert, mit drei aufeinanderfolgenden Bewegungen eine Flasche an den Mund führt. Leere Straßen, in der Luft die letzten Augusttage.

Onkel Jussef, der jetzt im Dorf im Sterben liegt, würde zu dieser Stunde alle Geschichten zurückweisen und nur den Träumen Zutritt gewähren. Er würde bedauern, niemals genügend wache Stunden gehabt zu haben, um all die Träume zu erzählen, die ihn nachts heimgesucht hatten oder durch das Netz seines Schlummers geschlüpft waren. Jetzt erinnert er sich nicht mehr des Zauberworts, das ihn früher in die enge Welt zurückgeführt hat. Er ist schon auf dem Wege zu seinen Träumen. »Die unwiederbringlich letzte Begegnung«, sagte ihm der Onkel, den er vor seiner Abreise besuchte, um sich zu verabschieden. »Aber wenn es der Wille der Mutter des Erlösers ist, werden wir uns gewiß wiedersehen«, sagte Onkel Jussef, der sie liebte, wie vielleicht auch sie ihn liebte. Und wie er Schlomith liebte und sie ihn, aber niemand brachte die Erlösung. Und immer stand er vor dem Fenster und wollte um Hilfe rufen, aber niemals fiel ihm das richtige Wort ein, und in welcher Sprache es gesagt werden mußte. Als er seinen sterbenden Vater versorgte, schrieb er ihr Briefe. Auf hebräisch. Damals hatten sie sich zum erstenmal getrennt, und die Briefe waren eine Art Resümee der Sehnsucht. Und nachdem er seinen Vater im Dorf beerdigt hatte und nach Jerusalem zurückgekehrt war, gewahrte er, daß die Briefe eine Zäsur markierten. Der Ehemann hatte die Briefe entdeckt, und das in seiner Schönheit schreckliche Geheimnis wurde zerstört, und die Dinge kehrten in ihren ursprünglichen Zustand zurück: Hebräisch, Arabisch und Tod.

Eine Gruppe von drei jungen Leuten kommt aus einer der Gassen oberhalb Saint-Germains gestürmt und versperrt ihm den Weg. Ein Mädchen, das sich vor Lachen nicht halten kann, faßt ihn am Arm und erklärt ihm auf französisch, was sie wollen. Die zwei Jungen sehen ihn erwartungsvoll an. Auf englisch erklärt er, daß er nicht versteht, was sie sagen. Vergeblich. Das Mädchen schlingt seine Arme fest um seinen Hals und zerrt ihn in ein Café, gefolgt von den beiden Burschen. Freudengeheul empfängt sie im Café, einige klatschen sogar Beifall. Seine Verlegenheit schwindet, er überläßt sich ihnen und ihren Einfällen. Einem Englischsprechenden, der sich dem Tisch nähert, gelingt sogar eine Erklärung – von der allerdings das meiste im Tumult untergeht –, daß nämlich seit etwa einer Stunde eine Debatte darüber stattfindet, ob ein Mensch, darin Gott oder einem höheren Wesen ähnlich, den Lebensweg eines anderen Menschen bestimmen könne. Die drei, die ihm den Weg versperrt haben, glauben, daß eine abstrakte Idee ohne ihre praktische Verwirklichung überhaupt nicht existiere, und er selbst sei als lebendes Exempel für die Behauptung benutzt worden, daß es möglich sei, den Lebensweg eines anderen Menschen zu lenken.

Während seines ersten Jahres in Haifa machte er eines Abends einen Spaziergang durch die Stadt. Plötzlich hielt neben ihm ein Auto, in dem sich eine lärmende Gruppe befand. Das junge Mädchen neben dem Fahrer streckte den Kopf aus dem Fenster, lächelte ihn an und fragte ihn auf hebräisch: »Kommst du mit uns auf eine Party?« Sofort zog sie ihren Kopf wieder zurück, und das Auto brauste ab. Bebend vor Zorn blieb er zurück und konnte sich keinen Reim darauf machen. Mit welchem Recht hatte dieses Mäd-

chen seinen Frieden gestört? Er war glücklich gewesen auf seinem gemächlichen Gang durch die kleine dörfliche Welt, die er in seiner Tasche und in seinem Kopf stets bei sich trug. Und da erscheint jemand und wirft ohne sein Einverständnis Versprechungen aus einer anderen Welt jenseits des Zauns in den leeren Raum. Und ohne eine Antwort abzuwarten, verschwindet sie, wie sie gekommen ist. Jahre später geht er in die Leihbibliothek des Beit Ha'Am in Jerusalem und sucht auf den Regalen nach der hebräischen Übersetzung von Willa Cathers »My Antonia«. Und die rothaarige Bibliothekarin, die ihm bis dahin völlig unbekannt war, steht neben ihm und stellt ein Buch an seinen Platz zurück. Plötzlich wendet sie sich ihm zu, sagt: »Vielleicht lesen Sie dieses Buch – ›Das Leben der Bienen‹ von Maurice Maeterlinck«. Und er, der sich niemals für Bienen und deren Leben interessiert hatte, er stand da und sah sie erstaunt an. Die Bibliothekarin, die erkannte, daß sie zu weit gegangen war, war plötzlich befangen, lachte und murmelte eine Entschuldigung. Sie stellte das Buch schnell zurück, wandte sich um und ging an ihren Platz hinter die Ausleihe zurück. Nachdem er das Gesuchte gefunden hatte, zog er mit freudiger Geste »Das Leben der Bienen« heraus und ging zur Ausleihe. Seine Schritte von den Regalen bis zu ihr erinnerten ihn an jene nach dem Vorfall mit dem Auto in Haifa. Und obwohl er wußte, wieviel Honig kostet, lieh er das Buch aus, denn hier war sie, die versprochene Party.
Um fünf Uhr morgens bat er das Mädchen mit Hilfe des Übersetzers, sie möge ihn auf seinem Spaziergang begleiten, und im Weinrausch gelangten sie ans Flußufer. Die Lichter blitzten im sich kräuselnden Wasser, das an der Brücke leckte, auf der sie standen. Und der

Geruch des Wassers weckt eine verborgene Sehnsucht in ihm. Sein Blick entfernt sich und gleitet über die dunklen Mauern eines Gebäudes, das aussieht wie ein in der Dunkelheit kniendes Kamel. »Du mußt Notre-Dame besuchen«, sagte sie in gebrochenem Englisch. Und er antwortet ihr auf arabisch, sein Onkel Jussef hätte gewollt, daß sie jetzt die Kirche beträten und Kerzen zu Füßen der Mutter des Erlösers anzündeten. Aber das wird er morgen tun.
Neben ihrem grünen Haustor in der Rue de Seine küßt sie ihn zum Abschied, und beide sind einander wieder fremd, und nur das Dunkel der Dämmerung verbirgt ihre Einsamkeit.
Ruhig setzt er seinen Weg fort. Um fünf Uhr morgens beginnt das Erwachen der Stadt. Zuerst mit dem heißen Atem aus den vergitterten Gullys an den Straßenrändern, später mit den Müllautos, die vor verschlossenen Türen anhalten. Zwei nordafrikanische Straßenreiniger gehen schweigend die Trottoirs entlang, hinter sich das Scharren der Reisigbesen auf dem nassen Asphalt. Von Zeit zu Zeit dringt in die zögernde Morgendämmerung das Geräusch des Schrubbens, mit dem die gestrigen Exkremente der Hunde entfernt werden. Und er kommt an der Sorbonne vorbei, die noch ins Dunkel getaucht ist, vorbei an der nördlichen Mauer des Jardin du Luxembourg. Er schlendert den Boulevard Raspail hinunter und biegt dann nach rechts in die Rue Delambre ein, wo er eine Weile am Tor zum Haus Nummer 15, Hotel Des Ecoles, verweilt. Er stellt sich vor, wie Jehoschua Bar-On, Josch unter Freunden, jetzt die Augen öffnet und auf die Uhr blickt: »Wer zum Teufel will mich um diese Zeit sehen!« Aber er gibt die garstige Idee doch wieder auf. Selbst wenn er vor der Zimmertür Bar-Ons gestanden hätte, hätte der ihn nicht erkannt. Er

jedoch kennt Bar-On vom Sehen, und einmal, vor Bar-Ons berühmtem Schweigen, hat er an der Preisverleihung an einen Schriftsteller teilgenommen, den keiner der Literaturkritiker wirklich bewerten und in eine Schublade einordnen konnte. Sein trotz der Jahre – er war in den späten Fünfzigern – noch dichtes rotes Haar erregte den Neid mancher Kritiker, die nicht mit solcher Fülle wie er gesegnet waren und sich bemühten, ihr Haar von den Schläfen aus aufwärts zu kämmen, um die schändliche Blöße ihres Schädels zu bedecken. Bar-On, der vor ihm in Paris angekommen war, hatte ihn vor der Reise angerufen und ihm vorgeschlagen, sich in Paris zu treffen, da sie ja anschließend gemeinsam in die Vereinigten Staaten flögen. Morgen würde er ihn statt seiner Verwandten anrufen, die ihn nicht, wie versprochen, am Flughafen abgeholt hatten.
An der Ecke Rue de la Gaîté steht ein Bäckerwagen, dessen Hintertür von einem Jungen im weißen Kittel geöffnet wird. Der Duft frischer Croissants zieht seine Sinne an einer seidenen Leine heran, und die Straße wird zur Wolke, die dem Tablett des Jungen hinterherschwebt, wie er seine Schritte die Rue de Montparnasse hinauf beschleunigt. Und er folgt ihm, gefangen, bezaubert, eine Fülle von Düften wie ein Fächer ausgebreitet in seiner Phantasie. Der Duft der Croissants küßt einen anderen Duft, jenen, der von Schlomiths Nacken ausgeht, nachdem sich ihre Körper voneinander gelöst haben. Der Duft, der die glatte Haut des Nackens von ihrem roten Haar trennt.
Seit dem Frühstück im Flugzeug hatte er nichts mehr gegessen. Jetzt, da die Wirkung des Weines nachläßt, überläßt er sich dem zarten Aroma der knusprigen Köstlichkeiten. Gegen sieben Uhr kommt er beim Vaneau an, und der Portier, der ihn in der Nacht

murrend empfangen hatte, lächelt jetzt, während er der Katze, die an seinen Hausschuhen entlangstreicht und mit der Wollust trächtiger Katzen schnurrt, eine Schale Milch reicht.

Nadia

Den Bildern nach zu urteilen, ist er eine unveredelte Version ihrer selbst. Aber er ruft sie nicht an, und der Tag nähert sich dem Zeitpunkt, an dem die Narbe zum Leben erwacht und sie über die späten Nachmittagsstunden hinweg zu einer weiteren schlaflosen Nacht führt. Sie möchte ihn sehen, mit ihm sprechen, von seiner Mutter hören, deren genaues Abbild sie sei. Aber nicht hier, in Gegenwart des Kindes, in Gegenwart ihres Mannes. Diese Begegnung will sie nur für sich, von Angesicht zu Angesicht, ohne andere Gesichter in der Nähe, und wären sie ihr noch so lieb. Vor drei Wochen hat sie ein Kind verloren, jetzt findet sie vielleicht einen Verwandten. Auch dieses Wort würde Kamals Besorgnis erregen. Bereits jetzt fühlt sie Nervosität, die unter seiner Haut vibriert, angesichts einer Begegnung, die ihm aufgrund des Verwandtschaftsverhältnisses aufgedrängt werden würde. Seine Unruhe, die sie in- und auswendig kennt, gibt ihr das Gefühl, als läge in dieser von ihr gewünschten Begegnung eine Art Verrat. Jedenfalls scheint ihr das so, während sie den Versuch macht, die Druckwellen zu dämpfen, die sich in ihrem Unterleib auszubreiten beginnen. Als ginge es um eine verbotene Begegnung und als füge das Ausbleiben des Telefonanrufs ein weiteres Quentchen Mißtrauen hinzu.

Und wieder das Weinen des kleinen Elias, nach einigen Stunden Schlaf. Weinen, das keinen Zweifel läßt. Sie nimmt ihn auf, trotz Kamals lautem Protest, und umarmt ihn; seine Haut, noch eingehüllt in Schlaf, beruhigt ihre Haut. Seine Wärme verdrängt die Kühle, die ihr in den Gliedern sitzt. Plötzlich weiß sie, was sie während der letzten Wochen entbehrt hat. Diese ursprüngliche Wärme der Kinder. Und sie überläßt sich ihr, bis das Klingeln des Telefons sie aufschreckt und von ihrem Sohn fortreißt.

Jehoschua Bar-On

Ohne den Kopf zu heben, sagt mir der Empfangschef vom Des Ecoles, daß mein Jude noch nicht angerufen habe. Ich solle ins Zimmer hinaufgehen und mich ausruhen – eines der Dinge, die mein Held nicht tun wird. Das sind die besten Stunden für ihn, um die Ruhe der anderen Helden zu stören. Es wäre dennoch amüsant, meinen Juden über seine »Schlafstunde« erzählen zu hören. Obwohl wir hier, ähnlich wie im Kaddisch – »schnell und in naher Zeit« –, in verbotene Bereiche eindringen würden. Vielleicht werde ich sie »Sperrgebiet der Sprache« nennen. Dorthin will ich ihn nicht eindringen lassen, denn er könnte meiner Herrschaft entgleiten. Und wer weiß, wie sich ein Araber im Sperrgebiet benimmt? Aber lassen wir das, ich bin heute recht weit mit ihm gekommen, es reicht vollkommen. Jetzt heißt es ausruhen. Sogar reale Juden dürfen meinen Schlaf nicht stören. Das Telefon klingelt.
Das hat er absichtlich getan. Weshalb sonst sollte er meinen Schlaf ausgerechnet zu dieser Stunde stören?

Nur um mir zu sagen, daß er seine libanesischen Verwandten trifft und mich heute nicht sehen kann? Und warum soll ich ihn morgen früh nicht abholen, um mit ihm zum Flughafen zu fahren? Ich würde meine Wut nicht an die Libanesen vergeuden, die das Schlachtfeld hier hingeschleppt hatten, wäre da nicht sein Vorschlag gewesen, ihn am Morgen abzuholen. Auch diese absolut übertriebene Selbstsicherheit muß man in Betracht ziehen. Soviel zu der Selbstverständlichkeit, mit der von einem Araber in früheren Zeiten erwartet worden wäre, daß er sich die Mühe gemacht hätte, ein Taxi zu bestellen, zu mir zu kommen, um mir zu sagen, daß alles in Ordnung sei und ich nur in meinem Zimmer zu warten brauche, bis er käme, um mich durch den Hoteldiener rufen zu lassen. Zwar wußte ich, daß vor unserer Nase eine neue Generation heranwuchs, aber nicht, daß diese Generation, ähnlich den achselzuckenden *sabras*, sich der Tradition entledigt hatte, die Alten zu respektieren. Wenn ich auch noch nicht wirklich alt bin. Aber nun hat sich mein Zorn gelegt, und aufs neue senkt sich Schläfrigkeit auf meine Lider. Und wenn ich gedacht hatte, daß ich für diesen Tag mit meinen Arabern, sowohl den Helden als auch den Kameraden, ins reine gekommen wäre, so bemerkte ich jetzt, daß ich im Irrtum war. In aller Aufrichtigkeit möchte ich wissen, ob es einen einzigen arabischen Schriftsteller gibt, der im Schlaf von seinen jüdischen Helden träumt.
»Verwandte aus dem Libanon!« hat er gesagt. Auch ein Name für einen ausländischen Agenten.

Auf seinem Weg zur Rue Daguerre überquert er einige der Straßen, auf denen er schon vor Sonnenaufgang gegangen ist. Vielleicht ist er auch, ohne es zu wissen, an dem Gebäude vorbeigekommen. In der Luft liegt der Geruch von verfaultem Gemüse: Ende des Markttages, welkes Laub des vor der Tür stehenden Herbstes, Ausdünstungen der Metro aus den vergitterten Öffnungen, der komprimierte Pariser Geruch zwischen *l'air du croissant* und *vent du clochard*, der sich noch herumdrückende Sommer auf dem Friedhof von Montparnasse, und schließlich jenes Stadtrandgefühl – Grenze des Besonderen und Einzigartigen, Beginn eines Alltags, über den in Büchern nichts zu lesen steht.
Nach der Karte, in deren Falten bereits kleine aufgerissene Münder klafften, mußte dies die Rue Daguerre sein. Geruch von *fruits de mer* steigt in seine Nase. Krustentiere, wie er sie noch nie gesehen hatte, waren auf Eispolster geschichtet. Was wohl seine Großmutter gesagt hätte, denkt er, zu der Art, wie sie hier gekocht werden, falls sie überhaupt gekocht werden, und über den Geschmack, falls sie überhaupt einen haben, und über die Menschen, die sie kauften und offenbar mit Genuß aßen.
Die Fahrstuhltür schließt sich im fünften Stock hinter ihm, und er ist von völliger Dunkelheit umgeben. Er tastet sich an der glatten Wand entlang und sucht vergebens nach einem Lichtschalter. Erneut öffnet er die Fahrstuhltür, und das Strahlenbündel, das in die Dunkelheit und auf die Wand hinter ihm fällt, beleuchtet etwas, was wie der erhoffte Lichtschalter aussieht. Seine Augen suchen nach einem Gegenstand, mit dem er die Fahrstuhltür offenhalten könnte, aber er

findet nichts. Er läßt die Tür zuschlagen und hört den Fahrstuhl hinuntersausen. In einem der unteren Stockwerke hat jemand den Lichtschalter gefunden. Er geht in die angenommene Richtung. Es gelingt ihm, einen schwach leuchtenden Knopf zu finden. Er drückt darauf, ohne Erfolg. Die Strahlen, die noch vor einem Augenblick aus dem Fahrstuhl gefallen waren, hatten ausgereicht, um ihm zu zeigen, daß er von einer Menge Ecken und Serpentinen umgeben war, die jetzt vom Dunkel des verschlungenen Korridors wieder verschluckt waren.
Zu seiner Linken hört er, wie sich ein Schlüssel zweimal im Schloß dreht, und im Anschluß daran arabische Laute mit libanesischem Akzent. Zwei Schatten bewegen sich im beleuchteten Türspalt. Sie kommen auf ihn zu, und ehe sie die Tür wieder schließen, wendet er sich an sie. »Ja, das ist ihre Wohnung, dort rechts. Vielleicht könnten Sie das Kind für einige Stunden übernehmen und mit ihm spazierengehen?«
Er versteht ihr Gelächter nicht und wendet sich zu der Tür rechts. Einen Augenblick lang scheint es ihm, als hätten die beiden Libanesen ihn zum Narren gehalten, aber am Ende liegt seine Hand auf dem Türknauf. Während er mit der Linken die Wand nach einer Klingel abtastet, hört er eine Frauenstimme von samtener Gelassenheit hinter der Tür, und hinter seinem Rükken fällt die Aufzugtür wieder zu. Er klopft an der Tür und wartet. Alles bleibt still. Er klopft ein zweites Mal, die Tür öffnet sich, und ein strahlendes Lichtbündel blendet ihn. Er steht wie festgenagelt, blinzelt und bedeckt dann die Augen mit den Händen. Eine Männerhand streckt sich ihm entgegen, um die seine zu drücken. Mitten im blendenden Rechteck die Silhouette einer Frau, eine Aureole von Licht um ihr Haar;

sie kommt auf ihn zu, und das Kind hält sich am Saum ihres Kleides. Er begrüßt sie, entschuldigt sich wegen seiner momentanen Blindheit und drückt Kamals Hand. Nadia dort vor ihm nimmt langsam Gestalt an. Wie aus einem Zauberspiegel strahlt ihm sein eigenes Gesicht nur mit feineren Zügen entgegen. Er hält ihre Hand in der seinen und küßt sie auf beide Wangen, und sie küßt ihn dreimal: »Das ist libanesischer Brauch«, sagt sie, bietet ihm dann einen Stuhl an und verschwindet in der Küche. Kamal erklärt ihm, daß sie seine Ankunftszeit mißverstanden hätten, und bittet um Entschuldigung. Das Kind sieht ihn aus tränenerfüllten Augen an und schmiegt sich an den Vater. Die Verlegenheit legt sich, als Nadja mit einem Glas Orangensaft zurückkehrt. »Du bist sicher durstig vom Weg«, sagt sie, das Glas noch in der Hand, und geht einen kleinen Tisch holen, um das Getränk abzustellen. Sie bringt ihm das Tischchen als improvisiertes Tablett, das Tischbein stößt an sein Bein, und der Orangensaft ergießt sich auf seinen Schoß. Die Entschuldigungen nehmen kein Ende. Sie läuft zum Schrank und reißt ein Paar Hosen von Kamal heraus. »Geh dich umziehen! Ich glaube, ihr habt die gleiche Größe.« Im Badezimmer zieht er Kamals Hose an und lächelt insgeheim über den offenkundigen Symbolgehalt.

Danach tauschen sie Informationen über den Gesundheitszustand der Angehörigen beider Familienzweige aus, bis das Gespräch auf ihre Operation kommt. Kamal, der von Anfang an die Atmosphäre der Intimität, von der er selbst ausgeschlossen war, wahrnimmt, schlägt vor, die Hose zur nahen Reinigung zu bringen. Das Kind, das seine Befreiung aus der engen Einzimmerwohnung wittert, beginnt den Vater zur Tür zu drängen. Aber Nadia verspricht ihm einen anderen Spaziergang, weiter und an einen schöneren Ort, wenn er den Vater allein gehen ließe, und der Junge ist einverstanden. »Er ist verrückt nach Friedhöfen«, sagt sie. »Und wahrscheinlich wird der Ort auch dir gefallen.« »Wohin?« fragt er. »Père Lachaise«, sagt sie, »der schönste Ort in Paris. Was hast du schon von der Stadt gesehen?« So erzählt er ihr von seiner nächtlichen Wanderung in Begleitung der jungen Unbekannten, von Notre-Dame im Dunkeln und den Croissants. Er sieht ein Zittern in ihren Mundwinkeln, wie eine anmutige Begleiterscheinung von Eifersucht, weil nicht sie es hatte sein können, die ihn in der ersten Nacht durch Paris führte. »Und wie seid ihr auseinandergegangen?« fragt sie. »Mit drei Küssen«, sagt er. Sie lacht. Er wird sich bewußt, daß er Kamals Weggang bis dahin nicht bemerkt hatte, und er erinnert sich nicht, ob er sich von ihm verabschiedet hat. Er überlegt, ob Nadja das Kind nicht deshalb hierbehalten hat, um dessen Anwesenheit zwischen sie beide und ihre fortschreitende Vertrautheit zu schieben. Sofort steigt in ihm eine undeutliche Feindschaft gegen das unglückliche Kind auf. Er mag Kinder im allgemeinen nicht besonders, aber gegenüber diesem Jungen hat er eine besondere Abneigung, als verkörpere er für ihn all das, was ihn in der Vergangenheit von der Familie seiner Mutter getrennt hatte.

Zu dritt gehen sie die schmierigen Stufen zur Metrostation Denfert-Rochereau hinab, und ihm schlägt der lauwarme Wind entgegen, der alle Gerüche der Untergrundbahn in sich vereinigt. Er hält die kleine Hand des Jungen in der seinen, drückt sie versöhnlich und hilft dem Kind die Treppen hinunter. Der Zug nach »Nation« fährt ein, und die hinausdrängenden Passagiere trennen sie voneinander. Das Kind sieht, wie die Mutter sich von ihm entfernt, will ihr nach und stößt dabei gegen einen Mann, der den kleinen Körper nicht bemerkt, ihn umwirft und weitereilt. Ein Aufschrei, aber niemand bleibt stehen, nur Nadia springt hinzu, um den kleinen Elias aufzuheben und zu beruhigen. Er schließt sich ihnen an, voll Reue wegen der vorhin in der Rue Daguerre gegen das Kind empfundenen Feindseligkeit. Er schirmt beide mit seinen Händen ab, obwohl der Bahnsteig sich geleert hat. Es gelingt ihnen, ins Abteil zu schlüpfen, ehe sich die Türen schließen.

Jehoschua Bar-On

Anscheinend hatte ich gedöst. »Morgen, wenn ich aufwachen oder denken werde, ich sei aufgewacht, was werde ich dann über heute sagen?« Wer hat das gesagt? Wer auch immer – zu hoch für mich. Meine Frau hat das immer gesagt: »Zu hoch für mich.« An die Worte kann ich mich erinnern, aber nicht an den Tonfall, in dem sie gesagt wurden. Man wirft einen Satz in den Raum, vor ... wie viele Jahre sind seitdem vergangen? Acht, neun Jahre? Vor acht Jahren. Der Satz nimmt verschiedene Intonationen an. Ich bin mir sogar nicht mehr sicher, ob das überhaupt der Satz war, den sie gesprochen hat. Ein Satz, der vorwurfsvoll beginnt und ähnlich enden will, dann plötzlich von seiner Spur abweicht und in eine andere mündet. Wie ein Komet, von der Schwerkraft zugleich angezogen und abgestoßen. Beim zweiten oder dritten Wort, wenn das Gehirn die Bedeutung der Worte vorwegnimmt, die am Ende des Satzes kommen sollen, wird der Vorwurf zur Ironie an der Grenze des noch verdeckten Spottes, von wo der Weg zur messerscharfen

Verachtung kurz ist, aus der es weder Ausweg noch Rückzug gibt. So faßt sie jetzt mit ein paar Worten zusammen, was all die Jahre in ihren Eingeweiden geschlummert hat, was festgeschrieben ist in all den kleinen Angewohnheiten des gemeinsamen Haushalts, in den finanziellen Verpflichtungen und gemeinsamen Rechnungen, in der Pessachnacht und in welchem Café man am Freitagnachmittag sitzt und wen man abends einlädt, und hast du die Zeitungsbeilage schon gelesen, und weshalb läßt du die aufgeschlagene Zeitung auf dem Fußboden liegen? Und jeder Fingerabdruck auf dem Lichtschalter, und ihre liebste Position im Bett, die, die sie zum Orgasmus brachte, denn nie sprach sie von »Kommen«, und daß die Zahnpastatube in der Mitte zerdrückt war, und die Rasierseifenspritzer am Spiegel und ihre Kosmetikstäbchen mit verschmiertem Make-up in der Seifenschale, und die halbleere Tamponschachtel auf dem Badezimmerregal, obgleich die Periode – denn sie nannte das niemals »die Tage« – schon seit Jahren nicht mehr kam, und die Bettlaken, die sie hartnäckig stärken ließ, obwohl ich deswegen unter Schlaflosigkeit leide, und der unsichtbare Staub, den ich mechanisch vom Schreibtisch zu wischen pflegte, wenn sie kam, um in meinen Nacken zu atmen, um zu sehen, was zum Teufel ich an meinem Schreibtisch täte, wenn ich nicht schriebe, *dann* sagt sie jenen endgültigen Satz, sagt ihn aus dem Nichts heraus, wirft ihn wie einen Donnerschlag, daß ich ihr »zu hoch« sei.
Und jetzt vor dem Badezimmerspiegel, da ich frei bin, nach Belieben Rasierseife zu verspritzen, und es nicht tue, jetzt weiß ich, daß wir zwei kongruente Körper waren, bis zum kleinsten Fingernagel. Ich war ihr nicht zu hoch, und sie war mir nicht zu hoch. Der verschlissene Macho, der jetzt seinen eingeschäum-

ten Kopf hebt, mit ergrautem Haar auf der Brust, deren Muskelkraft bestimmt nicht mehr überwältigend ist, jedoch von vergangenen Tagen zeugt, dieser Macho dreht den Satz zwischen den Fingern wie ein Boß die Schlüssel zu seiner Nobelkarosse, und ich flüstere mir zu, daß in diesem Satz auch ein Trost liegt – ich bin ihr zu hoch, wie sie sich manchmal, wenn auch nicht häufig, beklagte, denn ich füge ihr im Bett Schmerzen zu. Wäre es möglich, einen leisen Anklang gegenteiliger Meinung in diesem Satz zu entdecken? Ich zweifle daran. Mit anderen Worten: wahrscheinlich nicht. Aber was mich verrückt macht, ist die Frage, was in aller Welt ihn bewogen hat, jene Szene in die Geschichte einzubauen, in der er hinter der halboffenen Schlafzimmertür stehend seine Eltern vögeln sieht. Ein Vorgang, den seine Mutter »Liebe machen« zu nennen pflegte. Wer weiß schon Bescheid. Freunde im Kaffeehaus erwähnten die Sache nicht, nachdem die Erzählung einmal gedruckt war, aber wer weiß, was sie insgeheim dachten. *Dafür* hätte ich ihn eingesperrt, aber nicht für das, was ihm die Polizei anhängte. Und wenn wir schon dabei sind, auch meinen Juden hätte ich einsperren lassen, wegen des Telefongesprächs, als ich schon fast eingeschlafen war. Wenn ich doch nur wüßte, wie er eigentlich aussieht. Und wenn ich Ehemann des Zimmermädchens wäre, ich hätte sie längst hinausgeworfen. Die Leute können nicht verstehen, wie gewisse Dinge, und seien es die kleinsten Kleinigkeiten, einen zum Wahnsinn treiben können. Auch das muß ich in mein Notizbuch eintragen: Es gibt, wie Amichai sagen würde, zwei Arten von Menschen, diejenigen, die die Toilettenpapierrolle mit dem Papierabriß nach außen aufhängen, und die, bei denen der Abriß an der Wandseite herunterhängt. Ich gehöre zur ersten Kategorie.

Das Zimmermädchen und meine Frau wissen nicht, daß sie eine schändliche Angewohnheit teilen. Was wohl mein Jude dazu zu sagen hätte, falls überhaupt etwas. Da er in ständiger Verteidigungshaltung lebt, läßt sich vermuten, daß er zur zweiten Gruppe gehört. Wie es im arabischen Sprichwort heißt, das wir manchmal zitieren: »Geh dicht an die Wand und sag: ›Gott helfe mir.‹« Natürlich klingt das auf arabisch besser.

Dritte Person

Als sie sich dem Haupttor näherten, rannte der Junge voraus und wartete unter dem grauen Torsturz, dessen Farbe abblätterte und in den fünf hölzerne Blumenkränze eingeschnitzt waren. Sein Gesicht strahlte vor Freude. Der Schmerz war vorbei, sein Mund zeigte ein breites Lächeln. Ungeduldig hüpfte er von einem Fuß auf den anderen, mit der Energie, die, wenn der Tränenfluß einmal aufgehört hat, keine Grenzen mehr kennt. Er streckte seiner Mutter die Arme entgegen, spannte den kleinen Körper und stand, ohne sich zu rühren, wie angenagelt auf dem gepflasterten Weg, bis Nadia ihn auf den Arm nahm. Da schlug er ihm vor, ihn auf seinen Arm zu nehmen, eine Art Geste der Versöhnung, aber das Kind widersetzte sich, obgleich die Mutter ihm erklärte, sie fühle sich nicht gut: »Ich habe eine große Wunde im Bauch.« Er wollte sie sofort sehen. Er würde es nur glauben, wenn er seinen Finger an die Narbe halten dürfte. Nadia hob ihr Kleid etwas auf, schob Elias darunter, faßte unter dem Stoff nach seiner Hand und führte sie auf ihrem Bauch nach oben. Ein überraschter Freudenschrei kam unter dem Kleid hervor, und ein Paar, das zufällig auf das Tor zuging, schaute amüsiert zu ihnen hin, aber bis der Mann seine Kamera eingestellt hatte, war der kleine Elias bereits unter dem Kleid hervorgekrochen und trabte die Allee hinauf. »Tut es dir noch weh?« fragte er. »Erzähl mir von Schlomith«, sagte sie, »von deiner Narbe.« Als ob das jetzt erlaubt sei, nachdem das Kind fort war. »Was möchtest du wissen«, fragte er. »Erzähl mir von ihrem Haar«, sagte sie, »von ihren Augen, ihrem Körper und was in ihrem Körper ist.« Er lachte verlegen. »Sie hat rotes Haar«, sagte er, »aber jetzt ist alles erloschen, das Feuer ist aus und verloschen.« »Ich werde dich zu dem passenden Grab führen«, sagte sie.

Ein Flirren lag in der Luft, und ein kühler Luftzug bewegte den Saum ihres Kleides. Ihr schwarzes Haar flatterte leicht gegen sein Gesicht, und der Druck ihrer Finger an seinem Ellenbogen lenkte ihn in die richtige Richtung. Der Junge hüpfte hinter ihnen her und riß Blumen aus den verwelkten Kränzen der Gräber, die offenbar noch besucht wurden, um sie auf die Gräber derer zu legen, die schon in die Anonymität der Vergessenheit eingegangen waren. Die Grausamkeit der Rache, wie jener kluge Schriftsteller gesagt hat. Kleine Cherubinen aus Stein knieten stumm und mit Hingabe betend, ab und zu beäugt von einer in der späten Sonne dösenden Katze, die ihre verschleierten Augen kurz öffnete und gleich darauf wieder in ihre Gedanken versank. Verzaubert ging er neben ihr auf den verschlungenen Pfaden. Auf beiden Seiten waren graue Grabsteine. Sie kamen zu jenem Abschnitt, der ihm der jüdische zu sein schien, und er wunderte sich, weshalb sie ihn dorthin führte. »Schau, dort am Ende«, sagte sie. Und dort erhob sich das Grab, eine Miniaturkathedrale, die Spitzbögen von schmalen

Säulen gestützt, Säulen, dünn wie die Beine eines Rehs. Oder ein sonderbares vielköpfiges Nachttier, das so aussah, als versuchte es vergeblich, sich in die Luft zu heben. Ein Liebespaar mit verschlungenen Händen liegt hingestreckt auf dem Grabstein hinter einem schmiedeeisernen Gitter, das seinen Schlaf bewacht. Der Junge fragt, wer hier wohnt. »Abélard und Héloïse«, sagt Nadia. »Was haben sie getan?« »Sie haben sich geliebt«, antwortet sie. »Mehr als du mich liebst?« fragt er. »Oder mehr als du mich liebst«, antwortet sie. »Also auf Wiedersehen, Abu-Louise«, sagt er.

Und was soll er ihr über Schlomith erzählen?

Wenn sie jetzt hier wäre, würde sie zwischen den Gräbern umhergehen, trockene Blätter entfernen und die von den Grabsteinen gefallenen Kränze richten, wie sie zwischen den Bücherregalen hin und her ging, um das zu ordnen, was die Leser durcheinandergebracht hatten, ein Buch, das verkehrt herum stand, eine lückenhafte Bücherreihe, die durcheinandergeratene alphabetische Reihenfolge. Aber was hat das alles mit den Toten zu tun?

»Ich kenn dich«, sagte Nadia zu ihm, »du wirst mir nichts erzählen, bis ich dir nicht auch meine Narbe gezeigt habe.« Er schaute sie ungläubig an. Sie lächelte nicht einmal. Jetzt waren sie schon bei Molière und La Fontaine, deren eingezäunte Gräber höher lagen als die übrigen. »Erschrick nicht, du bist zu groß, als daß ich dich unter mein Kleid schieben könnte.« Und sie nahm seine Hand und preßte sie ganz sanft an ihren Leib: »Hier, fühl.« Und seine Finger, als ob sie nicht mehr die eigenen wären, strichen sanft über die gewölbte Narbe. Von plötzlichem Mitleid ergriffen zog seine andere Hand sie zu sich heran. Sie ließ ihren Blick über seine Schulter wandern, flü-

sterte starr vor Schreck, sie fürchte, Elias sei verlorengegangen. Ein Trompetenstoß durchschnitt die Luft. Es war sechs Uhr, die ungeduldigen Wärter riefen die Sperrstunde aus.
Sie erinnerten sich nicht, wann sie ihn zum letztenmal gesehen hatten. Daß der Friedhof eigentlich schon geschlossen war und die Wärter dabei waren, nach Hause zu gehen, verstärkte ihr Ohnmachtsgefühl, ließ ihren Mund trocken werden. »Ich werde den Weg zurückgehen, den wir gekommen sind«, schlug er vor und versuchte, sich das Schuldgefühl in seiner Stimme nicht anmerken zu lassen. »Nein, das ist keine gute Idee«, sagte sie. »Er läuft immer vor. Ich glaube nicht, daß er schon am Grab von Victor Noir angekommen ist. Das ist zu weit. Und auch nicht am Grab von Proust, das er so gern hat. Aber wir können es bei Allan Kardec versuchen.« »Wer ist das?« »Ein Spiritist vom Beginn des letzten Jahrhunderts.«
Sie überquerten die Hauptallee und wandten sich nach Norden. Als sie das Ende der Abteilung vierundvierzig erreichten, sahen sie eine Gruppe schweigender Frauen um ein mit Blumen bedecktes Grab stehen. Eine Frau stand dicht neben einer Statue, deren Hände über der steinernen Brust gefaltet waren. Die Augen der Frau waren geschlossen, ihre Lippen bewegten sich in stillem Gebet. Dem Grab gegenüber sahen sie den kleinen Elias auf den Armen der Frau, die sie am Tor in Begleitung des Photographen getroffen hatten. Sein Kopf lehnte an ihrer Schulter, seine Schultern bebten in lautlosem Weinen. Einen Augenblick standen sie wie erstarrt, dann eilte Nadia zu der Frau, die den Jungen in ägyptischem Arabisch beruhigte, und nahm ihn aus ihren Armen. Ein Blutfleck blieb auf der Schulter der Frau zurück. Nadia drehte den Kopf des Jungen zu sich und untersuchte sein

Gesicht. Drei blutende Kratzer zogen sich nebeneinander über seine linke Backe. Durch Blut und Tränen strahlte das Gesicht des Jungen, die Panik darauf war nur noch ein leise nachzitternder Wellenschlag. Der Photograph erzählte, daß er ihn – wenngleich das Photographieren am Grab Allan Kardecs verboten war – durch die Linse beobachtet habe. Auf der Mitte des Stegs, der vom Grabe zu einem kleinen Rondell führte, hätte er gelegen: verschreckt, das Gesicht mit Staub bedeckt, am ganzen Körper zitternd wie Espenlaub, und in der Hand eine wunderschöne purpurfarbene Feder. Sie konnten sich nicht erklären, wo die Feder geblieben war.
Auf dem Weg zur Metro, nachdem sie den vom Photographen beschriebenen Seitenausgang gefunden hatten, meinte sie, daß vielleicht eine streunende Katze den Jungen angegriffen habe, eine der Katzen, die zum Friedhof gehörten. Für alle Fälle werde sie morgen eine Dankeskerze in Notre-Dame anzünden. Er wollte ihr erzählen, daß er auf seinem Weg zu ihr dort vorbeigegangen und zu Füßen der Mutter des Erlösers haltgemacht hatte, im linken Seitenschiff, und eine Kerze angezündet und darum gebetet hatte – obwohl er das seit dem Tag seiner Abreise aus dem Dorf nicht mehr getan hatte –, daß sie so gnädig sein möge, ihn Onkel Jussef noch einmal wiedersehen zu lassen. Aber er erzählte es nicht, sondern fragte statt dessen laut, was wohl mit der Feder geschehen sei. »Wahrscheinlich ist sie im Wind davongeflogen, wie Federn das zu tun pflegen«, sagte sie und hob den Kopf des kleinen Elias von ihrer Schulter, um sich zu vergewissern, daß die Blutung aufgehört hatte. Er lächelte sie an und zauste liebevoll ihr schwarzes Haar.

Ich sollte hierbleiben, an dem Ort, den ich liebe, und mir nicht die Füße nach einem unbekannten Land mitten im Nichts wundlaufen. Denn nun beginnen die Worte zu strömen, und ich fühle dieses Beben in den Fingerspitzen, das Beben am Ende des Schweigens. Und ausgerechnet jetzt soll ich aufstehen und gehen. Und mich an ein neues Bett und ein neues Kissen gewöhnen. Neue Menschen kennenlernen. Ausgerechnet jetzt, da sich die ersten Fäden wie selbsttätig um mich spinnen, ausgerechnet hier im Select, gegenüber den Snobs des Dôme und der Coupole, ausgerechnet hier hinter der Glasfassade, die den Augen der Passanten des Montparnasse und den Fahrgästen der Metrostation Vavin alles preisgibt. Hier sitze ich mit zäher Hartnäckigkeit und schreibe. Es darf nicht allzu spät sein, nicht voll von Schmarotzern und Schwätzern, wenn der Lärm bereits schwer zu ertragen ist. Plötzlich wird mir klar, daß ich seit Beginn des Abends meinen Blick nicht vom Profil einer Frau am Nebentisch gewandt habe, die dort in Begleitung ihres Mannes, Liebhabers oder Freundes sitzt, die Haut, wie der Dichter sagt, wie honigfarbener Bernstein, mit einem Schuß Rotwein. Von Zeit zu Zeit lacht sie laut, ihre Augen leuchten vor Glück. Ihr Partner schwört, daß er es ihnen nicht habe sagen wollen, weil ihm keiner geglaubt hätte. Ja, er weiß, daß es auf dem Père Lachaise nur Katzen gibt, was er aber durch die Linse seiner Kamera gesehen habe, als er den staubverschmierten Jungen beobachtete, war keine Katze gewesen, sondern ein Hahn mit einem prächtigen Purpurschwanz, wie er sich königlichen Schritts von dem Kind entfernt habe.

Und vielleicht steckt hierin ein Gedanke. Vielleicht.

Die Erzählung geht weiter

Taxi, nimm mich mit ohne Geld
Wär' uns nicht die Wohlfahrt zur Rettung bestellt
Gäb's keinen Flüchtling mehr auf der Welt
Taxi, nimm mich mit ohne Geld

Palästinensisches Flüchtlingslied

Sechstes Kapitel

Ich stehe am Eingang zum Haus, in dem sich die Ölpresse befindet. Noch jetzt, nach so vielen Jahren, ist der Geruch des Olivenabfalls in meiner Nase. Es ist ein fetter, die Sinne umhüllender Geruch, gelegentlich vertrieben durch einen Windstoß, der den kommenden Herbst schon in sich trägt. Und ich stehe da, während das schweißtriefende Pferd, in unendlichen Kreisen sich um die Steinpresse drehend, die Deichsel um die senkrechte Achse zieht und der Brei der Oliven aufsteigt und anschwillt und über die Ränder des Steins zu laufen droht, bis dem Überlaufen durch die Kelle Einhalt geboten wird. Die Ölpresse ist so klein, daß es scheint, als hielten die Drehbewegungen des Pferdes die Wände zusammen, die sonst um die Achse des Mahlbaums herum einstürzen würden. Und ich stehe da, in meinen Händen ein knuspriges Stück von dem Brot, das gerade einige Häuser weiter gebacken worden war, und blicke auf den Schatten des Pferdes, der vom Licht der schwachen Öllampe auf die Wand geworfen wird und auf den Haufen mit

Olivenabfall, und ich sehe meinen Vater, dessen Hände den Griff der Presse halten und mit vorsichtigen Bewegungen die Eisenplatte herunterlassen, die das Öl durch die ächzenden Siebe preßt. Die Abfallstapel sind rund um die senkrechte Achse der glänzenden Presse angeordnet, und das Öl fließt in eine Mulde, eine Art Sammelbecken, aus dem ich mir ein wenig herausnehmen kann, um mein Brot zu tunken.

Abu Schaaker, der Besitzer der Ölpresse, steht neben mir, die rauhe, ölgetränkte Hand drängt mich, den Kreispfad des Pferdes zu durchbrechen, und als sie meinen Widerstand fühlt, zaust sie mein Haar, und die Haut, rauh wie die Olivenhülsen, gleitet wie eine Feile über meinen Nacken. Ich bemühe mich, in stummer Befangenheit, einen Blick meines Vaters zu erhaschen, aber er, aus der Distanz langer Jahre, ist ganz und gar in das Handwerk des Olivenpressens versunken. Die hellen Öltropfen glänzen im Licht der Laterne, und ich, auf sie blickend, versuche mich aus dem den Nacken umklammernden Griff zu befreien. Mein Knabbern an der frischen Brotrinde lenkt Abu Schaakers Aufmerksamkeit auf andere Genüsse, und er bricht sich ein Stück ab und steckt den knusprigen Brocken in den Mund. Ich werfe einen letzten Blick auf den Schatten des Pferdes, der die Wände entlangwandert, auf meinen Vater außerhalb des Drehkreises und entschlüpfe mit brennenden Wangen in die Nacht. Den Rest des Brotes werfe ich auf den Haufen mit Olivenabfall und wische die Tränen mit dem Ärmel ab.

Abu Schaaker ist der Mann, der Ende Oktober 1948 die Nachricht vom Vorstoß des Jaish al-Jahud, der jüdischen Armee, ins Dorf brachte. Jaish al-Inqad, die Rettungsarmee des Kawakji, von der sich einige

Dutzend Soldaten schon zwei Monate vor jenem Oktobertag an den Hängen am Westhügel des Dorfes festgesetzt hatten, trat nun den Rückzug an auf dem Pfad, der die östlichen Ausläufer des Dorfes mit der nördlichen Landstraße verband. Der Pfad, den man damals Chat al-Haazimeh nannte, was soviel heißt wie Rückzugspfad, war von den bis in den Staube erniedrigten Männern aus den umliegenden Dörfern im Schweiße ihres Angesichts angelegt worden. Er war für das Eintreffen der siegestrunkenen arabischen Armee am Tage der Befreiung des Landes aus den Händen der räuberischen Zionisten bestimmt.
Derselbe erprobte Sieges- und Rückzugspfad führte an den Osthängen des Tel Hlal vorbei, berührte das nach ebenjenem ruhmreichen Stamm benannte Tal und wand sich an den Rändern der Terrasse entlang, die Khallet Zeinab genannt wurde, im Andenken an jene Frau, deren Leben und Tod die Phantasie der Nordbewohner zu Anfang des Jahrhunderts entflammt hatte. Onkel Jussef pflegte zu erzählen, daß die Angehörigen des Stammes von Hlal in den ersten Tagen der Geschichte bei der Rückkehr von ihren Eroberungszügen in die frühere Heimat auf der arabischen Halbinsel an dem Dorf vorbeizogen. Erschöpft von ihren Eroberungen, tat die Landschaft ihren reisemüden Augen wohl, und sie schlugen ihre Zelte für einige Rasttage an diesem Ort auf. Zelte bedeckten die Ebene. Sie waren geschmückt mit farbenprächtigen Siegesfahnen, die im Wind Galiläas flatterten wie Rauch von Lagerfeuern. Die ruhmreichen Helden schnallten ihre jemenitischen Schwerter ab und legten sie, glänzend und blutbedeckt, in der Dunkelheit der Zelte nieder und gingen bis vor das Lager, um den Reisestaub von Stiefeln und Kleidern zu schütteln. So groß war die Anzahl der Reiter vom

Stamme Hlal, daß es keine Stunde dauerte, bis der Sand, der aus den Stiefeln der Krieger geschüttelt wurde, und die in ihm verborgene Saat der Legende zu einem hohen Erdhaufen anschwollen, der die Form eines Hügels annahm. Und ehe noch die Karawane sich auf ihren langen Weg machte, grünte der Hügel und bedeckte sich mit herrlichen Pflanzen, zauberischen Gräsern, Büschen voll erstaunlicher Blüten und wundersam feinen Bäumen. In den weichen Zweigen nisteten Vögel, die Lieder voll Sehnsucht nach fernen Ländern ertönen ließen und ihre Eier in die Nester auf Laubbäumen legten. Die Leute aus dem Dorf, an solche Dinge nicht gewöhnt, zogen verwundert die Brauen hoch angesichts der nistenden Vögel und beschlossen großzügig, den Namen Hlal nicht nur dem Hügel zu verleihen, sondern auch dem Tal, in dem das Lager der Kämpfer gewesen war. Und sie nannten den Ort Marj Hlal.

Was Zeinab betrifft, nach der die Terrasse benannt worden war, so ist ihre Geschichte vollkommen anders als die der Nomaden, obwohl die Dörfler im Laufe der Zeit ihre Lebensgeschichte mit dem Geschehen der Söhne Hlals verbanden – wegen der Nachbarschaft und wegen der bekannten Neigung des Landvolks, die Bedeutung seines Stammes zu erhöhen, der aus dem Sand der Stiefel und dem Höschen der Frau eine einzige Legende schuf. Denn um die Jahrhundertwende war Zeinab die schönste Frau des Nordens. Volksdichter durchwachten ihre Nächte, um ihr zu Ehren Lieder zu dichten. Aus allen Teilen Galiläas kamen Männer nach Sasa, ihrem Geburtsdorf, um wenigstens einen Augenblick lang den Anblick ihrer seltenen Schönheit zu genießen. Aber die Nachbarn im Dorf mißgönnten der Frau die Schönheit und begannen, das Netz ihres Todes zu weben. Zuerst verbreiteten sie ein Gerücht über die heiße Gier zwischen ihren Beinen und daß kein Mann in der Lage sei, ihre Lust zu befriedigen, und sie nicht durch die grünenden Felder gehen dürfe, da sonst die Ernte durch den Geruch ihrer Begierde welke. Die Schande, so sagten sie weiter, werde nicht vom Dorf weichen, ehe das Feuer ihrer Lust gelöscht würde. Darauf versammelten sich eines Nachts die Alten und berieten, wie der Schande ein Ende zu bereiten sei. Am frühen Morgen des nächsten Tages drangen einige Kraftprotze des Dorfes in Zeinabs Haus ein, rissen sie aus dem Bett ihres schlafenden Mannes und schleppten sie vor das Dorf; dort banden sie sie an Händen und Füßen, hoben den Saum ihres Kleides hoch und schütteten Schießpulver in ihr Unterzeug, legten den Docht in ihre Scham, zündeten ihn an und rannten eilig fort. Bis auf den heutigen Tag heißt dieses Stück Land Khallet Zeinab.

Der Siegespfad, aus dem der Rückzugspfad wurde, mäandert durch all diese Erinnerungen, und die Fußspuren der Besiegten prägten sich derselben Erde ein, die die Spuren der Sieger bei der Rückkehr von ihren Eroberungszügen aufnahm. Und jetzt, Ende Oktober 1948, weist sie die Fußspuren Abu Schaakers auf, der ins Dorf kommt, um die Einwohner vor den jüdischen Soldaten zu warnen, die es erobern wollen.

In der zweiten Oktoberhälfte warfen die Flugzeuge Bomben auf Tarschiha, wohin Verwandte Al Asbahs aus dem eroberten Dorf Jauneh gekommen waren; es waren Tage des Olivenpressens. Ein schlechtes Jahr, sagten die Olivenpflanzer. In einem schlechten Jahr zieht sich der Ölbaum in sich selbst zurück und kümmert sich nicht um Stockschläge und die Hände der Pflücker; in jenem Jahr blieben die Pflücker in ihren Häusern aus Furcht vor den Bomben, die den Horizont mit ihren Rauchspiralen verdunkelten. Die Bewohner Fassutas zogen sich in der zweiten Oktoberhälfte in ihre Häuser zurück oder suchten Schutz in der Kirche oder in den Höhlen, die verstreut in den Bergen lagen, die das Dorf umgaben, und niemand fürchtete sich vor einer Begegnung mit dem legendären A-Rassad vor einem der Höhleneingänge, denn die Gestalt A-Rassads war in jenen Tagen ihrem Gedächtnis entschwunden, und die wenigen in den Höfen des Dorfes verbliebenen Hähne trippelten furchtsam umher und flohen vor den dumpfen Explosionen, die die Erde unter ihren Klauen erzittern ließen. Sie rannten in ihren Stall zurück und milderten dort ihren Schrecken, indem sie das Gefieder der gackernden Hennen zausten, die die Gefahr, die in der Luft lag, ebenfalls fühlten. Der Hahn meiner Tante pflegte im Innenhof mit jener hoheitsvollen Haltung zu stolzieren, die den Hähnen eigen ist, er paßte auf, daß er zur Zeit des Bombardements nicht auf dem nahen Misthaufen überrascht wurde. Die türkisfarbene Katze beobachtete ihn von dem Platz aus, auf dem sie zusammengerollt lag, mit Augen, die das Kommende sehen. Und sie wußte, daß das Ende, wenn es kam, keine Rücksicht auf vorsichtiges Stolzieren nahm und daß der Tod, der alle Geschöpfe Allahs zu sich befahl, in seinem finsteren Herzen kein Gefühl für den Kummer verwitweter Hennen hatte. Und in der zweiten Oktoberhälfte verlor der Hahn meiner Tante seinen Verstand, da er der wachsenden Spannung nicht mehr standhielt. Mit aufgerichtetem Kamm und zitterndem Kropf fiel er über den armen Esel her, der, in Sorgen vertieft und halb verhungert, im Hof angebunden stand. Das Vergnügen einer Portion Gerste hatte er wegen der mageren Ernte zum letztenmal vor einem halben Jahr gehabt, und da kam nun dieser wahnsin-

nige Hahn und wollte an ihm sein Mütchen kühlen. Der Hahn breitete die Flügel aus, sträubte die Federn und pickte den Esel in den Nacken, der in wunderlichem Selbstrespekt – die ihm vorenthaltene Gerste vermochte diesen nicht zu mindern – den Hahn abschüttelte und ihm einen Tritt mit den Hinterbeinen versetzte. Gleichgültig blickte die türkisfarbene Katze den Hahn an, der, nachdem er an der Wand hinter ihr aufgeschlagen war, in ihrer Nähe landete. Sie wußte, sie würde seinen Kopf bekommen. Die Frau meines Onkels, angelockt durch den Lärm des Aufruhrs, stand ratlos da und wußte nicht, was sie zuerst tun sollte, dem Hahn den Hals umdrehen, bevor es zu spät war, oder dem Esel eine Tracht Prügel verabreichen. In der zweiten Oktoberhälfte sah die türkisfarbene Katze von ihrem Platz aus die Frau meines Onkels dem knochigen Esel eine Tracht Prügel verabreichen – eine Art Vorschuß auf das Kommende –, sah, wie sie dem Hahn den Hals umdrehte und den Kopf herüberwarf. Und die Katze zog sich in ihre Ecke am Ende des Hofes zurück, die Zähne in den voreiligen Kamm gegraben. Und die Flüchtlingskarawane aus Tarschiha windet sich unterdessen den Rückzugspfad entlang.
Und während die jüdische Armee ihren Weg entlang des Wadis nimmt, plündert Abu Schaaker die Häuser von Deir el Kasi. Die Bewohner von Deir el Kasi hatten das Eintreffen der Karawane nicht abgewartet und waren bereits jenseits der Grenze. Und Abu Schaaker, der den harten Arm der Juden noch aus den Tagen des großen arabischen Aufstands kannte, betrat jetzt das Haus Mahmud Al Ibrahims, der in den Tagen des Aufstands Ortskommandant gewesen war. Das Hoftor stand offen, als ob die Bewohner das Haus nur eben zu einem kurzen Besuch bei den Nachbarn

verlassen hätten und gleich zurückkämen. Abu Schaaker ging durch das Tor und schloß es hinter sich, als wolle er, und sei es nur für einen Augenblick, die entschwundene Vergangenheit heraufbeschwören, und so stand er im Hof, an der Stelle, an der er zehn Jahre zuvor gestanden hatte. Nur daß er damals geschlagen, getreten und gedemütigt war, während er jetzt aufrecht steht und tief die Gerüche des Hauses einatmet, die ihn einst in Angst und Schrecken versetzt hatten. Und jetzt liegt alles offen und verlassen und bietet sich seinen Händen dar wie eine reife Frucht. Auf dem staubigen Weg vor dem Tor zieht ein losgebundener Esel vorbei und erschreckt mit seinem Geschrei die Hennen, die in der Rückzugspanik aus irgendeinem beschädigten Sack gefallene Gerstenkörner aufpicken. Er nähert sich der halboffenen Eingangstür und stößt sie leicht an, und mit zwei Schritten ist er im Innern des Hauses, dessen Besitzer in den Tagen des großen arabischen Aufstands den Bewohnern der Umgebung seinen Willen aufgezwungen hatte. Er läßt sich auf einen Schemel nieder und legt im Kopf ein Verzeichnis aller Dinge an, die er mitnehmen will.

Die Türen der Semandra standen weit offen. Darinnen war ein Stapel Matratzen. Die obersten waren wie von zögernder Hand, die eine oder zwei hatte herausnehmen wollen und dann davon abgekommen war, leicht zur Seite geschoben. An der Wand gegenüber hing ein Bild von Hadj Amin, dem *Mufti* von Jerusalem, darüber auf der durch die Jahre verblichenen Wand war noch deutlich der Umriß eines Krummsäbels zu erkennen. Jetzt stach dieser Umriß dem enttäuschten Abu Schaaker ins Auge, der wegen dieses Krummsäbels mit dem Eifer eines Rachesuchenden hergekommen war. In der Küchenecke sah er den halbvollen

Sack mit Oliven, aus dessen aufgerissenem Bauch die grünen Früchte herausquollen und sich auf die Fliesen ergossen. Die dünnen, glänzenden Schalen schienen vom Druck des dahinter gespeicherten Öls bersten zu wollen. Ihr Anblick ließ Abu Schaakers aufgestaute Tränen über die Wangen und in die Bartstoppeln rinnen, und er kehrte zum Schemel am Eingang zurück und ließ sich auf ihn niederfallen, schluchzend wie das jüngste seiner Kinder. Der aufgeschlitzte Olivensack verdeutlichte ihm jäh, was ihm innerhalb weniger Stunden bevorstehen würde, denn sein und Mahmud Al Ibrahims Schicksal waren dasselbe. Trotz allem waren sie Brüder in der Not und in der Bedrängnis. Und er wischte die Tränen mit dem Ärmel ab und stellte den Sack, der die ganze Zeit über in seinen Händen gewesen war, auf den Boden; in ihm befand sich die Beute, die er aus den Häusern der anderen genommen hatte. Er stand auf und ging in den Hof, wo die Hennen noch immer die vergessenen Gerstenkörner von der Erde pickten.
In diesem Augenblick sah er den Zug den Pfad neben dem Wadi heraufkommen. Er stand in dem Haustor, hinter sich die gleichgültige Hühnerschar, und sein Kopf war leer. Ein schwarzer Kater kreuzte den Pfad neben ihm, und instinktiv schlug er mit den Fingern das Kreuz. Sofort bereute er, den Namen des Erlösers leichtfertig gebraucht zu haben, und bat Gott, ihm angesichts der schwarzen Katze gnädig zu sein. Dann flammte der fast erloschene Zorn wieder in ihm auf, weil er die knappe Zeit an solche Gedanken vergeudete, während der Trupp Soldaten im Wadi unter ihm immer näher kam. Und ehe er mit Vernunft seine Schritte erwägen konnte, wandte er sich um und betrat das Haus, leerte den Inhalt des auf dem Fußboden stehenden Sackes aus, faltete ihn eilig zusammen und

schob ihn unter den Arm. Dann hastete er aus dem Hoftor und rannte um sein Leben zurück ins Dorf.
Samstag, der 30. Oktober, im Jahre 1948.
Außer Abu Schaaker waren alle Männer des Dorfes im Morgengrauen auf die das Dorf umgebenden Felder gezogen, um Schutz zu finden, bis sich der Zorn der Eroberer gelegt haben würde. Frauen und Kinder suchten Zuflucht unter dem Dach des Propheten Elias, dem Schutzpatron der Kirche. Sie erhoben ihre Stimmen im Gebet und flehten zur Jungfrau Maria, sie möge ihre Gläubigen vor der Drangsal der Wanderschaft bewahren. Die Alten, die zu alt waren, um auf die Felder zu flüchten, zu jung, um zu Hause zu bleiben und sich dem blinden Schicksal zu ergeben, und zu zynisch, um gemeinsam mit den Frauen zu beten, saßen zur Stunde im Wohnzimmer des Priesters, dem Vorgänger des Sonnenschirmbesitzers, an dem sich die unter Zwang zu Schauspielern gewordenen Schüler am Abend der Vorstellung des Schauspiels »Die Vergebung liegt in den Händen des Mächtigen« gerächt hatten, ungefähr sechs Jahre nach jenem Ereignis. Abu Schaaker öffnete die Tür, ohne anzuklopfen, und stand in der Mitte des Wohnzimmers, den Jutesack noch immer unter dem Arm. »Was gibt's?« fragte mein Onkel. »Nichts, es könnte schlimmer sein«, sagte Abu Schaaker, »sie sind auf dem Weg.« Der Priester stand als erster auf, nach ihm erhoben sich alle Anwesenden. Mein Onkel nahm den Ochsentreibstock, der vorher präpariert worden war, und ging an der Spitze der Abordnung zum Ostrand des Dorfes. Und als sie nach Al Mahafer gelangten, nahm mein Onkel seine weiße Kaffieya vom Kopf, band sie an die Spitze des Treibstocks und übergab die Fahne der Kapitulation den Händen des Priesters.
Man hörte eine Gewehrsalve vom gegenüberliegen-

den Hügel. Dahinter wurde die Landstraße sichtbar und bot sich den Augen der Wartenden dar. Der Priester hob die weiße Fahne, und die Kaffieya wehte im Wind, wie es eine Kaffieya eben tut, und Major Nimr, im Fahrzeug an der Spitze des Konvois, sah sie und befahl, eine zweite Salve in die Luft zu schießen. Er war ein Jude aus der Umgebung, und die Dorfältesten waren ihm bekannt. Wie ihm auch bekannt war, daß es keinen Widerstand geben und daß die Kapitulation von einem schwarzgekleideten, eine weiße Kaffieya emporhaltenden Priester angeboten werden würde. In der Tat hatte er die Gruppe bereits vor seinem geistigen Auge gesehen, als der Konvoi noch am Fuß des Tel Hlal vorbeigefahren war. Die Bewohner von Deir el Kasi, die aktiv in der Rettungsarmee mitgemacht hatten, befanden sich bereits auf dem Rückzug, und die Straße, auf welcher der Konvoi fuhr, würde Fassuta noch vor Eintritt des Sabbats erreichen.

Nachdem Major Nimr vom Fahrzeug abgestiegen war und seine Füße den Boden von Al Mahafer berührten, näherte sich ihm die Gruppe. Der Priester begann in seinem Herzen zu erwägen, was er mit dem Treibstock anfinge und in wessen Hände ihn zu übergeben am ziemlichsten sei. Schnell band mein Onkel die Kaffieya los und dachte dabei an das Murren seiner Frau, wenn sie das Loch bemerken würde, das der Sporn gerissen hatte. Ein alter Mann, der neben ihm stand, sah die Wolke des Kummers, die sein Gesicht verdunkelte, und sagte, so seien die Dinge eben, das sei der Preis der Niederlage. Jene Männer, die am Morgen in die Felder geflohen waren, begannen, da die Nachricht sie erreicht hatte, daß die Kapitulation friedlich verlaufen sei, sich in der Nähe zu versammeln. Und so standen sie, die Soldaten des Jaish el

Jahud auf der einen und die Einwohner von Fassuta auf der anderen Seite, und die einen beobachteten die anderen, bis einer einen Midschwes hervorzog, zu dessen Klängen sich die aus den Feldern heimgekehrten Männer in einem Halbkreis ordneten, und die Beine reagierten wie von selbst auf den Rhythmus der Melodie. Und auf einmal fielen sie in die Debka-A-Schamalije ein, die stürmische nördliche Debka, in der etwas von der Freude der Davongekommenen lag, über die ein schlimmes Schicksal hinweggegangen war, und etwas von der Unterwerfungslust der Schwachen, und etwas vom Kriechertum vor den Fremden und etwas von der Lebensklugheit der Dörfler, die ihre unerwartetste Waffe im unerwartetsten Augenblick ziehen, und es war etwas darin von Entspannung und Leichtsinn und Frivolität. Jedenfalls, als der Zeitpunkt kam, wo die Füße tanzmüde wurden, waren alle bei der Übergabezeremonie Anwesenden mit einer dünnen weißen Staubschicht bedeckt. Und wie Staub nun einmal ist, machte er keinen Unterschied zwischen siegreichen Soldaten und besiegten Dörflern. Anschließend begann der offizielle Teil der Zeremonie. Höflich wurden die Feiernden gebeten, den Soldaten alle in ihrem Besitz befindlichen Waffen zu übergeben, sowohl die in den Scheunen gelagerten, als auch die auf den Feldern versteckten.

Um Schaaker kehrte in ihr Haus zurück, wo sie gewahr wurde, daß der in aller Eile im Morgengrauen geknetete Teig jetzt aufgegangen und im Begriff war, überzulaufen. Schnell machte die Frau ihre Teigkugeln und legte das gewölbte Blech auf den Steinherd im Hof. Dann breitete sie das große Leintuch, *Mejsar* genannt, zu ihren Füßen aus und stellte die *Tablijeh* darauf, einen niedrigen Tisch, auf dem die Teigkugeln flach geklopft werden. Dann nahm sie ein Stück Teig und warf es in kreisender Bewegung von Hand zu Hand, bis es flach war wie eine runde Serviette. Mit geübter Hand breitete sie es auf dem Kara aus und warf es von dort aufs glühende Blech. Schon war die Luft erfüllt vom Aroma der knusprigen runden Brote, von denen Abu Schaakers Hand ein Stück abbrach und in ein Schälchen mit Öl tunkte, welches nicht enthüllte, was dem das Brot eintunkenden Mann am nächsten Tag bevorstehen sollte.

Und siehe da, nach einer hastigen Sonntagsmesse wird Abu Schaaker mit den übrigen Männern des Dorfes vor dem Hause des Muchtars an der »Al Balat« genannten Stelle stehen, einem weißen, grundsteinähnlichen Felsvorsprung. Zwei Autobusse mit unbekanntem Ziel werden dort warten. Zu dieser Stunde wird der Kommandant auf der Terrasse des Muchtars sitzen und das Geschehen überwachen. Jahre später pflegte ich meine Mutter auf ihren Besuchen bei der Familie des Muchtars zu begleiten. Stundenlang tastete ich das Steingeländer ab, das die Terrasse umgab, und zwei verzierte Säulen, die die Decke stützten. An die zwei Dutzend Männer wird der Offizier für die Autobusse auswählen. Abu Schaaker wird der letzte sein. Die Gerüchte über das Verhalten Jaish el Jahuds, die sich im Dorf verbreiteten, ließen keinen Raum für Zweifel über das Ziel der Fahrt.

In jenem Jahr hatten die Tabakpflanzer keine Freude an ihrem Ertrag. Die gekräuselten Blätterstränge baumelten schwächlich von den Häuserdecken, und die Hoffnung in den Herzen schwand. Herr Eli Faraji, Vertreter der Firma »Karaman«, hatte versprochen, Anfang Oktober zu kommen, aber vier Wochen waren vergangen, und die Bauern begannen sich zu fragen, ob nicht sie selbst die gewaltige Menge dieses ausgezeichneten Tabaks rauchen müßten, da man ihn ja nicht essen konnte. Für gewöhnlich pflegte mein Onkel den Tabak in die Dörfer des Südlibanon zu schmuggeln gegen Kisten voller Flaschen mit Arrak Zahlawi – das Beste vom Besten –, und die Flaschen pflegte er in den Dörfern des südlichen Palästina zu vertreiben. In diesem Jahr war der Verkehr gestört und waren die Zeiten durcheinandergeraten. Niemand kam über die Straße im Norden wie sonst. Die Besonnenen warteten geduldig, da die Hast des Teufels ist, daß das Böse vorüberginge und die Welt in normale Bahnen zurückkehre. So dachte auch Eli Faraji, der in jenem Jahr so lange zögerte und sein Versprechen nicht hielt. Wahrscheinlich wollte er warten, bis alle Einwohner das Dorf verlassen hätten, und wollte dann kommen, um über das Schicksal der Blätter zu entscheiden, sagte sich Abu Schaaker, als er den Autobus bestieg. Der Offizier an der Spitze des Zuges startete seinen Wagen, und die Zurückgebliebenen blickten von Al Balat unter Tränen den Abfahrenden nach, die schnell in einer Staubwolke verschwanden. Mein Onkel verließ die von panischer Angst ergriffene Gruppe und ging in Richtung Dorfgrenze, dorthin, wo er am gestrigen Tage gestanden hatte. Seine durchlöcherte Kaffieya war mit einem schwarzen *Akal* um den Kopf gebunden. Der sich entfernende Konvoi war zum »Kirchenboden« gelangt, dort, wo die Landstraße hinter dem Hügel verschwindet und sich dem betrachtenden Auge entzieht. Ein kleines Auto wartete da, sein Besitzer daneben, ganz und gar Autorität und in der Sicherheit des befehlsgewohnten Mannes. Er erwartete den herankommenden Konvoi, als käme dieser, um ihm bei seiner Autopanne zu helfen. Der Offizier befahl anzuhalten, stieg aus seinem Wagen und ging auf den Mann zu, der

neben seinem Auto, einem blauen »Morris«, Modell siebenundvierzig, stand.
»Herr Faraji«, sagte der Offizier, »was machen Sie hier, an einem Tage wie diesem?« Und Herr Faraji antwortete ihm nach jüdischer Gewohnheit mit einer Gegenfrage: »Und was machen Sie hier, an einem Tag wie diesem?« Der Offizier lächelte verlegen. »Befehle ausführen«, sagte er. Und Herr Faraji blickte jetzt auf den ersten Autobus, dessen Fahrgäste ihm nicht unbekannt waren, hatte er doch mit einigen in deren Haus beim Kaffee gesessen. Plötzlich wurde er sich bewußt, daß seine rechte Hand die ganze Zeit das zu schützen versuchte, was in der Innentasche seines prächtigen Jacketts verborgen war, auf dem die Staubkörner sich niederzulassen begannen. Mit einer mechanischen Bewegung wischte er sich den Staub von der linken Schulter und sagte sich sogleich, daß eine solche Bewegung in seiner jetzigen Situation recht überflüssig war. Den Offizier kannte er aus der Zeit, als dieser noch ein kleiner Junge gewesen war, und jetzt, ihm gegenüberstehend, fühlte er, daß all die vergangenen Jahre nichts galten, daß in diesem Augenblick zwei entgegengesetzte Pole aufeinander zukamen und daß jenes Kind, das er gekannt hatte, jetzt einen Zug von Verurteilten auf den Weg zu langer Wanderschaft führen würde. Rasch legte er, wie alte Bekannte es zu tun pflegen, seinen Arm um die Schulter des Offiziers, und beide entschwanden dem Gesichtsfeld meines Onkels hinter dem Hügel in Richtung der Kirchengüter. Hoffnungen, welk wie die Blätter, die auf Faradji gewartet hatten, sprossen aufs neue wie junge Tabakpflanzen zu Frühlingsanfang. Der Offizier kehrte zu seinem Auto zurück, und der Soldat, der neben ihm gesessen hatte, ging zu den Leuten in den Autobussen und befahl ihnen, in ihre

Häuser zurückzukehren. »Gott straft mit der einen und schützt mit der anderen Hand«, murmelten die Alten und nickten mit den Köpfen, nicht ahnend, daß ihnen ein zweiter Schicksalsschlag bevorstand.
Am Montag, dem 1. November 1948, hieß man die Männer sich in Al Mahafer zu versammeln, und die Frauen drängten sich in den Laden Onkel Nimrs, des Bruders meiner Großmutter. Auf Befehl der Armee blieben die Türen der Häuser offen. Es war der Tag des Jutekopfs. Die Männer wurden in Reihen aufgestellt, und ein Mann, dessen Kopf mit einem Jutesack verhüllt war, ging zwischen den Reihen hindurch und blickte die anderen aus zwei Löchern im Sack an. Beim erstenmal hielt er sich bei keinem der Männer auf. Beim zweitenmal machte er vor Abu Schaaker halt und heftete den Blick aus der Jutemaske auf ihn. Abu Schaakers Herz kreischte in der Brust wie die Eisenplatte, die das Öl aus den Schalen preßt, und Schweißtropfen fielen aus den Falten seiner Stirn in die brennenden Augen. Er erkennt die Augen, die ihn anstarren, und könnte sie aus tausend und aber tausend Augenpaaren herausfinden. Aber trügen ihn seine Sinne nicht, unterliegt er nicht einer Täuschung, nach all den schlaflosen Nächten? Ist es möglich, daß der Mann, der ihn jetzt aus den beiden Löchern anstarrt, kein anderer ist als Mahmud Al Ibrahim, der Bezirkskommandant zur Zeit des großen Aufstands und bis vor wenigen Tagen einer der Kommandanten der Rettungsarmee von Al Kawakji? Und er hatte geglaubt, die schrecklichen Tage wären vorbei, hätten ihn verschont und er wäre nicht länger Ziel der Verfolgungen Al Ibrahims und seiner Leute. Und siehe, wie in einem Alptraum wendet der Führer der Aufständischen seinen Mantel wie einen Jutesack und liefert dem Jaish el Jahud die der Kollaboration

mit der Rettungsarmee Verdächtigen aus. Aber warum sollte er, wenn er wirklich der Mann ist, bei Abu Schaaker anhalten, der doch weder den arabischen Aufstand noch die Rettungsarmee unterstützt hat? So dehnen sich die Sekunden und spannen die Nerven Abu Schaakers, und seine Knie zittern mehr denn je. In diesem Augenblick neigt sich das Jutehaupt und bewegt sich eilig zwischen den Reihen hindurch auf den Soldaten zu. Und Abu Schaaker sieht, wie unter der Jute der Kopf geschüttelt wird.

Nachdem die Soldaten in ihre Wagen gestiegen und zur Kommandantur in Deir el Kasi gefahren waren, dem Dorf, das man später Elkosch nennen sollte, scharten sich die Männer um Abu Schaaker, und größer als ihre Freude darüber, daß er, dem das Ende so nahe schien, nun gerettet war, war ihre Neugier. Weshalb hatte das Jutehaupt ihn vor allen Geschöpfen Allahs sozusagen ausgewählt und dann seine Meinung geändert? Was hatte Abu Schaaker im geheimen gegen die jüdische Armee getan? Bald schüttelten sie die Köpfe voller Sorge und Mitleid. Denn das war auch der Mann, der zehn Jahre zuvor von den Aufständischen grausam geschlagen geworden war, weil sie ihn der Kollaboration mit den Briten verdächtigt hatten. Seitdem war er sonderbar, und man sagte ihm nach, er habe Halluzinationen. Jetzt schwört er bei allem, was ihm lieb und teuer ist, daß der Mann unter dem Jutesack niemand anders als Mahmud Al Ibrahim war, auf dessen Kopf Engländer und Juden gleichermaßen einen Preis ausgesetzt hatten. Und wenn auch die Dorfbewohner Al Ibrahim nicht unterstützten und unter seiner Macht gelitten hatten – so hat doch die Phantasie ihre Grenzen. Ihn der Kollaboration mit den Juden zu

beschuldigen, seinen Todfeinden? Unmöglich, Abu Schaaker! Abu Schaaker aber besteht darauf.
In jener Nacht lag er wieder schlaflos. In aller Frühe machte er sich auf und ging von seinem Haus zur Ölmühle und zog aus einem Versteck im Schaft des Wetzsteins seinen berühmten Revolver, den er an der Hüfte festzubinden pflegte. Deshalb nannte man den Revolver im Dorf *Fard abu-marasse,* was soviel heißt wie »angebundener Revolver«. Bei Tagesanbruch zog das Raunen der Gerüchte unüberhörbar durchs Dorf. Einige erzählten, daß eine Patrouille jüdischer Soldaten einen Schuß aus dem verlassenen Haus Mahmud Al Ibrahims gehört habe, und als sie dort ankamen, sahen sie Abu Schaaker im Tor stehen, den Revolver in der Hand, und an einer Eisenstange vor dem Haus baumelte der Leichnam Mahmud Al Ibrahims. Auf seiner Brust raschelte ein Stück Papier, auf dem geschrieben stand: »So wird es allen Verrätern ergehen.« Andere sagten, die Juden verdächtigten Abu Schaaker, Mahmud Al Ibrahim wegen seiner Kollaboration mit ihnen exekutiert zu haben. Wieder andere sagten, die Juden hätten ihn aufgehängt, um ihn loszuwerden, nachdem sie von ihm erfahren hatten, was sie wissen wollten. Wie dem auch sei, Abu Schaaker wurde nach Ablauf einer Woche freigelassen und kehrte ins Dorf zurück, doch seine Lippen blieben versiegelt wie der Eingang zur Höhle, den die Djinnis verschlossen und unter den Schutz des stummen A-Rassad gestellt hatten. Aber nach Art von Dorfgeschichten kam die Geschichte Abu Schaakers immer wieder aus den Tiefen des Vergessens hervor. Wieder und wieder erzählten die Dorfbewohner die Geschichte des Tages vom Jutekopf, als sie, in ihre Häuser zurückkehrend, sahen, daß die Soldaten alles geplündert hatten, dessen sie habhaft werden konnten.

»Das ist der Preis dafür, daß wir in unseren Häusern bleiben durften«, sagten die Alten. Sie wußten noch nicht, daß der eigentliche Tag der Abrechnung noch nicht gekommen war.

Am Montag, dem 15. November, stand meine Mutter in der Küche und bereitete gefüllte Kutteln. Es war in unserem Hause Brauch, montags mittags gefüllte Kutteln zu essen, wenn wir das Glück hatten, die Kaldaunen einer tags zuvor von unserem Schlachter geschlachteten Ziege zu bekommen. Ohne diese Kaldaunen hätte meine Mutter sich nicht an die Ereignisse erinnert. Großmutter Aljah war zur gleichen Stunde auf dem Weg zum Haus von Tante Jalileh im Zentrum des Dorfes und ging in diesem Augenblick an der Schusterwerkstatt meines Vaters vorbei. Sie hielt ihren Kopf, um den sie ein schwarzes Tuch gebunden hatte, gesenkt und formte die Hände zu einem Schirm, um im Sonnenlicht besser sehen zu können. Sie grüßte meinen Vater, der in seine Arbeit versunken war, und setzte ihren Weg fort. Tante Jalileh stand in der Tür ihres Hauses, die Schürze in der Hand, den Mund vor Erstaunen aufgerissen. Gerade war das Gerücht zu ihr gedrungen, der Kommandant in Deir el Kasi habe den Befehl gegeben, alle Bewohner Fassutas hätten das Dorf vor Sonnenuntergang zu verlassen. Großmutter Aljah bedeckte ihr Gesicht mit einem Zipfel ihres Kopftuchs und ging, ohne etwas zu sagen, den gleichen Weg zurück und holte meinen Vater. Auf dem Heimweg begegneten sie dem hungernden Esel, der anklagend schrie, als wüßte er, daß von ihnen nichts zu erwarten war. Als mein Vater die Küchentür erreicht hatte, forderte er meine Mutter auf, die Kaldaunen liegenzulassen. Die türkisfarbene Katze rieb sich an seinen Beinen. Er nahm die Kaldaunen vom Küchentisch und warf sie der Katze vor.

Meine Mutter beschwichtigte er, indem er erklärte, worum es ging. In aller Eile wurden Bettbezüge und Matratzen aufgetrennt, in die man hineinstopfte, was auf dem Weg nach Norden nötig war. Aus dem Küchenschrank nahm mein Vater den Tiegel, der benutzt wurde, wenn wichtige Gäste ins Haus kamen. Es war der Tiegel, in dem weiße Kugeln von *Labaneh* in reinstem Olivenöl aufbewahrt wurden. Dann zog er mit flinken Händen runde Brote aus einer Kupferwanne hervor, die mit einem geflochtenen Strohtablett bedeckt war. Er bestrich die Brote mit Labaneh und rollte sie stabförmig zusammen als Proviant für die Wanderung.

Plötzlich richteten sich aller Augen auf den schäbigen Esel, der mit der Langmütigkeit der Esel im Hof stand. Wer, wenn nicht er, sollte die Flüchtlinge in den sicheren Hafen führen und ihr Hab und Gut tragen? Die Frau meines Onkels holte aus einem Versteck im Stall ein Bündel Gerste, die für schlechte Tage wie diesen aufgespart worden war. Sie stellte die Teigwanne vor den Esel, schüttete die Gerste hinein, stieß einen saftigen Fluch aus und befahl dem hungrigen Esel, der monatelang keine Gerste gehabt hatte, nach Herzenslust zu fressen. Der Esel, als traue er seinen Augen nicht, starrte ungläubig, blähte die Nüstern und ließ sich auf das Festmahl ein. Die türkisfarbene Katze hielt inne in ihrer Mahlzeit, schaute abwechselnd den Esel und die Frau meines Onkels an, und mit der Weisheit der Katzen setzte sie dann ihre Mahlzeit fort.

Der Dorfpriester ging zum Kommandanten nach Deir el Kasi, um zu seinem Herzen zu sprechen, das heißt um ihn zu bewegen, das grausame Schicksal abzuwenden. Der Muchtar, der seine Rückkehr vor dem Dorf abgewartet hatte, war über die Höhe des gefor-

derten Lösegelds erschrocken: vierzig erez-israelische Pfund. Zu jener Zeit verfügte das Dorf nur über zwanzig Pfund, die sich in der Innentasche des Jacketts von Eli Faraji, dem Tabakhändler, befanden, und selbst wenn man, wie die Dorfbewohner sagten, mit einer Öllampe gesucht hätte, man hätte nicht mehr als einige Pfund gefunden, versteckt in Kissen, für schlechtere Tage als diese, wenn alle anderen Möglichkeiten versagt hätten und ihre Besitzer lieber ans Ende der Welt wandern würden als sie den Händen eines unersättlichen Offiziers auszuliefern. So kam es, daß sie zum Dorf Rmeisch zogen, um Kamele für die Lasten zu holen.
Und wieder trat der Priester vor den Kommandanten, legte einen Umschlag auf den Tisch und sprach: »Das ist alles, was sie haben.« Und das Herz des Kommandanten war durch das Geld weicher gestimmt, und er schickte die Dorfbewohner nicht fort. Und eine Nachricht erging an die Leute in Rmeisch, die besagte, daß das Übel vorbeigezogen war. Und die Matratzen, Kissen und Federbetten kehrten zurück und bedeckten die Lager.
Als die Botschaft die Frau meines Onkels erreichte, war es zu spät. Sie rannte zum Trog, um zu retten, was von der teuren Gerste zu retten war. Aber der Trog glänzte im Licht der Dämmerung, und der Esel schnüffelte in den Ecken, ob nicht ein Korn übrig sei. Da holte die Frau meines Onkels einen Stock aus dem Stall, stellte sich vor dem gefräßigen Esel auf und begann, verzweifelt auf ihn einzudreschen, zuerst aus Wut darüber, daß er alle Gerste der Familie vertilgt hatte, dann aus Ärger über sich, die sie dem Tier so reichlich Lohn für eine Arbeit gegeben hatte, die es nicht geleistet hatte, und unter Schluchzen schließlich über Araber, Juden und Aufständische, über Sol-

daten, Krieg, Flüchtlinge und das Schicksal, das kein Mitleid kennt, und über die Armut, deren sie so überdrüssig war, und besonders darüber, daß sie mit dem Prügeln aufhören wollte und nicht konnte.
Und dann kam der Winter, eine vollkommene Überraschung. Es war, als hätte er gewartet, bis in den Häusern Ruhe eingekehrt war, um seinen eigenen Blitz und Donner zu schicken. Aber die Welt kehrte nicht zur alten Ordnung zurück. Denn siehe, der Vogel, den mein Onkel »Tatamus« nannte, der von den kalten Feldern ins Dorf kam, um sich warme Winkel in den Wänden der Häuser zu suchen, so daß mein Onkel wußte, der Schnee war nahe, der Tatamus kam diesmal ins Dorf, ehe der Geruch des Schnees in der Luft lag. Und die Glühwürmchen, deren Flimmern die Sommernächte erhellte, fielen außerhalb ihrer Zeit ins Dorf und versammelten sich im Eingang zu Abu Schaakers Ölmühle, wohin die übervollen Säcke zum verspäteten Pressen gebracht worden waren. Und Abu Schaaker, der sich Schweigen auferlegt hat, sieht die Glühwürmchen und sucht in seiner Erinnerung nach den Ereignissen jener Nacht im Hause Mahmud Al Ibrahims. Immer wieder sieht er sich den Revolver ziehen und auf die in der Dunkelheit glimmende Zigarette zielen, aber bis er erkennt, daß es nur ein Glühwürmchen ist, überfallen ihn bereits die Soldaten des Jaish el Jahud und bringen ihn in die Kommandantur. Und hinter ihm, im Schutz der Dunkelheit, pendelt der Körper hin und her, der zuvor den Schemel weggestoßen hat und jetzt in einem letzten Röcheln zuckt: Der Körper des Mannes, der der Demütigung des Exils und der Erniedrigung des ziellosen Herumwanderns nicht gewachsen war.
Und das Gesicht gleitet ins bleiche Licht des einsamen Glühwürmchens und zurück in die Dunkelheit.

Der Erzähler: »Mayflower« I

Nur sind Schriftsteller ja nie sonderlich zuverlässig als Zeugen, weder für die Verteidigung noch für die Anklage. Auch als Liebhaber kann man sich nicht auf sie verlassen. Ihnen fehlt die Geduld. Sie scheinen mit dem Vergnügen an dem, was sie tun, gewisse Schwierigkeiten zu haben. Wie Schachspieler bereiten sie sich innerlich auf das unvermeidliche Endspiel vor.

Walter Abish *Wie deutsch ist es*

Iowa City, 2. September

Ich verließ mein Zimmer im Hotel Vaneau nur, um den Père Lachaise zu besuchen. Wie ich später erfuhr, waren Nadia und ihr Mann nicht zum Flugplatz gekommen, weil Nadia am gleichen Tag wegen Verdachts auf Bauchhöhlenschwangerschaft ins Krankenhaus eingeliefert und am folgenden Tag operiert wurde, gerade als ich die gepflasterten Wege des Père Lachaise entlangging. Auf der Suche nach dem Grabe Prousts kam ich zum Abschnitt fünfundachtzig. So war es auf der Karte verzeichnet, die mir der Pförtner am Tor gegeben hatte. Um das »Columbarium« herumgehend, fand ich mich am Rande einer Parzelle, die auf den ersten Blick wie ein kleiner moslemischer Friedhof aussah, von einer grünen Hecke umgeben. Zwei schwarze Marmorplatten aus der Werkstatt der Gebrüder Lecreux bildeten das Grab eines gewissen Mahmud Al Hamschari, eines Vertreters der PLO, der – wie in vergoldeten französischen Buchstaben in den

Marmor graviert war – am 29. August 1939 im Dorf Um-Khaled in Palästina geboren und am 9. Januar 1973 in Paris gestorben war. Ein Koranabschnitt auf dem Grabstein verhieß dem für das Vaterland Gefallenen in feierlichem Arabisch ewiges Leben in der kommenden Welt. Zwanzig Gräber weiter, außerhalb der grünen Hecke, war Marcel Proust begraben. Der französische Humor hatte beiden, dem Mann des verlorenen Vaterlands und dem Mann der verlorenen Zeit, fast identische Gräber geschaffen, hat doch die Firma Lerendu das Grab Prousts etwa zwanzig Jahre vor dem Tod Al Hamscharis mit zwei einfachen, glänzenden schwarzen Marmortafeln versehen. Fünfzig Jahre trennen die beiden verlorenen Zeiten, die beiden Dunkelheiten, beide gleichermaßen verloren unter den Blumen der Erinnerung.
Ich stand neben der grünen Hecke und dachte an Jehoschua Bar-On, den ich aus einem Café nicht weit vom Haupteingang des Friedhofs angerufen und im Schlaf gestört hatte. Und ich dachte an Schlomith und an uns beide, sie und mich, als mögliche Helden einer Erzählung Bar-Ons. Zwei verlorene Helden, auf dem Papier und im Leben, deren Schicksal in seine Hand gegeben war, die er formte nach seinem Gutdünken. Er jedoch würde niemals sein Schicksal in meine Hände legen, denn er war meinem Zugriff entzogen, war außerhalb meines Lebens sowie außerhalb meines Schreibens, eine Art geschützte »Sperrzone«. Dann malte ich mir die Trennung von Schlomith aus und sagte mir, daß alles schon am Tage des Anfangs zu Ende gewesen war, ein zerdrücktes Honigbrot, das den Anfang von dem Ende trennte. Und unter dem schwarzen Marmor lagen zwei Verlorene, jeder im Dunkel seines Grabes, der Jude der Zeit und der Araber des Ortes. Und außer den sich ähnelnden Grä-

bern und der Baumallee, die sich im schwarzen Marmor widerspiegelte, schienen sie nichts gemeinsam zu haben.
Am nächsten Tag, auf dem Weg zum Flughafen, holte ich Bar-On im Des Ecoles ab, und wir teilten uns die Taxikosten. In der vergangenen Nacht, so erzählte er, war er zu der Schlußfolgerung gelangt, daß er sich nicht monatelang in eine fremde Umgebung zurückziehen oder mit fremden Menschen und einer neuen Einsamkeit fertig werden könne. Er liebte es, an seinem alten Schreibtisch, umgeben von seinen Büchern, zu schreiben, im Licht der alten Lampe, die er zusammen mit dem Schreibtisch auf dem Flohmarkt in Jaffa gekauft hatte. An den vier Wänden hängen seine Lieblingsbilder – und seine Frau, dem Schreibtisch gegenüber im Sessel versunken, lauscht am Nachmittag dem, was er letzte Nacht geschrieben hat. Und ich, aus dem Fenster auf die lichtüberfluteten Straßen von Paris blickend, bin von fragwürdigem Neid erfüllt. Später, im Flugzeug nach Chicago, enthüllte er mir den wahren Grund, der ihn trotz allem in die abgelegene Stadt im Mittleren Westen der Vereinigten Staaten führte.
»Ich schreibe an einem neuen Roman, dessen Held ein gebildeter Araber ist«, sagte er. »Mir scheint, daß ich nie wieder die Gelegenheit haben werde, mit einem solchen Menschen in idealer Abgeschiedenheit zusammenzusein.«
Ich sah ihn erstaunt an und sagte: »Da tut sich eine kleine Schwierigkeit auf. Ich betrachte mich nicht als das, was ihr einen gebildeten Araber nennt, sondern einfach als Intellektuellen, wie ihr eure gebildeten Juden nennt.«
Er lachte und zog an seiner kalten Pfeife.
»Und abgesehen davon«, sagte ich, »hoffe ich, daß Sie

mir nicht all die Monate lang auf der Pelle sitzen werden.«
Sofort begann er sich zu rechtfertigen. Er habe sich nicht deutlich ausgedrückt. »Ich möchte Sie genauer kennenlernen«, sagte er, »und gleichzeitig ein gewisses Maß an ästhetischer Distanz zwischen uns wahren, wegen der Glaubwürdigkeit.«
»Ich werde mein Bestes tun, Sie nicht zu enttäuschen.«
Dann schlief er ein.
Und ich dachte, vielleicht bereite ich, bis er aufwacht, eine erdichtete Autobiographie vor, die mich, so gut es geht, vor seinem prüfenden Blick und seinen Launen schützen soll. Und als er die Augen öffnete und mich nach dem Grund meiner Niedergeschlagenheit fragte, obwohl ich ausgezeichneter Stimmung war, versprach ich, ihm etwas von dem Garn zu geben, dem Rohmaterial, das er weiterspinnen könne, und entrollte vor ihm die Geschichte einer imaginären Trennung von Schlomith, der ich einige herzzerreißende Einzelheiten hinzufügte. Er zog den Notizblock und begann, die Geschichte meiner Liebe zu der rothaarigen Frau eines Offiziers der Armee aufzuzeichnen, die sich mit ihrem Mann in einem Rechtsstreit um das Schicksal des gemeinsamen Sohnes befand. Und je besser die Geschichte lief und sich verwirrte, desto mehr entdeckte ich die Freude am Phantasieren, die Freude derjenigen, die sich die Freiheit nehmen, mit einem erfundenen Leben zu bezaubern. Und Bar-On, zufrieden mit den zwischen uns abgesteckten Grenzen, sagte, er hoffe, daß uns beiden der Genuß dieses Erlebnisses in gleichem Maße zuteil werde. Und während dieses Gesprächs dachte ich an Proust und Al Hamschari und daran, daß der Mann neben mir entsetzt wäre, wenn er auch nur annähernd

wüßte, welche Verknüpfungen und Verbindungen mein Hirn durchkreuzten.
Was mich betrifft, so bezweifle ich, daß ich jemals nach Iowa City im Mittleren Westen der Vereinigten Staaten gekommen wäre, wäre nicht das Buch »My Antonia« von Willa Cather gewesen. Die Gäste hatten den Teller mit Süßigkeiten aus dem Kleiderschrank geleert, der im Jahre 1940 auf einem Lastwagen aus Beirut gebracht und im libanesischen Grenzdorf Rmeisch auf zwei Kamele geladen worden war. Dieser Schrank mit seinen braunfurnierten Türen, Fächern und Schubladen und dem in die Mitte eingelassenen dicken Spiegel war mit einem gelben Schlüssel verschlossen. Mein ältester Bruder fand einen Weg, hinter den Spiegel zu gelangen, indem er ihn an der linken unteren Ecke anhob. Im Lauf der Zeit lernte auch ich diese wunderbare Technik und bekam auf diese Weise meinen ersten Roman zu lesen, ein dickes Buch mit weichem, türkisfarbenem Einband und der Schwarzweißzeichnung eines Jungen und eines Mädchens, die dem Betrachter den Rücken und dem endlosen Grasmeer der Prärie Nebraskas die Gesichter zuwandten. Es war die arabische Übersetzung des Buches »My Antonia« von Willa Cather:
Im Sommer vergangenen Jahres (so begann das Buch, wie es mir viele Jahre in Erinnerung geblieben ist), *zur heißesten Jahreszeit, durchquerten mein Freund Jim Burden und ich Iowa zufällig in derselben Eisenbahn. Wir waren alte Freunde, in derselben Kleinstadt in Nebraska aufgewachsen, und hatten einander viel zu erzählen. Während der Zug durch nicht enden wollende reife Maisfelder und vorbei an Kleinstädten, bunten Blumenwiesen, in der Hitze erschlaffenden Eichenwäldern eilte... An jenem heißen Tag, als wir Iowa durchquerten, kehrte unser*

Gespräch immer wieder zu einer zentralen Figur zurück, einem böhmischen Mädchen, das wir beide einst gekannt hatten. Mehr als jeder andere Mensch, an den wir uns erinnerten, schien uns dieses Mädchen das Land, die Umstände und intensiven Erlebnisse unserer Kindheit zu bedeuten...

»Von Zeit zu Zeit zeichne ich die Erinnerungen an Antonia auf«, sagte er mir... Als ich ihm sagte, daß ich seine Erinnerungen an Antonia lesen möchte, erwiderte er, ich werde sie sicher zu sehen bekommen – falls er sie jemals beende.

Monate später erschien Jim an einem stürmischen Winternachmittag in meiner Wohnung und trug eine große Mappe. Er trug sie ins Wohnzimmer und sagte, während er seine Hände wärmte: »Hier hast du die Sache über Antonia... Ich glaube, sie hat keinerlei Form. Sie hat nicht einmal einen Titel.« Er ging in das angrenzende Zimmer, setzte sich an meinen Tisch und schrieb quer über die Mappe »Antonia«. Er runzelte einen Augenblick die Stirne und fügte dann ein Wort hinzu: »Meine Antonia«. Damit schien er zufrieden zu sein.

In Chicago warteten wir, bis für uns ein Platz auf dem Flug nach Cedar Rapids, nördlich von Iowa City, frei war. Wir sanken in die zwei roten Plastiksessel neben dem Schalter der Fluggesellschaft. Bar-On, der nach einem angenehmen Schlaf im Flugzeug angeregt und voll Energie war, vertiefte sich in sein Notizbuch, und ich, dessen Zeitgefühl durcheinandergeraten war, fiel, soweit es der steife Sitz gestattete, in einen leichten Schlummer. Im Halbschlaf vernahm ich das Geklapper auf uns zukommender Absätze, und wie elektrisiert wandten wir unsere Blicke der Frau zu, er von seinem Block und ich aus meinem Dösen. Bar-On spannte den Rücken, die Hände umklammerten die Knie, und seine Augen glänzten begeistert. »Wir wollen hoffen, daß sie auch zu diesem Schriftstellertreffen fährt«, sagte er.

Sie hatte etwas Distanziertes und Unerreichbares an sich, das ihren Körper vom Scheitel bis zu den Absätzen wie einen Bogen spannte. Die Fülle ihres Körpers, in luftiger Bluse und schwerem Rock, drohte mit dem Absatzklappern zu bersten und den Wartesaal zu überfluten.

In Tennessee ich stell' 'nen Krug, zitierte Bar-On, *und rund er war – auf eine Höh'. / Und liederlich die Wüstenei / umgab die Höh'. / Es hob die Wildnis entgegen sich...*

»Nur daß hier von zwei Krügen die Rede ist.«

»Aber von einer Wildnis«, sagte ich, nicht ohne böse Absicht. Und er lächelte mir geduldig zu, steckte den Notizblock in die Tasche und zog die Pfeife heraus, und ich versank wieder in meinem Schlummer.

Im Flugzeug saß ich neben ihr, und Bar-On seufzte tief und ließ sich jenseits des Gangs nieder. Als die Maschine abhob, öffnete die Frau den Mund, als wollte sie etwas sagen, änderte dann aber ihre Meinung. Sie saß jedoch weiterhin in stillem Erstaunen und mit geöffnetem Mund da. Die Stewardeß beugte sich über sie und fragte, ob sie helfen könne. »Eh – eh«, sagte sie mit offenem Mund, als sich die Stewardeß bereits dem Reisenden zuwandte, der einige Reihen vor uns entgegen den Anordnungen eine Zigarette angesteckt hatte, was von den Nächstsitzenden mit Unmut quittiert wurde. Auf mein Erstaunen hin sagte die Frau entschuldigend: »Ich habe Probleme mit dem Luftdruck.«

Ich sah aus dem Fenster. Genau abgesteckte goldfarbene Quadrate, unendliche Maisfelder, Kreuz- und

Querlinien dazwischen und keine Spur von rötlichem Gras – wenigstens von der Höhe des Flugzeugs aus.
Zwei nette junge Leute erwarteten uns in Cedar Rapids. Bar-On murrte etwas über den allzu lässigen Empfang und warf einen zornigen Blick auf den muskulösen Mann im enganliegenden Sommeranzug, der die Luftdruck-Dame erwartete und eilig mit ihr vom Flugplatz ging. Wie sich herausstellte, waren andere Schriftsteller mit in der gleichen Maschine gewesen. Ein palästinensischer Autor in einer Wolke von »Paco Rabanne«, die ihn umgab wie eine Begleiterin, drückte Bar-On die Hand in demonstrativer Zurückhaltung. Der stürmische junge Ire Liam sah der Begegnung amüsiert zu und fragte, was es Neues im Nahen Osten gebe. Ein philippinischer Dichter fischte eine Packung indonesischer Zigaretten aus seiner fest anliegenden Hosentasche und wollte mit diesen Nelkenzigaretten die ganze Gruppe beschenken, um, wie er sagte, echte oder auch eingebildete Feindseligkeiten zu vertreiben. Paco blieb reserviert, Bar-On seiner Pfeife treu, Liam und ich bekehrte Raucher. So verschwand der Flughafen in Gewürznelkenwölkchen, anstelle des altbekannten Tabakdufts.
Inzwischen brach die Nacht herein und hüllte die Prärie jenseits vom Fenster des Minibusses ein, in den wir jetzt uns, dann unsere Taschen und Koffer hineinzwängten.
Ich versuchte etwas zu schlafen, aber wegen des Gerüttels biß ich mir auf die Zunge... Vorsichtig schlüpfte ich unter der Büffelhaut hervor, kniete mich hin und spähte über den Wagenrand. Anscheinend war da nichts zu sehen, keine Zäune, keine Flüsse, keine Bäume, keine Hügel oder Felder. Wenn dort eine Straße war, dann hätte ich sie im Sternenlicht

sehen müssen. Da war nur Erde: nicht einmal ein richtiges Land, sondern nur das, woraus Länder bestehen. Nein, nichts war dort außer Erde – wellenförmig, was ich merkte, weil die Räder häufig in eine Senke gerieten. Wir fuhren in die Vertiefung und mit einem Ruck die andere Seite hinauf. Ich hatte das Gefühl, daß wir die Welt hinter uns gelassen und ihre äußerste Grenze überschritten hatten, daß wir uns außerhalb jeder menschlichen Zuständigkeit befanden ...

Aber nicht außerhalb der Zuständigkeit der Gewürznelkenwolke. Auf ihr reitend erreichten wir das »Mayflower«, ein achtstöckiges Studentenheim im Norden von Iowa City, ein riesiges, auf dem Kopf stehendes *h*, das seitlich geneigt war. Es erstreckte sich entlang der North Dubuque Street, die sich ihrerseits am linken Ufer des Iowa-Flusses entlangzog, mitten durch Rasenflächen und Ahornbäume. In jener Nacht brachte man uns, um das Ausladen der Koffer zu erleichtern, zum Hintereingang des Gebäudes. Nur der kluge Liam, nicht wie wir mit dem Gepäck der Dritten Welt beladen, war mit einer kleinen Tasche gekommen. Als sich die Hintertür öffnete, schlug uns ein Geruch entgegen, der, wie wir im Laufe unseres Aufenthaltes lernen sollten, der typische Geruch der Häuser des Mittleren Westens war. Jetzt schien er uns nur beizend und durchdringend. Es war der Geruch des synthetischen türkisfarbenen Teppichbodens und der Geruch des Klebstoffs, mit dem er auf dem Fußboden befestigt war und der alles ätzte, was mit ihm in Berührung kam. Bar-On stand auf der Schwelle und sagte: »Gut, morgen fahre ich zurück nach Hause.« Mary Naasarett, die die neuen Gäste mit freundlichem Lächeln empfing, um ihnen die Ankunft zu erleichtern, fragte, was er gesagt habe, und er wiederholte die Worte auf englisch. »Willkommen an Bord«, sagte sie zu ihm. »Sie sind der zwölfte Autor, der das heute sagt, der zwölfte von dreiunddreißig.«

Um Mitternacht versammelten sich die Neuankömmlinge im ersten Stock des Hauses der Familie Naasarett zu einem verspäteten Abendessen und um die ersten Erfahrungen zu hören. Ich versuchte, Bar-On von seinen Rückreiseplänen abzubringen, die anfangs nur die Reaktion eines verwöhnten Mannes zu sein schienen, sich jedoch zusehends konkretisierten. Ich bat ihn, sich das in den kommenden Tagen noch einmal zu überlegen. Seine Stirn umwölkte sich, während er sich den Klagen über den Ort hingab, an den wir geraten waren, und über die kahlen Wände, die große Sehnsucht nach den eigenen vier Wänden in ihm hervorriefen. Im Herzen fühlte ich große Erleichterung, mich von der Hand befreit zu sehen, die Eintragungen in das geöffnete Notizbuch machte, und von dem bedrohenden Auge, das den arabischen Helden prüfte auf Herz und Nieren. Daher kühlte sich die Glut meiner Überredung rasch ab. Mary schloß sich der Unterhaltung an, indem sie alles auf den Kopf stellte: »In einer Woche fühlen Sie sich so sehr zu Hause, daß Sie nach weiteren vier Monaten gar nicht mehr in Ihr Land zurückkehren wollen.«

Plötzlich zerschnitt das Geheul einer Sirene das Zimmer. Der Rauchdetektor war den verbrannten Nelken nicht gewachsen.

Am nächsten Morgen tauschten die Teilnehmergruppen des Programms auf den Treppen zum Eingang des »Mayflower« Namen und erste Eindrücke aus. Gegenüber der North Dubuque Street, am Ufer des Flusses, legten drei Arbeiter in blauen Overalls mit präzisen, kraftvollen Bewegungen Quadrate fertigen Rasens auf die schwarze Erde. Auf dem Weg zum Stadtzentrum zu beiden Seiten weiße Holzhäuser mit spitzen Ziegeldächern, über die Rasen zogen sich schmale, gepflasterte Stege für Fußgänger, und Eichhörnchen huschten unter den Bäumen umher, die Schwänze mit dem dem Mittleren Westen eigenen Stolz erhoben: »Die moralische Mehrheit«, sagte Liam. Wir fuhren den Fluß entlang, der seinen ruhigen Weg nach Süden zog wie einer, dem versprochen wurde, er werde früher oder später den Mississippi treffen. Und die Namen ordneten sich langsam den richtigen Gesichtern zu, Gesichtern aller Farben, Rassen und Altersstufen, der Babelturm einer verwirrten Gnade. Bar-On neben mir murmelt widerwillig einige Worte über die stille Schönheit des Städtchens und die Heiterkeit der weißen Häuser, und ich fühle feine Sprünge die dünne Schale seines Widerstands durchziehen, fühle, wie Versöhnlichkeit sie durchdringt. Nur der Palästinenser beunruhigt ihn, und es ist ihm klar, daß die erste offene Konfrontation nur eine Frage der Zeit ist. Ich wiederum beunruhige den Palästinenser, der ihn beunruhigt. Aber anscheinend sind wir alle drei noch in der Wolke von »Paco Rabanne«, die unsere Sinne umnebelt und mit dem mysteriösen Nimbus des Ostens umgibt, als wir die First National Bank an der Ecke Washington Street betreten. Der stellvertretende Direktor der Filiale höchstselbst erweist seinen neuen Klienten bei der Eröffnung ihrer Konten die Ehre und verteilt Visitenkarten links und rechts. »Mister Sevick, vau, i, ce, ka«, buchstabiert er seinen Namen mit erbarmungsloser Freundlichkeit und zeigt einigen von uns mit der Geste eines Zeremonienmeisters seine vergoldete Taschenuhr, in die der Name »Old Abe« eingraviert ist.

Ein gewundener Pfad führt auf die Bergspitze, und die

Ahorne zu beiden Seiten begleiten den Einbruch der Dämmerung mit dem Rascheln ihrer trockenen Hülsen, die auf die ersten Schichten des roten Herbstlaubs fallen. Das alles übt seinen Zauber auf Bar-On aus und dämpft seine Reiseabsichten. Liam erzählt von einem ersten Spaziergang im Stadtpark, der sich gegenüber dem »Mayflower« auf der anderen Seite des Flusses hinstreckt. Dort seien ganz ungewöhnliche Mücken, sagt er, wie er sie noch nie gesehen habe, aber das Wasser sei gut, und die Einheimischen dort hätten ihn zu einem Glas Wein eingeladen. Er will eine Segeltour flußabwärts organisieren, er und Bjørg, die norwegische Autorin, die erst heute angekommen ist und jetzt, während sie den Weg hinaufgeht, sagt, sie hoffe, das Herbstlaub hier sei nicht ansteckend. Von weitem hören wir die Stimmen hiesiger Gäste, die früher eingetroffen sind, und sehen auf dem Hügel das Haus der Familie Engel, die Gastgeber des Treffens, bei denen der Empfang stattfinden wird. Es ist ein zweistöckiges Haus, eine Arche in der Flut roter Ahornbäume. Traum eines jeden Eichhörnchens, sagt Bjørg.

Im Dämmerlicht der Vorhalle stehen Paul Engel und seine Frau Hualing Nieh zur Begrüßung der Gäste, die paarweise aus dem verzauberten Wald aufsteigen, um von Edwin, im folgenden Ed, den Gastgebern vorgestellt zu werden. Ed, mit den Einzelheiten jeder Gästevita bereits bestens bekannt, holt sie mit hoher, melodischer Stimme aus den Tiefen seines Gedächtnisses. Er genießt es ausgesprochen, die Besonderheiten der Namensträger hervorzuheben, ein chinesischer Maler, der sich den Sommer über in der Skizzierung seiner Gestalten geübt hat und jetzt in feiner Kalligraphie deren einmalige Wesenszüge ergänzt. Und jede seiner Zeichnungen blüht und erhebt sich inmitten der die Vorhalle bedeckenden Zweige in die Luft, entlockt den Kehlen der Engels Rufe des Entzückens und landet zu Füßen der Eichhörnchen, die aus dem schweigenden Wald gehuscht kommen. Paul Engel, in besticktem Seidenhemd, hochgewachsen und mit lauter Stimme, bekommt plötzlich in der Dämmerung eine Art gehörnter Teufelsmaske. Er präsentiert seine Frau wie einen Schatz. Eine elegante Frau in rotem Seidenkleid, beherrscht in ihrer Freude, die leibhaftige Definition chinesischer Kunst. Mit dikken Teppichen ausgelegte Holztreppen führen knarrend in den weiträumigen Salon im zweiten Stock. In der Luft wieder dieser Geruch des Mittelwestens, vermischt mit exotischen Speisegerüchen, begleitet von Gemurmel und verlegenem Gekicher. Länge und Breite der Wände geschmückt mit seltenen Masken aller Farben und Rassen, von China bis Afrika, von Indien bis Peru. Die Teilnehmer der Treffen früherer Jahre hatten sie zurückgelassen. Paul gedenkt ihrer jetzt, indem er den Neuankömmlingen die Masken vorstellt. Neben dem Kamin steht ein antiker chinesischer, mit Perlmutter ausgelegter Teetisch, darauf eine Szene mit Frauen, die in einem Park wandeln. Auf dem ebenfalls perlmuttergeschmückten Sims über einem Kamin, in dem kein Feuer brennt, ein rundes Perlmuttertablett, umgeben von bunten chinesischen Dämonen aus Elfenbein und Gold, die schweigend über ein Mysterium wachen. Im Hin und Her des allgemeinen Sprachgewirrs werden zögernd die ersten Bekanntschaften gemacht. Bjørg fragt, was mich in dieses abgelegene Städtchen geführt habe: »Willa Cather«, sagte ich. Hualing geht an uns vorbei zum anderen Ende des Raumes und kommt mit Paul im Schlepptau zurück. »Was für ein Zufall«, sagt sie zu ihm, »Willa Cather, die ich ins Chinesische übersetzt habe, hat diesen netten Juden nach Iowa City gebracht!« »Wissen Sie«, sagt Paul, »ich bin in Cedar Rapids aufgewachsen, war als Junge dort Schabbesgoi in jüdischen Häusern und habe fünfzehn Cents den Tag verdient.« Ich entschuldige mich, gehe zum anderen Ende des Zimmers, um Bar-On von einer lärmenden Gruppe weg zu Paul zu bringen, damit er zuhört. »Schreckliche Angewohnheit«, sagt Paul, den ich auf seinen Fehler aufmerksam mache, »wieder mal eine gute Geschichte an den falschen Mann gebracht. Als ich fünfzig wurde – und das ist lange her –, sagte meine erste Frau: ›Was hast du eigentlich getan in deinem Leben? Du bist von Cedar Rapids nach Iowa City gezogen, eine Entfernung von fünfundzwanzig Meilen!‹ Nach dieser Rechnung habe ich jährlich eine halbe Meile zurückgelegt, was sagen Sie dazu!« »Das ist beinahe jüdisches Tempo«, sagt Bar-On, »meine Eltern haben zweitausend Jahre gebraucht, um nach Israel zu kommen.« Paul Engel entschuldigt sich, fragt, ob jemand nachgeschenkt haben möchte, und geht mit ebenjenem Gefühl zur Bar, wieder einmal eine gute Geschichte an den falschen Mann gebracht zu haben.

Ich gehe herum und wechsle ein paar höfliche Worte mit Paco und Avdekan, dem ägyptischen Autor. »Verehrte Dame«, höre ich Athiol, den südafrikanischen Schriftsteller, zu einer entsetzten Autorin sagen: »Aus persönlicher Erfahrung kann ich Ihnen versichern, daß ein Elektroschock in die Hoden keine Impotenz herbeiführt.« Der Holländer Henk, der seit einigen Jahren in London lebt, will mit mir über die Schizophrenie reden, daß Bar-On und ich eigentlich ein und derselbe Mensch seien. Bjørg sagt: »Sie haben noch nicht entschieden, wer der Bauchredner von wem ist.« »Bei uns hier könnt ihr Schweine sehen«, sagt

Paul zu einem indischen Paar. »Dann fahrt ihr nach Hause und schreibt Gedichte, Schweine und Gedichte ernähren die Menschheit gleichermaßen.«
Das erneute Alarmgeheul des Rauchdetektors lenkt die Blicke auf den betretenen Filipino, meinen Wohngenossen, der achselzuckend die Hände hebt. Dieses Mal ist es eine verbrannte chinesische Delikatesse, er hat ein perfektes Alibi.
Paco, der nette Kerl aus Nablus, erzählt Avdekan von seinem neuen Roman: »Wie viele Wörter enthält er?« fragt ihn Avdekan. »Ich habe sie nicht gezählt«, sagt Paco. »Ungefähr«, beharrt Avdekan. Als er die Antwort hört, meint er: »Du hast keinen Roman geschrieben, mein Freund, sondern eine Novelle!« Paco lächelt verlegen, die Augen rot von Schlafmangel. »Klassischer Fall eines palästinensischen Jetlags«, flüstert Liam seine Diagnose in mein Ohr.
Am anderen Ende des Salons ist Bar-On mit einer jungen Frau ins Gespräch vertieft, deren Hautfarbe wie Honig und Bernstein ist. »Sie ist eine französische Jüdin alexandrischen Ursprungs«, sagt Avdekan, der meine Blicke auffängt. »Sie heißt Amira und ähnelt tatsächlich einer Prinzessin.« Amira schaut uns an und lächelt. Es erklingt das Klopfen ans Glas, Paul kündigt einen Toast an: »Hualing und ich heißen die reizenden Gäste willkommen, die aus allen Teilen der Welt hier zusammengekommen sind, die größte Gruppe seit der Gründung des internationalen Schriftstellertreffens. Mit der bisher größten Anzahl von Frauen. Aber erinnern Sie sich daran, wie es im Brief an Sie hieß: Bitte ohne Kinder! David Lodge sagt – und das ist ein Ausspruch, den ich gern gemacht hätte – ›In der Literatur geht es meist um's Liebemachen und nicht um's Kindermachen.‹ Vergessen Sie nicht, daß Sie zuallererst Schriftsteller sind. Hualing

und ich kommen aus mittleren Landstrichen, sie aus Zentralchina, ich aus Cedar Rapids, der Heimat des Hafers. Jeden Morgen hat ein chinesischer Diener Hualings Vater eine Schale mit Haferflocken gereicht – ein Statussymbol. Und ich, großer Gott, mir haben sie es in den Hals gestopft. Seitdem haben sich die Zeiten geändert, heute liebe ich die chinesische Küche, und Hualing liebt Haferflocken. Zu Ihrem Glück habe ich heute die Speisekarte zusammengestellt, was selten ist in diesem Hause. Bitte, kommen Sie zu Tisch. Doch vorher wollen wir auf das internationale Schriftstellertreffen anstoßen, das Sie hergeführt hat. Auf das Schreiben, und auf das Wohl der metaphorischen Kinder der Zukunft!«
Ich stellte den leeren Teller auf den Perlmutter-Teetisch. Die Gesichter der Frauen auf der Zeichnung, vom Wein gerötet, stiegen auf und tauchten ab zwischen leeren, auf dem Tisch verteilten Gläsern, verloren sich im Sprachgewirr, das das Zimmer erfüllte, und verschwanden hinter den an den Wänden hängenden Masken.
Ich stelle den leeren Teller auf den Perlmutter-Teetisch, und berauscht vom Wein trete ich auf den dunklen Balkon, der den Salon in seiner Länge und Breite umgibt. Ein mondloser Himmel dehnt sich zum Horizont, angeleuchtet von fernen Lichtern, ein mondloser Himmel von Sternen durchlöchert, und mir scheint, daß ich, seit ich das Dorf verließ, nie mehr so viele Sterne am Himmel gesehen habe. Onkel Jussef, der jetzt auf seinem Sterbelager liegt, pflegte zu sagen, der Unterschied zwischen Stadt und Dorf liege in der Anzahl der Sterne am Himmel. Und irgendwo am Abhang des Hügels in der Dunkelheit hinter dem »Mayflower« fließt der Fluß Iowa. Schlomith, Schlomith, flüstere ich, ein Flüstern gegen das dunkle Ver-

gessen. Und siehe, neben mir das Gesicht aus Honig und Bernstein. »Und Sie denken an Ihr Gedicht ›Für Leila‹?« Sie lächelt über das arabische Wortspiel zwischen der Bezeichnung für die Nacht und die Geliebte des Dichters. »Ich heiße Amira.« Sie lehnt am Geländer, mit der Hand instinktiv den Ausschnitt ihrer Bluse hochziehend. Diese Bewegung, denke ich für mich, würde Bar-On nicht auffallen.
»Jehoschua Bar-On erzählte mir, daß Sie auf dem Weg hierher in Paris waren.«
»Ja, für einen Tag.«
»Was hat Ihnen dort gefallen? Was haben Sie gesehen?«
»Ich habe das Hotel kaum verlassen. Einen Friedhof habe ich besucht.«
»Père Lachaise? Dort hätten wir uns begegnen können. Ich war täglich dort letzten Monat. Ich habe einen Freund, einen Photographen, der Friedhöfe liebt. Welche Gräber haben Sie gesehen?«
Plötzlich wurden wir ins Licht einer über uns hängenden Laterne getaucht. Bar-On stand auf der anderen Seite des Fensters im erleuchteten, summenden Salon, eine Hand noch am Schalter, mit der anderen machte er warnende Zeichen, ein spitzbübisches Lächeln auf den Lippen. Er knipste das Licht wieder aus, zog sein Notizbuch hervor und schrieb. Dann lächelte er erneut in unsere Richtung und zog sich in die Menge zurück. »Was will er?« fragt Amira. »Ich weiß es wirklich nicht«, sage ich. Und Amira legt ihre verschränkten Handflächen um den Nacken und biegt den Körper zurück. »Es wird kühl. Wir wollen hineingehen.«
Viele Tage danach werde ich mich an diese Haltung erinnern, an die um den Nacken geschlungenen Hände, an das Schaudern ihrer bernsteinfarbenen

Haut, an das durchdringende Licht der über uns schwingenden Lampe und das Lächeln auf den Lippen Bar-Ons, als er uns der Dunkelheit wiedergab. Etwas Geheimnisvolles glomm auf, flackernde Lichter in der Prärielandschaft, die restliche Glut, das einzige, was vom roten Gras geblieben war.

Als ich um mich sah, fühlte ich, das Gras war das Land, so wie das Wasser das Meer ist. Das Rot des Grases gab der weiten Prärie die Farbe von Rotweinflecken oder die Farbe bestimmter Meerespflanzen, wenn sie gerade ans Ufer gespült werden. Und es lag soviel Bewegung darin; das ganze Land schien irgendwie zu rennen... Ich kann mich genau erinnern, wie das Land auf mich wirkte, als ich an einem frühen Septembermorgen neben meiner Großmutter den verwischten Wagenspuren folgte. Vielleicht spürte ich die Bewegung der langen Eisenbahnfahrt noch in den Gliedern, denn mehr als alles andere empfand ich die Bewegung in der Landschaft; im frischen, sanft-wehenden Morgenwind und in der Erde selbst, als wäre das dichte Gras eine schlaffe Haut, unter der Herden wilder Büffel stürmten und stürmten...

In derselben Nacht trage ich im Apartment 821B im »Mayflower« den Schreibtisch aus der engen Eingangshalle in das Zimmer – kraft der Illusion von Gästen, die zum Übernachten kommen und glauben, das Verschieben des einen oder anderen Möbelstücks gäbe ihnen ein Gefühl von Zuhause, und die sich mit persönlichen Dingen als Schutz gegen das Wanderleben umgeben. Ich hole Papier, Bücher und Lexika, die ich mitgebracht habe, hervor und ordne sie auf dem Tisch neben der hebräischen Schreibmaschine an. Aufgrund jener Illusion, daß du, was du nicht am eigenen Tisch, in der Landschaft der eigenen Bücher schreiben konntest, fern von zu Hause zu Papier bringen kannst. Ich spannte einen Bogen ein und begann den ersten der Briefe an Schlomith zu schreiben, jener Briefe, die einen Monat später in die Hände ihres Mannes fallen sollten.

Wie beschreibt man einem Menschen, den man liebt, ein Haus?

Niemals habe ich das Haus meiner Kindheit im Dorf zu beschreiben versucht. Denn es ist nicht nur das Südfenster – Bab as-sir, wie wir es nennen –, dessen Kühle ich noch in der Innenfläche meiner Hand fühle, nicht nur die Semandra, der Schrank für Matratzen und Decken, die wie eine drohende Festung über unseren Köpfen thront, nicht nur die türkisfarbene Katze, die sich dahinter verbirgt, wenn sie heiß ist, nicht nur sind es die auf dem Betonfußboden tanzenden Lichtkreise, und nicht nur ist es der Geschmack des Salzwassers, das nachts aus dem Leinensäckchen tropft, das den Joghurt für die Labaneh enthält, dieses Wasser, das unsere verrückte Nachbarin Ableh trinkt und dessen Geschmack ich hier im Mittleren Westen der Vereinigten Staaten, wie die Dörfler sagen würden, auf der Zunge spüre. Mein Gefühl von Zuhause beginnt mit dem Klopfen des Löffels an den Rand der Linsenschüssel, dehnt sich aus wie der Wellenschlag auf dem Dorfteich, leckt am Rand der Duwara, überflutet die Landschaft, die man vom Südfenster aus sieht und berührt meine Haut von innen. Später sind andere Häuser hinzugekommen, die mich kaum berührt haben. Und nun sitze ich hier in Iowa City, mehr als zwanzig Jahre, nachdem ich das Haus meiner Kindheit verlassen habe, und fühle zum erstenmal nach langen Jahren, daß ich dieses Haus heraufbeschwören kann, die Gerüche, die Bilder, den Stoff, aus dem es gemacht ist. Und siehe da, zum

erstenmal kann ich es Schlomith beschreiben, die niemals ihren Fuß dorthin gesetzt hat. »Ich mußte mich so weit davon entfernen«, wie Amira aus dem »Alexandria Quartett« zitiert hätte, »um seine Bedeutung zu verstehen.«
Mein neues Haus hat Wände, die den Namen kaum verdienen. Sie zittern, wenn man sie mit den Händen berührt, und sogar, wenn eine Stimme dagegen prallt. Wände, die das Gefühl von Sicherheit und Schutz verleihen, in Wahrheit aber Jehoschua Bar-On mehr als alles an das Gedicht David Avidans erinnern würden:

Mehr als an alles andere
erinnert die Sicherheitslage Israels
an eine unverschlossene Toilette
mit einer Hand, die die Tür von innen zuhält.

Denn das mußt du wissen: Hinter Küche und Toilette liegt spiegelverkehrt ein Zwilling der Wohnung, die mich schützt. Dort haust Pedro, der mir durch das Niemandsland der Küche Rauchsignale schickt, die unter meiner Tür durchsickern und mich einhüllen wie eine süßliche Melodie, die vier Monate lang ertönen wird. Wenn wir keine vorherige Regelung vereinbaren, kann es passieren, daß wir zur gleichen Zeit die Badezimmertür öffnen – oder noch Schlimmeres. Und da nach geheimer amerikanischer Logik keine Schlüssel an den Türen sind, wird der Aufenthalt im Badezimmer zu einer Situation höchster Spannung, in Erwartung der Hand, die die Tür aufreißt, und des Mundes, der eine Entschuldigung in unverständlicher Sprache stammelt.
Wie beschreibt man einem Menschen, den man liebt, ein Haus?

Man könnte mit den auf dem Toilettensitz verspritzten Tropfen beginnen, orangefarbig und ebenfalls nach Nelken duftend.

Die Erzählung – noch ein Kapitel

»Wie weit ist es bis dahin?«
»Eine Zigarette lang.«

Gespräch zwischen Dorfbewohnern

Siebtes Kapitel

Pater Djurmanus oder Abuna, wie er im Dorf genannt wurde, befand sich auf der untersten Etage von Onkel Michails Haus, auf der die Haustiere gehalten wurden. Auf dem höheren Stockwerk, dem Wohnen, Schlafen und Bewirten der Gäste vorbehaltenen, lagen aufgereiht auf der Bank drei Wassermelonen vom Melonenbeet, das zum Haus gehörte. Onkel Jussef, sechzehn Jahre alt, beobachtete Abuna Djurmanus und wandte sich, von ketzerischen Gedanken bewegt, von ihm ab. Zwar hatte der Priester den Anwesenden wenige Augenblicke zuvor seine wunderbaren Kräfte vorgeführt, aber zwischen dem Einebnen der Prägung auf der türkischen Silbermünze mit seinem Daumen, der Münze, die jetzt in meiner Schublade liegt, und dem, was Abuna als nächstes tun wollte, klaffte ein Abgrund, den nicht einmal die Vorstellungskraft eines heranwachsenden Jungen überbrücken konnte. Mit der Hartnäckigkeit des gläubigen Katholiken nahm Abuna Djurmanus etwas auf sich, was über seine Kräfte gehen mußte – den *Majidi,* die türkische Silbermünze in seiner Hand, durch die drei Wassermelonen zu jagen, als sei die Münze eine Bleikugel, die zusammen mit Zündpulver in einem Gewehr steckte. Zwar gehörte der Majidi dem Priester, die drei Wassermelonen aber, die man aus dem Beet genommen hatte, waren die letzten, die von der Ernte übrig waren, und Onkel Michails Familie wollte die nächsten drei Tage davon leben. Aber die Proteste von Onkel Michails Frau waren wirkungslos. Sie zog sich in ihre Ecke im Hof zurück und zischte durch die Zähne etwas über die Launen der Männer und Priester, die sich nicht mit dem zufriedengeben, was Allah ihnen zugedacht hat, sondern die vor der Welt mit ihrer Männlichkeit prahlen müssen. Onkel Jussef hatte den Geschmack von Brot auf der Zunge, das aus unreifer Gerste gebacken war. Es waren die Tage des großen Hungers am Vorabend des großen und Ersten Weltkrieges. Onkel Jussef dachte an seinen Vater, der, des Hungerlebens im Dorf überdrüssig, nach Argentinien gereist war, und an Großmutter Aljah, die ihr Gesicht mit dem schwarzen Kopftuch bedeckt und nichts gesagt hatte. Onkel Jussef mußte an Großvater Jubran denken, der zwanzig Jahre vor diesen Ereignissen sich in der Neujahrsnacht in Al Bassahs Angelegenheiten eingemischt hatte, als er bei der Familie Freiwat als *Adjir*, als Tagelöhner, in Dienst gewesen war. Um Nasser, die aus dem Dorf Al Bassah kam, nach der Logik von achtundvierzig zum *Moschav Bezet* geworden, erzählte oft von den Vorfällen jener Nacht, in der man Großvater Jubrans Männlichkeit auf die Probe stellte. Man wollte herausfinden, welche Chancen er bei der Tochter seines Arbeitgebers hätte, in die der arme Adjir sich verliebt hatte. Fünfzig Walnüsse wurden der Reihe nach auf die Bank gelegt, und Großvater Jubran mußte sie, mit den Füßen auf der Erde stehend, mit den Schlägen seiner Stirn aufbrechen. Man hielt den Atem an und riß die Augen auf – die Nüsse wurden eine nach der anderen geknackt. Aber

das Herz der Tochter des Arbeitgebers war schwerer zu knacken, und er bekam sie nicht. Um Nasser, die auf der Schwelle des Hauses ihrer Tochter sitzt, streichelt die schnurrende Katze auf ihrem Schoß und erzählt die sonderbare Geschichte über die Wege des Schicksals zu Ende. Denn das Mädchen, von dem Großvater Jubran träumte und für dessen grüne Augen er fünfzig Walnüsse mit seiner von Liebe gestählten Stirn knackte, dasselbe Mädchen begegnete eines Abends auf dem Heimweg vom Haus seiner Tante einer Hyäne, die es mit ihrem Gelächter hinter sich her in ihre Höhle zog und dort zerfleischte. Um Nasser, den Rücken der Katze streichelnd, die alles war, was ihr von der panischen Flucht aus Al Bassah geblieben war, neigte nach Art der Flüchtlinge dazu, aus einem Faden der Phantasie unterschiedliche Geschichten zu spinnen, und so brachte sie zwei Geschichten über Großvater Jubran durcheinander.
Die Sache mit der Hyäne gehörte zu einer anderen Erzählung, jener vom Ziegenbock, dem Leithammel der Herde Schukri Freiwats, dem Arbeitgeber Großvater Jubrans. Räuber waren aus dem libanesischen Dorf Alma gekommen und hatten den Bock geraubt. Großvater Jubran machte sich auf, ihn auszulösen. Auf seinem Rückweg nach Al Bassah sank die Sonne, und die Winternacht hüllte Großvater Jubran in die Schleier ihrer Dunkelheit. Plötzlich richtete sich sein Pferd auf den Hinterbeinen auf, und der Ziegenbock ließ ein durchdringendes Blöken hören. Das Gelächter, das aus der ihn umgebenden Dunkelheit herausschallte, ließ keinen Zweifel in Großvater Jubran aufkommen. Das war die Hyäne, die den Hirten der Umgebung Angst und Schrecken eingeflößt und nicht nur einem, wie die Bauern sagten, »den Verstand geraubt« hatte. Sie hatte sie in die Höhle gelockt, ihrem

bitteren Ende entgegen. Eine Wolkenschicht, die den Mond bedeckt hatte, wich jetzt zurück und dämpfte ein wenig den Schrecken des jungen Liebhabers. Er stieg vom Pferd ab, nahm seinen Stock und stellte sich der Hyäne in den Weg, um seinen Verstand, sein Pferd und den Ziegenbock zu retten. Ihm gegenüber flackerten die Augen der Hyäne. Sie versuchte, ihn in ihrem verhexten Schleppnetz von Gelächter und Schrecken zu fangen. Augen voller Verachtung näherten sich ihm, und er hob den Stock, um das dunkle, gierige Biest, das im Sprung die Zähne in seine Schulter schlug, zu erschlagen. Er trug den dicken Wollmantel seines Arbeitgebers, und die weißen Zähne blieben in der schwarzen Wolle stecken. Er warf den Mantel ab, stürzte sich mit Schreckensschreien auf die überraschte Hyäne und schlug sie in die Flucht. Seit jener Nacht blieb auf der linken Gesichtshälfte Großvater Jubrans ein Zucken, das ihn nicht verließ bis zu seinem Tode, der ihn, den Hochbetagten, Anfang der dreißiger Jahre in Fassuta ereilte, damals, als er des Lebens, der Wanderungen und der Reisen längst überdrüssig war.

Um Nasser, von zierlichem Wuchs, die schwarze *Asbeh* nach Sitte der Frauen von Al Bassa um den Kopf gewunden, pflegte seit zehn Jahren auf der Schwelle des Hauses ihrer Tochter Marie zu sitzen, der Frau meines Bruders. Sie streichelte ihre schnurrende Katze, beweinte den Verlust Al Bassas und tröstete die Katze mit den Worten, der Tag käme, an dem sie beide wieder in dem verlassenen Haus umhergehen würden. Um Nasser hegte gegen Onkel Michail, den Großvater von Jubrans Bruder, einen großen Groll. Immer wieder fragte sie ihn: »Werden die Flüchtlinge zurückkehren, Abu Khalil?« Und Onkel Michail, dessen Erstgeborener Khalil hieß, wich aus, ohne ihr zu antworten. Als ihm aber eines Tages, im Jahre 1951, die Geduld riß, weil gerade sein Ziegenbock gestohlen worden war und die Spuren der Räuber zur libanesischen Grenze führten, gab er ihr folgende Antwort: »Sieh mich an, Um Nasser, an dem Tage, an dem ich wieder jung sein werde, werden die Flüchtlinge in ihre Häuser zurückkehren.« Um Nasser band die Asbeh enger um den Kopf, nahm ihren Stock und ging grußlos davon, um nie mehr in das Haus zurückzukehren, auch nicht, als Onkel Michail einige Monate später starb. »Niemals«, sagte sie, »niemals werde ich einen Kleinmütigen zur letzten Ruhe begleiten.«

Kein Kleinmütiger war Onkel Michail jedenfalls mit seiner Fähigkeit, sich als Dörfler Situationen anzupassen, die das Handwerk jener dunklen Kräfte sind, die in der Welt wimmeln, der Welt, die hinter dem Horizont des Dorfes begann. Er war Dichter, einer jener Volksdichter, deren Ruhm sich in der Zeit des *Safarbalek,* dem Ende der türkischen Herrschaft, weithin verbreitete. Noch immer ist sein Name im Munde der Alten von Galiläa. Eine noble Seele ist mit ihm begraben worden. Die Nachkommen Khalil A-Schammas', des Sohnes jenes Priesters, der vom Turm der Moschee gestoßen worden war, sahen in ihm den Grundstein der anwachsenden Familie, den Grundstein, den nicht einmal der Hunger am Vorabend des großen Krieges von der Stelle rücken konnte. Die Familie teilt jedoch nicht die Meinung des Abuna Elias, des Onkels Khalils, und entscheidet infolge der Meinungsverschiedenheit nach Habab, jenem entlegenen Dorf im Südwesten Syriens, zurückzukehren. Anfang der neunziger Jahre des vergangenen Jahrhunderts kehrte Khalil mit seinen Kindern Jakub, Jubran, Elias, Michail, Hasne, Mariam, Hilwe und Hane in das Dorf zurück, aus dem er fünfzig Jahre zuvor wegen einer geheimnisumwitterten Blutrache geflohen war. Trotz all der verflossenen Jahre liegt die Blutrache jedoch noch immer in der Luft, ein verfolgender Geist, und bei einem Erdbeben stürzt das baufällige Zimmer, in dem sie Zuflucht gefunden hatten, ein und begräbt zwei der Töchter, Hilwe und Hane, unter den Trümmern. Deshalb kehrt Khalil mit seiner Familie endgültig nach Fassuta zurück. Jakub, der Älteste, verliebte sich in Halun, die ihm ein Paar Kamele als Mitgift versprach, von denen der verliebte Jakub, wie der Mann im Alten Testament, erst nach der Hochzeit merkte, daß sie sich in Luft aufgelöst hatten, und von der Mitgift Haluns blieb nur das Gewand auf ihrem Leib. Dafür wurde sie von Allah bestraft, indem er ihren Leib nicht segnete. Und Jubran nahm Großmutter Aljah zur Frau. Im Jahre 1895, ehe ihr Erstgeborener ein halbes Jahr alt war, fuhr Jubran nach Südamerika, er und sein Bruder Elias, der eines Nachts starb, noch bevor das Schiff sein Ziel erreicht hatte. Hasne und Mariam heirateten beide Libanesen, einer war Steinmetz, der andere Klempner, und sie zogen in die Dörfer ihrer Männer. Und nur Onkel Michail blieb hier, und selbst der große Hunger am Vorabend des Ersten Weltkriegs konnte ihm nichts anhaben. In wenigen Tagen leerten sich die Hülsen von den letzten Getreidekörnern, die den Bauern geblieben waren, nachdem Nayef Sirhan, der *Multazem,* seinen Teil genommen hatte, jener Mann, der das Dorf direkt vom Sultan gepachtet hatte. Es gab welche, die mit der leeren Schaufel in der Hand von der Tenne zurückkehrten, da ihre Schuld an den Multazem eine Jahresernte betragen hatte. In jenem Jahr war der Boden karg, und nachdem Nayef Sirhan sich seinen Teil genommen hatte, waren die Speicher vorzeitig leer, noch ehe der neue Weizen auf den Feldern reif war.

An einem der Wintertage saßen wir um den niedrigen Eßtisch. In einiger Entfernung stand der *Mankal,* der eiserne Herd. Das leise Wispern seiner Glut erfüllte den großen Raum. Mitten auf dem Tisch stand eine Schüssel dampfender Linsensuppe, und die von acht Löffeln tropfenden Spuren malten eine Windrose auf den Tisch. Eine ganze Stunde lang hatte meine Mutter an jenem Tage mühsam die Linsen verlesen, dennoch schwamm eine hohle Linse obenauf, und daneben die Made, die sich darin verborgen hatte. Das Schweigen im großen Zimmer wurde noch drückender und legte sich über die wispernde Glut. Es war das Schweigen der Armen beim gemeinsamen mageren Mahl. Weder vom Klopfen der Löffel an die Schüssel noch vom mechanischen Blasen wurde es gestört, das aus acht gespitzten Mündern kam, nicht einmal vom Gespräch über Alltäglichkeiten, das an dem niedrigen Tisch geführt wird. Und wie die Lichter in den Fenstern glücklicher Menschen bei Einbruch der Dunkelheit angehen, alle zugleich oder eins nach dem anderen, so hielten die Hände in ihren Bewegungen über der Suppenschüssel plötzlich inne, und die Blicke hefteten sich auf die Made. Ich nahm sie als letzter wahr, und meinem Mund entfuhr ein Schrei, ein Schrei, wie ihn sich keiner außer mir erlaubt hätte und der soviel bedeutete wie: Warum hast du die Maden in der Suppe gelassen? Mein Vater schlug mir den Löffel aus der Hand auf den Tisch und verabreichte mir eine Ohrfeige. Wenn es dir nicht schmeckt, dann iß nicht, sollte das heißen. Beschämt und zerknirscht steckte ich den Kopf zwischen den *Masnad,* das harte Stützkissen, und den warmen Rücken meiner Mutter. Ich hörte den gedämpften Klang des Löffels zwischen ihren Zähnen, das hastige Schlürfen und das leichte Kauen der Linsen aus der dünnen Suppe, das hohle Schlucken in der Speiseröhre und schließlich, den Ohren ganz nahe, die Geräusche ihres hungrigen Magens, der, statt sich mit einem sättigenden Mahl zu füllen, bloß einige Linsen mit einer großen Menge Wasser aufnahm. Und ich drücke meinen Kopf tiefer in die sich mehrenden Geräusche und höre das Hungermonstrum in meinem kleinen Bauch nagen. Die Geräusche nehmen ab und lösen sich in meinen Schlucken, und Mutters Hand streichelt im Verborgenen die Kurve meines Rückens und versucht mich aus meinem engen Königreich zu locken. Ich schmiege mich in die tröstende Berührung, kehre jedoch in meine Erniedrigung zurück und spüre in meinem Hals den Geschmack von Linsenschoten.

Onkel Jussef ging zu Onkel Michail, um ihm zu sagen, es gäbe nichts mehr zu essen. Das Maisbrot wäre alle, und außer einer Flasche Olivenöl könnte keine Maus mehr etwas im Haus finden. Auch die *Khabijah,* die Vorratskammer in Onkel Michails Haus, war seit langem leer, und seinen Kindern setzte er nichts als Wildkräuter vor. Onkel Michail sagte zu ihm: »Geh nach Marj Hlal und sieh, ob die Gerste schon gesprossen und gereift ist.« Onkel Jussef wußte, daß die Gerste für das Pferd bestimmt war, das in wenigen Wochen für die Herbstsaat pflügen mußte. Aber der allmächtige Gott würde nicht geizen und dem treuen Vieh zur rechten Zeit Futter geben. Onkel Jussef nahm die Sichel, zog das Pferd am Zügel und ging nach der Gerste sehen. Als sich die Schatten auf Onkel Michails Hof verzogen hatten, kehrte Onkel Jussef vom Feld zurück und hielt es am Zaum, damit es nicht die Ähren äße, mit denen es schwer beladen war. Onkel Michail kehrte mit dem Reisigbesen die Fliesen des Hofes und breitete die Gerste zum Schlagen aus. Beide Familien versammelten sich, jeder mit dem, was er hatte finden können, in der Hand, Treibstöcke und Zaunpfähle, Dreschflegel und einfache Stecken, und sie droschen die Ähren, um die Gerstenkerne von der Spreu zu sondern. Und das Pferd stand an den leeren Futtertrog gebunden und füllte die Nüstern mit dem Geruch der Gerste, von der es niemals essen würde.

Zwischen Hof und Weg war eine Steinmauer, an die sich jetzt ein fünfzehnjähriges Mädchen aus dem Dorf Ikrit lehnte, Hanieh genannt. Sie war auf Verwandtenbesuch im Dorf und beobachtete jetzt Onkel Jussef, wie er die Ähren drosch. Als sie sah, wie er mit Leib und Seele in das Dreschen versunken war und sie nicht bemerkte, lächelte sie, ging ihres Wegs und erinnerte sich an Drescharbeiten früherer Jahre, als sie ebenfalls einen Verwandtenbesuch gemacht und Onkel Jussef Adjir-Arbeit bei den Verwandten verrichtet hatte. Es war ein heißer Tag Anfang Mai gewesen, einer jener Tage, da die Sonne, wie der Volksmund sagt, einen Vogelschwanz entzünden kann. Sie war allein zu Hause gewesen, sie und das Pferd im Stall. Sie hatte auf dem Dach gesessen, in Richtung Innenhof, und die Schatten der fliegenden Tauben und den runden Trog in der Mitte des Hofes beobachtet. Es waren Wildtauben, die am Taubenschlag an der Wand unterhalb des Daches ein- und ausflogen, der farbige Ring um ihren Hals glänzend in der brennenden Sonne und glitzernd auf der Oberfläche des Wassers im Trog. Aus ihrem Mund war ein Volkslied erklungen: »Ya tira tiri ya hamama«, was soviel heißt wie »flieg, flieg weg, meine Taube«. Bald hält sie inne im Lied und lächelt, denn in der Sprache der Kinder und

Jugendlichen ist »hamama« ein Kosewort für den Körperteil, den die Jungen bei jeder Gelegenheit herzeigen. Das Hoftor wird geöffnet und sie aus ihren Gedanken gerissen: sie sieht Onkel Jussef den Innenhof in Richtung Stall durchqueren. Er sieht ihren Schatten auf dem Trog, hebt den Kopf und grüßt. Er sei gekommen, um das Pferd aufs Feld zu bringen, sagt er. »Und was tust du da oben?« will er wissen und wartet die Antwort nicht ab. »Komm herauf, ich will dir etwas zeigen«, ruft sie und weiß noch nicht, was. Mein Onkel, ein heranwachsender Junge, hört in ihrer Stimme die verführerische Melodie der Mädchen von Ikrit. Er verläßt den Stall, klettert aufs Dach und wiederholt seine Frage: »Was machst du da oben?« »Ich sehe den Tauben zu«, antwortet sie und betont das bewußte Wort. Und ehe er den Wink verstehen kann, schaut sie abwechselnd ihn und den Wassertrog an und bringt den kühnsten Satz hervor, den mein Onkel in den fünfundachtzig Jahren seines Lebens hören sollte, und er traut seinen Ohren nicht. Und sie wiederholt ihn mit einer Stimme, die die Verlegenheit des ersten Males bereits überwunden hat: »Wollen wir wetten, wer am besten von hier bis in den Trog pissen kann?« Und mein Onkel sieht das Mädchen an und den Trog in der Mitte des Hofs, ungefähr zehn Schritt von der Wand, an deren Rand sie auf dem Dach stehen, und die Herausforderung gefällt ihm. Er bittet sie, sich umzudrehen, und als sie es tut, macht er sich bereit, beugt den Rücken, bekreuzigt sich und spritzt sein Wasser im hohen Bogen in den Trog: die Tauben erschrecken im Flug und fliegen in ihren Taubenschlag zurück. Die Sonnenstrahlen brechen sich an dem Bogen, und das Plätschern des Wassers auf die Fliesen im Hof läßt das Pferd im Stall aufwiehern. Er versucht es erneut, aber der Druck auf seiner Blase ist bereits geringer und die Wette verloren. Onkel Jussef pflegte seine Geschichten mit dem Aroma der Übertreibung zu würzen, aber er schwor bei allen Heiligen und dem Propheten Elias, dem Schutzpatron des Dorfes, der sie beide vom Kirchturm aus beobachtet habe, daß das Mädchen sein Kleid hochgekrempelt und ihn nicht gebeten habe, sich umzudrehen, den Schlüpfer heruntergezogen, sich nach Weiberart auf den Rand des Daches gesetzt und in einem vollkommenen Bogen und unter schallendem Gelächter sein Wasser direkt in den Trog gelassen habe. Mein Onkel stand da mit weitoffenem Mund. Hanieh kam auf ihn zu und sagte: »Ich habe gesiegt, ich kann mit dir machen, was ich will.« Und ehe er weiß, wie ihm geschieht, löst sie den Bund seiner Hose, umfaßt sein »Täubchen«, das wie eine geschlachtete Taube zappelt, mit den Händen. Sie lehnt an der Steinmauer und beobachtet die wirbelnde Spreu, die im Rhythmus der arbeitenden Hände durch die Luft fliegt, und die sich in den Jutesäcken ansammelnden Gerstenkörner. Onkel Jussef erhob sich vor Morgengrauen, lud den Sack auf den Rücken des Pferdes und ritt zur Mühle in Wadi el Karn, heute Nachal Kesiv. Der Müller, der gerade sein Gesicht mit kaltem Bachwasser wusch, hob den nassen Kopf und schaute den jungen Mann und sein Pferd an, die auf ihn zukamen. *Ya Fatah, ya Alim,* sagte er zu sich, »wo haben die in Fassuta so früh am Tag Weizen her?« Und nachdem er meines Onkels Morgengruß erwidert hatte, wiederholte er die Frage laut. »Allah ist groß«, sagte mein Onkel. Der Müller hielt seine mißtrauische Nase an den Sack und machte ein langes Gesicht. »Besser als die Kerne vom Viehdung«, sagte er, und mein Onkel nickte. Es war ihm, als verstopften Grannen seine Kehle. »Nichts für ungut, ya Jussef«,

sagte der Müller, »wir werden noch geröstete Tauben essen.«
Oben am Weg, der, von der Mühle kommend, sich zwischen Bergfelsen und Bach dahinwindet, auf dem glatten, in der Morgensonne glänzenden Felsen, saß Hanieh. »Guten Morgen, ya Jussef«, echote ihre Stimme zwischen den Schluchten, und Jussef fühlte Ameisen über seine Wirbelsäule krabbeln. Ihr Bruder war gekommen, sie nach Ikrit zurückzuholen, aber jetzt hatte er den Weg verlassen und sich für seine Notdurft einen verborgenen Ort zwischen den Büschen gesucht. Onkel Jussef stand verlegen da und wußte nicht, was er sagen sollte. Hanieh, seine Verlegenheit spürend, suchte in dem Sack auf dem Eselsrücken herum, fand den *Madschrabe* und bat Onkel Jussef, ihr eine Zigarette zu drehen. Schließlich bekam er seine zitternden Finger in die Gewalt, und mit trockenem Mund leckte er am Papier und klebte es; und sie nahm die Zigarette, aber das Papier ging wieder auf, und der Tabak wurde vom Wind verweht wie ihr Gelächter, das an den Fuß des Hanges schallte und sich im Wadi brach. Beide würden einander im Schatten des nahenden Todes viele Jahre später begegnen, und wieder wird er ihr eine Zigarette anbieten, die zerbröselt, und sie wird ihm auf ihre Art, ohne schamhaft die Augen zu senken, sagen, sie hoffe, daß er im Lauf der Jahre bei manch besserer Gelegenheit Steife gehabt habe. Doch jetzt verabschiedet er sich von ihr und geht seines Wegs, während sie lachend sagt: »Vergiß unsere Tauben nicht!« Und Onkel Jussef antwortet ihr mit schwacher Stimme, daß die Tauben wegfliegen, wenn der Hunger im Taubenschlag haust.
Drei Tage aßen sie von dem Brot, und weitere drei Tage konnten sie die Kratzer fühlen, die die Spreu in

der Mundhöhle verursacht hatte. Und manchmal stieg ein bitteres Aufstoßen in die Speiseröhre, und Abuna Djurmanus, ein Zauberkünstler, der die Aufmerksamkeit hungriger Kinder auf andere Dinge lenken will, hält den Majidi zwischen Daumen und Zeigefinger, und mit einem Wurf spaltet er die drei Wassermelonen.

Und im Unterleib Onkel Jussefs flattern Taubenflügel.

Der Erzähler: »Mayflower« 2

Meine beste Freundin, sie strahlt, ihre
Haut ist weich
Ihre Augen sind blauer als der Himmel
über dem Apartment-Haus
Sie nimmt den Kaugummi aus ihrem
Mund, steckt ihn in meinen
Sagt, ich kann ihn für fünf Minuten
haben...
Heute ist Samstag. Die Sonne scheint.
Die Studentinnen im »Mayflower«
Werden in kleinen Gruppen am Abend
kommen
Ihre Jeans sind sauber, und sie haben
ihr Haar gewaschen
Das Shampoo duftet nach Kräutern und
Früchten...
Es bleibt hinter ihnen zurück als
Antwort
Vielleicht als eine Art Glauben.

Bjørg Vik
Variationen über einen Text
von Vallejo, nach Donald Justice

Das Gedicht wurde als Englischübung im Rahmen des Kurses für Schriftsteller im *Internationalen Schreibprogramm* verfaßt.

Iowa City, 3. Oktober

Nach dem Auspacken und Einrichten schienen die Tage fast stehenzubleiben.

Gespräche und Begegnungen und Vorlesungen und Empfänge und Abendessen und Ausflüge zu landwirtschaftlichen Betrieben und Leseabende und Diskussionen und Streitigkeiten und Liebeleien. Und rote

Worte am blauen Himmel über den Baumwipfeln und zur späten Stunde Worte von Vergessen und Erinnern über Gläsern voll Wein in den Bars. Morgenspaziergänge am rechten Flußufer. Weiße Häuser in Septembersonne gehüllt, die über den Bäumen hängt. Mittagessen in Bushnell's Turtle, die Karaffe Weißwein hinterläßt einen feuchten Ring auf dem Holztisch.
»Falls du es nicht wußtest«, sagt Bjørg, »das College Block Building, das 1883 gebaut wurde, ist ein ausgezeichnetes Beispiel viktorianischer Architektur des späten neunzehnten Jahrhunderts. Die Fassade des Gebäudes zeigt eine interessante Auswahl an reich ornamentiertem gepreßtem Zinn und schweres Ziegelgesims. Nach mehreren Umzügen ist Bushnell's Turtle seit August 1978 im College Block Building gelandet.« »Und wer ist dieser Bushnell?« fragte ich.
»Nun«, liest Bjørg weiter aus der Speisekarte, »David Bushnell, Absolvent der Yale-Universität, erfand das ›Schildkröte‹ genannte Unterseeboot, das zur Zeit der amerikanischen Revolution eingesetzt wurde. In der Nacht des sechsten September 1876 schlüpfte die Schildkröte unter das britische Kriegsschiff ›Eagle‹, das im Hafen von Boston vor Anker lag, um eine Ladung Sprengstoff an seinem Rumpf anzubringen. Wenn die Ladung dort auch nicht angebracht wurde, so explodierte sie schließlich doch und rief eine Panik unter der Mannschaft hervor, die zum Rückzug des Schiffes aus dem Hafen führte.«
»Und weshalb erzählst du mir die ganze Geschichte?« frage ich.
»Vielleicht täusche ich mich, ich habe natürlich auch keinerlei Beweis dafür. Und vielleicht wäre es, wie der französische Weise sagt, richtiger, daß ein jeder seinen Garten bestellt, und später könnten wir im sonnendurchfluteten Raum unseren von Thousand Is-

lands tropfenden Salat kauen und grämlich den kühlen weißen ›Paul Mason‹ trinken. Und es mag ja sein, daß meine nordische Paranoia die Sinne täuscht, aber noch immer sehe ich in den Augen der Menschen, was in ihrer Seele vorgeht...« An dieser Stelle brach Bjørg in schallendes Gelächter aus. Die Köpfe drehten sich nach uns um. Als sie sich wieder beruhigt hatte, sagte sie: »Im Ernst, ich glaube, daß dein hebräischer Freund etwas plant. Vielleicht nicht gerade ein Sprengstoffattentat, aber irgend etwas.«

Und ich erzähle ihr von dem Roman, an dem Bar-On schreibt.

»Das heißt, ich habe die Ehre, mit jemandem zu essen, der sich gerade in eine Romanfigur verwandelt. Bevor du dich ganz und gar verflüchtigt hast, laß uns noch eine Karaffe Wein bestellen.«

Nach zwei Wochen löste sich die Gesellschaft in kleine Gruppen auf, nach den alten Gesetzen gegenseitiger Zuneigung und gegensätzlicher Interessen. Liam, der sich als exzellenter Koch entpuppte, verbrachte die meiste Zeit in Bjørgs Küche. Zwischen den Mahlzeiten arbeitete er am Manuskript seines dritten Romans, den er einige Wochen später verwerfen würde, um ihn, nach London heimgekehrt, Wort für Wort zu rekonstruieren. Die chinesischen Autoren, von denen die meisten trübe Tage in den grauen Gefängnissen der Kulturrevolution verbracht hatten, umgaben die Gesellschaft mit einer Aura von Würde wie mit einer alten Mauer. Jehoschua Bar-On, mit aufgeschlagenem Notizblock und skizzierender Hand, versank tiefer in dumpfe Depression und Niedergeschlagenheit. Die meiste Zeit zog er sich in sein Zimmer zurück mit der Weigerung, sein Leiden mit anderen zu teilen. Es gingen Gerüchte um, seine Frau

hätte das Haus verlassen. Mehrmals versuchte ich die Mauer zu durchdringen, die er um sich errichtet hatte, wurde aber stets mit einer Höflichkeit abgewiesen, hinter der sich ein wenig Feindseligkeit verbarg. Eines Tages gestand mir Amira, er habe sie angerufen und, sich in Entschuldigungen windend, gebeten, sie möge ihm doch etwas über unsere Beziehung erzählen – unter dem Vorwand, das sei von Nutzen für seine Arbeit. Mit dem Einfallsreichtum der orientalischen Phantastin erzählte Amira ihm vom Dornbusch, der im Feuer unserer Liebe brenne und uns verzehre, und daß wir uns auf ein Zusammenleben in Paris vorbereiteten. »Und was ist mit der Ehefrau in Jerusalem?« wollte er wissen. Und sie sagte: »Aus den Augen, aus dem Sinn.«
Amira hatte ihr eigenes Geheimnis, einen verheirateten Photographen griechischen Ursprungs, in Alexandria geboren, mit dem sie, ehe sie nach Iowa City gekommen war, einen Monat lang jeden Tag auf dem Père Lachaise verbracht hatte. Nachts gingen wir in den Straßen spazieren und riefen seinen Namen, »Dhimos, Dhimos«, vielleicht würde er uns hören, uns erlösen, uns gnädig sein und uns die Sünde verzeihen, die wir aus großer Liebe begangen hatten. Als ineinander verstricktes Liebespaar trugen wir das Joch aussichtsloser, verlorener Liebe. In den frühen Morgenstunden, nach der letzten Runde in der Bar, heiser vom »Dhimos«-Schreien und vom gemeinsamen Schicksal, das uns mit Stricken einer einzigartigen Freundschaft verband, kamen wir zu dem unvermeidlichen Schluß, daß es besser sei, Schlomith und Dhimos miteinander bekanntzumachen, sie zusammen auf eine einsame Insel am Ende der Welt zu schicken. Zwischen den einzelnen Gläsern und Seufzern saßen wir und kritzelten zusammen die erste

Fassung des »Père Lachaise«. Aber wir bedachten nicht, daß Jehoschua Bar-On uns in diesen gesegneten Schaffensstunden entgleiten und daß ihn die muffig-dunkle Eifersucht in der Einsamkeit seines Zimmers umgarnen und beherrschen würde. Wären wir nicht in der Überheblichkeit junger Liebender befangen gewesen, wir hätten rechtzeitig den verstörten Ausdruck seiner Augen, das Zittern seiner Hände, die Flecken der Einsamkeit auf seiner trockenen Haut wahrgenommen.

Die Beziehung zwischen Bar-On und dem Palästinenser, die sich anfangs in gegenseitiger Reserve, dann in lautstarken Diskussionen äußerte, erweckte mein zunehmendes Erstaunen bis zu jener überraschenden Wende in der letzten Septemberwoche auf dem Oberdeck einer der John-Deere-Gesellschaft gehörenden Jacht. Die Gesellschaft hatte die Autoren zu einer Woche auf dem Schiff eingeladen. Liam und ich saßen an der Reling und sahen, wie die Wellen des Mississippi von der Berührung mit dem Bug aufgerissen wurden. Wir sprachen über Willa Cather, die wir beide liebten, und über John Deere, der uns das Gehirn auf ausgeklügelte Mark Twainsche Weise wusch. Amira kam und flüsterte mir ins Ohr, ich solle mich auf eine Überraschung gefaßt machen, die sich gerade von der Wendeltreppe her nähere. Und da kamen sie: Bar-On und Paco Arm in Arm aus dem Rumpf des Schiffes. Der eine paffte seine Pfeife, der andere schickte sein befreiendes Gelächter aufs offene Wasser hinaus. Einen Augenblick lang traute ich meinen Augen nicht, und Liam beeilte sich zu sagen: »Davon müßte man ein Poster machen und der IRA schicken.« Als Bar-On uns sah, zog er mit glückstrahlendem Gesicht seinen Begleiter zu uns hinüber und neckte mich mit beschwipster Stimme: »Mein Lieber, von heute an bist du vor meinem offenen Notizbuch sicher, ich habe einen neuen Helden gefunden!« Liam, amüsiert von dieser Schicksalswende, fragte besorgt: »Aber was hat er Ihnen getan?« – womit er mich meinte. »Das ist es ja«, sagte Bar-On, »da liegt ja der Hund begraben, er hat mir nichts getan. Sein Landsmann hier spricht mehr zu meinem Herzen als er. Er zwingt mich, zu reagieren, Stellung zu nehmen. Nicht zu vergessen, daß er noch immer ein reiner Palästinenser ist, dessen Stärke Einfachheit und Klarheit sind, ohne die Beigabe von Zynismus.« »Ich glaube, daß Sie es sich sehr einfach machen«, sagte Liam, »daß Sie nicht den Mut haben, sich mit etwas Komplexem auseinanderzusetzen. Sie bevorzugen das einfache klare Feindbild.«

»Vielleicht haben Sie recht«, antwortete ihm Bar-On, »aber mein voriger Held würde sich nicht als mein Feind definieren, jedenfalls nicht im üblichen Sinn des Wortes. Und das macht es mir schwer. Andererseits fühle ich mich den Problemen dieses Palästinensers näher, ich hoffe, daß ich mich da nicht täusche. Mein Herz sagt mir jedenfalls, daß ich gerade ihn mit Erfolg für mein Buch verwerten kann.« Die ganze Zeit über schüttelte sich Paco vor Lachen. »Mabruk«, gratulierte ich ihm auf arabisch. »Mach dir keine Sorgen«, neckte er mich, »auch du kommst noch an die Reihe, der Teufel hat lange Beine.« Später, der Chinese Xiao Jun, der einst Kanonier war, stand gerade mit gespreizten Beinen und auf seinen geschnitzten Stock gelehnt auf Deck und sang eine Arie aus einer chinesischen Oper, während die amerikanische Flagge über seinem Kopf wehte, und seine Stimme das Wasser des Mississippi wie ein Ruder durchschnitt, später schien mir alles völlig natürlich. Im Autobus, der uns zu später Stunde ins »Mayflower«

zurückbrachte, konnte ich, übervoll vom Gesehenen, von den Speisen und vom Wein, nicht einschlafen. Mein Hin und Her auf dem Sitz weckte schließlich Amira, die neben mir saß. »Wie fühlst du dich?« fragte sie, und als ich zögerte, »Verraten?« »Anscheinend«, sagte ich. Denn nun bin ich, wie Bar-On sagt, vom Notizbuch befreit und bin in der Lage, den Rest meines Aufenthalts hier nach Belieben zu verbringen und zu tun, was ich will, ohne die über meinem Haupt schwebende Angst, daß meine Taten in einem Buch verewigt und, losgelöst von mir, im straffen Stile Bar-Ons und zu meiner ewigen Schande weiterbestehen werden. Aber irgend etwas dämpfte meine Freude an dieser Befreiung. Statt mich zu freuen, fühlte ich mich betrübt. Genauer gesagt, betrogen. »Ja, betrogen, du hast recht«, sage ich zu Amira. »Sagte die Brücke, nachdem sie überquert worden war«, fügt sie hinzu.
Und gerade als ich mich an die neue Situation zu gewöhnen begann, als die Beziehung zwischen Bar-On und Paco den Charakter einer festen Freundschaft annahm und die uneingeschränkte Aufmerksamkeit der Gruppe auf sich zog, als Paco begann, Bar-On bei seinem Kosenamen »Josch« zu nennen (was ich niemals gewagt hätte), gerade in diesem Augenblick ging der Altweibersommer zu Ende, und die Wehmut des Herbstes breitete sich aus. Aber greifen wir nicht voraus.
Es begannen die Diebstähle. Zunächst verschwand die hebräische Schreibmaschine von meinem Tisch. Ich unterrichtete Mary davon, die die Studenten verdächtigte. Ich sagte: »Aber wer braucht eine hebräische Schreibmaschine?« »Vielleicht hat einer der Autoren sie entwendet«, sagte sie, »aus Eifersucht. Oder weil ihn das Tippen gestört hat.« Dann verschwanden Papiere und Aufzeichnungen, darunter der erste Ent-

wurf zu »Père Lachaise«. Amira verdächtigte Bar-On, ich verdächtigte Paco, aber wir hatten keine Beweise. Einige Tage später fand ich in meinem Briefkasten einen Umschlag mit allem, was verschwunden war, und Liam fand die hebräische Schreibmaschine in einer der Waschmaschinen.

Am ersten Oktober befanden wir uns wieder einmal auf dem Weg zum Haus auf dem Hügel. Es gab einen Empfang zu Ehren der chinesischen Revolution. Herbstmüdigkeit war selbst in die Glieder der Eichhörnchen gefahren, und rotes Laub lag auf dem Weg und raschelte leise unter unseren Füßen im einsetzenden Nieselregen. Liam beschleunigte seine Schritte. Er trug einen prächtigen Anzug mit nachlässig um den Hals gebundener roter Krawatte und in der Hand einen Strauß Blumen. Bjørg, ebenfalls mit Blumen, meint lachend, daß der Blätterfall wahrlich ansteckend sei. Große Versöhnung liegt in der Luft, hängt zwischen den Zweigen, die im Nieselregen allmählich ihr Gewand abwerfen. Amira, so sagt sie, sehnt sich nach dem Meer, nach Sand und Sonne und fürchtet, nicht die Kraft zu haben, die melancholische Schönheit des Blätterfalls zu ertragen. Paco sagt, daß er seit seiner Kindheit keinen solch berauschenden Duft erlebt habe, wo er herkomme, sei der Duft feuchter Erde verborgen unter den Gerüchen von Schießpulver und verbrannten Reifen. Bar-On hinter uns zieht sein Notizbuch und schreibt. Als er meinen Blick wahrnimmt, kommt er zu mir und sagt, daß auch aus seinem Zimmer einige Dinge verschwunden seien, er es jedoch nicht nötig gefunden habe, jemandem davon zu erzählen. Ich beruhige ihn und sage, daß es mir nicht eingefallen sei, ihn zu verdächtigen. Schließlich seien wir immer noch Freunde. Herzlich legt er seinen Arm um meine Schulter. Sein Gesicht strahlt, und er sagt, er denke oft an jenen Tag an Deck und was er gedacht und gesagt habe, die Dinge ließen ihm keine Ruhe, auch wenn sie im Guten und unter Einfluß von Alkohol gesagt worden seien. Vermutlich hätten sie an etwas sehr Wesentliches in der Tiefe seiner Seele gerührt, worüber er sich mit sich selber auseinandersetzen müsse. Und ich gestehe ihm, daß auch in mir infolge des Vorfalls einige traurige Gedanken aufgekommen seien, aber jeder von uns müsse sich augenscheinlich allein mit ihnen auseinandersetzen. Bar-On, wenn wir ihn nach seinen besten Schriften beurteilen, mag zu feinfühlig gewesen sein, mir zu sagen, daß er kein Wort von dem glaubte, was ich gesagt hatte, und er mochte bereits gewußt haben, daß der Bruch zwischen uns sich bis zur Ausweglosigkeit und Unüberbrückbarkeit vertieft hatte. Amira, die in einiger Entfernung hinter uns gegangen war, rutschte auf dem glitschigen Grund aus, und ein leiser Schrei entschlüpfte ihrem Mund. Ich befreite mich aus Bar-Ons Umarmung, die jetzt lau und überflüssig war, und ging zurück, um ihr die Hand zu reichen. Bar-On wandte sich um und wollte wissen, ob alles in Ordnung sei, und als er hörte, daß Amira nichts passiert war, eilte er den Weg hinauf und schloß sich den anderen an. Ich half Amira, den auf dem feuchten Asphalt verstreuten Inhalt ihrer Handtasche einzusammeln, und Arm in Arm kletterten wir den Berg zum Holzhaus der Engels hinauf, das in einen Nebelschleier gehüllt war.

Die von Bjørg und Liam überreichten Blumen entlockten den Engels Freudenrufe. Die chinesischen Schriftsteller dagegen nahmen ihre Blumen mit reservierter Höflichkeit und mit ein wenig Mißtrauen in Empfang, man merkte ihnen an, daß sie von der Geste überrascht waren, die die Mauer der Isolation sprengte, die sie bis jetzt umgeben hatte. Xiao Jun, mit dem Mut des ehemaligen Kanoniers, ließ eine Salve von Begrüßungsworten in holprigem Englisch auf die Anwesenden los und erntete Beifall und Entzückensrufe.

Die Abende bei den Engels hatten eine ganz besondere Atmosphäre. Sie begannen mit dem Seufzer des Holzes unter den Füßen der Ankommenden, dem Geruch der Teppiche auf der Treppe zum oberen Stockwerk, dem Schlag der chinesischen Glocken, sobald sich die Tür schloß, später dem Geruch der Speisen aus der Küche. Und während man mit den anderen die Stufen hinaufgeht, hört man bereits deutlich die dröhnende, alle anderen übertönende Stimme von Paul, einem John Wayne vollkommener Gastlichkeit, immer bereit, eine mit dem Humor des Mittelwestens gewürzte Bemerkung aus dem Ärmel zu schütteln und als erster mit einem Gelächter zu beantworten, das eine Mischung aus altem Whiskey und saftigem Steak ist. Wenn man müde wird, die Gesichter der Gäste zu betrachten, kann man die Augen über die großartigen Masken an den Wänden wandern lassen.

Draußen auf dem Balkon, der den riesigen Raum umgibt, fühlt man die Herbstkühle schon in der Luft, die höflich auf das Verschwinden des noch in den Baumkronen verweilenden Altweibersommers wartet. Eine Holzbank steht dort, auf der ich mit Amira sitze, und schweigend blicken wir in die Landschaft, ausgebreitet vor uns wie der antike chinesische Fächer in den Händen der Tänzerin, die jetzt mit präzisen Gesten und erstarrtem Lächeln zu tanzen beginnt. Unter den Zuschauern, die vor einem Monat noch einander fremd und unbekannt waren, herrscht jetzt ein anderer Geist. Liebesverbindungen, geknüpfte Freund-

schaften und ausgebrochene Streitigkeiten. Spätes Zwielicht, in Nieselregen gehüllt, zeigt sich am westlichen Horizont, wobei die Herbstfarben im Nebel zerfließen.
Die Tänzerin beendet ihren Tanz, die Bewegungen ziehen sich zurück in ihre Glieder wie Miniatursäbel in ein mit rotem Samt gepolstertes Kästchen. Der noch ausgebreitete Fächer wird mit sanft liebkosender Bewegung auf den mit Perlmutter eingelegten Teetisch gelegt, Applaus erfüllt das Zimmer, zurückhaltend, damit sich die Erinnerung an den Tanz nicht sofort auflöst.
Tabletts mit Erfrischungen werden gereicht, Gläser gefüllt, die Gespräche gehen weiter. Obwohl mehr als ein Monat vergangen ist, beharrt Ed darauf, mich Paco zu nennen, und ich erkläre, ihn von heute an nicht mehr auf seinen Irrtum aufmerksam zu machen. Henk fragt mich, ob ich immer noch gegen eine Diskussion über die israelisch-arabische Schizophrenie sei oder ob wir sie nicht vielleicht doch führen sollten. Ich schlage vor, Bar-On als Beobachter hinzuzuziehen, worauf Ed es zum Wohle aller für besser hält, sich zurückzuhalten, wie ich das den ganzen Monat über getan hätte. »Ich habe gedacht, du würdest das nicht bemerken«, sage ich. »Ich kenne deinen Namen«, sagt Ed, »und ich kenne den Namen des Spiels, weshalb ich dich weiter bei Pacos Namen rufe – mein bescheidener Beitrag zu der Tarnung, die du anwendest.« Henk bedauert, nicht gewußt zu haben, daß die Dinge so weit gediehen waren, und bittet, die Bemerkung über die Schizophrenie vom Protokoll zu streichen. Die Dinge seien komplizierter, als er gedacht habe. Aus der Ferne sehe ich Amiras Profil. Vergeblich versucht sie, die Langeweile in dem Kreis, in den sie geraten ist, zu verbergen. Dhimos, sage ich

bei mir. Dhimos heißt das Spiel. »Wenn du mir eine weitere Bemerkung zum anstehenden Thema erlaubst«, wendet sich Henk an mich, »ich glaube, Amira ist dein Alibi.« »Du weißt gar nicht, wie recht du hast, mein lieber fliegender Holländer«, sage ich. »Ich hoffe«, sagt Ed, »daß keine Frau für irgendeinen Seemann sterben muß.« Liam nähert sich der Gruppe, seine Krawatte noch schiefer, das Jackett über dem Arm. »Deine zwei Freunde«, sagt er zu mir und meint Bar-On und Paco, »sind total verrückt geworden.« »Erzähl's ihm, erzähl's ihm«, drängt Henk. »Was ist passiert?« will ich von Liam wissen. Seiner Ansicht nach sei die zur Schau gestellte Idylle nichts als Tarnung und die große Auseinandersetzung nur eine Frage der Zeit. Er geht nicht näher darauf ein, macht jedoch eine wegwerfende Handbewegung. »Deswegen bin ich aus Irland geflohen«, sagt er, »laßt uns was trinken.«

Dramatische Aufschläge auf dem Fußboden. Xiao Jun schwingt den Stock, Stille breitet sich aus. In seiner Hand hält er eine große Handtasche, Hualing übersetzt seine Rede. Er sei gerade von einer kurzen Reise an die Ostküste zurückgekehrt, habe aber Zeit gefunden, allen Geschenke mitzubringen. Solche Geschenke seien für so respektable Schriftsteller, wie wir es sind, unwürdig, aber er hoffe, die Symbolik siege über die Trivialität. Nicht nur das, es handle sich seiner Meinung nach um passende Andenken an die hier gemeinsam verbrachte Zeit, eine Zeit, die in uns wahrscheinlich einen guten und reinen Eindruck hinterlassen habe, wenn sie auch begrenzt und vorübergehend sei wie die Schönheit des Blätterfalls auf dem Hügel. Er leert den Inhalt der Tasche auf den mit Perlmutter eingelegten Teetisch, wo zuvor der Fächer gelegen hat. Winzige Seifenstücke aus Hotels, in allen

Formen, Gerüchen und Farben rollen auf den Tisch.
Als sich das fröhliche Gelächter gelegt hat, bittet Paul ums Wort: »Es ist schwer, es mit einem Kanonier aufzunehmen«, sagt er, »und noch schwerer, mit der reinen Schönheit der Seife, einer fast urtümlichen Schönheit, und am allerschwersten ist es, poetische Seifenblasen zu schenken. Trotzdem erlaube ich mir, Ihnen heute abend den Gedichtband zu überreichen, den ich auf meiner letzten Chinareise mit Hualing verfaßt habe.«
Ich blättere in den »Bildern aus China«:

Der Hahn. Er ist die universelle Männlichkeit
vom blutroten Kamm bis zum prahlerischen Schwanz
... er schreit, reitet auf ihnen, beißt sie in den Nacken
ich übergebe ihn euch, unseren teuren Freund, den Sex-Hahn.

Als ich morgens hinunterkam, fand ich in der Küche Großmutter und Jack, wie sie einen Korb Reisig verpackten. »Und jetzt, Jack«, sagte Großmutter, »wenn du den alten Hahn mit dem harten Kamm finden könntest, hau ihm den Kopf ab, und wir nehmen ihn mit. Ich verstehe nicht, weshalb Frau Schimerda im vergangenen Herbst nicht ein paar Hühner von ihrer Nachbarin bekommen konnte.«

Amira und ich saßen auf dem Balkon, auf der Holzbank. Schweigend starrten wir in die Dunkelheit. Plötzlich umflutete uns das Licht der Laterne. Wir blickten ins Innere des Zimmers, wo Paco jetzt versucht, sein Gesicht hinter einer Maske zu verbergen, die er von der Wand genommen hat. Mit dem Finger macht er uns Zeichen, löscht dann das Licht und

überläßt uns wieder der Dunkelheit. »Das war nicht sehr originell«, sagt Amira. »Oder er ist klüger, als wir denken«, sage ich.
Später, als wir den Hügel hinabgehen, bleibt Liam auf dem Weg stehen und verkündet, er werde sich der Zeremonie einer chinesischen Taufe unterziehen. Er zieht das Hemd aus, entfernt das Papier von der Seife, die er geschenkt bekommen hat, und beginnt seinen Oberkörper unter den ermunternden Zurufen der Gruppe einzuseifen. Bjørg sagt, allein diese Szene wäre es wert, daß sie zum Treffen gekommen sei: Dort steht Liam, mitten im Nieselregen, auf einem mit rotem Laub gepolsterten Pfad, weit weg von Irland, und wäscht sich. Oben auf dem Hügel, im oberen Stockwerk des Holzhauses, das jetzt im Nebel schwimmt, werden Liams Gesten als Transkription eines antiken chinesischen Tanzes bleiben. Wenn wir längst abgefahren sein werden und jeder von uns in seinen samtgepolsterten Kasten zurückgekehrt sein wird, werden seine Bewegungen weiter in der klaren Luft zwischen den Zweigen des Feldahorns kreisen, winzige, tödlich gezogene Schwerter gegen das Vergessen.
Henk klatscht Beifall und lädt die Gesellschaft auf ein letztes Glas in sein Zimmer ein.
Wir zwängen uns in den Fahrstuhl und werden gegen drei mit Liam befreundete Studentinnen gedrängt. Verlegen deuten sie auf ihr feuchtes Haar, das sie gerade bei einer Freundin im ersten Stock gewaschen hätten, und der Geruch nach Shampoo breitet sich über uns wie ein Schleier. Liam holt ein paar von den winzigen Seifenstücken aus der Tasche, überreicht sie als Geschenke und lädt die Mädchen zur Party ein. Freudig stimmen sie zu. Beim Verlassen des Fahrstuhls bemerken wir eine nackte Gestalt, die durch

den Notausgang zu flüchten versucht. Ein dicklicher, puertoricanischer Student, dem ein Zimmerkamerad einen grausamen Streich gespielt hat. Er setzt sich auf den einzigen Sessel, und jemand gibt ihm ein Glas Wein in die Hand. Man versucht ihn zu beruhigen und zu trösten, aber schweigend hüllt er sich in seine Nacktheit. Eine der Studentinnen bedeckt ihn mit ihren Kleidern, steigt auf den Tisch und stimmt ein altes irisches Volkslied an. Der elfenbeinfarbene Flaum ihrer mädchenhaften Scham befindet sich wunderbar genau in der Mitte des kleinen Raums.
Am Morgen stampft eine Herde weißer Porzellanelefanten über den Mahagonitisch des Gouverneurs des Staates Iowa im Regierungsgebäude der Hauptstadt Des Moines. Paco behauptet, daß ihn der prächtige Bau an arabische Architektur erinnere. Ich versuche ihn zu überzeugen, daß wir Araber nicht bis in den Mittleren Westen gelangt sind. Amira sagt, daß die Eintönigkeit der endlosen Maisfelder genau den richtigen Rhythmus ins Blut bringe, einen quasi arabischen Rhythmus. Sie wäre wahrhaftig nicht überrascht, wenn eine Kamelkarawane die Wüste der amerikanischen Kornkammer durchzöge. Nachdem der Gouverneur die Fragen der Störenfriede aus der Dritten Welt beantwortet hat, schlüpft Amira aus ihrem linken Schuh, um seinen Namen vor den Absatz auf die Sohle zu schreiben, nach antikem griechischem Brauch, von dem ihr Dhimos erzählt habe. Ehe die Schrift verschwunden sei, sagt sie, werde der Gouverneur um ihre Hand angehalten haben.
Später sitze ich im Innenhof des Museums von Des Moines am Rand des Wasserbassins neben einer aus dem Wasser aufsteigenden Pegasusskulptur. Schläfrig sehe ich durchs Fenster Nena, die Autorin aus Finnland, eine Plastik von Giacometti betrachten. Am

Ende des Abends, nach festlichem Abendessen im Hause einer in Des Moines ansässigen Familie, könnte es Nena sein, die mir im Hausflur gegenüberstünde, nicht weniger erregt als ich, und mich an sich zöge und spontan, aus der Macht jener quasi-giacomettischen plötzlichen Liebe, die blitzartig, wie Liebe es kann, zwei einander völlig Fremde besiegt. Und auf ihrem Bett, im gedämpften Schein der Eingangslampe, würde ich sie entkleiden. Vorsichtig zöge ich ihren Kopf durch das Nachthemd, das eng um ihren Hals liegt wie bei einer Taufzeremonie, noch ehe der Priester mit dem heiligen Öl die Stelle salbt, wo sich die Sinne des Säuglings konzentrieren. Ich werde meine Hände in die Ärmel stecken und erst eine, dann ihre andere Hand herausziehen, und ihre im Raum ausgestellte Nacktheit wird sich in das Nachthemd zurückziehen und ihren Schlaf einhüllen. Und ich werde zu meiner Einsamkeit erwachen, verlassen in einem fremden Raum, eine einzige Sehnsucht nach Schlomith.

Heute morgen ging ich hinunter, um zu sehen, ob ich Post bekommen hätte.
Neben dem Fahrstuhl stieß ich auf Mary. »Was gibt es Neues im achten Stock?« fragte sie mit warmer, besorgter Stimme, und ich starrte sie an und versuchte, eine Antwort zu finden, bevor die Fahrstuhltür sich trennend zwischen uns schob. »Sie müssen morgen mit uns fahren«, beeilte sie sich hinzuzufügen. »Ein gewisser Michael Abyad möchte Sie bei den Marjalims treffen.« Die Tür schloß sich, und ich stand da, den Brief Schlomiths in Händen. *Ein großes Unglück. Alle Deine Briefe sind aus meiner Tasche gestohlen worden. Ich vermute, daß J. seine Hand im Spiel hat. Lebewohl, mein strenggehütetes Geheim-*

nis. Ich glaube, es ist an der Zeit, für immer Lebewohl zu sagen. Oder sollen wir kämpfen? Immer Deine Schlomith.

Im Schweigen der North Dubuque Street gleiten die Autos vorbei. Jenseits des Doppelfensters, im Ahornlaub, die rote Stille des Altweibersommers. Sie breitet sich im Stadtpark aus, gleitet über das Wasser des Flusses und sinkt mit dem welkenden Laub. Hier und da am hellblauen Himmel feine ziehende Wölkchen, ein roter Luftballon schwebt lautlos im Westwind. Einen Augenblick lang wirft der Fluß, der sich hinter den Bäumen entlangwindet, sein Spiegelbild zurück: Tausende roter Splitter. Hinter dem Nordflügel des »Mayflower« verschwinden die Autos, im Fenster gegenüber, jenseits des Hofs, ordnet eine Studentin mit um den Kopf gewundenem Handtuch mit langsamen, zeitlosen Bewegungen ihr Bett, wirft einen grellbunten Quilt darüber und reibt ihren Hintern am Tisch. Michael Abyad? Keine Ahnung, wer das ist.

Die Erzählung – noch zwei Kapitel

Der Schuster ist barfuß und der Weber nackt.

Dörfliches Sprichwort

Achtes Kapitel

Man stelle sich vor, ein englischer Soldat fällt vom Dach oberhalb des dritten Stockwerks in den Innenhof unseres Hauses und landet dort mit einem Aufschlag in der Pfütze vom ersten Dezemberregen; das Wasser bespritzt die Gasmaske des Kindes, das neben der Wasserlache spielt und trübt seine Sicht. Aber zuerst stelle man sich den Schuß vor, einen von Hunderten, die im Morgengrauen einsetzten und deren Linien sich am Himmel über Haifa im Krieg zwischen Juden und Arabern kreuzten; man stelle sich diese eine Kugel vor, die den Soldaten trifft, der auf dem Dach Ausschau hält. Er fällt, während hinter ihm der spitze Turm der Sankt-Johannes-Kirche sich im heller werdenden Himmel abzuzeichnen beginnt. Ein siebenjähriger Junge steht wie erstarrt auf seinem Platz; der Aufprall hat ihn erwischt, als er das Nachbarmädchen mit der Gasmaske erschrecken wollte, die er für einen Groschen von einem Händler gekauft hat, der mehr als zwei Jahre nach dem Zweiten Weltkrieg noch immer Militärzubehör der englischen Armee verhökert. Man stelle sich nun diese langandauernde Sekunde zwischen dem Aufprall und dem Schrei vor, die Stille, die sich über den Hof breitet und die Leiche einhüllt und dann urplötzlich durch einen Schrei emporgehoben wird, ein zusammenfallendes Zirkuszelt, dessen Mastbaum in der Mitte das Kind verzweifelt durch den Stock in seiner Hand ersetzen will. Dann wieder die Stille, die den reglosen Körper umgibt.

Im Sommer 1947 war mein Vater nach Haifa gekommen. Das in der Luft liegende Schießpulver hatte er nicht gerochen. Das Ende des britischen Mandats zeichnete sich am Horizont ab und damit die Hoffnung auf ein ruhiges Leben im Dorf. Ähnlich einer Öllampe, die vor dem Erlöschen noch einmal aufflakkert, erblühte das Leben im Dorf ein zweites Mal. Das Dorf wurde Zwischenstation des Schmuggels mit dem Libanon. Zu Vaters Gunsten muß gesagt werden, daß er es, obgleich nie ein gerissener Geschäftsmann, verstand, auf dem dünnen Seil zwischen Reichtum und Armut zu balancieren, zwischen Ruhe und Gefahr, und daß er in Krisenzeiten sein leckes, zerbrechliches Schiff erfolgreich in den sicheren Hafen manövrierte. Zu seinen Gunsten sei weiterhin gesagt, daß er niemals versucht war, obwohl reicher Lohn winkte, an den Schmuggelabenteuern meines Onkels teilzunehmen, der Arrak, Tabak und andere Rauschgifte aus dem Norden in den Süden und zurück brachte. Und jetzt, da ich auf jene Jahre und die beiden Männer zurückblicke, von denen der eine Landarbeiter war und die beiden Bände des volkstümlichen Epos aus dem Stamme Hlal auswendig kannte – den Band »Geschichte« und den Band »Wanderung« – und der eigentlich Volksdichter wie Onkel Michail hatte sein wollen und diesen in inspirierten Augenblicken überflügelt hätte, und von denen der andere ein ordentlicher Handwerker war, dessen Hände, wie mein Onkel Jussef sagte, jedem Paar Schuhe noch seine Brauchbarkeit garantierte, wenn ihr Eigentümer auch längst das Zeitliche gesegnet hatte, und der niemals etwas ohne vorausgehende Planung und Berechnung tat, wenngleich er trotz aller Bemühungen nie über das Mittelmäßige hinauskam, und dessen Lebenswerk um zwei Pole kreiste, um Kopf und Füße – wenn ich also auf jene Jahre zurückblicke, dann weiß ich, daß der wahre Mann der Erde mein Vater war und daß mein Onkel ein Gefangener des Zaubers war, des Luft-, Feuer- und Wasserzaubers der Welt, jener wundersamen Mischung des aus dem Schoß der Religion entliehenen inbrünstigen Glaubens an die Jungfrau Maria und den über den Wassern schwebenden Heiligen Geist.

Gerade als sich das Ende des britischen Mandats und die Hoffnung auf dörfliche Ruhe am Horizont abzeichneten, hob mein Vater alle seine Ersparnisse, einhundert palästinensische Pfund, ab und investierte sie in die Miete für das Haus in der Sankt-Johannes-Straße in Haifa, im Herzen jenes Viertels, das einige Wochen später zum Schauplatz der Kämpfe um die Herrschaft in der gemischten Stadt werden sollte. Es war der Traum des Dorfschusters gewesen, einen Schusterladen in Haifa zu besitzen. Die Verwirklichung hatte, wie das Träume an sich haben, auf sich warten lassen wie ein Ehrengast bei der Dorfhochzeit. Er erscheint, wenn die Gastgeber die übrigen Gäste bereits nötigen, ein zweites und drittes Mal von dem Festessen zu nehmen, das die Hausfrauen, Nachbarinnen und Frauen entfernter Verwandter die Nacht über zubereitet hatten. Es erscheint der berühmte Gast, stolziert lässig auf den Ehrenplatz zu und wartet im Bewußtsein seiner Würde auf den Spieß mit saftiger Kalbsleber oder das Stück vom Zicklein, in der Milch seiner Mutter gekocht, doch die Töpfe sind leer und ausgekratzt, das Herdfeuer ist erloschen. Onkel Jussef wollte Vater einreden, daß seine Zukunft in der Hand einer *Afrit* läge, einer Art Djinni, launisch und leichtfertig, und man ja nicht wußte, was der nächste Tag brächte, da das Land in seinen Grundfesten erschüttert sei, aber ein Scharfäugiger könne in der Luft die sprühenden Funken der *Mashhara*, des Holzkohlenofens, sehen, die nichts anderes verkündeten, als daß das Feuer die mit Erde bedeckten kegelförmig angeordneten Holzscheite verbrenne. Was hieß, dieser Ofen brachte nichts anderes als Asche hervor. Dies waren die Bilder Onkel Jussefs, und Vater, der die zu nichts führenden gewundenen Arabesken nicht liebte, antwortete ihm mit einem Sprichwort: »Jeder Mensch hat seine Leila.« Da richtete sich Onkel Jussef zu seiner vollen Größe auf und sagte: »Fahr du voraus und sieh dich um, dann laß die Familie nachkommen.« Das zustimmende Kopfnicken meiner Mutter ließ meinem Vater keine Wahl. Doch auch der Onkel konnte nicht wissen, daß mein Vater sein Geld im Staat Israel anlegen und verlieren würde.

Dann kam der Herbst und mit ihm der Kugelhagel.

Es waren bereits Maschinen im Keller des Hauses und ein Haufen Leisten, ein Geselle zum Nähen hatte sich gefunden, und die ersten Kunden kamen, um Preise und Arbeit zu prüfen, aber auch neugierige Nachbarn, die ihre Verwunderung über das Wagnis ausdrückten und Öl auf das Feuer von Vaters Hartnäckigkeit gossen. Dann begannen die Funken zu sprühen, die mein Onkel vorausgesehen hatte, und durchlöcherten das Traumgewebe. Und sieh da, eines trüben Tages bricht alles mit einem dumpfen Aufprall zusammen, und mein Vater steht neben der Leiche, den Hammer noch in der Hand, und denkt, daß das nicht sein Traum gewesen ist.

Der Soldat lag mit offenen Augen auf dem Rücken, Augen, die meinen Vater viele Jahre verfolgen sollten. Eine Hand lag über dem Kopf, die andere schützte die Brust wie in einer verspäteten Umarmung. Aus dem Mundwinkel sickerte Blut und färbte die trübe Pfütze mit dem Karmesin alter Paläste, glühender Herzen, samtener Sessel und dem Nachmittagstee eines fernen Landes. Jubran, der Junge mit der Maske, näherte sich meinem Vater und nahm die Maske nicht vom Gesicht, eine letzte Verteidigungslinie zwischen sich und dem toten Soldaten, und das Nachbarmädchen rannte zu seiner Mutter, voller Angst vor dem, was noch alles von diesen Dorfleuten zu erwarten sein würde. Vater blickte auf den Hammer in seiner Hand. Daß nur keiner in den Hof käme, das Drama sähe und falsche Schlüsse zöge. So beeilte er sich, den Hammer zu verstecken, und ging, um die Polizei zu verständigen.
Das war Anfang Dezember. Und wie der Träumende, hin und her geschüttelt beim Erwachen, die Augen schließen und an die Orte seiner Träume zurückkehren will, so schloß auch Vater die Augen und beruhigte meine Mutter, hier handle es sich nur um vorübergehende Geschehnisse, der Kampf sei bald entschieden und der Himmel würde sich für die eine oder andere Seite aufhellen, obwohl er nichts von der anderen Seite wußte. Aber am nächsten Tag begann er für alle Fälle im Haus ein Versteck vorzubereiten, eine dunkle vergessene Speisekammer, deren Eingang man leicht mit dem Küchenschrank verstellen konnte. Und wie alle Vergessenen in der Welt wartete sie geduldig auf ihre große Stunde. Und diese ließ nicht lange auf sich warten.
Im Januar verstärkte sich das Gefühl, daß, was nicht mit Schüssen entschieden werde, mit Sprengstoff-

autos entschieden werden würde. Und was die »Konzerte«, wie man die Schießereien in den Vororten nannte, nicht entscheiden könnten, würde die Arie der Druckwellen entscheiden. In jenen Tagen bedauerte mein Vater, kein Glaser zu sein, aber in seinem Innern wußte er bereits, daß ihm nichts blieb, als die Scherben einzusammeln und ins Dorf zurückzukehren. Eines Abends im Januar kam Onkel Jussef, um auf seinem Weg ins Dorf bei uns zu übernachten, er und Khalil, der Sohn Onkel Michails, nachdem sie eine Ladung verdächtiger Güter nach Nazareth geschafft hatten. Sie saßen noch um den Tisch und aßen das magere Abendbrot, als die Fenster mit einem Schlag aufsprangen, die Wände zitterten und der Lärm der aufgebrachten Menge draußen zum südlichen Rand des Stadtteils Wadi Nisnas führte, die Schabtai-Levi-Straße hinunter. »Ich bin dein ältester Bruder«, sagte Onkel Jussef zu Vater, »und morgen bringe ich deine Familie ins Dorf zurück, und deine Verrücktheiten kannst du allein fortführen.« Vater sah vor sich hin und sagte nichts.
Am Morgen machten sich alle außer meinem Vater auf den langen, gewundenen Weg zur Bahnstation an der Faisalsäule in der Unterstadt. Dabei blieben sie dicht an den Häuserwänden und benutzten möglichst kleine und abgelegene Straßen. Sie hatten soviel bei sich, wie sie tragen konnten. Mutter dankte der Jungfrau Maria, daß sie ihr die Weisheit verliehen hatte, einige Monate zuvor Vaters Vorschlag zu widersprechen, den Spiegelschrank, das Holzbett und den restlichen Jhaz, die acht Jahre zuvor auf zwei Kamelen von Rmeisch ins Dorf gebracht worden waren, in das neue Haus zu überführen. Und sie dachte, was für einen langen Weg sie vielleicht bis zum Libanon zurücklegen mußte und was für ein beschämender Au-

genblick es sein würde, wenn in Beirut ihr Bruder Elias in der Haustür stände, um sie, ihre Kinder und ihren Mann zu empfangen. Was würde er von ihren Irrwegen und ihrem kleinen Unglück, was von seiner Schwester denken, die als Braut in ein Dorf nach Galiläa ausgezogen war, im Gepäck bunte, breitkrempige Hüte, und jetzt als Flüchtling zu ihm zurückkehrte, barhäuptig und mutlos. Und ob sie vor dem Weggehen das Feuer unter dem Topf gelöscht hatte, überlegte sie, und ob mein Vater nicht vergessen würde, den Petroleumkocher auszumachen?

Den Mann mit der Gasmaske am Ende der Gasse sah Jubran als erster. Dann begann der Regen.

Er stand dort breitbeinig, die Hand in der Hosentasche, jemand, der seine Zukunft selbst bestimmt. Der Regen strömte auf seinen Kopf, auf seine Gasmaske, er rührte sich nicht von der Stelle. »Das ist der englische Soldat, der bei uns in den Hof gefallen ist.« Onkel Jussef hieß ihn schweigen. Auch sie standen im Regen. Hinter ihnen lag die Allenby-Straße in einer Wolke von Schießpulver und Sprengstoff, vor ihnen stand der Mann mit der Gasmaske. »Da wir ohnehin naß sind«, sagte Mutter, »laßt uns auch weitergehen.« Wir gingen einige Schritte weiter, der Mann bewegte sich nicht. Sie waren in sein mysteriöses Fangnetz geraten. Die Straße hinter ihnen war in Rauch gehüllt. Khalil, Onkel Michails Sohn, schlug vor, das Geld, das sie in Nazareth bekommen hatten, diesem Mann zu geben statt dem Verbindungsmann in Rmeisch. Onkel Michail zog das Geldbündel hervor und hielt es vor die Gasmaske mit den dahinterliegenden Augen. Der Mann rührte sich nicht. Jetzt war klar, daß er alles wollte, was sie besaßen. »Er hat einen Revolver in der Tasche«, sagte Khalil. Damit war alle Hoffnung auf Rettung verloren. Sie gingen noch näher an ihn

heran. Mein Onkel steckte die Geldscheine in die durchweichten Hosentaschen des Mannes, anschließend stellten sie alle Koffer und Kleiderbündel neben ihm ab: »Chawadja, wir sind nicht von hier«, sagte Khalil auf arabisch, »wir sind einfache Dörfler, und das ist nicht unser Krieg.«
Das Gedränge im Zug, der sie nach Akko fuhr, brachte sie wieder zu sich. Als ob in menschlicher Nähe die Panik des Alptraums sich auflöste. Khalil brach in entspannendes Gelächter aus. Mein Onkel raste vor Zorn über ihn und die ganze Welt, vor allem darüber, daß er in einem Augenblick der Schwäche Khalils Rat gefolgt war, er, dessen Rat doch alle im Dorf einholten. »Sei's drum«, sagte meine Mutter, »hoffentlich brennt wenigstens der Topf nicht an.« Und mein Onkel, der ihre verborgene Absicht erriet, sagte: »Das Kamel ist fort – man weint nicht um die Zügel.« Auf dem Weg zum Dorf verloren sie kein Wort mehr darüber.
Aber der Topf brannte doch an.
Am nächsten Tag ging mein Vater zum Schneider Saliba A-Siriani, um ihn um Rat zu fragen, und der bot meinem Vater den vollen Preis für seine Maschinen. Schwertransportierbares Eisen für weiches, leichtes Leder. »Ich habe nichts mit eurem Krieg zu schaffen«, sagte Siriani, »und ich muß nicht leicht beweglich sein. Du aber mußt gegürtet und auf der Hut sein, immer bereit, zu wandern, sobald sich etwas zum Schlechten wendet. Wenn dir die Flucht bestimmt ist, mußt du bereit sein, den Schiedsspruch anzunehmen. Pack dein Haus in einen Koffer, vertrau deinen Beinen – wie ein richtiger Schuster.«
Damit ein Mann wandern kann, benötigt er derbe Sohlen unter solide genähten Wanderschuhen. Obwohl mein Vater das Flüchtlingsschicksal niemals auf

sich nehmen mußte, achtete er seitdem peinlich darauf, daß jedes Paar Schuhe, das seine Werkstatt verließ, den Besitzern lange Jahre dienen konnte, im Regen und in der Hitze, über Steine und im Morast, wenn sie kamen und wenn sie gingen; denn wenn das Schicksal des Umherwanderns dich das erste Mal verschont hat, schwört niemand dir beim Leben deiner kleinen Tochter Katrin, daß es auch ein zweites Mal an dir vorübergehen wird.
Drei Wochen lang dachte mein Vater über diesen Handel nach, bis er zu einer klaren Entscheidung kam. Dann schloß er sich zwei Monate lang im Haus ein, um sich in die Kreation seines Lebens zu vertiefen. In seiner Vorstellung entstand »der Schuh als Idee«, der universelle und absolute Schuh, passend für jeden Zweck und jedes Bedürfnis, der Schuh für die häuslichen Empfänge der Familien Khayat, Khouri und Karaman, sowie für den Gang zu den allerletzten Zelten der weitest abgelegenen Flüchtlingslager der Welt. Tagsüber schlief er unruhig, nachts saß er über den Werkzeugen, die er aus dem Dorf mitgebracht hatte, reinigte sie vom Schmutz und Leim vergangener Jahre. Mit Benzin polierte er sie anschließend auf Hochglanz, bis sie in der kleinen, abgelegenen Kammer im Schein der Petroleumlampe schimmerten. Wie antike Opfergeräte drehte und wendete er sie hin und her und bereitete sie für ihre große Aufgabe vor. Dann setzte er sich an seinen Tisch und skizzierte mit dickem Schreinerstift einen ausgeklügelten Plan – wie der Schuh aussehen, zusammengesetzt sein, welche Farbe und Schnürsenkel er bekommen sollte, welches Oberleder und was für eine Sohle. Und er radierte und skizzierte von neuem jede kleinste Einzelheit. Als sein inneres Auge die Schuhe vor sich auf dem Tisch stehen sah, machte er sich sofort an ihre

Herstellung, wozu er das beste Leder wählte, das beste Garn und die besten Sohlen, deren er habhaft werden konnte. Abgesehen von einigen Gängen in die verräucherten Straßen, wenn er die notwendigsten Lebensmittel einkaufte, hatte er sich in besagte abgelegene Speisekammer zurückgezogen. Den Schrank, der den Eingang verdeckte, pflegte er zur Seite zu schieben, wenn er sein dunkles Königreich betrat, und der Schrank, als folgte er einem geheimen »Sesam, schließe dich!«, kehrte an seinen Platz zurück und verschloß hinter sich die Öffnung. Eines Morgens, als er aus seiner Wunderhöhle kam, sah er, daß in der Nacht die Haustür aufgebrochen worden war und daß einige Gegenstände des Hauses fehlten. Doch er trauerte dem Verlust nicht nach und sorgte sich nicht um das Verlorene. Seit jenem Morgen verschloß er die Tür überhaupt nicht mehr und ließ die Winterwinde das wenige, was im Haus verblieben war, durcheinanderwirbeln. Erst später merkte er, daß es Mitte April geworden war, bis er seine Arbeit vollendet hatte. Die Djinnis kamen, setzten sich mit ihm an den Tisch und begutachteten die Schuhe von allen Seiten; ihre weißschimmernden Bärte glitten leicht über das Oberleder, das im Glanz der Schöpfung strahlte; ihre elfenbeinfarbenen Finger strichen über die beiden Sohlen, und die Sohlen trippelten über das Holz des Tisches mit der Leichtigkeit eines Rehs. Und so wie die Djinnis mit den Strahlen erschienen waren, so verschwanden sie mit den Strahlen. Als sich seine Augen an die flackernde Öllampe gewöhnt hatten, sahen sie von jenseits des Küchenschrankes ein Licht aufblitzen, aber bis er den Schrank beiseite geschoben hatte und in die Küche kam, war der Schein erloschen. Im Morgengrauen, als mein Vater auf dem einzigen noch in der Wohnung verbliebenen

Schemel zusammengebrochen war und sich mit dem Rücken an die Wand lehnte, sah er im Traum auf dem Fensterbrett eine purpurglänzende Feder im ersten Morgenlicht leuchten.
Er wurde von einem aus dem Hof aufsteigenden Lärm aus dem Schlaf gerissen und eilte, noch halb im Schlummer, in die Kammer, vor deren Eingang er den Schrank schob. Er hörte Schritte. Trotz seiner Erschöpfung gelang es seinen geübten Ohren, aus den Schritten drei verschiedene Paar Schuhe herauszuhören. Ihre Träger sprachen Hebräisch, eine Sprache, die Vater zwar nicht verstand, aber auf deren Klangfarbe er seine Ohren einstellen konnte. Nach kurzer Zeit kehrten die Leute um, und das Haus versank wieder in seine Verlassenheit im Echo entfernter Explosionen. Vater verließ sein Versteck. Die Feder, die in seinem Traum auf dem Fensterbrett gelegen hatte, war verschwunden.
Das war am Freitag, am Morgen des 23. April 1948. Haifa war – wie die Araber meldeten – bereits gefallen. Vater steckte die Schuhe in einen Jutesack und machte sich auf den Weg. Im Hafen lag ein Schiff vor Anker, beladen mit Arabern, die im Laufe ihrer Wanderschaft palästinensische Flüchtlinge heißen würden. Als mein Vater hörte, daß das Schiff nach Akko ging, zwängte er sich zwischen sie, denn von Akko aus konnte man ins Dorf gelangen. Ein neben ihm stehender Mann fragte, ob das all sein Weggepäck sei. Da steckte mein Vater die Hand in den Jutesack und zog, wie einen Djinni aus seiner verkorkten Flasche, das Paar Schuhe hervor. Fasziniert schaute der Mann ihn an. »Ich gebe Ihnen alles, was ich besitze«, sagte er, zog aus der Hosentasche ein feuchtes Bündel Geldscheine und stopfte es in die Tasche meines verblüfften Vaters. Dann öffnete er seinen Jutesack,

nahm die Schuhe aus den Händen meines Vaters entgegen und ließ sie hineingleiten. Das dumpfe Geräusch eines Aufschlagens war zu hören. »Was hatte er im Sack?« wird Onkel Jussef meinen Vater fragen, »Warum hast du nicht nachgesehen, ob er eine Gasmaske hatte?«

Neuntes Kapitel

Die Zeit würde vergehen, und der Mann mit der Gasmaske würde weiterhin durch die Erinnerung der Familie geistern wie das männliche Glühwürmchen, dessen Liebe in den Sommernächten aufblitzt und wieder in der Dunkelheit verschwindet. Sein fahles Licht spiegelt sich in den Schuhen Mahmud Al Ibrahims, der sich im kühlen Novemberwind hin und her bewegt, die Augen auf den Innenhof seines Hauses gerichtet, die Hände, die bessere Zeiten als diese gekannt haben, die den Abzug des Gewehrs drücken und Hände schütteln konnten, die Verfolgung und Herrschaft kannten, diese Hände, jetzt an den Bund seiner Pluderhosen gepreßt – wie die Wäscheklammern in dem im Wind flatternden Rock seiner Frau –, damit verhindert wird, daß sie die Schlinge des Seils um seinen Hals lockern. Und siehe, seine Augen erlöschen langsam und schließen sich. Nur die Schuhe glänzen im Schein der Glühwürmchen, die um den Körper flattern, von dem sich die Seele löst, und begleiten ihn auf seinem letzten Weg in die Dunkelheit des Vergessens.

Die letzte Erinnerung, die durch Mahmud Al Ibrahims Sinn zog, war die an seine alte Großmutter, wie sie ihm und seinen Brüdern, die sich in Sommernächten auf dem Dach des Hauses zum Schlafen niederlegten, das ihm jetzt die letzte Gnade erweist, erzählte, wie die Glühwürmchen sogar in kalten, regnerischen Winternächten vom Ende der Welt herbeieilen, um den auf seinem letzten Weg zu begleiten, der seinem Leben ein Ende setzt. Sie erzählte und sah ihren jüngsten Enkel an, und Gänsehaut überzog seinen Rükken, und unbewußt tastete die kleine Hand den im Vollmondglanz leuchtenden Hals ab. Und er hing am Blick der Großmutter wie jener Junge an dem um seine Hüften geschlungenen Seil, das ihn aus der Tiefe des Schachts hinaufzog, aus Lehm und Morast, und seine Füße scheuen vor der Berührung mit den neuen Schuhen zurück und krampfen sich zusammen, als wären Oberleder und Sohle aus den Dornen, die im Sommer 1937 auf den Dreschboden gestreut worden waren, der von der Polizei für die Verhafteten hergerichtet worden war.

In jenem Jahr nahmen die Morde zu, und die Urteile mit dem roten Stempel an den Rändern des *Kumbas* ebenfalls. Der Rebellionsgeist des großen arabischen Aufstands, der anfangs in den Dörfern brodelte, weckte persönliche Konflikte und Spannungen zwischen den Stämmen aus ihrem Dämmerschlaf, und als nach der Ernte im Jahre 1936 die Vorratskammern leerstanden, sprang der Djinni aus der verschlossenen Flasche, um den Aufstand in eine trübe Brühe menschlicher Entartungen und Schwächen zu tauchen, nachdem die erste Begeisterung verflogen war. Sie hatte die Dörfler dazu getrieben, jenen Nahrung und Hilfe anzubieten, die die Fahne der Rebellion auf Halbmast zwischen Nationalgefühl und Bandentreue hißten. Abu Schaaker, der damals die Aufständischen vom nahen Deir el Kasi mit Brot und Olivenöl eingedeckt hatte, legte nun die Hände in den

Schoß, da er Hungersnot und Sorge am Horizont aufsteigen sah.
Dann begannen die Morde. Ein rotes Siegel, auf die Ränder des Kumbas geprägt, machte den Menschen vogelfrei und besagte, daß seine Tage gezählt seien. Ein gedungener Mörder aus Tarschiha führte die Todesurteile aus. Der Muchtar von Ikrit, der Muchtar von Suhmata und der Muchtar der Siedlung westlich von Deir el Kasi schenkten dem roten Siegel am Rand ihres Kumbas keine Aufmerksamkeit und zahlten dafür mit ihrem Leben. Dann kamen die kleinen Leute an die Reihe.
Am 30. Oktober 1936 saß Abdallah Al Asbah im Barbierladen meines Vaters, jenem Laden, der später zur Schusterwerkstatt wurde, überließ sich dem Vergnügen einer guten Rasur und sank nach einigen schlaflosen Nächten in tiefen Schlaf. Man hörte nur das Schaben des Rasiermessers in dem kleinen Barbierladen, und Al Asbah dachte an die mit Mjaddara gefüllten Fladenbrote, die Vaters Neffe, der Sohn Tante Maries, bringen würde, nachdem er deswegen von Vater zu Großmutter Aljah geschickt worden war. Ein Schatten am westlichen Fenster ließ Vaters Hand mitten in der Arbeit innehalten, und er sah gerade noch den Saum des Kleides von Elaine Bitar, die später seine Frau werden sollte; Al Asbah aber sah, was Vater nicht sah: einen Mann, der in entgegengesetzter Richtung wie Elaine Bitar am Fenster vorbeigeht und einen schnellen Blick in den Laden wirft, mit einer Hand die Augen bedeckend, die andere im Hosengurt. Er hält sich nicht auf und erregt keinen Verdacht, grüßt nicht einmal meinen Vater. Doch Al Asbah schnellt für einen Augenblick aus seinem Schlummer empor und nimmt die Szene vor dem Fenster wahr, ehe sich sein Körper aufs neue entspannt

und der Schläfrigkeit nachgibt; erst als die Gewehrkugeln an ihm vorbeipfeifen, wird sich Al Asbah in der Dunkelheit des Ziegenstalls wieder an das erinnern, was seine Augen gesehen hatten, und er wird Raschid Karrarah in die Liste der Menschen einreihen, die sein langer rachsüchtiger Arm eines Tages erreichen wird.

Aus Bethlehem war er gekommen, eine Art verspätete Antwort auf den berühmten Galiläer und wie jener im Zeichen des Kreuzes, das er bis fast an sein Ende tragen sollte. Jeder nannte ihn Karrarah, eine Entstellung seines wirklichen Familiennamens, an den sich niemand erinnerte. Und wie keiner der Dörfler genau wußte, was eigentlich Elaine Bitar mit ihrem breitkrempigen Hut aus dem fernen Beirut in das entlegene galiläische Dorf verschlagen hatte, so forschte auch niemand, welche Motive der wunderliche Mann hatte, der eines Morgens im Sommer 1936 ins Dorf kam. Alles, was er wolle, sagte er, sei die Einrichtung einer Mittelschule, die jungen, wissensdurstigen Leuten eine gute Bildung vermittelte in einer Welt, in der Unwissenheit und Aufstände ihr häßliches Haupt erhöben. Und tatsächlich errichtete er die Schule, und der Handvoll Studenten, die sich einschrieb, erzählte er viele Stunden lang von einem Marx, dessen Name bis dahin noch nicht in das abgelegene Dorf gedrungen war, und von Sozialismus und Religion und Gesellschaft sprach er und von der Verbesserung der Welt und von Tugend und Ehe und freier Liebe. Und sonntags war er der erste, der niederkniete, wo er nur bequem auf der Bank in der Kirche des Propheten Elias zu sitzen brauchte, und der erste, der sich bekreuzigte, wo er doch nur das Haupt neigen mußte. Mehr als sie ihn achteten, fürchteten sich die Dörfler vor ihm, vor den Worten,

die aus seinem Mund flossen wie ein endloser Wasserfall. Bis das Geheimnis sich entschleierte und der wahre Grund seiner Ankunft im Dorf klarwurde.
Es begann mit mysteriösen nächtlichen Streifzügen um das Dorf herum, mit dem Ausfragen der Alten über die sechziger Jahre des vergangenen Jahrhunderts und mit Forschungen, die ihren Verdacht erregten. Denn die Dörfler wagten an diese Dinge nur aus der Distanz der Legende zu rühren. Er las ein Kreuzfahrerdokument aus dem Jahre 1183 vor, in dem von der Festung Fassove die Rede ist, wie sie von den Sarazenen genannt wurde, und ein Dokument aus dem Jahre 1220, in dem sie unter dem Namen Fasole erwähnt und in dem von Goldschätzen in der weitläufigen Höhle erzählt wird, über der die Festung errichtet war. Er war also gekommen, um nach dem Schatz zu suchen. Und nachdem das aufgedeckt worden war, sahen die Dörfler in ihm einen verschrobenen Schatzjäger, den es in einen ihm nicht gehörenden Wald verschlagen hatte.
Zu dieser Zeit war Abu Schaaker noch ein stürmischer junger Bursche, der dem Lehrer aus Bethlehem als freiwilliger Fremdenführer im Labyrinth des Dorfes und auf den Pfaden seiner Legenden diente. Er führte ihn dorthin, wo man Höhleneingänge vermutete, und verbrachte mit ihm Vollmondnächte in der Erwartung A-Rassads, der ihnen das »Zauberwort« verraten würde, das ihnen die seit der Kreuzfahrerzeit verschlossenen Tore öffnen und ihren sehnsüchtigen Augen den Goldglanz enthüllen sollte. Aber die Tage vergingen und A-Rassad erschien nicht. Die Höhleneingänge hörten nicht auf die Zauberworte, die sie alten Texten entnommen hatten und erschauernd vor den versiegelten Felsen murmelten. Der Gedanke ließ sie nicht mehr los und begann sie zu beherrschen,

daß das Geheimnis vor ihnen verschlossen blieb, weil gewisse Mächte darauf aus waren, A-Rassad in die Tiefen der Legende zu verbannen. Es waren dieselben Rebellen, die sich erhoben hatten, den Herrschenden die Stirn zu bieten und ins Schicksal einzugreifen, das doch im Himmel beschlossen worden war und an das keine menschliche Hand rühren sollte. So sahen sie in den Rebellen ihre und A-Rassads Feinde, der sich fürchtete und seine Schwanzspitze nicht zeigte aus Angst, sie könnten gewaltsam von seinem Schatz Besitz ergreifen.

Seit dem Tag, da die Dörfler das Ziel seines Kommens kannten, bildeten sie nach ihrer Art um ihn herum einen Ring freundlicher Distanz und ließen ihm weiter die Nachsicht angedeihen, mit der sie den sonderbaren Schatzjäger schon vorher behandelt hatten. Die Ringe wurden zahlreicher und schlossen sich enger, und er versenkte sich ganz und gar in die Beschäftigung, um derentwillen er gekommen war. Seine bekannte ideologische Einstellung richtete sich jedoch bald gegen die Absichten der »Bandenmitglieder«, wie er sie nannte, und gegen die Unterwürfigkeit der Dörfler denen gegenüber, die sie unterdrückten. Die Bandenmitglieder waren jedoch nachsichtig – und wären es geblieben – gegen den Lehrer, der nicht ganz richtig im Kopf war, wäre nicht die unglückselige Kette von Ereignissen im Sommer 1937 entstanden, »dem Dreschsommer«, wie ihn die Leute im Dorf nannten. Die tödliche Idee entsprang dem Hirn Abu Schaakers, der sie flüsternd Karrarah mitteilte. Sie sollten, schlug er vor, in einem Brief die Leiden der Dörfler durch die Banden schildern, die das Maß mit Bitternis statt mit Weizen gefüllt hatten. Und weshalb sollten sie den Brief nicht an die englische Kommandantur schicken, die in der Polizeistation von Tarbiha untergebracht

war? So setzten sie im geheimen einen Brief auf Englisch auf, soweit ihre bescheidenen Kenntnisse dieser Sprache es ihnen gestatteten, und beschlossen, ihn dem Adressaten zukommen zu lassen. In jugendlicher Begeisterung lief Abu Schaaker mit dem Brief gen Norden, aber je weiter er sich vom Dorf entfernte, desto weicher wurden seine Knie, desto mehr nahm sein Mut ab. Als er die nördliche Landstraße erreicht hatte, stand er am Ufer seines eigenen kleinen Rubikons. Er überdachte alles noch einmal und wußte nicht, zu welcher Seite er neigte. Würde er mit dem Brief in der Tasche ins Dorf zurückkehren, so würde er das ihm vom Lehrer entgegengebrachte Vertrauen verlieren; und wenn er den Mut aufbrächte, zur Polizeistation zu gehen, würden die Spione der Aufständischen, die in die Reihen der britischen Armee gepflanzt waren, über ihn, seinen Auftraggeber und über den Brief Bericht erstatten. Und die Herzen der Bandenmitglieder waren ohne jegliches Erbarmen. Woraufhin er all diese Gedanken von sich abschüttelt und mitten auf der Landstraße stehenbleibt, den Bedrängnissen dieser Welt ausgesetzt. Ohne weiteres Nachdenken trägt er einige Steine vom Straßenrand zusammen, schichtet sie pyramidenförmig auf und legt den Brief darauf, zuoberst einen flachen Stein, damit seine Worte nicht im Sommerwind davonflögen und die offenen Ohren der Übeltäter erreichten.
Zur gleichen Zeit hütete der älteste Bruder Abu Schaakers die Ziegenherde in der Gegend der nördlichen Landstraße und sah die steinerne Säule mitten auf dem Weg. Mit der den Hirten eigenen Neugier kam er näher und sah das Papier unter dem Stein liegen. Er nahm es, schaute sich die sonderbaren Buchstaben kreuz und quer auf dem Bogen an und sagte sich, daß nur der Muchtar ein so sonderbares Arabisch entzif-

fern könne. Also ging er zum Muchtar, gab ihm den Brief und erzählte, wo er ihn gefunden hatte. Der Muchtar saß zu dieser Stunde mit Mahmud Al Ibrahim und einigen unter seinem Kommando stehenden Rebellen zusammen. Mahmud Al Ibrahim nahm den Brief aus der Hand des Muchtars und reichte ihn einem der Aufständischen, dem Verbindungsmann mit den Engländern, der sich als Meister ihrer Sprache betrachtete. Er las den Brief und machte ein langes Gesicht. Es half Abu Schaaker und Karrarah nichts, daß der Muchtar dies als jugendliche Leichtfertigkeit hinzustellen versuchte, in Gang gesetzt durch die Launen des verrückten Lehrers. Die Aufständischen, an der Spitze ihr Anführer Mahmud Al Ibrahim, wollten die Gelegenheit nicht vorbeigehen lassen, den zögernden Dörflern, die die gerechte Sache des großen arabischen Aufstands anzweifelten, eine Lektion zu erteilen. Sie wollten ihnen zeigen, wie es Verrätern erginge, die unter ihren erbittertsten Feinden verleumderische Gerüchte verbreiteten. Binnen einer Stunde wurden die beiden nach Al Balat gebracht. Sie wurden beschimpft und geschlagen. Dann führte man sie nach Al Amune, das auf dem halben Wege zwischen dem Dorf und Deir el Kasi liegt, und abwechselnd ritten die Männer der Bande auf ihren Rücken. Ein Brunnen stand auf diesem Feld, an den sie Karrarah stellten und seine Hände und Füße banden und ihn in den Brunnen hinabließen. Abu Schaaker wurde in den Hof des Hauses von Mahmud Al Ibrahim gebracht, dort die ganze Nacht lang über seine Verbindungen mit dem englischen Feind ausgefragt und am nächsten Tag freigelassen. Nicht so Karrarah. Zwei endlose Nächte lang, wenn Stille die Häuser des Dorfes einhüllte und selbst die wilden Tiere auf den Feldern schwiegen, konnte man

das Wimmern Karrarahs, dessen Echo sich an den Häuserwänden im Dorf brach, aus den Tiefen des verlassenen Brunnens hören. Doch niemand wagte, ihn zu erlösen, selbst im Schutz der Dunkelheit nicht, bis das Wimmern die Polizeistation in Tarbiha erreichte und englische Armeeleute ihn aus der Dunkelheit zogen und in seine Geburtsstadt brachten. In den folgenden Jahren, als sein Name im ganzen Land bekannt war, sagten die Dörfler, wenn sie von seinem großen Reichtum sprachen, daß jener Brunnen nichts anderes gewesen sei als der östliche Tunnel zur Höhle, über der das Dorf errichtet worden war und in der der Goldschatz der Kreuzritter verborgen lag. Und Allah allein, gepriesen sei Sein Name, weiß, ob das die Wahrheit ist oder die andere Variante dörflicher Phantasie, beflügelt durch die Schwanzfedern des fabulösen A-Rassad.
Inzwischen erfuhren die Engländer von dem Brief und beschlossen, es wäre an der Zeit, ein wenig englische Ruhe in die galiläischen Dörfer zu bringen. Sie schickten eine Kompanie Soldaten und ließen jeden, der im Verdacht stand, zu den Aufständischen zu gehören, auf die Kommandantur nach Tarbiha bringen, um dort seine Begeisterung abzukühlen.
Ungefähr ein Dutzend Männer aus dem Dorf waren auf die eine oder andere Art in den Aufstand verwikkelt, darunter ein gewisser Karim Michail, der sich in eine bildschöne moslemische Frau aus dem Dorf Jdaideh verliebt und ihretwegen seine Frau und sein Haus verlassen hatte. Er war zum Islam übergetreten, hatte geheiratet und nannte sich fortan Muhammad Michail. Er gehörte zu den Kämpfern des großen arabischen Aufstands. Wenige Jahre später wird er auch die neue Frau verlassen, wird in die britische Armee eintreten und nach Griechenland geschickt

werden, wo er eine reinblütige Griechin zur Frau nehmen wird, die er ebenfalls verläßt, um nach Argentinien zu fahren. Auch dort wird er sich niederlassen und eine Familie gründen; und in fortgeschrittenem Alter wird er ins Dorf zurückkehren und erzählen, wie er Onkel Jires an seinem Totenbett beigestanden hat. Er wird die arabische Übersetzung des Alten Testaments mitbringen, die den Onkel auf seine Reisen begleitet hatte, und einen kleinen, in Beirut gekauften Notizblock, in den der Onkel in seiner gewundenen Schrift Lieder der syrischen Aufständischen vom Beginn der zwanziger Jahre aus dem Gedächtnis eingetragen hatte.

Am selben Tag, dem Tag des Dreschens, kam Karim Michail, ehe noch jemand etwas von seinem Übertritt zum Islam wußte, zu einem seiner seltenen Besuche ins Dorf. Auch die Engländer waren im Dorf und trieben dort die Männer zusammen, die in der Dorfmitte ihren Oberkörper freimachen mußten. Ein rötliches Mal auf der Schulter überführte sie der Zugehörigkeit zu den Aufständischen. Es war der Striemen vom Gewehrriemen. Die Engländer brachten die Männer mit dem rötlichen Mal auf der Schulter, unter ihnen Muhammad-Karim, auf die Kommandantur in Tarbiha, um dort die Leute aus Fassuta von denen aus Deir el Kasi zu trennen und sie zu verhören. Die Leute aus dem Dorf, die ihr Gewehr nicht immer geschultert hatten – es sei bequemer, es in der Hand zu tragen, eine dörflerische Prahlsucht –, wurden in ihre Häuser geschickt, auch weil sie Glaubensbrüder der Engländer waren. Die Männer von Deir el Kasi, unter ihnen Muhammad-Karim, erwartete eine stachlige Vernehmung, die ihnen unauslöschlich in Erinnerung bleiben würde.

Zunächst mußten sie die Schuhe ausziehen, dann

wurden sie zu dritt zusammengebunden wie Ochsen und in den Innenhof geführt. Sein Fußboden war mit Dorngestrüpp bedeckt, das sie barfüßig dreschen mußten. Die Dorfleute, denen es gelungen war, einen Blick auf das Dorngestrüpp zu werfen, liefen, dem Muchtar, einem Cousin Muhammad-Karims, mitzuteilen, was den Aufständischen bevorstand. Der Muchtar ging zu den Engländern und versuchte eine Stunde lang, ihre Herzen zu erweichen, damit sie von den Aufständischen abließen. Die seien nichts als unwissende, von Städtern aufgewiegelte Dörfler, nichts als schwerarbeitende Fellachen, in einen Aufstand geraten, der sie nichts anginge, da sie kaum zwischen Freund und Feind unterscheiden könnten.

Als Muhammad-Karim nach Hause kam, gestand er Frau und Kindern mehr, als die Engländer aus ihm hatten herausbekommen können: seinen Übertritt zum Islam, seine Ehe mit einer anderen Frau und seinen Anschluß an den großen arabischen Aufstand. Seine Frau weinte weder noch erhob sie ihre Stimme, denn sie liebte ihn sehr. Und als er hochbetagt ins Dorf zurückkehren wird, wird sie ihm verzeihen und ihm nichts nachtragen, sondern ihn nur daran erinnern, wie sie, neben ihm sitzend, mit Fingernägeln und Zähnen die Dornen aus seinen Fußsohlen entfernt hatte.

Noch in der Novemberkühle brannte jenes Dreschen unter den Füßen Mahmud Al Ibrahims, die in Schuhen steckten, welche er Tage zuvor von den Füßen eines Toten genommen hatte, auf den er in einer Schlucht an der libanesischen Grenze gestoßen war. Er erinnert sich an jenen Tag des Dreschens im Sommer 1937, während das Seil sich straffer um seinen Hals spannt und der Anblick jener sonderbaren

Maske vor seinen Augen ist, die er im Jutesack neben der Leiche gefunden hat. Und er sieht das Glühwürmchen flimmern und sieht einen Mann im Schutz der Dunkelheit einen Revolver verbergen. Und er ist der kleine Junge auf dem Dach, der in einer Vollmondnacht Großmutters Geschichten über die Glühwürmchen lauscht.

Und die Schuhe, bestimmt für endlose Wanderungen, tanzen im kühlen Wind.

Der Erzähler: »Mayflower« 3

Zur Mittagsstunde wurden die Polizisten abgelöst, es kamen zwei neue Beamte, die alles noch einmal von vorne anfingen. Dem Forstwächter rann der Schweiß von der Stirn. Wie erniedrigend das war, auf der verbrannten Erde verhört zu werden, auf den Steinen, nach einer durchwachten Nacht. Die innere Leere. Er spürte, wie er sich erregte, wütend zu werden begann, seine Fassung verlor. Er nahm die Brille ab, und seine Sinne trübten sich. Er begann sich zu widersprechen. Um drei Uhr nachmittags zerbrach er wie eine dünne Weinranke unter ihren Händen und war bereit, den Araber als eine Lösung anzubieten.

Abraham B. Jehoschua
Angesichts der Wälder

Iowa City, 4. Dezember

Schnee. Ohne Schlomith. Ohne Michael Abyad.
Am Tage nach der Begegnung mit ihm hatte ich im ersten Morgenlicht einen Spaziergang am Flußufer gemacht. Die Rasenquadrate, die die Arbeiter vor einem Monat ausgelegt hatten, waren verdorrt, bereift und knirschten unter den Füßen. Die kahlen Zweige der Bäume auf beiden Ufern waren gefleckt wie von einer Vergiftung, das grüne Wasser getrübt. Der Winter zeigte die ersten Zeichen, lauerte schon hinter dem spärlich gewordenen Laub der Büsche. Die kommenden Tage würden nicht sein wie die vorigen. Bläuliche

Nüchternheit lag in der Luft, die Klarheit des Himmels brannte wie Frost trotz wärmender Sonne, kaum noch Eichhörnchen auf den grasbedeckten Gehwegen. Und nachts Regen. Nicht mehr der Nieselregen des Septemberzwielichts, sondern das Peitschen noch zurückgehaltener Rache. Der Geruch feuchter Erde bringt den dumpfen Moschusgeruch aus dem Dorf in meine Erinnerung – winzige Hufe trommelnd in der Paarungszeit. Und jetzt, als der Schnee endlich kommt, das Gefühl einer versäumten großen Gelegenheit.
Michael Abyad war am Tage nach unserer Begegnung dringend nach Beirut gerufen worden und hatte daher die Vereinigten Staaten verlassen müssen. Morgen soll er nach Iowa City zurückkehren, zu unserer zweiten Begegnung. Zwei Monate sind seit dem Tag bei der Familie Mardjali vergangen, dem Tag, als Paco die Bierdose in den Teich warf. Zwei Monate, in denen ich, wie Bjørg sagen würde, den Kaugummi von Michael Abyad gekaut, die Welt durch seine Augen betrachtet habe. Ich habe die Arbeiter die Rasenquadrate entfernen sehen, die in der schwarzen Erde nicht angehen wollten, habe Bar-On gesehen, wie er versuchte, Amira zu erwürgen, und habe die ersten Schneeflocken gesehen, groß wie eine Babyhand, die Iowa City mit einem Polster bedeckten. Die meisten Schriftsteller hatten die Stadt aus Furcht vor einem Schneesturm verlassen, den der Fernsehmeteorologe für die kommenden Tage vorausgesagt hatte und der uns von der Außenwelt abschneiden könnte.
Die Gedanken an Schlomith lassen mir keine Ruhe, ohne sie breitet sich die Zukunft leer vor mir aus. Was tut sie, was fühlt sie gerade? Verabredungen mit dem Rechtsanwalt, die Suche nach Begründungen für die Liebesbriefe, Stärkung der Verteidigung gegen den

großen ethnischen Angriff, Tage bitterer Einsamkeit und Weinen gegen Ende der Nacht. Weint sie wie ein gejagtes Tier? Segelt sie auf der Brandung durch die Luft, von einem Ende der Welt zum andern, während ich aus der Ferne zuschaue, falls es das ist, was ich tue? Das Wiehern der Sehnsucht ist alles, was ich aus meinen arabischen Lungen holen kann. Schlomith von dieser Seite, Michael von der anderen, ich dazwischen. Michael Abyad hat sich leise in mein Leben eingewoben, wohingegen der Zauberfaden Schlomiths sich langsam auflöst und zwischen meinen Fingern verliert, ein Seil, das den Händen entschlüpft, wenn der schwere gefüllte Eimer in die Tiefe sinkt und dabei an die Wände des Brunnens schlägt. Der Wasserspiegel kräuselt sich einen Augenblick und findet zum klaren unberührten Spiegel zurück.
Seit dem Tag, an dem Paco die Dose weggeworfen hatte, klaffte der Abgrund zwischen ihm und Bar-On, aber beide benahmen sich, als ob nichts geschehen wäre. Bis eines Morgens Bar-On nicht mehr da war. Er war mit dem Morgengrauen aufgebrochen und nach Israel zurückgekehrt, wie er es am ersten Abend bereits hatte tun wollen, als im Hintereingang zum »Mayflower« der mittelwestliche Teppichgeruch in seine Nase gestiegen war. Einige der Autoren atmeten erleichtert auf und gingen soweit, Paco zu seiner neugewonnenen Freiheit zu gratulieren. Ich selbst fühlte einen großen Verlust, sogar etwas wie Gewissensqualen, nicht allzu große, wie es vielleicht hätte sein sollen. Hätte ich mich ihm nicht enger anschließen sollen – was zuweilen fast unmöglich schien –, statt mich damit zu befassen, mein Leben dem eines Michael Abyad anzupassen, der wie ein Blitz aufgetaucht und verschwunden war? Aber der bittere Geschmack, den Bar-On in meinem Mund zurückließ, nahm zu, wenn

die kleinen Gewissensqualen mich zu plagen begannen. Er überdeckte alles, was Bar-On hinter sich zurückließ, sogar den Geschmack der Mahlzeiten in Kalona, dem Dorf der Amish.
Sonntagmorgen. Im Autobus, der uns nach Kalona bringt, setzt sich Bar-On neben mich. Ich sage, daß ich den Platz für Amira reserviere, er nickt beleidigt. »Ich wollte mit dir sprechen«, sagt er. Mit einer mir selbst unverständlichen Trockenheit sage ich, daß er ja wisse, wo er mich finden könne. In diesem Augenblick besteigt Amira den Bus, er erhebt sich und sucht sich einen freien Platz. Ich erzähle Amira, was geschehen ist, und sie sagt, sie selbst hätte sich in der vergangenen Woche, euphemistisch ausgedrückt, auch nicht sehr gut benommen. Ihr sei die Geduld gerissen, und sie habe sein kindisches Betragen nicht mehr ertragen können. Wir kommen überein, daß wir in Kürze zu dritt zusammenkommen und die Angelegenheit bereinigen müssen. Paul Engel bittet um Ruhe und gibt kurze Erklärungen über die Amish-Gemeinde, die wir besuchen werden, und bittet uns, die Leute nicht in ihren Gefühlen zu kränken und nicht in ihren Häusern zu rauchen.
Als wir Iowa City verlassen, fegt ein alter Mann mit einem Eisenbesen das Laub vom Gehsteig seines Hauses, ein ungewohntes Bild am Sonntag. »Höflichkeit, Fortschritt, Dienstleistung« – steht auf dem Eingangsschild nach Kalona. Rappen traben ihres Wegs, vor den traditionellen Buggy gespannt. Kleine Mädchen mit schwarzen Hauben unterwegs in die Sonntagsschule. Einige Frauen in Grau und in Schals gehüllt. Wir besuchen die Werkstätten der Handwerker im Dorfzentrum und bleiben eine Weile in der Werkstatt einer Keramikerin. Barfüßig dreht sie die Töpferscheibe, auch das Steingut auf den Stellagen um sie

herum wirkt barfüßig. Von dort geht es zum Mittagessen bei Lizzy Gangrisch und Elmar Chrok. Ein an der Wand hängendes rechteckiges Stück Holz, darin eingeschnitzt ein vierzeiliges Gedicht zum Lob des schönen Heims, erregt Bjørgs Aufmerksamkeit. Sie schreibt das Gedicht in ihr Notizbuch; die Tochter eines Gastes singt ein Volkslied. Amira will etwas zu dem Gedicht an der Wand sagen, aber Bar-On uns gegenüber bittet sie, zu schweigen und den Gesang nicht zu stören. Hilflos schaut sie zu mir und widmet sich dann ihrem Teller. Nach der ausgezeichneten Mahlzeit zieht Bar-On die Pfeife hervor, stopft sie langsam und zündet sie an.

Im Bemühen zu rekonstruieren, was nachher geschehen ist, kehrt das Bild der Engelschen Terrasse beim ersten Empfang wieder, als ich mit Amira im Halbdunkel stand, wir plötzlich in den Schein der über uns hängenden Laterne getaucht wurden und Bar-On jenseits des Fensters sahen, eine Hand am Schalter, die andere tadelnd gegen uns erhoben. Jetzt sagt Amira auf hebräisch zu Bar-On, der ihr gegenüber sitzt: »Wissen Sie, es ist wirklich eine Ungezogenheit, daß Sie rauchen.« Genau in dem Augenblick beendet die Sängerin ihr Lied, und im Lärm des Applauses versteht Bar-On nicht, was Amira sagen will. Er beugt sich zu ihr, das brennende Streichholz noch zwischen Daumen und Zeigefinger der einen Hand, die andere fächerartig am Ohr. Laut wiederholt sie ihre Worte. Da der Applaus gerade aufhört, drehen sich die Umsitzenden zu ihr um. Ich sehe sein Gesicht über dem Tisch vor Zorn anschwellen, sehe ihn mit beiden Händen Amiras Hals umklammern und sie mit voller Kraft schütteln. Jede Bewegung enthüllt mehr von der sorgfältig verdeckten Glatze. Erst jetzt verstehe ich, was ich sehe, und mit ungeahnter Kraft packe ich seine beiden Hände und schleudere ihn auf seinen Stuhl. Amira bedeckt ihr Gesicht mit den Handflächen, die Ellbogen auf die weiße Tischdecke gestützt, und atmet tief. Das Schweigen, das sich auf die Tischgesellschaft senkt, wird durch Paul unterbrochen, der auf Amira zugeht und sie fragt, ob er sich der Sache annehmen soll. Amira schüttelt den Kopf, sagt, es sei nichts geschehen. Bar-On stößt den Stuhl zurück und eilt ins Freie, Paul hinterher. Bjørg sagt flüsternd: »Es ist Zeit, daß wir uns klarmachen, welche Gewalttätigkeit die Poesie einer unverständlichen Sprache in Menschen hervorrufen kann, und das an den unerwartetsten Orten.« Amira bricht in Gelächter aus, und alle wenden sich dem Nachtisch zu.

Ein riesiger Blumenstrauß wurde am folgenden Tag auf Amiras Zimmer geschickt, mit einem langen Entschuldigungsbrief und einer Einladung zum Kaffee. Aber zehn Tage nach diesen Ereignissen verließ Bar-On das »Mayflower«, ohne sich zu verabschieden. »Gerade als ich begann, mich in ihn zu verlieben«, sagte Amira.

Gestern abend las ich einige meiner Gedichte im »Selected Works Bookshop« am Südende der Dubuque Street – trotz Eds Ratschlag, Zurückhaltung zu üben. Es war die letzte Lesung von Teilnehmern des Schriftstellertreffens, von denen einige schon in ihre Heimatländer zurückgekehrt waren, und daher drängte sich eine große Zuhörerschaft in den Laden, obgleich draußen dichter Schneefall begann. Abschiedsstimmung lag in der Luft, nur wenige Tage blieben bis zum Kofferpacken und bis unsere Wege sich trennen und wir Versprechen geben würden, einander zu schreiben und in Kontakt zu bleiben. Versprechen, die später gebrochen werden würden. Iowa City, die abgelegene Stadt im Mittleren Westen der Vereinigten Staaten, wird ins Gepäck der Erinnerung gepackt werden: roter Blätterfall vor der winzigen Nase eines huschenden Eichhörnchens, ein Luftballon am blauen Himmel, Studentinnen mit frisch gewaschenem Haar im Fahrstuhl, das Sitzen auf der Engelschen Terrasse in der Dämmerung, Liam, wie er sich im Nieselregen wäscht. Und Wein – viel Wein. Amira lenkt meine Aufmerksamkeit auf fünf Studenten, die im Schneidersitz hocken, Rücken gegen die Wand, karierte Kaffieyas um den Hals geschlungen. Ich lächelte über ihre besorgte Stimme und setzte mein Gespräch mit Henk über Kinderbücher fort. Aber mein Blick bleibt auf die Wand geheftet. Als Ed mich fragt, ob ich die Studenten eingeladen habe, wachsen meine Befürchtungen.

»Wissen Sie, weshalb sie hier sind?«

»Ich weiß nicht, wer sie eingeladen hat«, sage ich, »ich hoffe, sie machen keine Probleme.«

»Was für Probleme?«

»Ich weiß nicht. Vielleicht gefällt ihnen die Bezeichnung ›arabischer Dichter aus Israel‹ nicht. Das Wort ›Palästina‹ fehlt ihnen.«

»Wer hier Probleme macht«, sagt Ed mit amerikanischer Offenherzigkeit, »der findet sich draußen wieder.«

Ich wollte zu ihnen gehen, sie ansprechen und herausfinden, was sie hier wollten, aber Ed eröffnete bereits den Abend und bat alle, Platz zu nehmen, so daß der Weg zu ihnen abgeschnitten war.

In der ersten Hälfte des Abends las ein polnischer Dichter aus seinen Werken. Er las in abgehacktem, gewispertem Polnisch, als wolle er für den Fall von Kritik sagen: »Nicht ich habe das geschrieben.« Pedro, der sich neben den fünfen niedergelassen hatte, zog eine Schachtel Zigaretten aus seiner Tasche und bot ihnen welche an. Ich lächelte in mich hinein, als ich den versteckten Rauchdetektor zwischen den Bücherregalen über ihren Köpfen sah. Ich saß mit angehaltenem Atem. Was würde sie zuerst neutralisieren, der Detektor oder die polnische Poesie? Aber der Detektor enttäuschte, und in der Pause flohen sie in die weiße Nacht, geschlagen von der unverständlichen Poesie, zur Befriedigung Eds und zu meiner Enttäuschung.

Bevor ich begann, aus meinen hebräischen, ins Englische übersetzten Gedichten zu lesen, beugte sich Amira über mich, indem sie den Ausschnitt ihres Pullovers mit den Händen zusammenhielt, und schlug mir vor, am nächsten Tag karierte Kaffieyas zu kaufen. »Nein«, sagte ich, »morgen treffe ich mich mit Michael Abyad.«

Die Erzählung – die letzten drei Kapitel

Man sagt, daß Geschichten gut zum Einschlafen wären, und ich sage, daß durch Geschichten Menschen aus dem Schlaf geweckt werden.

Rabbi Nachman von Bratslaw

Zehntes Kapitel

Und anschließend, wie gesagt, kam der Winter vollkommen überraschend.
Der Tatamus, der Vogel, der den Schnee verkündet, kam ins Dorf, um warme Nischen in den Häuserwänden zu suchen, obwohl die Kälte des Schnees noch nicht in der Luft lag. Die Glühwürmchen fielen ins Dorf ein, obgleich es nicht ihre Jahreszeit war, und versammelten sich im Eingang zur Ölmühle.

Ende 1940 näherte sich Tante Jalileh dem Ende ihres dritten Lebensjahrzehnts. Meine Mutter war bereits schwanger mit meinem ältesten Bruder, und aller Augen richteten sich sorgenvoll auf Tante Jalileh, die jüngste der Schwestern und die einzige, um deren Hand noch niemand angehalten hatte. Rada Michail, der später als Abu Jamil bekannte Dorftischler, stand abseits, versunken in stumme Werbung, und blickte mit wachsender Sorge auf die mäandrierenden Meinungen der Familie Schammas. Er fürchtete, daß die Hand, die er so sehr begehrte, einem anderen Bewerber zufiele. In der Tat hörte er niemals eine eindeutige Antwort in dieser Angelegenheit. Tante Jalileh, die noch immer unter dem Dach ihres Bruders und ihrer neuen Schwägerin lebte, hätte ihn gern mit Versprechungen ermuntert, mußte aber alles von der Zustimmung der Familie abhängig machen. Die Familie, verglichen mit anderen Familien, war zwar klein und geschrumpft, führte sich aber wie eine weitverzweigte Sippe auf, von der jeder Zweig seine widerspruchsvollen Ansichten hatte, was einen Bewerber schier außer sich geraten lassen konnte. Viele Köche, sagt das Sprichwort, verderben den Brei. Aber nicht nur das – zu den Hauptköchen gesellten sich inzwischen Schwäger und Schwägerinnen, die mit ihren eigenen Kochlöffeln im Topf rührten. Und Tante Jalileh in der Mitte wurde hin und her gerissen.

Mein Vater setzte sich als einziger für Rada Michail ein; ohne Zögern und Vorbehalte handelte er als Einmanndelegation, um die Kutsche meiner Tante in das Geschirr des Tischlerpferdes zu spannen. Er fand keinen Makel an ihm und liebte besonders das »leichte Blut« des Mannes, das in seinem feinen Humor zum Ausdruck kam. Abu Ibrahim jedoch, Tante Maries Mann, sah darin den Hauptmangel in der Persönlichkeit des Mannes: »Ich werde nicht zulassen, daß meine Schwägerin einen Mann heiratet, der seine Zeit damit vergeudet, Tiere zu imitieren und Kinder mit zweifelhaften Liedern zu amüsieren«, sagte er. Und mein Vater, der vor nicht langer Zeit selbst Bräutigam war und in Kürze Vater werden sollte, versuchte nicht, seine Ungeduld angesichts der Verzögerung zu verbergen, und drängte auf sofortige Entscheidung. Da erhob sich Tante Jalileh, packte ihre Habseligkeiten zusammen und zog zu ihrer Schwester Marie, deren Haus dem von Abu Habib, ihrem Schwager und dem Paten von Zaki, gegenüberlag, jenes Zaki, der Tante Jalilehs Mann werden sollte. Es ist das Haus, in dem meine Mutter Ende 1937 wohnte und dem Werben meines Vaters nachgab, der an Samstagen und Sonntagen im Südzimmer vom Haus Tante Maries als Barbier fungierte. An die Tür dieses Zimmers klopft jetzt Onkel Zaki, der zu später Stunde noch zu seinem Paten Abu Habib gerufen worden ist und bis auf die Knochen durchnäßt dasteht. Der vom Klopfen aufgeschreckte Tatamus flieht aus seiner geborgenen Ecke in den peitschenden Regen. Die Türe öffnet sich einen Spaltbreit, und Abu Habib fordert zum Eintreten auf. Im Schein der flackernden Öllampe sieht Zaki neben dem Ofen in der Ecke Mahmud Al Ibrahim, in eine schwarze *Abayah* gehüllt, der versucht, unter dem feuchten Reisig Feuer anzufachen. Zaki Al Aasi, ein ausgewachsener Mann, fühlt seine Knie zittern. Er versucht, seinem trockenen Mund einen Gutenabendgruß zu entlocken, wenngleich das kaum die passende Begrüßung zu dieser späten Nachtstunde ist; seine Stimme ist kaum zu hören, sondern klingt, als ob jemand Feuer unter erloschenen Kohlen entfachen wolle. »Man sagt, daß Ihr aufgehängt worden seid«, sagt er schließlich, »oder daß Ihr Euch selbst erhängt habt.« Mahmud Al Ibrahim grinst in seiner Ecke, geht auf ihn zu und sagt: »Ich habe es aufgegeben, Seilen zu vertrauen.« »Also vertraut Ihr mir?« fragt Zaki Al Aasi. »Wenn nicht, hätte ich Euch nicht rufen lassen«, sagt Abu Habib.

Ende der fünfziger Jahre pflegte Abu Habib, eingehüllt in eine honigfarbene Abayah, auf einem Esel zur Sonntagsmesse zu reiten, ein bärtiger, Stolz und Würde ausstrahlender alter Mann. Ich erinnere mich gut an den alten Mann mit dem weißen Bürstenschnurrbart und den breiten Fingern, der, nachdem er sich auf seine Bank hinter der meinen gesetzt hatte,

den Akal vom Kopf nahm, um ihn achtlos an den Fuß der Säule rechts vom Altar zu werfen. Nach der Messe pflegte er die Hände auf meine Schultern zu legen und zu sagen: »Junge, bring den Akal.« Das war einige Jahre nach Eröffnung der ersten staatlichen Schule im Dorf, nachdem auf meines Vaters Initiative hin die Schule des *Mutran*, des Erzbischofs Hakim aus Haifa, geschlossen worden war. Abu Habib, Vorsteher des Wakf, neigte zur Überraschung Hakims zu staatlichen Schulen und unterstützte Vater. Als sich die Gemüter erhitzten und der Priester die Pforte der Schule mit Schloß und Riegel vor den Dörflern verschloß, ging Abu Habib nach der Sonntagsmesse zum Schultor, zwängte seinen Stock durch das Schlüsselloch und riß es mit Nägeln und Schrauben heraus. Mit der Stärke seiner achtzig Jahre stemmte er seine Schultern gegen die Tür, deren beide Flügel sich weit öffneten und unter dem Beifall aller Umstehenden aus den Angeln gehoben wurden. Mit ein paar englischen Worten wandte er sich an seinen Neffen, jenen, der später meine Schwester Katrin heiraten sollte, und entfernte sich, begleitet von den bewundernden Blikken der Dörfler. Seitdem beschuldigten ihn die Kinder, daß er die Schule erfunden habe.
In den zwanziger Jahren dieses Jahrhunderts reiste Abu Habib ins ferne New York, um ein neues Kapitel zu eröffnen. Seine erste Frau und den ältesten Sohn ließ er bei seinen Eltern zurück, und wie die Frau bald entdecken sollte, hatte er auch einen zweiten Sohn in ihrem Leib zurückgelassen. Sie war eine kränkliche Frau und wußte, daß da eine Waise in ihr wuchs, weihte aber niemanden in ihr Geheimnis ein. Als der Termin ihrer Entbindung heranrückte, ging ihr Schwiegervater nach Bint Jbeil, um Dr. Me'eizel zu holen; es waren die Tage des *Mustakradat*, Ende Fe-

bruar, die Tage, die der Frühling dem Winter leiht. Dr. Me'eizel, die Seele durch einen sich lang hinziehenden Winter verdüstert, sagte, er könne nicht im Regen reisen, und wies den Schwiegervater ab. Der ging im Regen nach Ein Ebel weiter und traf dort Mahmud Al Ibrahim, der wissen wollte, weshalb er so bedrückt aussähe. Der Schwiegervater erzählte, was in Bint Jbeil geschehen war, und ging weiter. Um Mitternacht, als die Wehen einsetzten, klopfte es an der Tür. Der Schwiegervater stand auf, öffnete, und vor ihm stand, durchnäßt und zitternd, Mahmud Al Ibrahim – er hielt den Arzt fest an der Hand. Der Arzt verließ im Morgengrauen das Zimmer der Wöchnerin und verkündete ihren Tod. Ins ferne New York gelangte diese Nachricht erst drei Monate später, aber Abu Habib hatte nicht genug Geld, um die Reise zu bezahlen und kehrte erst drei Jahre später ins Dorf zurück; es waren die Tage der »Großen Depression«. Er kam und heiratete die Schwester seiner Frau, aber er vergaß nie, was Mahmud Al Ibrahim für seine erste Frau getan hatte. Jetzt ist der Augenblick, ihm die zwanzigjährige Schuld zurückzuzahlen, weshalb er seinen Patensohn Zaki zu dieser späten Stunde hatte holen lassen.

Onkel Zaki war einer der Schüler Raschid Karrarahs gewesen, und es hatte ihn immer bedrückt, daß der Mann, den er so bewunderte, ein Opfer der Mißhandlungen durch die Bewohner Deir el Kasis geworden war, an ihrer Spitze Mahmud Al Ibrahim, der sich jetzt dort in der Feuerecke zusammenkauerte wie ein verwundeter Löwe. Doch nicht nur das. Er hatte Abu Schaaker, einen Vetter seines Onkels, erst vor zwei Wochen zum Sprechen bringen können und aus seinem Munde erfahren, was sich in jener Nacht im Hof des Hauses von Mahmud Al Ibrahim zugetragen hatte. Jetzt steht er vor dem Erhängten, der vor zehn Jahren seinen Vetter und seinen verehrten Lehrer in erniedrigender Prozession zu dem verlassenen Brunnen in Al Amune geführt hatte, steht vor dem verehrten und geliebten Paten, und wie könnte er diesem Mann nicht helfen, die Schuld an denjenigen zurückzuzahlen, der den unwilligen Arzt mit Gewalt aus dem entfernten Bint Jbeil geholt hatte, damit er seiner Frau bei der Geburt helfe. Doch erscheint ihm diese Vergangenheit unwichtig, zänkische Händel, jetzt und hier fehl am Platz, Fetzen der Erinnerung, durchnäßt vom Sturm, der draußen immer noch tobt, als leichte Beute dem Tatamus vorzuwerfen. Die ganze Vergangenheit ist verkörpert in der Gestalt des von seiner Niederlage gezeichneten Rebellen, der dort seine Hände über dem Reisig reibt, das alte englische Gewehr und den Krummsäbel, beide bedeckt mit dichten, schwarzen Regentropfen, neben sich an die Wand gelehnt.

Ich trat hinaus, es war so dunkel, daß du, wenn du den Finger ausstrecktest, ihn nicht mehr sehen konntest. Ein Glück, daß ich Stiefel trug. Ich ging an unserem Haus vorbei, Jalileh stand zitternd davor, sie hatte vor Sorgen nicht einschlafen können. »Ich hoffe, du bringst gute Nachrichten?« sagte sie. »Allah ist groß«, sagte ich und versteckte das Gewehr, damit sie es nicht sähe, unter meinem Mantel. Ich ging zum Schrank, fand ein paar Kerzen und steckte sie in die Tasche. Ich trat zum Bett der Kinder, deckte sie zu. Jalileh traute ihren Augen nicht. »Du gehst jetzt nirgendwo mehr hin«, sagte sie. »Frau«, sagte ich zu ihr, »hebe deine Augen zu Allah. Etwas muß bis morgen in Ordnung gebracht werden. Ich werde früh zurückkommen.« »Was wollte dein Pate?« fragte sie. »Eine Schuld von zwanzig Jahren«, sagte ich. Ein Glück, daß es aufgehört hat zu regnen, sagte ich mir. Aber dieser Wind! Wenn ich nur nicht auf das Militär stieße. Und wem sollte ich eigentlich glauben, meinem Cousin Abu Schaaker, der ihn hängen gesehen hatte, oder seinen eigenen Erzählungen, Al Asbah sei Abu Schaaker zufällig gefolgt und hätte im rechten Augenblick das Seil abgeschnitten? Was verstehe ich vom Hängen? Und wo sind die Male am Hals? Wie konnte er dem Militär entkommen, das Abu Schaaker gefangen hatte? Warum überhaupt soll ich mich und meine Familie für einen Mörder in Gefahr bringen, der im Namen des Aufstands eine Menge Rechnungen beglichen hat, wozu mich in einen Krieg mischen, der nicht meiner ist? Nicht mein Krieg? Vielleicht ist es mein Krieg, und ich weiß es bloß nicht, aber es ist an der Zeit, daß ich es endlich weiß. Ist es nicht zu spät? Es ist bestimmt schon zwei Uhr. Eine halbe Stunde bis Deir el Kasi, in der Dunkelheit vielleicht eine Stunde, und man muß vorsichtig sein. Das Haus kenne ich. Schade, daß ich nicht die Spitzhacke mitgenommen habe. Wer garantiert mir, daß die Juden sein Haus nicht ausgeräumt haben? Ob der Sturm das Geräusch des Grabens übertönen wird? Vermutlich haben sie Posten um das Dorf herum aufgestellt. Sie haben sieben Leben wie die Katzen, die Bewohner von Deir el Kasi. Sie werden zurückkommen, die Moslems. Schade, daß ich kein richtiges Abendessen hatte, mein Magen knurrt. Aus Angst vielleicht? Vor wem? Und was bedeutet das schon, verglichen mit der Angst Mahmud Al Ibrahims, der den Hocker weggestoßen hat, oder der Angst Al Asbahs, als sich der Leichnam, den er auf dem Rücken trug, zu bewegen begann? Solche Angst werde ich wohl nie kennenlernen. Hier ist der Brunnen, in dem sie Raschid Karrah zwei volle Tage gefangenhielten, und keiner kam, ihn zu retten. Zwei Tage lang schrie er, und keiner kam, alles aus Furcht vor Mahmud Al Ibrahim und seinem langen Arm, der bis zum Ende der Welt reicht. Ja, hier ist das Ende der Welt, und er braucht mich jetzt – der Held bedarf des einfachen Mannes, der Rebell benötigt den Kollaborateur. Kollaborateur? Er ist der Kollaborateur, er. Ist die ganze Geschichte von Abu Schaaker und Al Asbah vielleicht nichts anderes als eine weitere Tarnung für die einfache Tatsache, daß der Mann seit dem Jahre sechsunddreißig mit den Juden kollaboriert? Immer wieder töten sie ihn, immer wieder lassen sie ihn auferstehen. Vielleicht ist die Geschichte nur eine Falle? Und warum gerade ich? Und welche Verbindungen bestehen von sechsunddreißig bis heute zwischen Abu Habib und den Aufständischen?

Ich muß mich beeilen, das Tröpfeln entwickelt sich zum Wolkenbruch. Interessant auch, was mein Schwager Jussef sagen wird, wenn er erfährt, daß ich auf Befehl Mahmud Al Ibrahims in einer stürmischen Regennacht losgegangen bin. Er wird sein Leben lang nicht mehr mit mir sprechen. So sehr haßt er sie, ein blinder und beschränkter Haß. Was haben sie ihm überhaupt getan? Wenn der Regen anhält, kann man das Pflügen für die nächsten Tage vergessen. Und was werden wir im kommenden Frühjahr essen? Wenn wir dann noch leben. Die Kühe sind mager und geben kaum einen Liter Milch. Dieses ganze Rennen, und ich bin erst neben der Schule. Welcher Verrückte hat das hier für den geeignetsten Ort gehalten, eine Schule zu bauen, auf halbem Wege zwischen Fassuta und Deir el Kasi? Schöne Steine. Was wird jetzt daraus? Vielleicht wird ein schlauer Hirte einen Ziegenstall daraus machen. Ein Licht blitzt auf und erlöscht, oder bilde ich mir das ein? Nein, es blitzt auf und verschwindet. Natürlich in der westlichen Siedlung, denn wenn es von der östlichen Siedlung käme, würde ich auf der Stelle umkehren, würde ihm sagen, daß es im Dorf von Soldaten wimmelt, daß man das Haus unmöglich erreichen kann, daß er Schmuck und Geld vergessen soll. Er hat ohnehin nicht viel dafür gearbeitet. Wer hätte gedacht, daß die Juden einen solchen Strich zwischen Vergangenheit und Gegenwart ziehen und noch einmal einen zwischen den beiden und der Zukunft, die eine Schleuder ist in des Teufels Hand? Wie könnte ich vergessen, daß der Schmuck, von den Fellachen der Gegend in langen Jahren angehäuft, ein Schatz ist, der dem wilden Tier des Aufstands das Maul zubinden und ihnen erlauben sollte, sich loszukaufen? Und das Geld – woher kommt es? Von den Juden? Von den Engländern? Vielleicht nehme ich alles und sage, daß die Wand eingebrochen war und vermutlich die Armee alles genommen hat. Man kann einen alten Fuchs betrügen, besonders, wenn er keine Zähne mehr hat. Aber man darf keinen Toten schlagen. Und der Mann scheint mir bereits tot zu sein, obwohl er den Kopf aus der Schlinge gezogen hat. Denn man ist wie ein Toter, wenn man sein Haus in einer so schwarzen Nacht verliert und nur Allah – oder der Teufel – weiß, wohin man gehen kann. Und wieder das flackernde Licht, ein riesiges Glühwürmchen. Ist noch ein Flüchtling zurückgekommen, um in den Trümmern zu graben? Oder versucht ein Soldat, Dunkelheit und Grauen zu verjagen? Oder ist es nichts als eine verrückte Einbildung? Wieso habe ich bis jetzt den Mond nicht bemerkt? Trotz des Nieselns blitzt er ab und zu durch die Wolken. Vollmond mitten im Winter. Wann habe ich zum letzten Male den Vollmond mitten im Winter gesehen? Und weshalb verstecke ich immer noch das Gewehr unter dem Mantel? Ich hoffe, es ist noch intakt. Ich hätte im Garten graben und meinen Revolver herausholen sollen. Aber nicht vor Jalilehs Augen. Wen hat dieses Gewehr schon umgebracht, gegen wen gekämpft? Ich muß leise gehen, das Geräusch dämpfen, das durch die Berührung der Stiefel mit dem Schlamm entsteht. Hier hört man sogar die Gedanken. Mir schwant, daß ich mit diesem Gang nur mir selber eine Schuld vergelte, niemandem sonst. Sollen sie mich erwischen. Ich habe jetzt das Gewehr, es glänzt im Mondlicht, das hinter mir aus dem Wolkenschleier fällt. Wolkenschleier! Die Angst treibt Blüten aus dem Rost der Sprache. Nicht umsonst habe ich bei Karrarah gelernt. Hier das Haus, hier der Hof, hier die Westmauer. Ich berühre sie, beklopfe sie, um die hohlen Stellen zu finden. Er hatte recht. Genau wie er gesagt hat. Hoffen wir, daß auch der Spaten an seinem Platz ist. Die Juden brauchen ihn gerade nicht, sie schießen immer noch. Der Lärm des Sturms dämpft den Lärm, den das Durchstoßen der Mauer verursacht. Der Mörtel fällt. Da ist die Öffnung. Die Dunkelheit erschwert alles. Ich zünde eine Kerze an und sehe in ihrem flackernden Licht, daß das Zimmer keine Fenster hat. Ich blase die Kerze aus, Gold und Silber kann man auch im Dunkeln fühlen. Mahmud Al Ibrahim brauchte auch keine Kerzen, als er das alles zusammengeplündert hat. Er hat es bei Tageslicht getan. Der Geruch der gelöschten Kerze hängt im Raum, aber in meine Nüstern dringt bereits ein anderer Geruch, der Geruch von Anwesenheit, jemand steht im Zimmer.

Eine zaghafte Flamme leckt an feuchten Holzscheiten, eine Flamme, die aus der glühenden Asche der Glühwürmchen stieg. Abu Habib nötigt mich, zu essen. Zwei weiße Kugeln Labaneh schwimmen im Öl, dazu ein Stück gerade über dem Feuer geröstetes Brot. Seit Monaten habe ich nicht mehr solche Labaneh gegessen. Dafür hätte ich einen Mord begehen können. Es scheint, daß mein sonst unstillbarer Appetit zusammen mit all den Dingen in Deir el Kasi geblieben ist, die wir in der Eile der Flucht nicht hatten mit uns nehmen können. Welches Schicksal war dem Tiegel über dem Küchenschrank beschieden, in dem die Labaneh-Kugeln im Öl schwammen? Wenn das Kamel fort ist, weint man den Zügeln nicht nach. Viele Kamele waren fort. Ich nehme es gelassen hin. Blicke ins Öl und warte auf meinen Mandal. Zwei weiße Labaneh-Kugeln sind alles, was mir geblieben ist. Allah ist mein Zeuge. Von hoch oben schaut er herab und bestimmt das Schicksal. Wem bestimmt ist, zu wandern, der wandert, und wem bestimmt ist, zu bleiben, der bleibt, bis Sein Wille und das Rad des Schicksals sich aufs neue wenden. Glück haben sie, die Leute von Fassuta, Glück. Immer hockten sie am Ende der Landstraße, dort, wo die Krieger ruhen. Sie verschonen am Ende irgendein Dorf, zur Erinnerung daran, was sie zerstört haben. Was wäre geschehen, wenn Deir el Kasi am Ende des Weges gewesen wäre? Wahrscheinlich wären wir geblieben. Aber diese Christen haben es immer verstanden, sich herauszuhalten. Sie hingen an jener Hintertür herum, an der auch die Eroberer lungerten und über all die Türen nachgrübelten, die sie bereits aufgebrochen hatten. Immer hatten sie es verstanden, die Glut zu bewahren, damit das Feuer nicht ausging. Verdeckte Glut, leise glimmend, so daß man nicht wußte, ob sie lebte oder tot war. Auch jener Arzt war Christ, ein guter Arzt, wie man sagt, aber er hatte die Wöchnerin nicht retten können, ein falscher Arzt, sage ich. Abu Habib glaubt, ich sei gekommen, die Schuld einzufordern. Aber wer erinnert sich daran? Nicht deswegen habe ich an die Tür geklopft, sondern weil sein Haus das letzte im Norden des Dorfes ist, das erste an meinem Weg. Erst als er sagte, daß er alle meine Wünsche erfüllen werde, erinnerte ich mich des Arztes und der regnerischen Nacht. Es war nicht nur Dankbarkeit, die ich aus seiner Stimme hörte, sondern eine Art Entschuldigung, weil ich gewandert und er geblieben war, eine Art spätes Einverständnis mit dem Schicksal, das all die Jahre mit uns gespielt und uns auf die entgegengesetzten Seiten der Barrikaden verschlagen hatte. Diese Leute von Fassuta, niemals haben sie etwas von ganzem Herzen getan. Immer haben sie sich den Rückzug freigehalten. Und jetzt versucht Abu Habib mich für diese Gleichgültigkeit der Vergangenheit zu entschädigen, dafür, daß er die Hände in den Schoß gelegt hat, als wir Hilfe brauchten, dafür, daß sie während des Aufstands und allem, was im Gefolge des Aufstands passierte und was sich unter ihren hochmütigen Blicken abspielte, keinen Finger gerührt haben. Und wenn sie uns gnädigerweise doch einmal halfen, taten sie es geräuschvoll und trugen dick auf. Aber Abu Habib war nicht wie die anderen. Da war etwas an ihm, etwas Amerikanisches vielleicht. Englische Wortbrocken statt arabischer Aufstandslieder. Er gehörte nicht hierher, war nur Gast für einen Augenblick und tat daher alles, um einen guten Eindruck zu hinterlassen. Und dieser junge Mann, den er da gebracht hat, Zaki Al Aasi – ich erinnere mich seiner genau, als er bei diesem Ketzer Karrarah studierte –, übrigens sollte ich ihm zwei

Jahre später noch einmal auf der Weide begegnen, wo er, halb drohend, halb im Scherz, sagte, wir würden uns einmal wiedersehen. Und jetzt sind wir hier. Alles, was er findet, könnte er nehmen und fliehen. Aber er wird es nicht tun. Man rächt sich nicht an einem, an dem die Zeit sich rächen wird, nicht an einem, dessen Glück sich gewendet hat. Ihre Religion sei eine der Vergebung und des Erbarmens, sagen sie – bitte, sollen sie es beweisen. Er wird das Haus betreten, das ich nie wiedersehen werde. Man sagt, daß wir zurückkehren werden, doch tief im Innern weiß ich, daß wir in loses und verfaultes Stroh greifen werden. Man hat angefangen, uns Flüchtlinge zu nennen, und wem dieser Name anhaftet, der kann ihn nicht mehr loswerden. Ein verspätetes Geburtsmal. Wie symbolisch wäre es gewesen, wenn Abu Habib das Kind geschickt hätte, das vor zwanzig Jahren auf Kosten seiner Mutter geboren wurde. Aber wahrscheinlich war es eine Tochter, dann ist sie heute im Alter meiner jüngsten Tochter. Was wird jetzt aus dir, meine Liebe, meine Kleine? Fast hätte ich dich verraten, dich Hunger und Armut ausgesetzt, und das Seil liegt noch immer um meinen Hals, obgleich Al Asbah, der Held, es in jener schwarzen Nacht gelöst hat. Ich war schon am Tor meiner Großmutter, habe schon ans Tor ihrer Barmherzigkeit geklopft, umgeben vom Flackern der Glühwürmchen, ein Bräutigam am Tag seiner Hochzeit, nicht länger barfuß und nackt auf dornenbedecktem Dreschboden.

Ich dachte, ich hätte die Kerze gelöscht, da der Geruch des erkaltenden Dochts im Raum stand. Aber nein. Ein schwer faßbares Licht war im Zimmer, ein Truglicht, das abwechselnd kam und verschwand. Jemand ist mit mir im Zimmer, den meine Augen nicht sehen. Die Wand ist aufgebrochen, der Mörtel bröckelt und in der Wand ist eine Nische. Aus der Nische fällt eine kleine Blechdose und schlägt auf dem Boden auf. Dann verschließt sich die Nische, und die Wand kehrt in ihren vorigen Zustand zurück, als wäre nichts geschehen. Das Licht überflutet mich und das Zimmer mit einer letzten, leuchtenden Welle und entzündet die Kerze, die im Wind flackert. Das Zimmer fällt wieder ins Zwielicht, meine Knie zittern, die Blechdose ist verschlossen wie alle alten Blechdosen, und ich will nichts als in die finstere Nacht fliehen, zurück in den Schein des Vollmonds, in den Nieselregen, in die Dunkelheit. Ich nehme die Blechdose, sie ist glutheiß, und stürze hinaus in die Nacht. Am Himmel ist kein Mond mehr zu sehen. Dunkelheit um mich herum, und auf meiner Hand eine Brandwunde.

Und hier sind meine Beine, und hier bin ich. Er verspätet sich. In seinem Alter habe ich den Weg in zwei Zigarettenlängen gemacht, sogar in den dunkelsten Nächten, und jetzt rauche ich schon die siebente Zigarette. Wird der Weg nach Hause länger, wenn das Haus nicht mehr dir gehört und Fremde ihn gehen? Ich sehe die Zauberschuhe an, die ich von den Füßen des armen Teufels genommen habe. Wohin werden sie mich führen? Bestimmt werde ich nie mehr den Weg nach Hause gehen, nach Deir el Kasi, aber das werde ich meiner kleinen Geliebten nicht erzählen, ihr nie mehr am Frühlingsanfang erzählen, daß wir die Anemonen in Tel Hlal ansehen werden, blutrot wie das Blut der für Palästina Gefallenen. Aber in meinen Adern fließt anderes Blut, verwässert von Niederlagen und Eingeständnissen, wie auch in den Adern der verräterischen Erde bereits anderes Blut fließt, und selbst die Anemonen werden ihre Farbe wechseln, in

Jüdischrot. *Rachat Phalestin.* Palästina ist verloren und kommt nicht zurück. Wenn ich als Kind etwas verloren hatte, pflegte ich in die Hand zu spucken, den Zeigefinger der anderen Hand zu erheben und zu murmeln: »O Satan, mächtiger Satan, wo mag der verlorene Sack sein, wo? Eine Hälfte für dich, die andere für mich, der Rest für die Mutter des Bräutigams.« Dann klopfte ich mit dem Finger in die Spucke, und je nachdem, wohin sie spritzte, suchte ich dort nach dem verlorenen Gegenstand. Nur daß jetzt alles außer der Spucke verloren ist, alles außer der Demütigung des Verlusts.

»Wir dachten, es sei dir etwas passiert«, sagte Mahmud Al Ibrahim zu Onkel Zaki, als der eintrat und die Tür hinter sich zuwarf, bleich wie das erlöschende Feuer in der Ecke. Sofort steckte er die Hand ins Hemd, zog die verrostete Blechdose heraus und reichte sie Mahmud Al Ibrahim. Abu Habib sah ihn anerkennend an und sagte: »Wir wußten, daß du uns nicht enttäuschen würdest, leg den Mantel ab und setz dich ans Feuer.« »Das Feuer ist erloschen«, sagte Onkel Zaki, »und Jalileh wartet zu Hause.« »Setz dich«, sagte Mahmud Al Ibrahim, und Zaki setzte sich. Da streckte Mahmud Al Ibrahim die Hand aus, faßte den Krummsäbel, reichte ihn Onkel Zaki und sagte: »Der ist für dich, weil du so tapfer warst, aber du bekommst von mir noch ein Geschenk.« Onkel Zaki sagte zu Mahmud Al Ibrahim: »Ein Schwert gehört seinem Träger, dieses Schwert ist nicht für meine Hände bestimmt.« Mahmud Al Ibrahim sagte, daß ein Schwert immer danach trachte, in seine Scheide zurückzukehren und daß dieses Schwert niemals in seine Scheide zurückkehren werde, denn seine Scheide sei Palästina, seien nicht die Flüchtlingslager.« »Vertraue auf Allah«, sagte Abu Habib, »und das Schwert wird gewiß in seine Scheide zurückkehren.« Da sah Mahmud Al Ibrahim ihn lange mit feuchten Augen an, wandte sich dann zu Onkel Zaki und sagte: »Wenn es so ist, nimm es als Pfand.« Onkel Zaki streckte seine kalte Hand aus und hielt das Schwert, das ebenfalls eiskalt war. Jetzt nahm Mahmud Al Ibrahim die rostige Blechdose und versuchte den Deckel zu entfernen, doch es gelang ihm nicht. Er fuhr mit der Hand in die Tasche, zog ein kleines Taschenmesser hervor und bewegte die Klinge zwischen Deckel und Dose. Ein Feuersturm raste durch das Zimmer, das in grelles Licht getaucht war. Für einen Augenblick war die verrostete Büchse voller Gold und Silber, der Deckel fiel ins Feuer und verschwand mit einer Stichflamme durch den Kamin, in dem sich sofort Risse bildeten. Die drei Männer fielen auf ihre Gesichter und bedeckten schützend die Köpfe in Erwartung der über ihnen zusammenstürzenden Zimmerdecke und -wände. Das Licht erlosch, das Zimmer lag wieder düster und kalt im Schein der flackernden Öllampe. Vierzig Goldmünzen waren in der Dose sowie ein gefaltetes Papier, vergilbt und porös. Onkel Zaki blickte auf die Goldmünzen und betete still, daß eine davon den Weg zu ihm fände. Aber Mahmud Al Ibrahim ergriff die Münzen mit beiden Händen und verteilte sie über seine vielen Taschen. Dann nahm er das Papier und faltete es auseinander. Als das Papier im blassen Schein der Öllampe ausgebreitet war, sahen sie, daß geheimnisvolle rote Buchstaben darauf geschrieben waren. »Es ist das Amulett, das am Körper deines Lehrers Karrarah gefunden wurde«, sagte Mahmud Al Ibrahim zu Onkel Zaki. »Und das sind die mysteriösen Worte, die, wenn sie an der richtigen Stelle in eurem Dorf gesagt werden, die

Tür zur Höhle öffnen, in der der Goldschatz der Kreuzfahrer verborgen ist. Aber der Derwisch, der das Papier gesehen hat, sagte, das sei nur die eine Hälfte. Die Tür würde sich nur öffnen, wenn die zweite Hälfte gefunden würde, um den Spruch zu vervollständigen. Daher ist das Papier selbst wertlos, aber wenn euch das Glück günstig ist und ihr die verlorene Hälfte findet, werdet ihr nie mehr Mangel leiden.«
Onkel Zaki nahm das Papier, faltete es sorgfältig und steckte es nicht wenig enttäuscht in sein Hemd. An dem Tag, an dem Mahmud Al Ibrahim nach Deir el Kasi zurückkehren würde, sagte er sich, würde auch dieses Papier seine verlorene Hälfte finden.

Die Tage vergingen. Der Krummsäbel wurde Abu Schaaker als Geschenk gegeben, und das zusammengefaltete Papier wurde von Onkel Zaki vergessen. Und wenn nicht die Kühe gewesen wären, die etwa zehn Jahre später an der libanesischen Grenze verschwanden, so wäre zu bezweifeln, ob es je wieder in sein Bewußtsein gedrungen wäre. Es geschah im Jahre 1959, daß der Hirte, der Onkel Zakis Kühe auf der Weide nahe der Grenze hütete, zurückkam und ihm mitteilte, zwei bewaffnete Männer hätten ihn im Schlaf überfallen, gefesselt und die Kühe über die Grenze getrieben. Es waren dreizehn Kühe, Onkel Zakis ganzer Besitz auf dieser Erde. Da machte er sich auf den Weg zur Polizeistation und erstattete Anzeige gegen die beiden bewaffneten Männer, aber die Polizei hatte keine Eile, ihnen auf die Spur zu kommen, besonders, da die Spur über die Grenze führte. Verzweifelt machte sich Onkel Zaki auf den Weg zu Scheich Al Binawi, einem Enkel des berühmten Al Binawi aus der Türkenzeit, dessen Name von den Dörflern mit großem Respekt ausgesprochen wurde.

Als Großvater von siebzig Jahren nahm Al Binawi zu Beginn des Jahrhunderts Hadla, die Tante Abu Habibs, im nahen Dorf Mealiah zur Frau. In der Fülle seiner Jahre kamen die Mächte der Finsternis zu ihm und forderten ein, was ihnen zustand. Er händigte ihnen einen Sack aus schwarzem Ziegenhaar aus und sagte, sie sollten ans Meer gehen und den Sack waschen, bis er weiß wie Schnee sei. Sie gingen und kehrten viele Jahre lang nicht zurück. Als seine Kräfte abnahmen, kamen sie wieder und versuchten ihr Glück erneut. Er gab ihnen ein Sieb und forderte sie auf, ihm Wasser darin zu bringen. Doch ihre Weisheit stand ihnen bei; sie verstopften die Löcher des Siebs mit ihren Fingern und brachten dem Alten das Wasser. Aber da sein Einfallsreichtum ihnen gefiel, gaben sie ihm noch einen Aufschub, obwohl ihm der Unterkiefer schon herunterhing. Zwar war Al Binawi sehr gebrechlich, dennoch schrieb er weiter seine Amulette in Geheimbuchstaben und übergab sie dem Strom dörflicher Einbildungskraft. Bis endlich der Tod sein Recht forderte und die Amulette ihm nicht mehr helfen konnten.
Drei Tage saß also Al Binawi, der Enkel, bei Onkel Zaki, und alle Versuche, Verbindung mit den Djinnis aufzunehmen, schlugen fehl. Das ärgerte und betrübte ihn maßlos. »Die Gegenwart von irgend jemandem in diesem Hause«, sagte er erbittert zu Onkel Zaki, »hindert mich, meine Geister zu Hilfe zu holen.« Am Ende des dritten Tages schloß er die Augen und zitierte Onkel Zaki vor allen Anwesenden – unter ihnen mein Vater – den Text in der Amuletthälfte, die in der verrosteten Blechdose versteckt gewesen war. Da erinnerte sich Onkel Zaki an das Geschenk Mahmud Al Ibrahims und holte es aus der Semandra. Ängstlich rollte Al Binawi das Papier auf, und sobald

er die roten Buchstaben sah, fragte er, ob unter den Anwesenden ein Verwandter von Jires A-Schammas sei. »Er ist mein Schwager«, sagte Onkel Zaki. »Und das ist sein Bruder.« Er wies mit der Hand auf meinen Vater. Da sagte ihnen Al Binawi: »Jires A-Schammas hat meinen Großvater, möge Allah sich seiner erbarmen, im Jahre 1926 im Dorf Tarbiha besucht, damit er ihm ein Amulett anfertige, um das Herz seiner Mutter zu erweichen und die Hindernisse aus dem Weg zu räumen, die seiner Liebe zu einer gewissen Almasa entgegenstanden, aber mein Großvater fühlte die Gegenwart einer Macht der Finsternis in seinem Zimmer, und als er Jires A-Schammas bat, die Taschen vor seinen Augen zu leeren, fiel aus Jires Innentasche ein sorgfältig gefaltetes Stück Papier, das mein Großvater mit Angst und Zittern nahm und vor seinen Augen ausbreitete. Es war die andere Hälfte dieses Papiers. Aber mein Djinni flüstert mir ins Ohr, daß besagte Hälfte in den Händen von Jires A-Schammas auf einem anderen Erdteil ist, weit weg von hier. Und die Stelle, an der sich das Tor zur großen Höhle öffnen soll, ist dieser Tage hier in der Nähe aufgedeckt worden.« Mein Vater neckte ihn: »Wenn das stimmt, was du sagst, dann kannst du uns ja dort hinführen.« Al Binawi sagte zu ihm: »In der Tat werde ich euch dort hinführen, aber ihr müßt wissen, daß ein halbes Amulett nicht genügt, um die Zungen der Djinnis zu lösen oder um A-Rassad zu veranlassen, seinen Zauberschlüssel ins Schlüsselloch der Jahre zu stecken. Mehr noch: Er kann große Bedrängnis über unsere Häupter bringen, weil wir uns mit etwas Unvollständigem abgeben.« Darauf mein Vater: »Besser ein halbes Wissen als ein vollständiges Unwissen.« Da nickte Al Binawi mit dem Kopf und sagte: »Ich wollte euch nur warnen. Gehen wir.«

Zu jener Zeit hob Abu Hilmi, ein guter Freund Onkel Jussefs, die Fundamente zu einem Zimmer aus, das er an sein Haus anbauen wollte. Wie erstaunt war er, als er eines Nachts durch Erdstöße erwachte. Er nahm die Öllampe, ging hinaus, um zu sehen, was mit seinem Fundament geschehen wäre. Er stellte fest, daß die Erde eingesunken war und daß ein Ring an einem glatten Stein befestigt war, der aus der Erde herausragte. Er erzählte niemandem davon.
Und jetzt nähert sich die Gruppe, an der Spitze Scheich Al Binawi, seinem Haus. »Das ist der Haupteingang«, sagt er, »aber ich habe nur einen unbrauchbaren, einen halben Schlüssel. Siebzig Jahre muß man warten, bis sich dieser Ring ein zweites Mal zeigen wird.« Und noch ehe er seinen Satz beendet hatte, versank der Stein mit dem Ring zwischen lockeren Erdklumpen.

Zwanzig Jahre vergingen, bis ich Anfang August 1978 die Geschichte aus dem Munde Onkel Zakis hörte, am vierzigsten Tag nach dem Tod meines Vaters. Ich fragte ihn, weshalb er nicht an Onkel Jires geschrieben habe, um etwas über das Amulett zu erfahren, aber er sagte, da er niemals wirklich an solche Dinge geglaubt habe, habe mein Vater ihm davon abgeraten. Außerdem war die Verbindung zu Onkel Jires seinerzeit abgebrochen, und es wäre sehr zweifelhaft gewesen, ob er sich noch an ein geheimnisvolles Stück Papier von vor über dreißig Jahren hätte erinnern können. Weshalb er dann Almasa nicht nach dem Amulett gefragt habe, beharrte ich. In der Tat habe er sie, als sie aus dem Libanon gekommen sei, danach gefragt, aber sie habe sich an nichts erinnert. Das einzige Amulett, an das sie sich erinnern konnte, war jenes, das mein Onkel, ehe er abreiste, um den Hals seines Sohnes Anton legte. Ein dörfliches Amulett, vermutlich mit einem Psalmvers oder ähnlichem. Ich bat Onkel Zaki, mir das Papier zu zeigen. »Ich hänge sehr an dem Papier, wie du es nennst«, sagte er, »es ist alles, was mir von der verlorenen Zeit geblieben ist. Abgesehen davon fühle ich, daß es nur Unglück über die bringt, die es besitzen.« »Aber ihr habt versagt«, hielt ich ihm entgegen, ganz im Geist der jungen Generation: »Warum gibst du es mir nicht, damit ich die Karte des Schatzes vervollständigen kann?« Onkel Zaki lächelte. »Komm, ich sage dir, was wir tun werden. Wenn du die andere Hälfte des Amuletts findest, gebe ich dir meine Hälfte.« Auch ich lächelte, sehr zum Mißbehagen meiner Mutter, die die ganze Zeit über inmitten schwarzgekleideter Frauen gestanden hatte, die zum Kondolieren gekommen waren.

Einige Jahre später wird derselbe Muhammad-Karim Michail ins Dorf kommen, in seinem Sack die arabische Übersetzung des Alten Testaments, die Onkel Jires auf allen seinen Reisen begleitet hat, und ein kleines in Beirut gekauftes Notizbuch, in das er syrische Widerstandslieder vom Anfang der zwanziger Jahre aus der Erinnerung eingetragen hatte. Zwischen den Blättern des Alten Testaments suchte ich das verlorene Amulett, fand aber nichts.

Geheimnisvoller, entschwundener A-Rassad, selbst wenn ich wandle im Tal der Schatten, mir ist nicht bange, denn du bist mit mir.

Elftes Kapitel

Und wieder stehe ich vor dem Guckloch in dem großen Tor. Nachdem mein Leben sich im Lauf der gewundenen Arabesken dahingeschlängelt hat, befinde ich mich da, wo ich begonnen habe, als wäre jene Flucht in den dreißiger Jahren des vergangenen Jahrhunderts aus dem Dorf Habab im Süden Syriens nichts als ein Entwurf jener wirklichen Reise, die mir jetzt bevorsteht.

Sicher hätte Onkel Jussef nicht viel Freude an diesen Worten gehabt. Er hätte das gewiß mit einem feinen, kaum merklichen Hochmut formuliert. In bestimmten Augenblicken, wenn er eine seiner Geschichten beendete, die zuvor von Ohr zu Ohr gegangen und nun zu ihm zurückgekehrt war, schnippte er mit einer raschen, charmanten Bewegung seiner rechten Hand den linken Zipfel seiner weißen Kaffieya hinter seinen Rücken und hob den Kopf. Seine Nasenflügel blähten sich, um die Augen spielte ein zufriedenes Lächeln, und er warf einen schnellen Blick auf die Anwesenden, um den Eindruck einzufangen, den die Geschichte auf den Gesichtern hinterlassen hatte. Dann spielte er wieder mit den Perlen seiner Handkette. Seine Geschichten waren ineinander verflochten, umarmten und trennten sich, verwoben sich in unendliche Arabesken der Erinnerung. Viele kehrten immer wieder und wurden mit immer neuen kleinen Änderungen erzählt, andere wurden nur zwei- oder dreimal während seines ganzen Lebens wiederholt. Jedenfalls sprudelten sie alle um ihn herum in Wirbeln, die Anfang und Ende, innen und außen, Wirklichkeit und Phantasie verbanden. Und wenn ich mir jenen Tag auf dem verzauberten Felsen im Zentrum der Duwara in Erinnerung rufe, ihn die Zweige des

Weinstocks stutzen sehe, um dem nahenden Frühling Platz zu schaffen, neige ich zu der Annahme, daß er mir die Geschichte meines Namens nicht ohne Absicht erzählt hat. Ich erinnerte mich dieser Szene an dem Tag, als Onkel Zaki mir von der verlorenen Hälfte des Amuletts erzählte, und ich wußte, Onkel Jussef hatte die Falle an dem Tag gelegt, als er die Weinstöcke beschnitt. Und jetzt stehe ich am Eingang zur Höhle ohne passenden Schlüssel, und der listige Onkel Jussef gibt mir einen ganz winzigen, damit ich den Weg durch die Windungen der Arabesken finde und durch das Guckloch auf eine andere Geschichte blicke, die nicht den alten Gesetzen gehorcht. Nachher bringt er mit einer charmanten Bewegung seiner Rechten den linken Zipfel der weißen Kaffieya hinter dem Rücken in Ordnung und vertieft sich erneut in die Arbeit des Stutzens. Tief im Herzen weiß ich, daß er alles vorausgesehen hat, bis in kleinste Einzelheiten. Er wußte, daß ich seine Geschichten weitererzählen würde – denn ohne ihn hätte die Familienüberlieferung wohl kaum weiterbestehen können. Deshalb händigte er mir so großzügig die Schlüssel zu allen Toren aus – außer dem letzten, den behielt er für sich. So führt mich jetzt die Legende zur Szene auf dem Felsen zurück. Da ist noch jemand mit deinem Namen, mit der Hälfte deiner Identität, der Hälfte des Amuletts. Und würde er die andere Hälfte, die noch in Händen der Familie ist, hinzufügen, so öffnete sich dir der Eingang zur Höhle und du gelangtest zu dem Goldschatz. Und wenn darin etwas von einem Versprechen liegt, so auch etwas von einer Drohung. Denn genauso kannst du auch auf die Zauberformel stoßen, die dem wilden Tier den Strick vom zugebundenen Maul löst, und plötzlich wirst du dir klar darüber, daß das glitzernde Gold nichts anderes ist als

das Flackern der Glühwürmchen in nächtlicher Dunkelheit.
Von der Art war Onkel Jussef. Einerseits gläubiger Katholik, wie der heilige Augustinus überzeugt, als hätte es ihm die Jungfrau selbst gesagt, daß seine Jahre nichts waren als Glieder in der Kette zur Erlösung. Aber für den Fall, daß Asche zu Asche werden sollte und der gähnende Rachen des ewigen Nichts sich öffnen würde, hielt er sich ein Hintertürchen offen. In der ewigen Wiederkehr der Dinge läge die Macht, der Vernichtung standzuhalten. Aber er übersah die Widersprüche seiner Seele, für ihn war der A-Rassad der Djinnis kein anderer als der Hahn, bei dessen Schrei im Morgengrauen Petrus den Jesus dreimal verleugnet hatte. Und ich bin der Neffe, der bis zu seinem zwölften Lebensjahr als Ministrant gedient und seitdem in fremden Gefilden sein Glück versucht hat. Gerade versuche ich, mich von Onkel Jussefs quasi-heidnischer Zeit zu lösen und den Pfad der christlichen Zeit zu beschreiten, der vermutlich zur Erlösung führen und den Teufelskreis durchbrechen wird.
Ehe es mir noch gelingt, selbst fest auf dem Boden der Erzählung Fuß zu fassen, sehe ich mich bereits an den Felsen gekettet. Onkel Jussef ist ganz in die Arbeit des Weinstockbeschneidens vertieft, während um seine Lippen ein verzeihendes Lächeln spielt: »In deine Hände habe ich das Handwerkszeug zum Geschichtenweben gegeben, habe dich in die weite Welt geschickt, den Rucksack voller Geschichten, um die Menschen wachzuhalten, und da kehrst du zurück, ein Vogel in der Hand des Fängers, und versuchst, der Falle zu entrinnen, die ich dir gestellt habe, als du ein Kind warst. In welche Richtung willst du jetzt das rote Pferd der Erzählung schicken?«

Getadelt und gesenkten Hauptes stehe ich vor meinem Onkel. Ich hatte es nicht vermocht, ihn aus dem Labyrinth seiner Geschichten zu retten, noch hatte ich ihn versöhnen können mit dem Gesamt unserer Erfahrung, seiner und meiner. Denn das wußte er, seine Erfahrung war lückenhaft wie die meine, und keine Erzählung, in welcher Fassung auch immer, hat die Kraft, uns den unter unseren Füßen schwindenden Boden wiederzugeben. Das wußte er, aber er beschloß, den Mund zu halten, bis das Schicksal mich wieder an den Eingang der Höhle führen und ich die ganze Zauberformel hervorbringen würde, von der keine einzige Silbe fehlen dürfte. Aber es war ihm nicht vergönnt, das zu erleben. Hier nun stehe ich wieder vor dem Eingang, eine stumme Turteltaube an Stelle des legendären Hahns.

Der Taubenschlag des Priesters war gegenüber dem Fenster der ersten Klasse, und das Gurren der Tauben vermengte sich mit dem Alphabet wie das Verschwinden von Nur, Onkel Jussefs jüngstem Sohn, im April 1957. Ich saß am Fenster und dachte an das Fahrrad, das er mir bei seinem nächsten Besuch aus Nazareth mitzubringen versprochen hatte. Es war der Tag, an dem ich auf dem Sims des Südfensters saß und mit dicken roten Strichen alle Pferde bekritzelte, die in der ägyptischen Zeitschrift »Al-Hilal« erschienen waren, um an ihnen den Verrat zu rächen, den das rote Pferd meines Onkels begangen hatte. Ein Fahrrad aus Zuckerwerk, auf dem ich nach Herzenslust fahren und an dem ich knabbern konnte. Aber jetzt, am Freitag, dem Tag des Schlußgebets der »Preisungen der Jungfrau«, schien das Zuckerwerkfahrrad meinem Verlangen weit entrückt. Fünfundzwanzig Jahre vergingen, bis Nur zu seinem nächsten Besuch aus dem Libanon kam, mit leeren Händen, wie Onkel Jussef es erwartet hatte, der unter den Jahren seiner Abwesenheit sehr gelitten hatte und ihn nicht mehr wiedersehen sollte. Das war am 27. September in dem Jahr, als das Bild von Michael Abyad auf dem Fahrrad erschien, wie er auf die beiden Leichen im Lager Sabra schaut. Ich halte Nur das geöffnete »Time Magazine« vor die Augen, nachdem ich ihm mit meinen Vermutungen über das Schicksal unseres verschollenen Vetters in den Ohren gelegen habe. Er, der mit glasigem Blick nicht einmal die Veränderungen in der Landschaft unserer Kindheit wahrnahm, sagte in seiner bedächtig dahinfließenden Redeweise, die immer schon meine Eifersucht erweckt hatte: »Da ist ein Problem jenseits des Bildes, jenseits der hingemetzelten beiden Leichen, die sich den Augen des Fahrradfahrers darbieten, das Problem der Identität des Fahrradfahrers, der nur in deiner wilden Phantasie dein verschollener Vetter ist, dem du einen Ring an den Finger steckst, dessen Füße du mit Schuhen bekleidest und zu dessen Ehren du ein gemästetes Kalb schlachtest, wie es uns der heilige Lukas in der Parabel vom verlorenen Sohn erzählt. Doch wahrlich, wer geschlachtet wurde, wer nicht zum Mahl kommen konnte, das sind die libanesischen Christen, die seit den sechziger Jahren des vergangenen Jahrhunderts unter Moslems und Drusen leiden. Und wenn sich dieser Michael Abyad, dessen Gesicht soviel Mitleid zeigt, mit den Moslems auf dem Gehsteig identifiziert, dann ist es besser für ihn und für uns, daß wir nicht miteinander verwandt sind.«

Hilwe kam weinend aus Nazareth und erzählte Onkel Jussef von Nurs Flucht. Es war zur Fastenzeit. Am Karfreitag brachte man seine Habseligkeiten ins Dorf, darunter Bücher und Notizblöcke. Ein kleines kariertes Notizbuch war dabei, in das er Gedichte eines berühmten libanesischen Dichters geschrieben hatte. »Dem schönen Heimatland, wo die Wolken sind von der Farbe des Taubengurrens«, lautete eine Zeile, die seitdem in meiner Erinnerung aufsteigt, sobald ich ins Dorf komme, und das Gurren der Tauben, einst im Taubenschlag des Priesters gegenüber dem Fenster der ersten Klasse, durchdringt das Alphabet meiner Sehnsucht.

Aber Nur hatte eine andere Sehnsucht. Er sehnte sich danach, daß diese Wilden, die nicht Fahrrad zu fahren verstanden, in die Wüste zurückkehrten, woher sie gekommen waren. Dann würde man sie nicht umbringen müssen. Ich schloß die Zeitschrift und brachte das Gurren der Tauben zum Verstummen.

Ich war es, der Onkel Jussef vom Feld rief, von Onkel Nimrs Acker, wie wir es nannten. Und obwohl ich Hilwe geschworen hatte, ihm nichts zu sagen, rief ich ihm bereits von der ersten Ackerfurche aus zu, daß Nur weggelaufen war, nicht ahnend, was ich damit anrichtete. Onkel Jussef ließ das Pferd mitten in der Furche anhalten, zog den Pflug aus der Scholle, legte ihn aufs Brachland, kam auf mich zu und sagte: »Wohin ist er geflohen?« Als hätte er gewußt, daß Nur eines Tages fliehen würde, und als wolle er jetzt nur wissen, wohin. Abermals sagte ich bloß, er sei geflohen. »Ja, gut, aber wohin?« Ich sagte, ich wüßte es nicht. Und da standen wir neben dem Pferd und den Ackerfurchen, zwei kleine, hilflose Gestalten, und auf einmal begriff ich, was die Nachricht bedeutete, daß ich Nur niemals wiedersehen würde. Ich vergrub mein Gesicht in Onkel Jussefs Khakihosen und weinte. Mit seiner schwieligen Hand, die nach Erde roch, strich mein Onkel mir übers Haar und schickte mich dann nach Hause. Auf halbem Wege blieb ich erschrocken vor einer Eidechse stehen, die herausgeschlüpft war, um die Aprilsonne mit Verbeugungen zu begrüßen, und mir war, als fordere sie mich auf, ihr zu folgen. Ich stand wie versteinert, leise schluchzend, bis ich die Hand meines Onkels auf der Schulter fühlte und er mich nach Hause führte. »Nur ist in den Libanon geflohen«, sagte ihm Hilwe. »Ich bin hungrig«, sagte er und setzte sich auf die Schwelle, um die Schuhe aufzuschnüren. Fünfundzwanzig Jahre lang würde er seine Schuhe aufschnüren und auf Nur warten. Als Nur im Oktober 1982 ins Dorf zurückkehrte, besuchte er das Grab seines Vaters und sah, obwohl es nicht die Jahreszeit dafür war, eine Eidechse, die sich auf dem Grab verneigte.

In den fünfundzwanzig Jahren, die Nur im Libanon verbrachte, hatten viele Nachbarn den Weg ins Jenseits gefunden, aber wer ihm am meisten fehlte, war Ablah, die verrückte Nachbarstochter, die mit dem Vieh in der Scheune schlief und das ganze Jahr hindurch in schwarzen Lumpen einherging, die sie weder vor Winterkälte noch vor der Grausamkeit der Kinder schützten. Sie trotzte den Versuchen Um Rasis, ihrer Mutter, sie in die abgelegten Kleider ihrer anderen Töchter zu kleiden. Aber mehr als die Mutter sie vor Kälte schützen wollte, suchte sie die Nachbarinnen zu besänftigen, die sie in ihrer weißen Nacktheit sahen, die durch die Lumpen schimmerte. Kleine Djinnis warfen verlockend ihre Netze aus vor den Augen der Ehemänner.

Ablah kam Anfang 1949 aus dem erzbischöflichen Waisenhaus in Haifa ins Dorf. Niemand wußte, woher sie den breitkrempigen schwarzen Hut und das schwarze Atlaskleid hatte, das den Nachbarinnen in die Augen stach. Bis zu dem Augenblick, als Ablah

den Mund aufriß, die Augen in den Höhlen rollte und ihr wildes Gelächter durchs Dorf kollern ließ und sich, wie sie es immer tat, an die Brust schlug und den Atem anhielt, dachte ihre Mutter, eine Prinzessin wäre über die Schwelle getreten. Als sie sich ihres Irrtums bewußt wurde, erhob sie die Stimme zu lauter Wehklage. Das Unglück, von dem sie sich für immer befreit zu haben glaubte, war mit den Juden zurückgekehrt und würde sie nicht verlassen bis zu ihrem Tod, verflucht sei der Name der Juden, verflucht ihr Angedenken, denn sie hatten die Plage des Wahnsinns über die Häupter gebracht. Die Nachbarinnen kamen in Um Ramsis Haus zusammen und standen im Kreis um die schwarze Prinzessin. Ungläubig begannen sie den Körper zu betasten, der wie ein Djinni der Begierde im schwarzen Atlas gefangen war. Ablah ließ das geballte, wilde Gelächter aufsteigen, das in den Jahren im Waisenhaus in ihr eingesperrt war. Sie lachte noch weiter, als ihre Mutter sie unter Geheul und Beschimpfungen in die Scheune brachte, die sie bereits vor ihrer Zeit in Haifa beherbergt hatte. Und Ablah, wie eine schwarzgekleidete Braut, weckte mit den Trillern ihrer durchdringenden Stimme alle schlafenden Djinnis. Die Alten schüttelten den Kopf und murmelten: »Möge Gott uns gnädig sein, möge die Vernunft an uns haften wie mit Tischlerleim.«
Die Tage vergingen, die Kuh Sabha fraß den schwarzen Hut, der Atlas wurde schmutzig und zerschlissen, der Körper Ablahs, weiß wie Schnee, scheuchte den Schlaf von den Augen der Frauen und suchte die Träume der Männer heim, bis ihr Leib anschwoll. Dem Kind, das aus den Tiefen des Wahnsinns kam, half es nichts, daß es in derselben Nacht in einer Krippe geboren wurde wie der Heiland in Bethlehem. Um Ramsi legte das Kind im Schutz der Dunkelheit

und des Sturms unter den Felsen, vor dem ich später schluchzend stehen werde, in den Anblick der Eidechse vertieft, die mich unter Verbeugungen zum Näherkommen auffordert. Nur, der in den Weihnachtsferien aus Nazareth kam, alarmierte den Erzbischof und forderte ihn auf, einzugreifen. Eine Sozialarbeiterin aus Bethlehem wurde ins Dorf geschickt, die das zwischen Leben und Tod schwebende Neugeborene an sich nahm und nach Haifa brachte, woher einige Jahre zuvor seine Mutter gekommen war. Große Traurigkeit ergriff die wahnsinnige Ablah. Ihr wildes Lachen klang hohl, ihr Körper vertrocknete und schrumpfte in den Lumpen, in herzzerreißender Ergebenheit. Niemand regte sich mehr auf, wenn die Kinder sie umkreisten und ihr einen Kanten Brot anboten, wenn sie, was von dem schwarzen Atlas übrig war, lüften würde. Mit gleichgültiger Hand und leerem Blick hob sie den Saum ihres Kleides, um den grausamen Augen ein wundervoll präzises Dreieck zu enthüllen, das sich dem Gedächtnis der Kinder für immer einprägen sollte.
Nur wollte wissen, was aus Ablah geworden war, und man sagte ihm, sie sei in eine geschlossene Anstalt gebracht worden. »Und was ist aus ihrem Sohn geworden?« Niemand habe sich dafür interessiert, sagte man. Da erzählte er, vor einigen Jahren sei, als er mit seinem prächtigen Mercedes von Beirut nach Damaskus unterwegs war, ein Attentat auf Erzbischof Hakim ausgeübt worden. Der junge Mann, der festgenommen und der Tat beschuldigt worden war, erzählte dem Untersuchungsrichter, er sei in einem Waisenhaus in Haifa aufgewachsen, und als er darauf bestanden habe, herauszufinden, wer seine Eltern seien, habe Hakim ihn in den Libanon abschieben lassen, wo ihn eine moslemische Familie adoptierte.

Sein in der Zeitung veröffentlichtes Bild war wie ein Jugendbildnis von Ablah. Alle, die Nur erzählen hörten und die die fast vergessene Geschichte aus der Vergangenheit des Dorfes kannten, waren verlegen und beeilten sich, das Thema zu wechseln. Und jetzt, da wir vom Grabe Onkel Jussefs heimkehren, erzähle ich Nur von dem Tag mit der Eidechse. Er wiederum erzählt mir, daß er die Geschichte von Ablahs Sohn aus einem ihm selbst unbekannten Grund erfunden habe. Ich sagte ihm, daß Onkel Jussef diese Geschichte nicht gemocht hätte, da er ein großer Verehrer von Erzbischof Hakim war. »Auch deine Geschichte hätte ihm nicht gefallen«, sagte Nur, »deine Geschichte über seinen Neffen, der in Sabra die ermordeten Moslems betrauert hatte.« »Ich glaube, du irrst dich«, sagte ich, »das ist genau der Unterschied zwischen euch beiden.«

Halil, der Urvater der Familie, der von seinem Vater ins Dorf geschickt wurde, bevor er den Tod zu Füßen des Minaretts fand, hatte bei seinem Vetter, Abuna Elias, der in den dreißiger Jahren des vergangenen Jahrhunderts Priester des Dorfes war, Zuflucht gefunden. Damals belegte Erzbischof A-Dumani den Abuna Elias wegen übertriebener Nachsicht mit seinen Gläubigen und wegen seiner zahlreichen Freundschaften mit Moslems aus der Umgebung mit einem Bann. Unter diesen Moslems war auch Mahmud Al Hadj Kasem aus dem Dorf Tarschiha, Urgroßvater des Al Abed Fatachallah, damals Onkel Jussefs Partner im Schmuggelgeschäft. Enge Freundschaft verband den Priester mit Hadj seit der Zeit, als dem Hadj bekannt wurde, daß der ottomanische Sultan ihm den Titel eines Aga verliehen hatte. Die Urkunde mußte aber aus dem fernen Beirut geholt werden. Abuna

Elias ging dem Freund zu der ihm widerfahrenen Ehre gratulieren und bat um die Erlaubnis, auf A Rahawe, der in ganz Galiläa berühmten Stute Mahmuds, nach Beirut zu reiten und dem Freund die Urkunde zu holen. Am nächsten Tag, ehe die Abendschatten niedersanken, kehrte der Reiter aus Beirut zurück und überreichte Mahmud eigenhändig den Titel eines Aga. Doch noch vor Ablauf einer Stunde erlitt Abuna Elias einen Hodenbruch, und die wundervolle A Rahawe ließ blutigen Urin, bis sie drei Tage später ihren Geist aufgab. Es ging daher auf die alte Freundschaft der Väter zurück, daß der christliche Onkel Jussef und der moslemische Al Abed Fatachallah einander fanden. Bis Ende der dreißiger Jahre dieses Jahrhunderts blieben sie Schmuggelpartner auf der Route Rmeisch–Tarschiha – bis die britische Polizei beide nach einer demütigenden Niederlage faßte, die Onkel Jussef in den Sack des Vergessens zu packen neigte.
Es war im Frühling des Jahres 1929, einige Monate nach Onkel Jires' Aufbruch nach Argentinien. Onkel Jussef lieh sich das Kamel meines Vaters, band es an das seine und machte sich mit einem Verwandten von Abuna Elias auf zum libanesischen Dorf Rmeisch, um von dort für seinen Partner Al Abed Fatachallah Kisten mit Arrak nach Tarschiha zu schaffen. Ein gewisser Mahmud A-Saleh, ebenfalls aus Tarschiha, half meinem Onkel in Rmeisch, die Kisten mit Arrak auf die beiden Kamele zu laden. Auf dem Rückweg jedoch lauerte dieser Saleh ihnen in einem Hinterhalt neben der nördlichen Landstraße auf, um sie den Behörden auszuliefern. Aber der Verwandte entschlüpfte und rief Al Abed aus Tarschiha um Hilfe. Obwohl eine Kugel im Lauf seines Revolvers steckenblieb, gelang es Al Fatachallah, dem Verräter Mahmud Al Saleh die

Ware zu entreißen. Der Lärm der Schüsse drang bis zur Polizeistation von Tarbiha, von wo einige Polizisten kamen und die ganze Bande gefangennahmen. Zuerst hielt man sie in Atlit fest. Nach der Urteilsverkündung legten sie Berufung ein. Bei Gericht in Jerusalem hatten sie jedoch das Pech, vor einen Richter zu kommen, der, wie mein Onkel sagte, Araber haßte und über Onkel Jussef und Al Abed Fatachallah ein Jahr Gefängnisstrafe verhängte, die sie in Al Kishleh in Jerusalem absaßen. In ihrer Zelle war ein armenischer Häftling namens Hagob, der eine Strafe für den Mordversuch am Bruder seiner moslemischen Geliebten abbüßte. Mein Onkel, der Wortspiele liebte, dichtete für diesen Hagob Sehnsuchts- und Liebesgedichte, die unter den Augen der Wächter zu seiner Geliebten geschmuggelt wurden, aber erst, nachdem die Gefangenen sie auswendig gelernt hatten. Jahre später, als mein Onkel, wie es bis Weihnachten 1967 üblich war, das Mandelbaumtor passierte, begegnete er im armenischen Viertel der Altstadt jenem Hagob, der ihm Frau und Kinder vorstellte, die Frau, für die all diese Gedichte geschrieben worden waren. Onkel Jussef sagte zu ihr, wenn er gewußt hätte, wieviel Schönheit und Anmut Allah ihr verliehen hatte, hätte er sich in Schweigen gehüllt und ihre Schönheit nicht mit der Seichtheit seiner Reime besudelt. Sie aber sagte, nur aufgrund seiner Gedichte sei sie Hagob treu geblieben, und es sei höchst zweifelhaft, ob sie ohne ihn geheiratet hätten. Da sagte Onkel Jussef, daß man ganz besonders dem libanesischen Arrak zu danken habe, da sie ohne den wohl kaum einander begegnet wären. In jenem Jahr gelang es Nur nicht, sich in Jordanien mit seinem Vater zu treffen. Auch nicht in den folgenden Jahren. Und als er endlich kommen konnte, sah er nur die

Eidechse, die ihm auf dem Grab ihre Aufwartung machte.
Anschließend machten wir einen Besuch im Haus von Onkel Nimr, Großmutter Aljahs Bruder.
In den fünfziger Jahren pflegte ich mit Mutter Tante Georgette, Onkel Nimrs Tochter, zu besuchen. Onkel Nimr hatte Großvater Jubran auf seiner ersten Reise begleitet, und als das Schiff bei ihrer Rückreise in Alexandria ankerte, war Onkel Nimr an Land gegangen, worauf sich seine Spuren in Ägypten verloren. Zwanzig Jahre später kehrte er ins Dorf zurück, mit dem Ring der Freimaurer am Finger und viel Gold in der Tasche. Er erwarb Tel A-Rweiseh, den östlichen Hügel des Dorfes, und baute obendrauf das damals schönste Haus der Gegend. Mutter und ich pflegten oft die Marmortreppen zum Eingangstor hinaufzusteigen, das aus Metall und Buntglas war. Onkel Nimrs Stimme rief dann vom anderen Ende der riesigen Eingangshalle »Herein«, und meine Mutter stieß mit der Hand die schwere Eisentür auf. Ich fühlte mich völlig verloren in dem Saal, der von zwei Galerien umgeben war, zu denen glänzende Holztreppen führten. Onkel Nimr saß am Tisch und aß, in der Hand ein Glas Arrak, vor sich die Flasche und einen Teller mit *Bundu*, einer Haselnußspeise. Im Radio – dem ersten Gerät, das ins Dorf gelangt war – spielte der unsterbliche Abd el-Wahab im Rhythmus der sich sacht bewegenden Troddel auf Onkel Nimrs *Tarbush*, während das Leben wie auf Zehenspitzen vorbeizog.
Seit dem Tag, an dem das Haus auf dem Hügel gebaut war, hatte Onkel Nimr es nie mehr verlassen, und es interessierte ihn nicht mehr, was im Dorf zu seinen Füßen geschah.
Im Augenblick sitzen Nur und ich in der Eingangshalle. Das Buntglas ist längst alter Pappe und alten

Zeitungen gewichen. Die Holztreppen sind abgetreten, die Wände haben Risse und sind feucht. Mitte der fünfziger Jahre ist Onkel Nimr gestorben, am Tag, als das Getreide des ganzen Dorfes wegen eines Funkens vom Auspuff der Dreschmaschine abbrannte, der ersten, die ins Dorf gekommen war. An Onkel Nimrs Begräbnis hatten Fellachen teilgenommen, deren Hab und Gut vom Feuer verzehrt worden war. Das war zwei Monate nach Nurs Flucht in den Libanon.

Im gleichen Jahr, während der Feier sowohl für den Abschluß des ersten Schuljahres als auch für den Jahrestag der Grundsteinlegung der staatlichen Schule, deren Schloß mit dem Stock Abu Habibs aufgebrochen worden war, wurden wir geschickt, vom Baum über der Quelle einige Zweige zu holen. Die Zweige sollten den riesigen Davidstern schmücken, den einer der Lehrer auf Geheiß des Schuldirektors aus sechs Holzplanken gebaut hatte. Das sollte den jüdischen Inspektor beeindrucken, der die Leistungen der Schüler nach Ablauf des ersten staatlichen Jahres begutachten sollte. Der so geschmückte Davidstern wurde über der Bühne befestigt. Er versetzte die Darsteller des Theaterspiels und die Zuschauer auf den ersten Stuhlreihen im Hof zwischen Schule und Kirche in Angst und schuf um sich einen luftleeren Raum des Schreckens. Zu siebt bestiegen wir die Bühne, um die Feier zu eröffnen. Jedes Kind hielt in seiner kleinen Hand ein herzförmiges Stück Pappe, auf dem je ein Buchstabe des arabischen Willkommensgrußes »Ahlan Wasahlan« stand. Der Reihe nach schrien wir aus heiseren Kehlen zwei Verszeilen über unseren Buchstaben in den Saal und blickten auf den drohenden Davidstern. Als das letzte Kind den Vers über den Buchstaben in seiner Hand rezitiert hatte,

zur Zufriedenheit des lächelnden Inspektors, sprang von irgendwo Ablah wie eine Sturmböe auf die Bühne, eine Hand vor dem Mund, aus dem wildes Lachen kam, die andere wollte den Saum des Kleides heben.
Und immer noch stehe ich, halb gegen meinen Willen, auf dem Felsen.

Zwölftes Kapitel

Abu Ramsi, der Vater der wahnsinnigen Ablah, führte die Klinge über den Hals. Blut floß in die Erde, die Nüstern weiteten sich, und die Haut bebte und beruhigte sich. Er nahm ein besonderes Stück Holz und führte es durch den Schnitt über dem Knöchel. Das Fleisch löste sich mit leisem Knistern von der Haut. Dann zog er den Zweig aus dem Schnitt, legte den Mund daran, füllte die Lungen mit Luft und blies, ein- und ausatmend, bis der Bauch anschwoll. Dann band er die Beine, jedes für sich, an die Zweige des Feigenbaums auf dem verzauberten Felsen. Ich stand mit offenem Mund und sah dem Drama mit angehaltenem Atem zu.
Zur gleichen Zeit kniete die Frau meines Onkels vor dem Bild der Jungfrau an der Westwand, schlug sich inbrünstig betend an die Brust und bat die Mutter des Erlösers um Erbarmen. Noch nie hatte es so etwas an einem Karfreitag im Dorf gegeben, dem Tag, an dem der Heiland gekreuzigt wurde und die heilige Jungfrau Blut weinte. Draußen auf der Duwara löste die Messerklinge mit entschlossenem Schwung erbarmungslos die Membrane von den Lenden. Abu Ramsis Hand hält den Rand der abgetrennten Haut, während er mit

jedem Messerstich die Haut weiter vom glänzenden, dampfenden Fleisch löst, das in letzten Zuckungen unter der Mittagssonne bebt. Zunächst an den Oberschenkeln, dann entlang der Wölbung des zarten Bauchs wird das Fleisch knisternd von den Fesseln der Haut befreit. Die Glieder werden sorgfältig wie aus den Ärmeln eines Nachthemds herausgezogen. Der Kopf wird abgeschnitten, die Lippen bleiben gleichsam sehnsüchtig geöffnet.
Das war zwei Wochen nach Nurs Verschwinden. Sein ältester Bruder, der bei der Grenzpolizei diente, hatte, von Sasa kommend, ein Reh mitgebracht, das von dem Militärauto, das ihn ins Dorf fuhr, verwundet worden war. Onkel Jussef, immer noch in sich gekehrt und zurückgezogen, denn er wollte nicht glauben, daß sein Sohn verschwunden war, verhielt sich dem Sakrileg gegenüber gleichgültig. Aber die Frau meines Onkels, die, wie es die Kirche gebietet, niemals mittwochs und freitags Fleisch auf ihren Tisch kommen ließ, erblickte im Schlachten des Rehs auf der Duwara eine Tat, die nicht einmal ein Ketzer begehen würde, und nahm das als klares Zeichen dafür, daß Nur niemals zurückkehren würde. Seine Habseligkeiten, die am Morgen aus Nazareth gebracht worden waren, hatte man in die Ecke des Zimmers gestopft, in der sie nun still betete. Da sagte ihr ältester Sohn: »Mein Bruder ist verschollen, was soll es jetzt noch für eine Bedeutung haben, ob am Karfreitag Fleisch gegessen wird oder nicht.«
Großer Aufwand wurde bei uns getrieben, sobald die Passionswoche nahte, die das vierzigtägige Fasten beendete und die Gläubigen auf das Fest der Auferstehung unseres Heilands vorbereitete. Die Frauen, unter ihnen meine Mutter, zogen sich in ihre Häuser zurück, um es der Gottesmutter gleichzutun, die sich

in der Passionswoche ebenfalls auf sich selbst zurückgezogen hatte, und um ihre Dattelkuchen zu bakken. Aber aus Trauer um Nurs Verschwinden gab es in diesem Jahr keine Kuchen. Nicht einmal hartgekochte Eier aßen wir, wie es Ostern üblich ist. Am Morgen jenes Karfreitags wurden wir Kinder auf die Felder geschickt, um die Blumen zu sammeln, mit denen wir abends den Sarg Jesu schmückten, ehe er zu Grabe getragen wurde. Narzissen, Anemonen und jene kleinen gelben Blumen, die sich jetzt, auf dem Weg nach Silwad, in meine Erinnerung schmuggeln.

Im Frühling 1983 fahre ich Suraja Sa'id, die Leila Khouri des Dorfes, besuchen. Ich komme, bewaffnet mit dem Bild des Fahrradfahrers, der auf die Ermordeten blickt, und mit dem Dementi meines Cousins Nur, das mich in meiner Annahme eher bestärkt hat. Und so gehe ich jetzt, um mit suchenden Händen die Ungewißheit abzutasten, die Stalaktiten des Zweifels, die zu berühren ich mir bisher verboten hatte. Seit zwei Jahren bin ich nun besessen von dem, was mir Suraja Sa'id durch meinen Freund, den Journalisten, hat mitteilen lassen. Ihr Schwiegervater, Abdallah Al Asbah, hatte, als er ins Lager Sabra in Beirut zurückkehrte, von unserer Begegnung in Tarshiha erzählt. Eine alte Frau in Sabra hätte sich wegen meines Familiennamens eines alten Gerüchts erinnert, das Ende der zwanziger Jahre unter den Frauen in Beirut umgegangen sei. Sie hatte damals als Waschfrau bei reichen Leuten in der Al-Mard-Straße, später Al-Hamra-Straße, gearbeitet. Das Gerücht ging über den Adoptivsohn der Familie Abyad und seine palästinensische Mutter aus der Familie Schammas, und daß dieser Sohn, Michail, Ende der siebziger Jahre in die Vereinigten Staaten geschmuggelt worden, später jedoch in

den Libanon zurückgekehrt sei und sich dem palästinensischen Forschungszentrum in Beirut angeschlossen hätte.
Gewöhnlich wachte ich bei Sonnenaufgang auf, nahm den größten Topf unseres Hauses und ging zum Ziegenstall Abu Sabris Milch holen. Sabri selbst, der älteste Sohn Abu Sabris und Quelle seines Stolzes, der die Hauptrolle gespielt hatte in jener erzwungenen Schulaufführung »Die Vergebung liegt in den Händen des Mächtigen«, studierte zu jener Zeit Jura an der Hebräischen Universität in Jerusalem. Mein Heimweg war zermürbend und nervenaufreibend: Wie schafft man es, die Milch im Topf möglichst ruhig zu halten? In jener Zeit ging Sabri mit einem anderen Topf in der Hand durch Jerusalem: Wie bewahrt man die Bewegung »Al Ard« davor, dem Rahmen des Gesetzes zu entgleiten? Was sie am Ende dann doch tat.
Später nahm Sabri Chana, Tante Maries Enkelin, zur Frau. Nach jahrelangen Schikanen durch die Behörden zog das Paar nach Beirut, wo sie beide zum palästinensischen Forschungszentrum gingen.
Anfang Februar 1983, zwei Monate vor meiner Fahrt zu Suraja Sa'id, parkte unter dem Gebäude des palästinensischen Forschungszentrums ein Sprengstoffauto. Chana, Tante Maries Enkelin, verabschiedete sich von ihrem Mann. Großmutter Marie lag zu der Zeit, dreißig Tage, ehe sie zu ihrem Schöpfer einging, in Fassuta auf dem Totenbett, eingehüllt in ein Jerusalemer Leichenhemd, das man einige Jahre zuvor für sie gekauft hatte. Chana, die ihren Vater verloren hatte, als sie neun Jahre alt war, war unter Tante Maries Fittichen aufgewachsen. Ihr Vater war auf der Hochzeit eines Neffen von Abu Habib durch die Revolverschüsse eines Bewohners von Elkosch, vormals Deir el Kasi, getötet worden. Jetzt also geht sie

in Gedanken an ihre neunjährige Tochter die Treppen des Forschungszentrums hinunter. Das Sprengstoffauto explodiert. Sabri stürzt aus seinem Büro im siebten Stock die Treppen hinunter. Im vierten Stock findet er, wie es am nächsten Tag in den Zeitungen heißt, Chana leblos liegen.

»Das ist Silwad«, sagte mein Freund, der Journalist, und stoppte sein Auto auf dem Platz. Dann erklärte er mir den Weg zum Haus der Suraja Sa'id und ging seinen Geschäften nach. Eine Gruppe neugieriger Kinder belagerte mich, wie es Dorfkinder tun. »Wen suchen Sie?« wollten sie wissen. »Danke schön«, sagte ich, »aber ihr braucht euch nicht zu bemühen.« Aber sie gaben nicht auf und gingen neugierig neben mir her, bis ich das Haus erreichte.
Eine schwarzgekleidete Frau in den Fünfzigern stand mir gegenüber. Ihr zerzaustes aschfarbenes Haar flatterte im leichten Frühlingswind wie der Rauch, der aus dem aus einer alten Öltonne improvisierten Backofen vor dem Haus aufstieg. Die Frau brach Reisigzweige mit der Hand und warf sie in den Ofen. Mich ergriff das Gefühl, es wäre vielleicht besser gewesen, wenn die Geschichte wie eine Puppe in ihrem Kokon geblieben wäre. Aber nachdem der Kokon einmal gesprengt war und der Schmetterling der Erzählung mit zauberhaftem Flügelschwingen das Gewebe des Vergessens abgestreift hatte, war der Weg zurück abgeschnitten, sowohl für mich als für den Schmetterling. Ein Muskel an meinem Mundwinkel zuckte, und ohne daß ich etwas sagte, bebten meine Gesichtszüge, die die Frau mir gegenüber an ein ihr aus ferner Vergangenheit vertrautes Gesicht erinnern mochten. Im Stafettenlauf der Familie waren mir mit wundersamer Genauigkeit die Gesichtszüge von Onkel Elias,

dem Bruder meiner Mutter, vermacht worden, Züge, an die sich im Lauf der neun Monate im Jahre 1936 die zehnjährige Leila Khouri gewöhnt hatte und die ihr wie eine Art Totenmaske ihres letzten Vaterbildes gegenwärtig bleiben und sie durch die Jahre des Exils begleiten sollten. Eine schwarze Ziege näherte sich der Frau, rieb sich an ihren Beinen, blökte und wedelte mit dem Schwanz.

Ich begrüßte die Frau und fragte, ob ich mit Frau Suraja Sa'id spräche.

»Ja«, sagte sie mit flüchtigem Lächeln, das den erzwungenen Dialog beenden sollte, damit sie ihre Tätigkeit fortsetzen konnte. Ich stellte mich vor.

»Ja, Ihr Freund, der Journalist, war vor zwei Jahren bei mir, wie geht es ihm?«

»Er hat mich ins Dorf gebracht.«

»Und warum ist er nicht mitgekommen?«

»Er hat zu tun, er wird mich hier abholen.«

Der erste Fehler. Woher nahm ich die Sicherheit, daß die Frau, die mir gegenüberstand, mich ins Haus bitten würde?

»Das heißt, wir haben vereinbart, daß er nach mir Ausschau halten wird«, fügte ich entschuldigend hinzu.

»Maalesh, sind wir nicht letzten Endes aus einem Dorf? Aber kommen Sie herein, es ist nicht angenehm, so draußen zu stehen.«

»Ich sehe, daß ich zu unpassender Zeit komme«, sagte ich und sah auf den Ofen. »Was wird aus dem Teig?«

»Er ist noch nicht aufgegangen, ich wollte mich einfach beschäftigen.«

Wir gingen den Weg hinauf. Die Gerüche des Hauses standen in dem von Weinreben überdachten Eingang. Die Ranken wucherten in alle Richtungen. Die Tür war offen. »Treten Sie ein«, sagte sie.

Zögernd stand ich dort. Noch kannst du zurück, sagte ich mir. Die Hand Suraja Sa'ids berührte leicht meinen Arm, als wolle sie mich durch mein halboffenes Tor schieben. Ein weißer Frühlingsschmetterling flatterte lustig zwischen uns hindurch und verschwand. »Hier fliegt ein Bassura«, sagte sie, »was er uns wohl gebracht hat? Treten Sie ein.« Ich trat ein. Ein großes Wohnzimmer, aus dessen Halbdunkel mit geblümten Decken bedeckte Betten auftauchten. Links an der Wand ein alter, abgenutzter Kleiderschrank, ihm gegenüber eine geschlossene Tür, die sichtlich in ein anderes Zimmer führte. Ich setzte mich auf den einzigen Stuhl, der im Zimmer stand, und als sich meine Augen an das Zwielicht gewöhnt hatten, nahm ich die etwa dreißigjährigen Zwillinge wahr, die an einem abgeblätterten braunen Holztisch saßen und mit Appetit aus den vor ihnen stehenden Tellern aßen. Auf der anderen Seite des Tisches lagen durch Stoffstücke voneinander getrennte, aufgetürmte Fladenbrote, die zum Backen vorbereitet waren. Suraja Sa'id setzte sich auf den Rand des Bettes neben dem Westfenster.
»Wie geht es Ihrem Onkel Elias?«
»Er ist vor Jahren an Krebs gestorben, Tante Rose ebenfalls.«
»Auch Sitt Rose ist tot! Möge Allah sich ihrer erbarmen.«
Sitt Rose! Als wäre sie noch das kleine Mädchen im Hause der Bitars in Beirut.
Sie schwieg. Vielleicht dachte sie an ihre Toten. Dann fragte sie: »Haben Sie sie gekannt?«
»Nein. Auch meine Mutter hat sie nach achtundvierzig nur einmal gesehen. Zu Weihnachten, am Mandelbaumtor.«
»Achtundvierzig...« Gleichgültig wiederholte sie die

Zahl, langsam und resigniert, als wäre sie in ihre Erinnerung eingeschmuggelt gewesen und löse sich nun unbemerkt von ihren Lippen. Einer der Zwillinge legte geräuschvoll den Löffel auf den Tisch und kam zu mir. Ich stand auf und drückte seine Hand. Ein glückliches Lächeln erstrahlte auf seinem Gesicht. Ich murmelte ein paar Worte, und er wandte sich dem verschlossenen Zimmer zu. Sein Bruder blieb am Tisch sitzen und starrte mich an.
»Meine Söhne«, fügte sie hinzu, mit der gleichen Gleichgültigkeit und Resignation wie eben.
»Ich weiß, ich habe in der Zeitung über sie gelesen, damals, als die Grenzpolizei im Dorf war.«
Der zweite Fehler.
»Und so haben Sie meine Spur entdeckt!« Sie lächelte.
»Und was soll ich Ihnen noch erzählen?«
Bis dahin verlief unsere Begegnung, wie ich sie mir bis in die kleinsten Einzelheiten vorgestellt hatte. Aber jetzt beginnt das große Abenteuer, und ich habe keine Ahnung, in welche Richtung oder in welche Bereiche es mich führen wird.
»Nicht viel, nur bis der Teig aufgeht.«
»Es würde meinem Mann nicht gefallen, wenn ich Ihnen Geschichten aus meiner Vergangenheit erzähle, während er im Gefängnis sitzt. Sie nennen ihn einen politischen Häftling.«
»Wie lange sitzt er schon?«
»Wichtig ist, wie lange noch. Aber wer lebt schon so lange?«
»Sie sind noch jung.«
Der dritte Fehler.
»Manchmal kann ich kaum glauben, daß ich das alles überstanden habe. Daß ich das kleine Mädchen bin, das in Fassuta zur Waise wurde, nach Beirut ging, wieder ins Dorf zurückkehrte, von dort nach Jenin

vertrieben wurde und dann hierher. Sitt Sa'da, verflucht sei ihr Name und Andenken, lehrte uns, daß es einen Schutzengel gäbe, der uns von der Geburt bis zum Tode begleitet. Bisweilen kommt es mir vor, als habe der Engel das alles statt meiner durchgemacht, und ich bin dagestanden und habe meinem Leben von der Seite zugesehen.«

»Deswegen bin ich zu Ihnen gekommen, damit Sie mir von einigen der Dinge erzählen, die an Ihnen vorbeigezogen sind, während Sie beiseite standen und zusahen.«

»Wo soll ich anfangen?«

»Wo immer Sie wollen.«

Vierter Fehler. Wer garantiert mir, daß ich im Dickicht der Erzählungen nicht verlorengehe und mir die Fäden aus der Hand gleiten?

»Lassen Sie mich mit der Geschichte anfangen, die ich dreiunddreißig Jahre in mir verschlossen gehalten habe, bis Ihr Freund, der Journalist, kam. Wie sonderbar, gerade fällt mir ein, daß Jesus mit dreiunddreißig gekreuzigt wurde.«

»Auch daran erinnern Sie sich noch?«

Ein weiterer Schnitzer. Aber sie fuhr fort.

»Ja, es gibt Dinge, die Sitt Sa'da mich gelehrt hat, die ich niemals vergessen werde. Übrigens, mein Mann hat nie verlangt, daß ich zum Islam übertrete. Aber nach allem, was die Christen mir angetan hatten, brauchte er mich darum nicht zu bitten.«

»Ich bin jetzt dreiunddreißig«, sagte ich.

Sie lachte und sagte: »Sie hätten noch eine Woche warten können, bis Ostern. Aber dafür sind Sie zu jung, lassen Sie uns nicht von den Toten sprechen. Sie sind doch wegen der Lebenden gekommen.«

»Dessen bin ich mir nicht mehr sicher.«

Von dem Tag, an dem ich auf dem verzauberten Felsen

gestanden habe, hat mich mein Leben bis zu diesem Augenblick geführt, aber jetzt, da ich vor dem Eingang der Höhle angekommen bin, zweifle ich, ob ich, auch wenn meine Kräfte ausreichen, das Zauberwort aussprechen, ja, ob ich überhaupt eintreten will. Aber für Reue war es nun zu spät. Ich hatte sie bereits abgeworfen, als ich die Schwelle zum Haus der Sitt Suraja Sa'id betrat und in ihr dunkles Königreich eindrang.
»Wo soll ich anfangen?«
Ich zog die Nummer des »Time Magazine« hervor, öffnete sie und gab sie ihr.
»Ist das der Mann?«
»Es sind mehr als dreißig Jahre vergangen, seit ich ihn zum letztenmal gesehen habe, und das Photo ist nicht sehr deutlich. Aber vom Profil her... Auch an den Schultern ist etwas – wie soll ich sagen? –, diese Bewegung, wenn er zur Seite schaut, als ob die Schulter mitschauen will und sich ein wenig hebt. Bestimmt ist er es. Und wer weiß, vielleicht ist einer der beiden da links mein Schwiegervater. Ist Ihr Vater noch Barbier?«
»Nein. Das heißt, vor einigen Jahren ist er gestorben. Zum Schluß war er Schuster.«
»Wissen Sie, manchmal erinnere ich mich der Berührung seiner Hand, als er mich von Fassuta nach Beirut brachte. Bis nach Bint Jbeil hat er meine Hand nicht losgelassen. Sie schlief ein, aber er ließ sie nicht los, damit ich nicht verlorenginge. Und wie sehr bin ich später verlorengegangen.« Wieder sah sie aus dem Fenster. »Das Feuer im Ofen ist erloschen, aber das macht nichts, der Teig ist noch nicht aufgegangen.«
Ihre Silhouette hob sich ab vom viereckigen Lichthintergrund des Fensters.

»Ich war froh, achtundvierzig ins Dorf zurückzukehren. Man freut sich ja immer, irgendwohin zurückzukehren, besonders nach Hause, auch wenn ich dort kein Zuhause mehr hatte. Das heißt, meine Schwester war noch dort, aber das war kein Nachhausekommen mehr. Die Eltern waren fünfunddreißig gestorben. Zuweilen denke ich an meinen Vater, träume von ihm. Von meiner Mutter – ich weiß nicht. Als wäre sie absichtlich gestorben, gestorben und hätte meine Schwester und mich, zwei Waisen, zurückgelassen. Eigentlich habe ich nie über die ganze Zeit nachgedacht, bis ich ins Haus der Familie Abyad kam. Dort hatte ich viel Zeit nachzudenken. Ich fing schon an, Sitt Saada zu vergessen, aber eine Sache werde ich nicht vergessen bis an mein Lebensende. Darüber habe ich mit keinem Menschen je gesprochen. Viele Jahre sind vergangen, bis ich die Bedeutung des Geschehenen überhaupt verstand. Aber auch jetzt will ich vorsichtig sein – ich will mich nicht versündigen –, vielleicht habe ich mich geirrt, Allah sei davor. Als sie mich vom Haus Ihrer Großmutter zu Marie Sursuks Haus brachte, sagte man ihr, mein Zimmer sei unten, und sie führte mich die Treppe hinunter dorthin. Ich war alles in allem zehn Jahre alt. Daß ich brav sein und auf mich aufpassen sollte, sagte sie mir. Ich zitterte am ganzen Körper. Nachher erzählte sie im Dorf, daß sie mich in ein respektables Internat geschickt habe. Lange Jahre blieb ich von da an mein eigenes Internat, eingeschlossen in mich selbst. Sie verriegelte die Tür von innen und kam auf mich zu. Ich wußte nicht, wie mir geschah, und begann zu weinen. Sie nahm meine Wangen in ihre Hände und küßte mich lange auf den Mund. Die ganzen Jahre hindurch, die ich dort arbeitete, fühlte ich ihre Hände unter meinem Kleid, fühlte sie auf mir liegen in dem knarrenden Bett, hörte ihr Keuchen. Dreimal im Jahr überstand ich das irgendwie. Dann begann ich, das Haus zu fliehen, wenn sie kam, um meinen Lohn abzuholen. Sechzehn Jahre war ich alt, als Marie Sursuk anfing achtzugeben, was ihre Söhne mir antaten. Es war mein Haar, das sie verrückt machte. Weil Marie Sursuk mich liebte, wollte sie mich nicht auf die Straße werfen. Sie sprach mit der Familie Abyad, die mich dann aufnahm und ihr an meiner Stelle ihre alte Hausangestellte überließ. Sie hatten einen Sohn, Michail. Das erste, was ich sah, war, daß er seinen Eltern absolut nicht ähnlich sah. Aber Reichtum läßt keinen Raum für Fragezeichen. Er hinterläßt überhaupt keine Zeichen. So ist es. Niemand nahm Notiz von mir. Außer Michail, manchmal. Wir waren im selben Alter. Er war immer weiß gekleidet, Hemd, Hosen – alles weiß. Die Hälfte meiner Tage verbrachte ich mit Waschen und Bügeln, damit seine Kleidung stets makellos war. Er glich einer Sommerwolke. Er nahm kaum von mir Notiz. Ich dagegen sah ihn stundenlang an. Auch wenn er schlief. Ich weiß nicht, ob Liebe dabei im Spiel war. Vielleicht deswegen, weil ich ihn im Schlaf angeschaut hatte, mochte ich Ihrem Freund, dem Journalisten, nicht erzählen, daß ich ihn kannte. Sie sehen ihm überhaupt nicht ähnlich. Seltsam, da Ihr doch Cousins seid. Wahrscheinlich gleicht er mehr seinem Vater Jires, der anscheinend ein schöner Mann war. Eine innere Stimme flüsterte mir zu, daß Michail aus irgendeinem Grunde nicht dorthin gehörte, daß er anders war. Ich, die ich keine Eltern gekannt habe, wußte sehr wohl, was ihr Fehlen bedeutet. Daher wachte ich die ganze Zeit über ihn, wie das Amulett, das er um den Hals trug und keinen Augenblick, außer beim Waschen, ablegte. An jenem Morgen im

Jahre achtundvierzig fand ich es in meinem Zimmer, auf der Kommode neben dem Bett. Man sagte mir, er sei weggefahren und ich würde ihn nie wiedersehen. Nachts war er in mein Zimmer gekommen, wie ich es wohl ein dutzendmal geträumt hatte, und hatte, statt eines Lebewohls, das Amulett auf meine Kommode gelegt. Als ich es sah, wußte ich, daß er fort war, ehe sie es mir sagten. Seitdem ist es bei mir. Dann kamen sie zu mir und sagten, meine Schwester suche mich, ich solle heimkehren. Nachdem er weg war, gab es keinen Grund, dort zu bleiben. Da erzählte mir die zweite Angestellte, die Waschfrau, von dem Mann, der plötzlich im Haus erschienen war und gedroht hatte, die Wahrheit über Michail-Antons Mutter zu verbreiten. Aber ich bin nie Almasa begegnet, obgleich wir aus demselben Dorf stammen. Sie arbeitete am anderen Ende der Stadt und mochte keine Menschen um sich. Auch war ich im Alter ihres Sohnes. Als ich im Dorf ankam, kamen auch die Soldaten. Ich hatte nicht einmal die Zeit, meine Schwester von ferne zu sehen. Im Lastwagen hörte ich, Almasas Schwager habe uns verraten. Ich sagte mir, sie haben einen Sohn, ich habe ein Zuhause verloren. Wir sind quitt. Später heiratete ich den Sohn von Al-Asbah. Zwei Söhne wurden uns geboren, Sie haben sie gesehen. Taubstumm, obgleich ich während der ganzen Schwangerschaft das Amulett Ihres Cousins trug. Sie sehen selbst, was dabei herausgekommen ist.«

»Haben Sie es noch?«
»Was glauben Sie denn?«
»Wissen Sie, was darinnen ist?«
»Amulette darf man nicht öffnen!«
»Wenn Sie ahnen würden, was darin ist!«
Sie erhob sich vom Bett. Ihr schwarzgekleideter Kör-

per streckte sich und glühte vor dem Lichtquadrat des Fensters. Der zweite Sohn, der während der ganzen Zeit am Küchentisch gesessen hatte, stand auf und folgte ihr, und beide gingen in das verschlossene Zimmer. Ich saß da und starrte aus dem Fenster. Alles ging einer Lösung entgegen. Lautlos. Ich wollte aufstehen und gehen.
Da tritt sie aus dem Zimmer, schließt die Tür und kommt auf mich zu. Ich sehe das schwarze Lederband um den weißen Hals, sehe es hinter dem geknöpften Kragen ihres Kleides verschwinden. Sie kommt näher. Schon fühle ich, wie ihr Atem meine Wimpern zum Zittern bringt. Ihre Brust hebt und senkt sich vor meinen Augen. »Nehmen Sie das Amulett«, sagt sie. Meine Hände lösen die Knöpfe, einen nach dem anderen. Nach jedem Knopf sieht man mehr von der schimmernden Haut, wunderbar jungfräuliche Haut. Und dann liegt, verborgen in dem schwarzen Lederdreieck, vor mir das Amulett, und meine Hände ziehen ihre Arme aus den Ärmeln wie zwei Schwerter aus der Scheide. Zwei wilde Brustwarzen erheben sich vor meinen Augen, zwei Elfenbeinarme drücken meinen Kopf an den Elfenbeinglanz, das schwarze Kleid gleitet hinab, und das Zimmer füllt sich mit Licht. Das ist der Körper, der die Träume jenes anderen Anton in Beirut hätte beherrschen sollen, der Körper, der ihn mit seiner Jungfräulichkeit hätte bedecken sollen. Ich knie nieder, lege meine Hände um die beiden Gesäßhälften und verberge mein Gesicht in ihrer Scham. Tief atme ich die Kühle des Taus, den uralten Geruch der Steine und den dumpfen Geruch des Schlamms ein, der vom Brunnengrund aufsteigt und den Raum um mich herum erfüllt mit einem Gefühl von Bodenlosigkeit, in dem meine tastenden Füße keinen Halt finden werden. In rhythmischen

Bewegungen werde ich tiefer und tiefer gezogen, und mit vollen Lungen atme ich den Geruch der Narzissen, der Anemonen und der kleinen gelben Blumen ein. Langsam ebbt das kratzende Geräusch ab, und ich nähere mich dem Echo, das von tief unter mir aufsteigt und mich in vage Versöhnung hüllt. Ich öffne die Augen, sehe das Lichtquadrat, das sich über mir entfernt, sehe den Grund, der mir näher kommt, und verdränge den Gedanken an die Berührung der Fußsohlen mit der Lehmkruste und mit dem Brackwasser, das sich in der Mitte der halbrunden Senkung gesammelt hat und das den Augen, die sich an die Dunkelheit gewöhnt haben, aus schwarzem Spiegel mein umgekehrtes Bild entgegenwirft. Plötzlich ein Schrei, der zerplatzt und sich in tausendfachem Echo fortpflanzt, und der Körper Leila Khouris, der Körper der Frau, die noch keine zwanzig Jahre alt ist, umfängt mich, während sich der Haken des Amuletts in meinem Körper festsetzt, in allumfassender Versöhnung, in unendlicher Wollust.

Ich löste mich von ihrem Körper. Der Teig, der auf dem Küchentisch aufgegangen ist, wird weitersteigen, wird überlaufen, sie erreichen und ihre Nacktheit bedecken. Und das schwarze Dreieck des Amuletts wird für immer zwischen ihren Brüsten ruhen.

Der Erzähler: »Mayflower« 4

Der Erzähler der Geschichte ist die Geschichte selbst.

John Barth

Iowa City, 5. Oktober

Seit einigen.Tagen kann ich nicht schlafen. Seit der chinesischen Party wahrscheinlich. Um die Wahrheit zu sagen, habe ich zwar hie und da gedöst, bin aber immer wieder aufgeschreckt. Wie ein Tischtuch, das mit einem Ruck vom Tisch gezogen wird, und die Kristallvase steht auf dem blanken Holz, genau über ihrem Spiegelbild, als wäre sie immer dort gewesen. So bin auch aufgewacht in kristallenem Erwachen, ein Spiegelbild im Spiegelbild.

Gestern nachmittag gingen wir zum Landhaus von Larry Marjalim. Von der Welt abgeschnitten und von dichtem Gehölz umgeben, liegt es auf dem Weg nach Kalona. Das Haus war früher ein Bauernhof, dient aber jetzt nurmehr als Ort der Zuflucht und Ruhe. Ein Topf mit Chili stand draußen neben der Eingangstür, auf einem aus drei Herdsteinen improvisierten Ofen, und Tanja Marjalim, deren Haar von silbriger Aschfarbe ist, rührt im Topf und vertreibt mit der Hand den aufsteigenden Reisigrauch. Die Ankommenden betreten das Haus, sehen sich nach etwas Kühlen, zum Trinken um und setzen sich auf die Terrasse, wo sie, erschöpft von Hitze und Fahrt, ihre Erfrischungen zu sich nehmen. Mary stellt mich Tanja vor, sie sagt: »Michael Abyad wird sich leider etwas verspäten. Er hat vor einigen Minuten vom Flugplatz Cedar Rapids angerufen. Sein Flug hat sich verspätet. Jetzt ist er aber auf dem Weg hierher.«

»Und wer ist Michael Abyad, wenn ich fragen darf?«

»Sie kennen ihn nicht. Er ist einer unserer Freunde. Mein Mann Larry und er sind beide libanesischer Herkunft.«

»Weshalb möchte er mich kennenlernen?«

»Ich habe keine Ahnung. Aber Sie werden ihn, denke ich, mit Vergnügen kennenlernen. Warum treten Sie nicht ein und nehmen sich etwas zu trinken?«

Ich trat ins Haus. Ein großzügig angelegter Wohnraum, in dem einige wenige schwere Holzmöbel auf einem orientalischen Teppich von erstaunlicher Größe verteilt sind. Abgenutzte Holztreppen führen zu einer Galerie, von der zwei Zimmer abgehen. Bar-On steht hingerissen vor einem Gemälde und zieht an seiner Pfeife. Eine Frau mit einem Strauß gelber Kamille in der rechten Hand, gekleidet in ein langes türkisfarbenes Gewand, unter dessen Saum man die zögernden Schritte ahnt. Ihre Augen wie braune, von der Sonne beschienene Waldseen, das Rot der Wangen dunkel und voll. Dazu braunes Haar, lockig und wild. Bar-On sieht mich und lächelt mir freundlich zu.

»Sie sehen sehr deprimiert aus. Was ist los?«

Ich erinnerte mich, daß er auf dem Flug nach Chicago die gleiche Frage gestellt hatte. Nur daß ich damals in Hochstimmung war.

»Erinnern Sie sich an die Geschichte, die ich Ihnen im Flugzeug erzählt habe?«

»Über die Trennung von der verheirateten Frau?«

»Damals war es eine fiktive Geschichte. Vorgestern erhielt ich einen Brief, in dem steht, daß es wirklich so ist.«

»Das tut mir leid zu hören. Aber wie ist das passiert?«
»Sieben Briefe, die ich ihr geschrieben hatte, sind ihrem Mann in die Hände gefallen.«
»Und er fordert Ihren Kopf auf goldenem Tablett!«
»Zudem heißt er noch Jochanan.«
»Und was wollt ihr tun, wenn ich fragen darf?«
»Nichts. Es ist zu Ende, denke ich. Vor einem halben Jahr hat sie die Scheidungsklage eingereicht. Ein Kind ist auch da. Der Anwalt hat ihr geraten, jede Verbindung mit mir abzubrechen, wenigstens bis zum Ende des Prozesses.«
»Ich bitte um Entschuldigung für das, was ich Ihnen jetzt sage, aber Sie werden es sicher verstehen. Ich habe den Eindruck, und dabei verstehe ich wirklich Ihren Kummer, falls das überhaupt ein angemessener Ausdruck ist, aber persönlich... wie soll ich sagen... persönlich habe ich den Eindruck, auf eine wirklich außergewöhnliche Erzählung verzichtet zu haben. Apropos – ich habe Amira den ganzen Tag nicht gesehen, wo ist sie?«
»Sie fühlt sich nicht gut und ist in ihrem Zimmer.«
Tanja Marjalim stand im Eingang und fragte, ob wir uns einer Führung durch die Farm anschließen wollten. »Und wenn er nun kommt und ich nicht hier bin?« fragte ich sie.
»Er hat so lange gewartet, da kann er noch ein wenig warten.«
Bar-On spitzte die Ohren.
Die Farm war vernachlässigt. Wilde Sträucher wucherten auf dem Weideland, verdeckten die Baumstämme und drohten die Pfade zu überwuchern. Wir gingen den Seeweg entlang, an dessen anderem Ende die Farm lag; ein gewundener Weg, aus dem Unkraut sproß und der an einigen Stellen durch Gezweig

führte. Paco, eine Bierdose in der Hand, sagte, das erinnere ihn an seine Heimat. Mückenschwärme künden von der Nähe des Sees. Einige verzichten auf seinen Anblick und suchen Schutz im Haus. Plötzlich befinden wir uns unter einem goldenen Schleier. Die Sonne hängt in den Baumwipfeln, die sich im See spiegeln. Rötliches Licht tröpfelt zwischen den Zweigen hindurch und fällt sacht aufs Wasser. Der See ist stumm, als würden sich die Stille und Pracht des Waldes im Spiegel des ruhigen Wassers verdoppeln. Durch den Vorhang der Zweige schauen wir in das blaue Gewölbe, das sich über dem See spannt. Ein einsamer Vogel gleitet still von einem Ufer zum anderen. Plötzlich zerreißt ein Platschen die Stille. Eine Bierdose versinkt im Wasser. »Schade, daß Sie das getan haben«, sagt Tanja zu Paco. Bar-On, rot vor Wut, zischt ihn an: »Warum zum Teufel haben Sie das getan?« Paco murmelt ein paar Worte der Rechtfertigung. Er habe dem Drang, die Stille zu durchbrechen, einfach nicht widerstehen können. »Gleich werden Sie noch sagen, Stille sei wie ein Sumpf«, sagt Bar-On in rhetorischer Bedächtigkeit und seufzt. »Wissen Sie«, sagt Tanja traurig, »vor zehn Jahren überredete uns ein Freund zu einem Rockfestival auf der Farm. Das Festival dauerte ein paar Tage, und am Schluß reinigten die Veranstalter das Gelände von allem angefallenen Müll. Zwei Tage später stand ich am Seeufer und sah den Herden zu, die zur Tränke kamen. Plötzlich sehe ich, wie das Wasser sich rot färbt, eine Kuh wankt und bricht zusammen. Ich wußte nicht, was da geschah. Dann fiel eine andere Kuh und noch eine. Auch auf der Weide brachen sie zusammen. Die tierärztliche Untersuchung ergab, daß die Kühe Blut verloren hatten wegen Schnitten in den Verdauungsorganen. Tausende Metallverschlüsse von Bierdosen wa-

ren auf dem Weideland verstreut. Wir luden eine Gruppe Schulkinder aus der nahen Schule ein, sie für fünf Cents aufzusammeln. Aber es war zu spät.«
Auf dem Rückweg wechselten Bar-On und Paco, obwohl sie nebeneinander gingen, kein Wort. Ich sah immer noch die Bierdose auf dem Wasserspiegel landen, sah die Kreise auf der Oberfläche des Sees sich ausbreiten und sah Bar-Ons wutentstelltes Gesicht. Wahrscheinlich hätte er Paco die Unterstützung des palästinensischen Terrors eher verziehen – oder wenigstens konnte er das verstehen –, als daß er die Dose weggeworfen hatte. Das war unter gar keinen Umständen zu verzeihen. Liam, noch immer entsetzt über das, was Tanja von der Herde erzählt hatte, erfragte weitere Einzelheiten von jenem Tag am Ufer des Sees. Von Zeit zu Zeit sah er Bar-On, Paco und mich an, mit einem Blick, als wollte er sagen, hab' ich's dir nicht gesagt.
Zu Hause sagt mir Larry Marjalim, Michael Abyad erwarte mich in einem Zimmer im zweiten Stock. Die Mückenstiche sind geschwollen und quälen mich. Hemmungslos kratze ich mich, während ich die Treppe hinaufsteige. Ich klopfe an die erste Tür. Als niemand antwortet, öffne ich und spähe zögernd ins Zimmer. Es ist leer. Ich schaue von der Galerie hinunter in den Wohnraum. Tanja lächelt mir zu und deutet auf die zweite Tür.
Ich öffne sie. Die Halle hinter mir ist in Licht getaucht, ins Licht der untergehenden Sonne, das die Fenster in Brand setzt. Die Gäste, die mit Schüsseln voll Chili in den Händen herumstehen, sind in theatralisches, beinahe literarisches Licht getaucht. Michael Abyad sitzt am Tisch, eine Silhouette gegen den Hintergrund des geschlossenen, geblümten Vorhangs, durch den nur wenig Tageslicht sickert. Die

kleine Tischlampe wirft einen blassen Lichtring, so daß nur die Hände, die sich um den Rücken einer rötlichen Büroakte schließen, darin eingefangen sind. Außerhalb des Lichts, im Halbschatten, das dunkle Gesicht eines etwa fünfzigjährigen Mannes aus dem Osten. Er kommt auf mich zu und bittet mich einzutreten. Ich schließe langsam die Tür. Herzlich drückt er mir die Hand und stellt sich vor, entschuldigt sich wegen der dramatischen Szenerie.

»Das ist der Amerikaner in mir«, sagt er lächelnd und bietet mir Platz an der anderen Seite des Tisches an. »Sie fragen sich sicher, weshalb ich Sie sehen möchte«, fügt er auf englisch hinzu. »Sagt Ihnen der Name Abyad etwas?«

»Soviel ich weiß, gab es in Haifa bis achtundvierzig eine Familie Abyad.«

»Sehen Sie, wir halten schon das Ende des Fadens. Ist Ihnen irgend etwas über die Beziehung Ihrer Familie zu den Abyads bekannt?«

»Soweit ich weiß, hat die Frau meines Onkels in ihrem Haus gearbeitet.«

»Almasa«, er warf den Namen wie eine simple Tatsache hin. »Sie war mir eine zweite Mutter«, setzte er auf arabisch hinzu, »eine dritte, um genau zu sein. Ich heiße Michael Abyad, und Almasa hat bei uns in Haifa gearbeitet. Achtundvierzig ist sie mit uns nach Beirut geflohen. Ein Jahr danach bin ich hierher in die Vereinigten Staaten gekommen. Ich war zwanzig Jahre alt.«

»Sie ist inzwischen gestorben. Das wissen Sie sicher.«

»Ja, ich habe mehr um sie getrauert als um meine Mutter. Ihr Vetter Nur hat mir davon erzählt.«

»Nur?« fragte ich erstaunt.

»Ich habe ihn im Libanon kennengelernt. Vor einigen

Jahren bin ich dorthin zurückgekehrt. Auch Sabri hat mir von ihr erzählt...«
»Gleich werden Sie mir sagen, daß Sie auch Schlomith kennen!« entfuhr es mir, was ich sofort bedauerte.
»Schlomith? Nein. Ist das jemand, den ich kennen sollte?«
»Schauen Sie, ich habe einige Nächte lang nicht mehr geschlafen, und ich bin nicht sicher, ob das hier nicht eine Halluzination ist. Vielleicht sagen Sie mir, worum es geht?«
»Es geht«, fuhr er auf englisch fort und tippte auf die rötliche Mappe, »es geht um meine Lebensgeschichte.«
»Und was hat das mit mir zu tun?«
Es klopft, und ohne daß Antwort abgewartet wird, öffnet sich die Tür weit. Bar-On steht verlegen auf der Schwelle. Erstaunt sehe ich ihn an. Er entschuldigt sich und fragt, ob wir Paco gesehen haben. Er wartet wieder keine Antwort ab, sondern entschuldigt sich erneut und schlägt die Tür hinter sich zu.
»Wer ist das?«
»Mein Freund, ein jüdischer Autor aus Israel.«
»Ein israelischer Schriftsteller? Wirkt wie jemand, der eines Tages etwas Schreckliches anstellen könnte. Wie dem auch sei, die Geschichte ist die... Glauben Sie, daß er dem israelischen Geheimdienst Bericht erstatten wird?«
»Meinen Sie Bar-On?«
»Wenn das sein Name ist, ja.«
»Möglich«, flüstere ich nachdenklich.
Und schon sehe ich mich auf dem Flugplatz in Lod von zwei Detektiven in Empfang genommen, die mich mit trockener Höflichkeit auffordern, sie zu begleiten: Kontakt mit ausländischen Agenten.

»Sie werden mich doch in nichts verwickeln?« frage ich lächelnd, doch nicht sorglos.
»Nein. Es sei denn, daß Vergangenheit an sich schon kriminell ist.«
»Ich habe eine beruhigendere Antwort erwartet«, sage ich knapp.
Er breitet die Handflächen hilflos auf dem Tisch aus, seufzt und lehnt sich zurück.
»Ich gebe zu, dieser Seite der Angelegenheit nicht genug Aufmerksamkeit geschenkt zu haben.«
»Mit anderen Worten, ich bin schon in etwas verwikkelt!«
»Nein, nein, verstehen Sie mich nicht falsch. Im äußersten Falle wird man Ihnen einige Fragen stellen. Aber glauben Sie mir, das ist auch alles.«
»Ich schlage vor, wir lassen es dabei bewenden.« Ich stehe auf, um zu gehen. »Ich habe mich gefreut, Sie kennenzulernen, aber ich ziehe es vor, daß Sie mir den Entschluß überlassen, wann ich mit einem ausländischen Agenten zusammenkommen möchte.« Ich reiche ihm die Hand, die er bittend mit beiden Händen umfaßt.
»Bitte, setzen Sie sich«, sagt er auf arabisch. »Ihnen wird aufgrund dieser Begegnung nichts geschehen. Ich bitte Sie, anzuhören, was ich zu sagen habe...«
Zerknirscht setze ich mich wieder. Voll Scham über mich und weil ich Bar-On wieder einmal in mein Leben habe eindringen lassen. Mir gegenüber sitzt ein Mann, der Menschen begegnet ist, die mir lieb und teuer sind, die ich wiedersehen möchte, und statt ihn danach zu fragen, gerate ich in Panik, weil Bar-On denken könnte, ich ließe mich für den Dienst einer feindlichen Organisation mobilisieren. Ich frage mich, wie ich wohl reagiert hätte, wenn Bar-On nicht in meinen Nacken geblasen hätte, und ob diese Tat-

sache die Situation zum Besseren oder Schlechteren gewendet hätte. Michael Abyads Stimme legt sich über meine Gedanken...

»Meine Eltern gehören, wie man in Israel sagt, zum alten Adel der arabischen Bevölkerung. Sie waren kinderlos. Im Januar 1928 fahren sie nach Beirut und adoptieren dort einen wenige Tage alten Säugling. Ein Jahr später kehren sie nach Haifa zurück und stellen mich als ihren Sohn vor. In jenem Jahr beginnt Almasa, die Frau von Jires Schammas, als Haushaltshilfe in unserem Haus zu arbeiten, nachdem Onkel Jires – verzeihen Sie, wenn ich ihn Onkel nenne – nach Argentinien gereist und ihr Sohn Anton gestorben ist. Sie kennen die Geschichte bestimmt. Ich wachse auf dem Schoß Almasas auf und höre in meiner Kindheit von Anton, dem Baby, das vor seinem ersten Geburtstag gestorben ist. Höre von ihm, schlafe auf seinem Kissen und träume seine Träume. Im Jahre achtundvierzig flüchten wir nach Beirut, Almasa mit uns. Ein Jahr später erscheint bei uns eine schwarzgekleidete Frau, behauptet, meine Mutter zu sein, und fordert meine Rückkehr zu ihr. Ich erleide einen Nervenzusammenbruch, und die Ärzte empfehlen meinen Eltern, mich ins Ausland zu schikken. So wenigstens sagten meine Eltern. An Geld fehlt es nicht. Der alte Adel der arabischen Bevölkerung, ich sagte es, nicht wahr? In Amerika wird aus Michail Michael, mit allen Folgen.
Ich wollte nicht zurückblicken, vor allem, nachdem meine Adoptiveltern Mitte der fünfziger Jahre starben. Viele Jahre später, 1978, kehre ich zum erstenmal nach Beirut zurück und schließe mich dem Team des palästinensischen Forschungszentrums an. An diesem Punkt der Erzählung könnten Sie besorgt wer-

den, aber ich versichere Ihnen erneut, daß Sie dazu keinerlei Grund haben. Dort offenbare ich mich Sabri Jires, und er stellt mich Nur vor, Onkel Jussefs Sohn. Zu diesem Zeitpunkt dachte ich daran, meine Mutter zu suchen, die Frau in Schwarz, aber dafür war Beirut damals nicht der rechte Ort. Ich war auch nicht sicher, ob sie noch am Leben war. Ich erinnerte mich wieder der Geschichte des kleinen Anton, der in meiner Kindheit eine so wichtige Stelle eingenommen hatte, daß ich mir zuweilen einbildete, er zu sein. In Beirut wurde mein Wunsch so dominierend, daß ich mich ihm vollständig auslieferte. Weshalb sollte ich nicht der Sohn Almasas sein, die mich aufgezogen und geliebt hatte, als sei ich ihr eigener Sohn? Nur hat mir von Ihnen erzählt, auch, daß man Sie nach dem verstorbenen Baby Anton genannt habe. Ich beschloß, unter Ihrem Namen meine Autobiographie zu schreiben und in ihr die Gestalt des toten Kindes anzunehmen, was selbst den König Salomo im Hinblick auf das palästinensische Schicksal sehr verwirren würde. Ich erzählte Nur nichts von meinem Vorhaben, aber in den Tagen der erzwungenen Tatenlosigkeit des Bürgerkriegs hatte er die Geduld, mir alle Einzelheiten dessen zu erzählen, was ich über Sie und die Familie wissen wollte. Sie waren noch ein Kind, als er das Dorf verließ, und so füllte ich die Lücken mit Hilfe meiner Einbildungskraft. Sabri versorgte mich mit Material zur Geschichte jener Zeit und des Dorfes. Ich kehrte hierher zurück und begann die fiktive Autobiographie zu schreiben. Ich erzählte niemandem davon. Man könnte sagen, daß ich, nachdem ich aus dem Schrank hervorgekrochen war, ihn wieder verschloß. Vor einigen Tagen nun erzählt mir Larry, daß die Mitglieder des internationalen Schriftstellertreffens ihn besuchen werden. Zerstreut werfe ich einen

Blick auf die Teilnehmerliste und sehe dort meinen Namen. Der ja auch Ihr Name ist. Nehmen Sie die Mappe und schauen Sie, was man damit tun kann. Übersetzen, bearbeiten, ergänzen oder streichen Sie. Aber lassen Sie mich darin. Ich habe mir nicht die Mühe gemacht, das Ganze zu redigieren. Nicht einmal einen passenden Titel habe ich gefunden ...«

Wäre Michael der Erzähler gewesen, so hätte er folgendermaßen aufgehört: »Er öffnete die Schublade, nahm einen Bleistift heraus und schrieb auf die Mappe: ›Meine Erzählung‹. Dann runzelte er unwillig die Stirn, radierte ›Meine‹ aus und ließ nur ›Erzählung‹ stehen. Damit schien er zufrieden zu sein.«
Aber vielleicht hätte er auch in höflicher Arroganz mit einem Zitat von Borges geschlossen: »Wer von uns beiden dieses Buch geschrieben hat, ich weiß es nicht.«

Epilog

Onkel Jussef starb im Dezember, am Silvesterabend, ehe ich mit vierzehntägiger Verspätung aus den Vereinigten Staaten heimkehrte. Alles in allem liebte ihn die Mutter des Erlösers, und auch mir war sie gnädig, wenn ich auch nicht bereit war, diese Gnade dankbar anzunehmen.

Vierzig Tage nach seinem Tod versammelten sich in der Dorfkirche die Freunde und Bekannten sowie deren Kinder, die seine Freundschaft geerbt hatten. Als die Zeremonie vorüber war und die Weihrauchwolken verflogen waren, gingen wir schweigend zum alten Haus, um seiner zu gedenken. Ich ging durch den Innenhof und sah mich als Kind, wie ich aus unserem Haus kam, mein kleines Kissen hinter mir herschleifend, um bei Onkel Jussef zu schlafen. Onkel Jussef, der nun fest schlafen würde, bis, wie er glaubte, die heilige Jungfrau am Tag des Gerichts seine Augen öffnen würde.

Als die letzten Trauergäste gegangen waren, erwähnte Hilwe, Onkel Jussefs Tochter, daß man am folgenden Tag den Felsen in der Mitte der Duwara sprengen werde. Jussef, der Enkel Onkel Jussefs, war ins Heiratsalter gekommen, hatte eine Braut gefunden und wollte ein Haus bauen. Seine Wahl war auf den Teil des Bodens gefallen, den wir Duwara nannten, und er hatte bereits angefangen, das Fundament auszuheben. Aber der Felsen, der in den Vollmondnächten geglitzert hatte, war ein Hindernis und den Ausschachtungsarbeiten im Wege. Jussef, der Enkel, hatte sich also an die zuständige Behörde um Hilfe gewandt und die Erlaubnis erhalten, einen *Chablan Mursche*, einen lizenzierten Sprengmeister, zur Sprengung des Felsens zu bestellen. Ein Verwandter, der bei dem hebräischen Wort chablan die Ohren spitzte, fragte, ob man nicht auch die Terroristen so nenne. Als man ihm sagte, daß die beiden Wörter chablan und *Mehabel* ähnlich klängen, erzählte er von dem Vorfall am Morgen, als man Onkel Jussef beerdigt hatte. In der Nähe der Schwertquelle, unweit des Friedhofs, waren zwei *Mehablim* getötet worden, die einander so ähnlich waren wie zwei Tropfen Wasser. Er hatte sie noch vor Sonnenaufgang auf seinem Weg zum Feld nebeneinander am Straßenrand liegen sehen, als Soldaten ihm befahlen, seine Route zu ändern. Die Anwesenden stimmten darin überein, daß es sich hier um einen besonderen Fall handle, da es Zwillinge gewesen seien, die ihren Tod unter solchen Umständen gefunden hatten. Dann kehrte das Gespräch zum Chablan mursche zurück, der am folgenden Tag kommen sollte.

Tante Hilwe sorgte sich nun um ihren Neffen. Denn selbst wenn sie jetzt, da ihr Leben Jahr um Jahr in der Eintönigkeit ihres Schicksals versinkt, den Glanz des Felsens in den Vollmondnächten nicht mehr sehen kann, so ist sie doch immer noch von einer gewissen Furcht vor dem königlichen A-Rassad besessen. Er könnte sich an denen rächen, die an der Zerstörung der Legende beteiligt waren. Aber die ganze Affäre rief auf den Gesichtern der Anwesenden nur ein Lächeln hervor. Sofort legten sie die Hände über den Mund, wie es sich für Trauernde am vierzigsten Tag gehört. Der Name des seligen Abu Massud wurde erwähnt, war er doch der erste gewesen, der einst vorgeschlagen hatte, den Felsen zu sprengen.

Am folgenden Tag, als der Sprengmeister David mit Kabellegen fertig war und sich hinter der Bab a-sir, der Geheimtür, in Sicherheit gebracht hatte, wandte sich Hilwe zur Ikone der Mutter des Erlösers, die in der Ecke hing, bekreuzigte sich dreimal und begann für alle Fälle ein stilles Gebet zu murmeln. »Warda! Warda!« flüsterte ich. David drückte auf den Auslöser, und der gedämpfte Schall einer Explosion ließ den Boden unter unseren Füßen erzittern. Wir liefen durch die Bab a-sir hinaus zur Duwara. Winzige Felssplitter vom Sturz des Gerölls flogen durch die Luft und fielen auf unsere Köpfe. Eine Staubwolke erhob sich, wo der Felsen gewesen war, den die Djinnis dort angebracht hatten, um ihre Höhle zu versiegeln.
Der kühle Februarwind wirbelte den Staub auf und legte einen gähnenden weißen Rachen und Erdklumpen frei. Befreites Gelächter kam aus den Kehlen der Zuschauer. Sogar Hilwes Mund zeigte ein verlegenes Lächeln. Aber sehr bald schon gefror das Lächeln, ihre Augen starrten zum Himmel, ihre Hand streckte sich nach oben, und ein durchdringender Schrei löste sich von ihren Lippen:
»Seht! Dort!«
Und siehe da, eine Feder, eine Purpurfeder, kreist und kreist, dreht sich in torkelnden Windungen über dem aufgerissenen Rachen, um zärtlich auf einem Erdklumpen zu landen.

Glossar

Abayah	arab., Tagesrock oder Mantel zum Tragen innerhalb der Wohnung
Adjir	arab., arabischer Tagelöhner
Afrit	arab., Teufel
Ahlan Wasahlan	arab., Willkommensgruß, etwa: ich wünsche Dir eine gute Erde und gute Menschen
Akal	arab., schwarze Kordel bzw. Band zum Festhalten der Kaffieya
Al-Hilal	arab., erstes Magazin, das in Ägypten erschien
Al-Jinan	arab., Libanesische Zeitschrift aus dem 19. Jahrhundert
Ariesche	arab., am offenen Feuer zubereitete Speise aus Feigen
Asbeh	arab., Kopftuch für Frauen
Bab as-sir	arab., Tür zum Geheimnis
Bala tul-Sire	arab., um der Geschichte nichts hinzuzufügen
Bassura	arab., ein Falter, der eine gute oder schlechte Botschaft überbringt
Bundu	arab., Haselnußspeise, Bunduk = Haselnuß
Chablan Mursche	hebr., lizenzierter Sprengmeister (Wortspiel: Kablan Mursche = lizenzierter Unterneh-

	mer und Wurzel von Mehabel = Saboteur/Terrorist)
Chamam	arab., wöchentliches Bad
Charim	hebr., abtrünnige Priester
Chawadja	arab., Herr (eigentlich Türkisch)
dafka	hebr., mit Absicht, gerade
Debka	arab., folkloristischer Tanz
Debka-A-Schamaljie	arab., folkloristischer Tanz aus dem Norden
Djinni	arab., weiblicher Geist
Duwara	arab. Eigenname für ein Grundstück.
Fard abu-marasse	arab., soviel wie »angebundener Revolver«
Hadsch	arab., moslemische Pilgerfahrt nach Mekka; Bezeichnung für einen, der diese Pilgerfahrt unternommen hat
Hazilu	hebr., Rettet
Jhaz	arab., Vermögen, Aussteuer der Braut
Jetlag	engl., Zeitverschiebung durch Flug
Kaddisch	hebr., jüdisches Totengebet
Kaffieya	arab., schwarz- rot- oder grünweiß gemustertes arabisches Kopftuch
Kara	arab., ein Kissen, auf das Teig zum Backen gelegt wird
Khabijah	arab., Vorratskammer
Kobija	arab., untilgbarer Tintenstift
Kol Nidre	hebr. Gebet, das am Versöhnungstag zur Vergebung der Sünden gesungen wird.

Kumba	arab., Männerkleid
Labaneh	arab., Joghurt
Leila	arab., hebr., Mädchenname, wörtl. Nacht
Maalesh	arab., macht nichts, ist in Ordnung
Madschrabe	arab., Tabaksbeutel
Majidi	alte türkische Silbermünze
Mandal	arab., Orakel, Weissagung
Mankal	arab., gußeiserner Herd
Mashhara	arab., Holzkohleofen
Masnad	arab., Stützkissen
Mjaddara	arab., Linsengericht mit in Olivenöl gebratenen Zwiebeln
Mehabel, Mehablim	hebr., Sing. u. Plural für Terrorist/en, wörtl. Saboteur
Mejsar	arab., großes Leintuch
Midschwes	arab., eine Art arabischer Dudelsack, zweiröhrige Hirtenoboe
Moschav	hebr., landwirtschaftliche jüdische Genossenschaftssiedlung
Muchtar	arab., Dorfältester, Bürgermeister
Mufti	arab., Rechtsgelehrter der nach religiösem Recht entscheidet, wörtl. Entscheider
Multazem	arab., Lehnsherr
Mustakradat	arab., sieben Tage, die den Übergang vom Winter zum Frühling zwischen Februar und März markieren
Mutran	arab., Erzbischof
Natuur	arab., Hilfsdorfpolizist

Naulun	arab., Fahrschein
Pessach	jüdisches Fest zur Erinnerung an den Auszug aus Ägypten
Rachat Phalestin	arab., wörtl. Palästina ist gegangen, Palästina ist verloren, alles ist verloren
Sabra	hebr., eigentlich Kaktusfrucht, Spitzname für die im Land Israel geborenen Juden
Safarbalek	arab., Zeit der türkischen Herrschaft
Schabbesgoi	jiddisch, Nichtjude, der in frommen jüdischen Häusern am Schabbat die den Juden verbotenen Tätigkeiten verrichtet.
Semandra	arab., großer Schrank zur Aufbewahrung von Matratzen
Sitt	arab., höfl. Anrede für Frau
Tablijeh	arab., kleiner niedriger Tisch
Tarbush	arab., türkische Kopfbedekkung
Tatamus	arab., Name
Turacha	arab., Sitzmatte armer Leute
Wakf	arab., islamisch-religiöse, stiftungsähnliche Vermögensverwaltung
Warda	arab., Rose, hebr. oder arab. Mädchenname
Ya Fatals, ya Alicu	arab., Anruf, etwa: Oh Allwissender
Yored	hebr., Bezeichnung für Auswanderer, wörtl. Abwärtsgehender

Jehuda Amichai

Wie schön sind deine Zelte, Jakob

Gedichte

Aus dem Hebräischen von Alisa Stadler. Ausgewählt von Simon Werle. Nachwort von Christoph Meckel. 168 Seiten. Leinen

Die Gedichte des bedeutendsten lebenden israelischen Lyrikers zeigen in eindringlicher Weise, wie in der modernen hebräischen Dichtung die persönliche und kollektive Gegenwart verschmilzt mit der alten, doch stets lebendigen religiösen Erfahrung des Leidens und Hoffens. Die über das Gebet ungebrochene Lyriktradition von der Zeit der Bibel bis heute erzeugt die kreative Spannung, die Amichai zu dem Versuch drängt, gegen diese Tradition anzuschreiben: Es entstehen Gedichte in eigenwillig poetischer und dabei oft erhaben einfacher Sprache über den Alltag, über die Liebe und gegen den Krieg. Gedichte an das Leben, an Menschen, an Frauen, Gedichte, die alle Bereiche der menschlichen, auch der intimsten Erfahrungen umfassen.

»Bitternis durchzieht Amichais Gedichte, die dem auf den Kopf gestellten Sinn des Lebens im Krieg gelten; Bitternis auch in den Versen, den zahlreichen, die der Liebe zwischen Mann und Frau gewidmet sind. Und doch: Nie hat man den Eindruck, das alles wären die Verse eines Verbitterten. Eher trifft zu, was Celan einst notierte: ›Aber im (wirklich) Bittern ist schon das Nicht-mehr- und Mehr-als-Bittre.‹« Die Welt

PIPER